Scarlet
스칼렛

www.bbulmedia.com

Scarlet
스칼렛

www.bbulmedia.com

그림자
황제

2

그림자 황제

1판 1쇄 찍음 2014년 8월 12일
1판 1쇄 펴냄 2014년 8월 19일

지은이 | 무 연
펴낸이 | 정 필
펴낸곳 | 도서출판 **뿔미디어**

편집장 | 이재권
기획 · 편집 | 주종숙

출판등록 | 2002년 9월 11일 (제1081-1-132호)
주소 | 경기도 부천시 원미구 상동로 117번길 49(상동) 503호
전화 | 032)651-6513 / 팩스 032)651-6094
E-mail | scarlets2012@hanmail.net
블로그 | http://blog.naver.com/dahyangs
홈페이지 | http://bbulmedia.com

값 9,000원

ISBN 979-11-315-3411-3 04810
ISBN 979-11-315-3409-0 04810(세트)

SCARLET ROMANCE STORY

2

무연
장편소설

그림자 황제

contents

제8장
족쇄

셔츠의 단추를 거칠게 푼 레너드가 벗은 상의를 던졌다. 의자에 걸렸던 셔츠가 바닥으로 흘러내렸지만 그의 눈은 자신의 아래에 누워 있는 이젤에게만 향해 있었다. 지친 표정 안에 깃들어 있는 반항하는 시선이 원망하듯 레너드를 보았다.

삼킬 듯한 레너드의 시선과는 달리 이젤을 어루만지는 손길은 부드러웠다. 탑에 가둔 후, 레너드는 철저히 이젤을 방관하였다. 하지만 그것도 한계, 도망가려는 그녀를 다시 탑으로 끌고 온 레너드가 침대에 그녀를 눕혔다.

"날 봐."

강압하는 말투 안에서 애원이 느껴지는 것은 자신만의 착각일 것이다. 레너드의 말을 듣는 대신 이젤이 외면하듯 감은 눈에 힘을 주었다. 그녀의 거부에 레너드의 시선이 차가워졌다.

턱을 잡고 힘을 주니 굳게 닫혀 있던 입술이 작게 열렸다. 그리고 그 틈으로 그가 강압적으로 들어왔다. 밀어내는 팔을 잡고 머리 위로 올렸다. 이젤이 감았던 눈을 뜨고 허리를 비틀었다. 어떻게든 벗어나려 발버둥을 쳤지만 레너드의 힘을 이길 순 없었다.

"하지…… 흡."

그 일이 있었던 후로 이젤은 철저히 레너드를 부정했다. 그 어떤 말에도 대답하지 않았고, 그가 강제로 보게 하지 않는 한 눈조차 마주치지 않았다.

이젤의 철저한 거부는 레너드의 지독한 집착으로 되돌아왔다.

레너드를 밀어내듯 이젤이 옆으로 고개를 돌렸다. 하지만 그러한 반항은 그녀의 뒤통수를 잡은 그에 의해 무력해졌다. 이젤이 지쳤다는 것조차 망각한 레너드의 입술이 철저히 그녀를 빼앗았다. 이젤의 몸을 가리고 있던 드레스가 그의 손에 간단히 찢겨 나갔다.

황태자의 탑에 갇힌 이젤은 기사로서의 모든 걸 빼앗겼다.

가지고 있던 검을 빼앗겼고, 입고 있던 옷 대신 드레스로 갈아입혀졌다. 레너드와 루칸 이외에는 이젤을 볼 수 있는 기사는 없었고, 시중을 드는 시종들도 정해진 사람이 아니면 방에 들어오는 것조차 불가능했다.

목덜미에 느껴지는 그의 더운 숨에 이젤이 몸을 비틀었다. 하지만 그럴수록 그는 더욱 집요했다.

허리를 팔로 감싸 자신과 밀착시킨 레너드가 오르내리는 이젤의 가슴을 입 안 가득 물었다. 레너드의 손길에 처음으로 여인이 되었던 이젤의 몸이 그의 애무에 반응하였다.

하지만 몸과는 달리 눈물방울이 매달려 있는 이젤의 눈은 질끈 감겨 있었다. 입술이 하얗게 되도록 이로 깨물고 있는 모습에 그가 결국 분노하였다.

"날 봐! 날 보란 말이다!"

이젤에게 있어서 사내는 자신 하나뿐이다. 전에도 그랬고, 앞으로도 그래야 했다.

일주일 만에 느끼는 이젤의 감촉은 레너드를 미치게 만들었다. 하지만 이런 식으로 그녀를 가질 생각 따위 없었다. 그에게 전부를 주었을 때의 이젤이 짓는 미소를 보고 싶었다.

하지만 초조한 만큼 한계였다. 레너드에게는 이젤이 자신의 것이라는 확인이 필요했다.

이젤의 거부에 레너드의 인내가 결국 끊어졌다.

그를 거부하는 이젤의 다리를 억지로 벌린 레너드가 멋대로 자신의 분신을 묻었다. 몸을 휘감는 고통에 눈을 뜬 이젤이 비명을 질렀다. 이젤 따위 상관없이 원하는 것을 빼앗으려는 탐욕을 억지로 참아내며 레너드가 제발 자신을 받아 달라는 듯 눈 끝에 입술을 맞췄다. 하지만 그의 입맞춤을 부정하듯 이젤이 고개를 돌렸다.

"제발 날 보란 말이다!"

그녀가 부정할수록 레너드의 이성이 무너져 내렸다. 레너드의 마음 깊은 곳에서 생채기가 생겨났다. 결국 그녀의 허락을 얻지 못한 채, 레너드가 몸의 욕망에 따라 거칠게 움직이기 시작했다,

"아악!"

준비가 안 되어 있는 상태에서 레너드를 받아들인 이젤이 비명

을 질렀다. 하지만 무너지기보다는 이를 악물고 버텨 냈다. 그에게 전부를 주었던 이젤은 이제 없다.

움직일 수 없게 잡혀 있음에도 벗어나기 위해 몸부림쳤다.

깊은 절망감 속으로 무너진 이성이 철저히 부서져 내렸다. 참는 이젤과 터트리는 레너드가 내쉬는 숨소리가 점점 거칠어졌다.

결국 이를 물고 버티던 이젤의 입술에 가는 피가 흘러내렸다.

일방적으로 시작된 정사, 결국 견뎌 내던 이젤이 레너드의 품에서 정신을 놓았다. 이젤이 정신을 잃자 격렬하게 이어지던 레너드의 움직임이 멈추었다. 이젤을 보는 레너드의 눈이 어둡게 가라앉아 있었다.

이젤의 마음을 얻을 수 없다면 몸만 소유하면 그만이라고 생각했다. 애초에 누군가의 마음을 얻는 일 따위 자신과는 맞지 않는다고 생각했다.

하지만 그게 아니었다. 강제로 취하려 할수록 드는 것은 쾌락이아니라 짙은 절망감이었다.

분신을 빼낸 레너드가 늘어진 이젤을 품에 앉았다. 이젤의 어깨에 레너드가 얼굴을 묻었다.

놔줄 수 없다. 이제 그에게 있어 이젤은 절대적으로 필요한 존재였다.

이젤의 전부를 빼앗은 레너드였으나 정작 그가 얻은 것은 하나도 없었다.

찢어진 드레스를 치우고 잠옷으로 갈아입혔다. 탑에 갇힌 뒤로 제대로 먹지도, 쉬지도 않는다는 보고를 받았었다. 기회가 생기면 도망가려 했고, 동시에 레나의 사람들은 레너드가 흐트러진 틈을 타 이젤을 빼내려 했다.

그리고 오늘 도주하려던 이젤을 붙잡았다. 어떻게든 그의 손에서 빠져나가려는 이젤을 보는 순간, 그가 가지고 있던 인내가 끊어졌다.

고개를 숙인 시종들이 부지런히 주변을 정리하는 동안 의자에 앉은 레너드가 쓰러진 이젤을 품에 안고 있었다.

팔에 느껴지는 이젤의 몸이 전보다 가벼웠다. 정신을 잃고 쓰러져 있는 모습이 안쓰러웠다.

"전하, 정리를 전부 끝내었습니다."

"나가 봐라."

얼굴을 보지도 않고 말하는 레너드에 익숙한 듯 고개를 숙인 시종이 뒷걸음으로 방을 나갔다. 방에 둘만이 남자 레너드가 이젤을 침대에 눕혔다.

침대에 누운 이젤이 감고 있던 눈을 떠 레너드를 바라보았다. 언제부터 정신을 차렸는지 레너드를 바라보는 그녀의 시선은 차가웠다.

시선과 시선이 맞닿았다. 하지만 얼마 가지 않아 이젤의 눈이 다시 감겼다.

이젤을 보던 레너드의 담담한 시선에 다시 절망이 휘감겼다. 고작 해의 마지막 날에 태어났다는 이유만으로 평생을 황제의 증오와 주변의 견제를 받으며 살아왔다. 이제는 그들의 그런 적의조차 당연한 것으로 느껴져 신경조차 쓰이지 않았다.

하지만 이젤은 아니다. 처음으로 마음에 담은 여인이었다. 이젤의 품에서 안식을 찾았고, 그녀의 전부를 얻고 나서야 온몸을 짓누르던 압박에서 벗어났다.

이젤의 옆에 누운 레너드가 조심스러운 손길로 그녀를 끌었다. 좀 전의 일 때문이었는지 레너드의 반응에 이젤이 놀라며 몸을 일으키려 했다.

하지만 그것보다도 먼저 레너드가 이젤을 품에 안았다.

"이제 다시는 그렇게 안지 않을 것이다."

마치 자신에게 말하듯 레너드가 이젤에게 나지막이 말했다. 반항하던 이젤의 움직임이 레너드의 한마디에 멈추었다.

"이제 그딴 식으로 널 안지 않아. 이젠 그러지 않을 거다."

빛을 잃은 눈이 한참 동안 레너드를 바라보았다. 고요하게 흐르는 시간 속에서 오랜 시간 그를 바라보던 이젤의 입이 열렸다.

"이제 저는 전하를 믿지 않습니다."

그녀의 말에 레너드의 눈이 커졌다. 잠시 후, 복잡한 시선의 레너드가 이젤을 안은 손에 힘을 주었다. 반항하는 것조차 안쓰러울 정도로 이젤은 약해져 있었다.

그와의 신경전으로, 레나로 돌아가지 못하는 초조함으로 이젤은 점점 무너져 내리고 있었다.

"믿지 않아도 상관없다."

레나의 일을 숨길 때부터 이런 날이 올 것이라 예상했었다. 다만 레너드가 생각했던 것보다 그 시기가 빠를 뿐이었다.

"하지만 널 놔주지 않을 것이다."

눈에 보이지 않아 그리워하느니 손아귀에서 놔주지 않는 것을 택할 것이다.

누구와도 나눌 수 없는 것이 무너지는 모습을 보느니 차라리 악마가 될 생각이었다. 손에서 이젤을 놔주느니 차라리 평생을 그녀의 저주 속에서 살아가는 것을 선택할 것이다.

"오늘은 여기서 한 발짝도 움직이지 않을 거야. 그러니 포기하고 자."

이젤을 안은 채로 레너드가 눈을 감았다. 어떻게든 빠져나오려던 이젤이 결국 포기한 채 눈을 감았다. 독하게 버티고 있었지만 지쳤는지 얼마 지나지 않아 이젤의 숨이 고르게 변하였다. 그러자 감고 있던 레너드의 눈이 떠졌다.

가는 팔을 어루만지고, 얼굴을 가리는 머리카락을 넘겼다.

"황태자인 레너드를 믿어 줄 수 없다면 사내인 레너드는 믿어 주면 안 되겠나?"

지금 당장은 그가 어떠한 것을 말해도 이젤은 믿지 않을 것이다.

하지만 그로서도 지금의 선택은 유일한 것이자 최선이었다. 그러니 절대로 이대로 이젤이 무너지게 두지 않을 생각이다.

깊은 어둠에 잠겨 있던 눈이 무언가를 결심한 듯 이젤을 오랫동안 바라보았다.

"까아악."

시종이 지르는 비명이 방 안을 채웠다. 햇빛에 반사되는 레너드의 검이 몸을 숙이고 있는 시종의 목을 향했다.

이젤을 바라보는 레너드의 시선은 처음에 만났던 그때와 같았다.

"먹어라."

테이블 위에 놓여 있는 아침이 먹음직스러웠지만 먹고 싶지 않았다. 하지만 이젤이 식사를 거부하면 그냥 치웠던 전과는 달리 레너드가 검을 빼 들었다.

그의 행동에 이젤의 눈이 커졌다.

하지만 그녀의 반응에도 레너드는 태연했다.

"네가 먹지 않으면 여기에 있는 시종이 죽는다."

레너드의 말에 몸을 숙이고 있던 시종들이 비명을 질렀다. 말문이 막혀 있던 이젤이 당황한 듯 그에게 물었다.

"이게 무슨 짓이십니까?"

"주인의 시중도 제대로 들지 못하는 시종은 나한테 필요 없다."

"살, 살려 주십시오! 전하!"

놀란 나머지 발이 풀린 시종이 손을 모아 빌었다. 하지만 그들의 비명은 들리지 않는 듯 레너드의 시선은 이젤에게 고정되어 있었다.

식사조차 제대로 하지 않은 채 나갈 기회만을 엿보는 이젤을 더 이상 방관하지 않을 것이다.

"먹고 싶지 않습니다. 그리고 지금 전하께서 검을 겨누고 있는 이는 전하의 사람입니다."

"상관없다. 미친 황태자라 불리는 나다. 고작 시종 몇 죽인다고 달라질 일은 없다."

"……."

"이들을 죽이고 싶지 않다면 먹어라."

창백한 이젤의 눈이 조용히 레너드를 바라보았다.

양보라고는 전혀 없는 그의 시선에 이젤이 눈을 감고 힘든 숨을 내쉬었다.

"시종을 내보내시면 먹겠습니다."

"싫다면?"

"이대로는 먹을 수 있는 것도 먹지 못합니다."

팽팽한 긴장감이 둘 사이에 치열하게 감돌았다.

"난 전하처럼 거짓말을 하지 않습니다."

그녀의 말에 레너드의 눈이 좁아졌다. 검을 다시 넣은 레너드가 시종을 밖으로 내보냈다. 하지만 그 자신은 나갈 생각이 없는 듯 테이블 반대편에 앉았다. 차가운 표정의 레너드를 보고 있던 이젤이 유리잔에 담긴 물을 천천히 마셨다.

말이라고는 한 마디도 오가지 않는 딱딱한 분위기 속에서 이젤이 천천히 음식을 먹기 시작했다. 먹고 싶지 않은 것을 억지로 먹어서인지 이젤의 표정은 좋지 않았다.

결국 반도 제대로 먹지 못한 이젤이 손으로 입을 가렸다. 힘들어하는 이젤을 보고 있던 레너드가 밖의 시종을 불러 치우라 명령하였다. 안으로 들어온 시종이 둘의 눈치를 보아 가며 테이블에 놓인 식사를 치웠다.

조금이라도 잘못하면 목이 떨어질지도 모른다는 두려움 때문인지 들어온 시종은 평소보다도 섬세하게 이젤의 시중을 들었다. 전부 끝낸 시종들이 도망치듯 밖으로 나가고, 다시 방에는 이젤과 레너드만이 남았다.

반대편에 앉아 있던 레너드가 이젤의 앞으로 다가왔다.

바보같이 굴다가 품에서 잃어버리느니 철저히 악인이 되어 지키는 것이 현명했다.

"이젤."

레너드의 부름에 이젤이 그를 바라보았다.

"네가 포기해라."

그의 말에 이젤의 눈이 커졌다. 무언가 말하려는 이젤을 레너드가 껴안았다.

자신의 신념 하나로 여기까지 버텨 온 이젤이었다. 그런 그녀에게 자신이 무슨 말을 꺼내고 있는지 레너드는 알고 있었다.

하지만 그 또한 절박했다.

"레나도, 윈스턴도 전부 포기해라. 그럼 모든 것이 원래대로 돌아온다."

레너드의 말에 울컥한 이젤이 그를 밀어내려 하였다. 하지만 약간의 틈도 없이 안겨 있는 레너드의 심장이 평소보다 빠르게 뛰는 것이 느껴지자 이젤의 움직임이 멈추었다.

울컥 치솟는 감정에 이젤이 입술을 깨물었다.

누구보다도 강한 레너드였지만 그렇기에 상처도 많은 사람이었다. 쉽게 마음을 내주지도, 마음을 보여 주는 사람도 아니라는 것 또한 알고 있었다.

힘들어하는 그를 보듬고 싶었다. 그녀 하나 때문에 아파하지 말라며, 곁에 있겠다는 말이 목 끝까지 치밀어 올랐다.

"포기할 수…… 없습니다."

당장에라도 터져 나오려는 눈물을 악으로 버텨 냈다.

평생을 신념 하나만을 지키며 살아왔다. 이용당한다는 것을 알면서도 레나에서 버틴 것은 자신이 선택한 삶만큼은 틀리지 않았다고 믿었기 때문이다.

레나에는 이젤이 필요하다는 윈스턴의 편지를 받았다. 위독한 상태에서 써 내려간 편지는 흐트러지기는 했지만 그의 필체였다. 편지를 보고, 클라우를 보는 순간 이젤은 레나로 돌아가야 한다는 생각을 굳혔다.

누군가의 여인이기 이전에 기사로 살아왔다.

레나로 돌아간다는 것이 무엇을 의미하는지 이젤도 알고 있었다.

"저한테는 전하께서 주는 애정이 아주 소중합니다."

품에 안겨 있는 이젤의 말에 레너드가 귀를 기울였다. 어깨에 얼굴을 묻고 있는 레너드의 체온을 느끼며 이젤이 천천히 말을 시작했다.

"이기적이지만 당신의 애정만큼이나 저는 제가 살아온 삶이 중요합니다. 레나에서의 삶을 포기한다면 그건 그곳에서 살아남았던 저까지 부정하는 것이 아니겠습니까? 이곳으로 오기 전에 저하의 도움이 되기로 했습니다. 레나의 기사로서 윈스턴 저하께 맹세한 일입니다."

"너에게 아무것도 주지 않은 곳이다. 돌아간다 한들 누구도 널 반기지 않는다. 왜 그런 바보 같은 짓을 반복해서 하려고 하는 것인가! 기사의 맹세 따위 아무도 신경 쓰지 않는단 말이다!"

그녀를 안고 있던 레너드가 결국 목소리를 높였다. 절실한 시선에서 느껴지는 레너드의 감정에 이젤의 눈에 가득 고여 있던 눈물이 한 방울 얼굴을 타고 흘러내렸다.

"제가 신경이 쓰입니다."

"……."

"돌아…… 돌아가게 허락해 주십시오. 돌아가서…… 확인하고 정리하고 오겠습니다. 반드시…… 무슨 수를 써서라도…… 돌아오겠습니다. 제 눈으로 직접 볼 수 있게 보내 주십시오. 전하."

"그리고 또 상처받겠지. 그 빌어먹을 신념 때문에 이용당하고 부서지겠지. 아프다고 말도 못 하고 또 참아 내겠지. 너란 녀석은 언제나 그 꼴이니까."

이젤이 무엇을 말하고 싶은지는 더 이상 듣지 않아도 잘 알았다. 올곧고 진실하기에 마음에 담았건만, 그 성격이 둘 사이에 벽을 만들 줄은 상상도 하지 못했다.

안고 있던 팔을 푼 레너드가 앉아 있는 이젤의 얼굴을 감싸 입술을 맞추었다. 평소라면 밀어냈을 이젤이 무슨 생각에서였는지 레너드의 뺨을 손으로 감쌌다.

마치 이젤에게 자신을 각인시키듯 레너드가 천천히, 하지만 깊게 이젤의 입에 자신의 흔적을 남겼다. 호흡이 모자라 지친 이젤이 의자에 몸을 기댈 때까지 격렬하게 키스를 하던 레너드가 입술을 떼고 그녀를 바라보았다.

"네가 도망가면 탑에 있는 모든 사람이 죽는다."

"전하!"

"네가 시종의 시중을 거부할 때마다 그 시종 또한 죽을 것이다."

"그러시면 안 됩니다. 그러실 수 없습니……."

"왜 안 되는가? 이 탑의 주인은 나고, 이들의 목숨 또한 내 것이다. 네가 내 것인 것처럼 말이다."

눈에 서려 있던 레너드의 절박함이 사라졌다. 그 어느 때보다도 냉정하고 차가운 시선이 이젤을 향했다. 그럴 수 없다는 이젤의 시선을 받으며 레너드가 몸을 일으켰다.

"나는 굽힐 생각이 없으니 네가 굽히는 것이 좋을 것이다. 반항하는 것은 네 자유이나 너의 행동에 이곳에 있는 사람들의 목숨이 달려 있다는 것을 잊지 마라."

몸을 돌리는 레너드를 이젤이 붙잡았다. 그럴 수 없다는 이젤의 시선을 레너드가 외면하였다. 팔을 잡고 있는 이젤의 팔을 떼어 낸 레너드가 차갑게 방 밖으로 나갔다.

문이 닫히고 잠그는 소리가 방에 울렸다.

굳게 닫힌 문 앞에 서 있던 이젤이 자리에 주저앉았다.

속절없이 불안한 시간이 계속 흘러갔다.

깊은 밤, 자고 있던 이젤의 눈이 떠졌다. 해가 뜨려면 한참은 있어야 할 시간, 그녀의 시선이 그녀를 안고 있는 레너드에게로 향했다. 차마 레너드의 시종을 죽일 수는 없었기에 이젤은 그들이 하는 시중을 받았다.

그런 이젤을 하루에도 몇 번씩 확인하러 레너드가 탑을 방문하였다. 하지만 문 앞에서 이젤의 상태를 확인할 뿐, 그는 손가락 하나 만지지 않았다.

그렇게 계속되던 균형이 오늘 완전히 무너졌다.

술을 마시긴 해도 스스로가 자제할 수 있는 만큼만 마시는 그였다. 레너드는 감정에 따라 행동하기보다는 철저한 계획 안에서 생각대로 결과를 이루는 것을 추구하는 사람이었다.

그랬던 그가 술에 취한 모습으로 이젤의 방으로 들어왔다. 그녀에게 아무 말도 하지 않았지만 무겁게 내쉬는 한숨이 그가 지금 얼마나 힘든지 간접적으로 보여 줬다.

"이젤."

어깨에 기대고 있는 그의 체온이 뜨거웠다. 하지만 그 체온에 의지했었던 예전과는 달리 지금은 그의 모습이 불안했다.

"……."

"네가 떠나는 순간 난 죽는다."

"무슨 소리를 하시는 것입니까?"

놀란 이젤이 자신도 모르게 레너드의 어깨를 붙잡았다. 평소와는 다르게 레너드는 떨고 있었다.

"전하, 괜찮으십니까? 몸이……."

미처 말을 잇지 못한 이젤이 떨리는 손으로 레너드의 뺨을 감쌌다. 그런 이젤을 바라보는 레너드의 눈에 탐욕이 깃들었다.

세상에서 가장 귀한 자신의 여인.

호기심으로 데리고 왔고, 관심으로 눈에 담았으며 사랑으로 마음에 담았다.

이제 그녀가 없는 자신의 세상은 상상조차 할 수 없었다.

"네가 레나로 가면 난 죽을 것이다."

"전하! 갑자기 그런 이야기는 하지 마십시오."

"네가 없으면 살 의미가 없다."

"……."

"네가 없는 날 생각하고 싶지 않아."

지친 그에게서 나오는 목소리가 불안했다. 그녀가 아는 레너드는 강하고 굳건한 사람이었다. 그런데 지금만큼은 그가 사라질 것처럼 불안했다.

레너드가 무거운 숨을 내쉴수록 이젤의 심장이 내려앉았다. 겨우 그녀 때문에 무너지는 레너드는 보고 싶지 않았다. 레나도, 윈스턴도, 그녀가 지켜야 할 것도 생각나지 않았다.

이 순간, 이젤의 머릿속을 가득 채운 것은 무너지려는 레너드를 잡아야 한다는 생각뿐이었다. 힘들어하는 레너드를 품에 안은 이젤이 먼저 그의 입술에 입맞춤을 하였다.

이젤의 반응에 놀라던 레너드가 곧바로 그녀의 움직임에 반응하였다. 오랜만에 전부를 보여 주는 이젤의 모습에 레너드는 기다렸다는 듯 탐하고 또 탐하였다.

얼마나 오랫동안 서로를 가졌는지 기억조차 나지 않았다. 거침없이 이어지던 정사가 끝나자 기절하듯 서로의 품에 잠들었다.

"레너드."

잠든 그의 옆에서 도둑처럼 이름을 부르는 일밖에 그녀가 할 수 있는 것이 없었다. 이젤의 검지가 레너드의 입술을 쓸었다.

"전하께서 무너지시면 안 됩니다."

힘든 유년시절을 보냈어도 지금의 그는 빛났다. 주변에 이용당하기만 했던 그녀와는 달리 레너드는 이겨 냈고 지켜 냈다.

레너드가 무서웠지만 한편으로는 강한 그가 부러웠다. 그렇기에 그에게 끌렸을지도 몰랐다.

입술을 쓸던 손가락이 그의 얼굴을 감쌌다.

"강한 전하가 부러웠습니다."

그리고 누구보다도 사랑한다.

하늘 아래 유일하게 함께하고 싶은 사내였다.

그렇기에 이기적인 선택이었으나 레나로 돌아가야 했다. 그녀의 발목을 붙잡고 있는 레나를 완전히 정리해야 했다. 그에게 덫이 될 수도 있는 그녀의 족쇄를 완전히 정리하고 싶었다. 그리고 누구보다도 당당하게 그의 곁에 머물고 싶었다.

"사랑합니다, 레너드."

수십 번도, 수백 번도 말하고 싶었으나 말하지 못했던 말이 이젤의 입에서 나왔다.

그리고 그 순간, 뺨을 어루만지고 있던 이젤의 손에 레너드가 손을 겹쳤다.

고요한 레너드의 시선에 당황하던 이젤의 눈가가 촉촉해졌다.

감싸고 있던 손에 입을 맞춘 레너드가 조심스럽게 이젤을 품에 안았다.

"사랑한다."

나지막이 들리는 그의 고백이 이젤을 흔들었다. 멋대로 흘러내리려는 눈물을 이젤은 억지로 참았다. 우는 대신 이젤이 레너드의 품을 파고들었다. 그런 이젤을 그가 조용히 어루만졌다.

이젤도, 레너드도 더 이상 말을 꺼내지 않았다.

그렇게 또 하루가 지나갔다.

아침 식사가 끝나고, 차를 가져온 시종이 그녀 앞에 연기가 모락모락 나는 홍차를 내려놓았다.

"찻잔 밑에 편지가 있습니다."

평소라면 차만 내려놓고 갔을 시종이 그녀만 들을 수 있도록 나지막이 말했다. 놀란 이젤이 시종을 바라보았지만 이미 몇 걸음 뒤로 물러난 시종은 고개를 숙인 채 밖으로 나간 후였다.

「내일 카멜의 황제가 여는 연회에 레너드가 참석할 예정이다. 탑에 병사를 보낼 테니 준비해라.」

오랜만이기는 했지만 분명 아버지인 페로단의 글씨체였다. 읽은 쪽지를 구긴 이젤이 같이 붙어 있던 편지를 펼쳤다.

이젤의 숨이 멈췄다. 편지를 잡고 있는 손이 떨렸다.

「나에게는 아무도 없다. 이젤, 너 이외에는 내가 믿을 사람은 없다. 부탁이니 제발 레나로 돌아와라. 나에게 힘이 되어다오.」

한 손에 편지를 잡은 이젤이 힘든 숨을 내쉬었다. 복잡한 시선이 굳게 닫혀 있는 창 밖을 향했다. 레너드의 얼굴이 머리를 스쳤다. 돌아오라는 윈스턴의 얼굴 또한 스쳤다.

그 어떤 선택도 못 하는 자신이 한심스럽다. 세상에서 가장 소중한 사람이라 했으면서도 그에게 상처를 주는 스스로의 모습이 보고 싶지 않았다.

아무도 없는 방 안, 소리 없이 이젤의 눈에서 눈물이 흘러내렸다. 움켜쥐고 있던 윈스턴의 편지가 처참히 구겨졌다.

마음 가는 대로 스스로의 삶을 선택하고 싶었다.

그녀가 원하는 사내의 옆에서, 자신만의 삶을 만들기를 바랐다.

「나에게는 아무도 없다. 이젤, 너 이외에는 내가 믿을 사람은 없다.」

윈스턴의 편지에 남겨 있는 글귀가 이젤의 눈에 띄었다.

레너드는 많은 것을 가지고 있었다. 물론 그것이 누군가에게 얻은 것이 아니라 스스로 쟁취한 것이라는 걸 알고 있었지만 그래도 레너드는 자신의 의사로 원하는 것을 이룰 힘이 있었다.

하지만 윈스턴에게는 그런 힘이 없다. 그가 이런 이야기를 할 정도라면 레나에서의 상황은 이젤이 생각하는 것보다도 심각할 것이다.

결국 이젤이 선택할 수 있는 것은 하나였다.

무모하고 바보 같아도 기사로서 살아온 이젤에게는 어쩔 수 없는 선택이었다.

눈물을 닦아 낸 이젤이 들고 있던 쪽지와 편지를 불에 태웠다.

빠르게 태워 가는 불을 보고 있는 이젤의 눈동자에 어두운 빛이 감돌았다.

❖

카델의 개국을 기념하는 연회가 황궁에서 성대하게 열렸다. 귀찮은 자리였으나 황태자로서 빠질 수 없는 자리였기에 하는 수 없이 연회에 참석했다.

"탑에 재미있는 걸 갖다 놓았더구나."

옆에서 들려오는 목소리에 레너드가 고개를 숙였다. 어느새 그에게 다가온 황제가 특유의 비틀린 미소로 레너드를 바라보았다.

"제 탑에 누가 있는지 관심을 가지고 계실 줄은 몰랐습니다."

"다른 사람이면 몰라도 내 목을 조르는 네가 아니냐. 그 정도는 알아 놓아야지. 말이 나온 김에 묻겠다만, 언제부터 그 아이가 계집이라는 것을 안 것이냐?"

황제의 물음에 레너드가 쓴 입맛을 다셨다. 탑에서 일하는 시종의 입을 막아 소문이 번지는 것을 미연에 막아도 황궁의 주인인 황제가 모를 리 없었다.

황제에게만큼은 이젤이 여자라는 것을 숨기고 싶었다. 하지만 황제에게 숨기는 것보다도 이젤을 막는 일이 우선이었다.

"알고 데려왔습니다."

레너드의 말에 황제가 조용히 코웃음을 쳤다.

여자를 도구로밖에 생각 안 하던 레너드가 여자를, 그것도 여자라는 것을 숨기고 기사 노릇을 하던 여인을 탑에 가두었다고 하였다.

"네가 그러다니 재미있는 일이구나."

황제의 입가에 만족스러운 미소가 감돌았다.

레너드에게 여자가 생겼다.

속국의 기사였든, 평민이든 황제에게는 아무 상관이 없다.

하늘 아래 같이 둘 수 없는 아들에게 드디어 약점이 생겼다. 그 것만으로 충분했다.

"저도 하나만 여쭙겠습니다. 그녀가 여자라는 것을 알면서도 왜 숨기셨습니까? 사실을 아시게 된다면, 폐하께서는 반드시 귀족들에 게 소문을 내고 다니실 것이라 생각했는데 말입니다."

"무슨 소리를 하는 것이냐? 네가 전력으로 막지 않았느냐? 기다 렸다는 듯이 몇몇에 알려 주었더니만 그놈들을 전부 죽이지 않았느 냐? 독한 것. 누구한테 책임을 떠넘기려고 하는 것이냐?"

황제의 말에 레너드의 눈이 좁아졌다.

이젤을 탑에 감금할 때부터 그녀가 여자라는 것을 밝힐 준비가 되어 있었다.

그런데 퍼지지 않았다. 아니, 황제가 말을 퍼트린 대상은 모두 죽었다고 했다.

「난 이젤이 좋아.」

순간 레너드의 머릿속에 카일이 스쳐 갔다.

때로는 레너드보다도 이젤이 더 좋다고 말하던 카일이었다. 어떻 게 움직인 것인지는 알 수 없었으나 그가 움직인 것이 분명했다.

"탑의 그녀를 건드리지 마십시오. 망가뜨리는 것은 아들과 부인 만으로도 충분하지 않습니까?"

"왜 재미있을 것 같은데 말이다."

"그럼 해 보시지요. 이참에 카델의 주인이 바뀌는 것도 나쁘지 않겠군요."

레너드의 조롱에 황제의 눈이 날카로웠다. 하지만 술잔을 받아 든 레너드는 태연했다.

"이튼에서 만든 무기가 누구의 손에 있는지 생각해 보고 움직이는 것이 좋으실 듯싶습니다만."

황제가 분노에 찬 시선으로 레너드를 노려보았다. 하지만 바렌의 배신으로 이튼에서 모았던 무기는 이미 레너드의 손에 들어가 있었다.

기분 나쁘다는 듯 이를 갈던 황제가 몸을 돌려 다른 곳으로 걸음을 옮겼다. 그가 사라지자 눈을 좁힌 레너드가 들고 있던 잔을 테이블에 내려놓았다.

연회에 참석한 귀족들이 웃으며 대화하는 소리가 수선스러웠다.

지끈거리는 미간을 손가락으로 누르며 레너드가 눈을 감았다.

"전하."

루칸의 목소리에 레너드의 시선이 그에게 향했다. 레너드에게 한 걸음 가까이 다가간 루칸이 조용히 입을 놀렸다.

레너드의 시선이 날카로워졌다. 쥐고 있는 주먹에 힘이 들어갔다.

"탑에 들어간 인원은?"

"제대로 파악이 되지는 않았지만 20명 정도로 추정하고 있습니다. 들어가려다가 막힌 나머지 인원은 기사들이 상대하고 있습니다."

"내 검을 가지고 탑으로 와라. 그리고……."

으득 레너드의 이가 갈리는 소리가 나지막이 들려왔다. 레너드의 바뀐 분위기에 주변 귀족들이 그를 향해 시선을 돌렸다. 그들의 시선에 레너드가 치밀어 오르는 살기를 억지로 잠재웠다.

"내가 갈 때까지 탑을 에워싸라. 병사를 넣어 지연시키되, 어느 기사도 탑에 들이지 마라."

"네, 전하."

"내가 직접 처리하겠다."

레너드의 명을 받은 루칸이 기척 없이 연회장을 빠져나왔다.

그리고 잠시 후, 연회장을 빠져나온 레너드가 탑을 향해 움직였다.

레너드가 연회에 간 사이 레나에 매수되어 있던 시종이 먹는 음식에 수면제를 탔다. 모두가 잠든 사이 들어온 기사가 병사를 제압하고 이젤이 갇혀 있던 방문을 열었다.

이젤은 입고 있던 드레스를 갈아입고 검을 잡았다. 탑 안으로 들어오는 병사들을 제압하여 입구를 향해 내려갔다. 하지만 작정하고 보낸 것인지 좀처럼 탑 아래로 내려가지 못했다.

하지만 이젤을 데리러 들어온 20명 중 다섯은 기사였다. 궁 밖에 제스퍼와 페로단이 기다린다는 말은 한 이들은 빠른 속도로 길을 뚫기 시작했다.

"궁 밖에서 백작님이 기다리고 계십니다. 서두르십시오!"

기사의 외침에 이젤이 말없이 검을 휘둘렀다. 선택한 이상 나아갈 수밖에 없다. 이젤의 검이 달려드는 병사를 부지런히 베었다.

드디어 도착한 1층의 커다란 홀. 문이 닫힌 입구에 보이는 레너드의 모습에 이젤의 걸음이 멈추었다. 급하게 온 듯 레너드의 머리카락은 흐트러져 있었다.

이젤의 앞을 둘러싼 병사와 기사들이 그를 향해 검을 세웠다.

20명 대 1명이었지만 스무 명을 보는 레너드의 표정은 별다른 변화가 없었다.

기사들 너머에 있는 이젤을 보던 레너드가 허리에 찬 검을 뽑은 채 입을 열었다.

"이젤, 내가 전에 한 말 기억하나?"

압도적으로 불리한 상황 속에서도 레너드는 태연했다.

레너드의 눈을 보는 순간, 그리고 그의 몸에서 느껴지는 살기를 느끼는 순간 언제나 답을 주던 직감이 이젤에게 앞으로의 결과가 어찌 될지 보여 주었다.

"네가 행동하는 것에 따라 이 탑의 모든 사람의 목숨이 달라질 것이다."

"어차피 상대는 황태자 하나다! 그만 제압하면 된다!"

"네가 떠나면 내가 죽는다."

"공격하라!"

"이젤, 절대 그 자리에서 움직이지 마라."

이젤을 제외한 스무 명의 병사와 기사가 레너드를 향해 무기를 휘둘렀다. 그리고 그들을 향해 레너드가 검을 휘둘렀다.

이젤의 감이 그녀에게 속삭였다.

우후죽순처럼 베여 나가는 병사의 피가 홀을 조금씩 물들였다.

레너드는 이젤을 절대 놓아주지 않을 것이다.

레나로 돌아가야 한다.

그렇게 이젤은 선택했고, 마음을 굳혔다. 레나에서 보낸 사람들과 탈출하려 했고, 레너드를 만났다. 그리고 그의 검에 전부가 죽었다.

마지막으로 그의 검이 이젤의 앞에 꽂혔다.

세상의 누구보다도 사랑하는 레너드가 이젤에게 그녀의 전부를 포기하라 하고 있었다.

그녀가 해 온 맹세. 그녀가 살아온 인생. 이곳으로 오면서까지 지키고자 했었던 것이 전부 거짓이니 버리라고 강요하고 있었다.

"레나에 가고 싶으면 죽어라."

"……무슨 말씀을 하시는 것입니까?"

포기할 수 없으면 차라리 죽으라고 말하는 레너드가 낯설었다. 그녀를 사랑한다고 하면서도 그녀의 과거를 철저히 부정하는 그로 인해 아팠다.

과거를 정리하고 온다고 하였다. 반드시 돌아와 거리낌 없는 모습으로 그의 곁에 있을 것이라고 말했다. 하지만 그는 믿지 않았다.

그를 사랑한다. 하지만 그는 이젤을 사랑할지언정 그녀의 진심을 믿어 주지 않았다.

"네 숨이 붙어 있는 마지막까지 난 널 놔줄 생각이 없다. 내 호기심을 충족시킬 수 없다? 그러면 네가 할 수 있는 선택은 하나밖에 없지 않은가?"

윈스턴에게 돌아가겠다는 마음을 굳힌 순간, 이젤은 레너드에 대한 마음을 접었다.

이젤 드니스는 여인이기 전에 기사로 키워졌다.

"네가 할 수 있는 선택은 두 가지다. 나에게 충성해라. 네 전부를 나에게 바쳐라. 그럴 수 없다면 죽어라."

차가운 시선 안에 느껴지는 레너드의 감정이 이젤의 심장을 찔렀다. 애써 진정하려 해도 떨리는 몸이 가라앉지 않았다.

레너드를 선택한다면 이젤은 행복할 것이다.

그가 보여 주는 넓은 하늘 아래서 제 마음껏 원하는 일을 할 수 있을 것이다. 그에게는 그럴 힘이 있었고, 그걸 이룰 수 있는 능력이 있었다.

하지만 그렇기에 아무것도 없는 윈스턴을 선택했다.

기사라면 평생의 안락함이 아니라 섬기기로 맹세한 주군에게 충성하며 그가 꿈꾸는 나라를 위해 최선을 다해야 했다.

이젤은 카렐의 기사이기 전에 레나의 기사였다. 윈스턴이 살아 있다면 그녀는 돌아가야 한다.

'기사로서의 이젤을 부정하고 버리라는 것입니까?'

레너드의 말이 비수가 되어 이젤을 찔렀다.

"제 숨이 붙어 있는 한 저는 레나로 돌아갈 수 없단 말입니까?"

레너드만큼은 그녀를 이해해 주기를 바랐다.

역시 불가능한 일이었다. 레너드는 이젤을 이해하지 못할 것이다. 그리고 절대 이젤을 레나로 돌려보내지도 않을 것이다.

레너드는 레나의 이젤을 거부한다. 지금의 이젤을 만들어 준 레나를 부정하고 밀어내려 했다. 그리고 지금의 이젤에게 현실만을 보라고 강요하고 있었다.

하지만 이젤은 그럴 수 없다.

레너드의 곁에 머물고 싶다는 감정과 하루빨리 레나로 돌아가 윈스턴을 도와야 한다는 감정이 치열하게 부딪치고 격렬하게 대립하였다.

그리고 지금 이 순간, 이젤의 모든 감정이 그대로 무너져 내렸다.

"저는 생애에 가장 바라던 소원조차도 이룰 수 없단 말입니까?"

눈물이 뺨을 따라 흘러내렸다.

작은 소원이었지만 이루고 싶은 것이 있었다.

누구의 강요가 아닌 자신이 결정하고, 그 선택에 대한 책임을 지며 자신만의 삶을 만들고 싶었다.

하지만 그것은 꿈.

앞으로도 자신은 카델과 레나의 사이에서 방황하고 아무것도 선택하지 못한 채 이용당하고 좌절할 것이다.

이젤은 지쳤다.

레너드의 검을 잡은 이젤이 그를 보며 웃었다.

심장에 검을 겨눈 이젤이 주저 없이 움직였다.

"루칸!"

탑에서 들려오는 고함에 밖에 대기하고 있던 루칸이 문을 열었다. 안에 들어서자 보이는 거대한 홀, 그곳에서 팔에 검상을 입은 레너드가 쓰러진 이젤을 안고 있었다.

왼쪽 쇄골에서 옆구리까지 길게 베인 검상에서 붉은 피가 끊임없이 흘러내리고 있었다.

"치료사를 불러라."

"……."

"당장!"

저렇게까지 당황하는 레너드의 모습은 처음이었다. 하지만 갑자기 들어온 그가 보기에도 이젤의 상태는 심각했다. 루칸이 밖으로 나가자 레너드가 이젤을 안아 들었다.

단숨에 계단을 올라 이젤이 머물던 방까지 온 레너드가 급한 대로 이불을 들어 상처를 눌렀다.

"죽지…… 마."

이젤을 포기시키려고 했을 뿐이었다. 레나에게서 이젤을 지킬 방법은 스스로가 악역이 되는 것이라 믿었었다.

"죽으면 안 돼."

하지만 이젤이 포기한 것은 자기 자신이었다.

이불보에 스며드는 피가 각인처럼 레너드의 눈에 새겨졌다.

"제발."

입 안이 바짝바짝 말라 갔다. 방금 전의 장면이 눈앞에서 천천히 스쳐 갔다.

"네가 없으면 내가 죽어."

심장을 향해 움직이는 검을 보자마자 레너드는 몸부터 날렸다. 팔을 베이는 대신 심장으로 갔던 검의 방향을 바꾸었다. 하지만 검이 미끄러지면서 쇄골에서 옆구리로 긴 검상이 만들어졌다.

"쿨럭."

이젤의 입가에서 굵은 핏덩어리가 흘러내렸다. 상처를 누르고 있던 레너드가 떠는 손으로 이젤의 입가에서 뺨으로 흘러내리는 피를 만졌다. 희미하게 눈을 뜬 이젤의 시선이 레너드를 향했다.

"죽지 마. 살아야 해. 죽지 마."

레너드의 외침이 들리는 것인지 피를 흘리던 이젤의 눈이 조용히 그를 향했다. 하지만 그것도 잠시, 눈을 감은 이젤의 몸이 축 늘어졌다.

이젤이 죽는다.

자신의 죽으라는 소리에 그녀는 죽음을 택했다.

그녀를 지키려고 한 행동에 그녀가 위험해지고 말았다.

"네가 죽으면 레나를 절대 용서하지 않을 것이다. 그러니까 죽지 마! 네 멋대로 죽지 말란 말이다!"

"……컥."

"곧 치료사가 올 거다. 곧 올 테니…… 망할! 루칸은 아직인 것이냐!"

자신의 입에서 무슨 말이 나오고 있는지 알지 못했다. 현재 레너드를 지배하고 있는 생각은 두 가지, 이젤의 상처에서 나오는 피가 상당하다는 것과 위험하다는 것뿐이었다.

"전하! 치료사를 데리고 왔습니다!"

루칸의 목소리와 함께 들어온 치료사가 서둘러 이젤에게 달려왔다. 그의 등장에 상처를 막고 있던 레너드가 몇 걸음 뒤로 물러났다.

"살려 내라."

"최선을 다하겠습니다, 전하."

"무조건 살려 내."

치료사의 부지런한 손이 이젤의 상처를 지혈하고 치료하기 시작했다. 한순간도 놓칠세라 레너드의 시선이 치료사 너머의 이젤에게 향했다.

토혈은 멈췄지만 창백한 얼굴에 송골송골 땀이 맺혀 있었다.

"전하, 팔에 상처가……."

루칸의 말에 이젤을 보고 있던 레너드의 눈이 자신의 팔을 향했다. 깊게 베인 검상에서 흐르는 피가 상당했다. 하지만 레너드는 아무것도 느껴지지 않았다.

"죽으면 안 된다. 살려 내."

상처를 보던 시선이 다시 이젤을 향했다.

혼이 빠진 것 같은 레너드의 모습에 루칸이 추가로 데려온 치료사를 안으로 들여보냈다. 서 있는 레너드의 팔을 치료사가 조심스럽게 치료하기 시작했다.

이젤을 치료하고 있던 치료사가 이마의 땀을 닦았다. 붕대를 묶고 이젤의 얼굴과 몸에 묻은 피를 닦아 낸 치료사가 레너드를 향해 몸을 숙였다.

"상처를 치료하였으나 깨어나실 때까지는 지켜보아야 할 것 같습니다. 당장 오늘이 고비입니다. 내일이라도 깨어나시면 다행이오나 우선은 오늘 밤은 지켜보겠습니다."

"내가 지키겠다. 밖에서 대기하라."

이젤에게 시선을 고정한 상태로 명령하는 레너드에게 몸을 숙인 치료사가 뒷걸음질로 밖으로 나갔다. 이젤에게 다가간 레너드가 아주 조심스럽게 그녀의 뺨을 손으로 감쌌다.

아직 이젤의 뺨은 따뜻했다. 뺨을 감싼 손으로 이젤이 숨 쉬는 것이 느껴졌다.

살아 있다. 아직 이젤은 자신의 곁에 있었다.

조용하다 못해 경건한 레너드의 모습에 루칸이 몸을 숙였다.

"밖에서 대기하고 있겠습니다. 시키실 일이 있다면……"

루칸이 끝내려는 찰나, 방 밖에서 날카로운 여자의 목소리가 들려왔다.

"비켜라! 감히 너희들 따위가 날 막는단 말이냐!"

문이 열리고 시종을 밀어낸 비비엔이 안으로 들어왔다. 눈앞에 보이는 모습에 비비엔이 숨을 삼켰다.

방 안을 가득 채운 혈향, 침대에 앉아 있는 다친 레너드.

그리고…….

"이젤이 여자? 레, 레너드. 이게 무슨…… 무슨 말도 안 되는?"

"나가."

"레너드, 난 들어야겠어요. 이젤은 남자 아니었나요? 이게 무슨……?"

"당장 나가라고."

말을 하던 비비엔이 숨을 삼켰다. 조용히 비비엔을 응시하는 레너드의 시선에 짙은 살기가 감돌고 있었다. 더 이상 입을 열면 죽여 버리겠다는 레너드의 눈에 비비엔이 한 걸음 뒤로 물러났다.

"루칸, 비비엔 아가씨를 모셔다드려라."

레너드의 말에 루칸이 비비엔의 앞을 막으며 고개를 숙였다. 지금은 아무 말도 없이 나가 달라는 루칸의 시선에 비비엔이 치맛자락을 움켜잡았다.

이제야 레너드와 이젤 사이에 흐르던 기류가 무엇을 의미하는지 알게 되었다.

그리고 자신이 둘에게 얼마나 철저히 당했는지도.

무슨 일인지는 알 수 없으나 저런 상태의 레너드를 건드리면 위험했다.

결국 비비엔이 루칸을 따라 밖으로 나갔다.

이젤과 레너드만이 남은 방 안이 고요했다.

마시고 내쉬는 숨조차 끊어질 듯 약했다.

이불 위에 올려져 있는 이젤의 손을 잡으려던 레너드의 움직임이 멈추었다.

검을 찌르기 직전 이젤이 그에게 보인 미소가 눈앞을 가렸다.

이젤의 손을 잡는 대신 레너드가 주먹을 쥐었다.

절벽 끝에서 간신히 버티고 있던 이젤을 밀어 버린 것은 자신이었다.

문이 열리고 기척을 숨긴 인영이 조심스럽게 방으로 들어왔다. 밖의 기사와 시종은 어떻게 처리한 것인지 대담하게 방으로 들어온 인영이 침대에 누워 있는 이젤의 이마에 손을 가져다 대려 했다.

"만지지 마."

"싫은데?"

"이젤 만지면 형이라도 가만 안 둬."

어둠 속에 앉아 있는 레너드의 눈에 진한 살기가 묻어 나왔다. 레너드의 눈을 보고 있던 카일이 가져가던 손을 거두었다. 대신 내려와 있는 이불을 위로 올렸다.

그리고는 침대에서 레너드가 앉아 있는 곳으로 걸어갔다. 달빛이 비치지 않는 어두운 곳에 레너드가 의자에 앉아 이젤을 보고 있었다.

"절벽으로 적당히 밀라고 했잖아."

"……."

이젤에게 가 있던 레너드의 시선이 카일을 향했다. 오만하고 자존감 넘치던 시선은 어둠 속 깊이 가라앉아 있었다. 카일이 미쳤던 그날 이후로 처음 보는 상처 입은 표정이었다.

감정을 알 수 없는 카일의 시선에 잠깐이나마 안타까움이 스쳐 갔다. 하지만 그것은 찰나, 다시 묘한 미소를 지은 채 입을 열었다.

"이젤은 부러질망정 휘어지는 애가 아니잖아. 얼마나 힘들었으면 이젤이 그런 짓을 했겠어?"

"뭐하러 온 거야?"

말을 돌리는 레너드를 보며 카일이 미소 지었다. 레너드를 보던 카일이 고개를 돌려 침대에 누워 있는 이젤을 보았다.

"이젤을 레나로 보내."

카일의 말이 끝나자마자 레너드의 몸에서 살기가 터져 나왔다. 시종이나 기사였다면 그의 살기에 주저앉았을 것이나 카일은 레너드만큼이나 검에 재능이 있는 사내였다.

"그런 후에 바렌을 충동질시켜 레나를 없애 버려. 이젤도 되돌아갈 곳이 없으면 너에게 올 거야."

"이젤을 속이라고?"

"적어도 지금보다는 나은 모습으로 네 곁에 있게 되겠지. 어차피 레나는 없앨 계획이었잖아."

카일의 말에 레너드가 힘없는 미소를 지었다. 그렇게 하면 이젤은 돌아올 것이다. 평생을 그의 곁에서 레너드만을 바라보게 될 것이다.

실용적이고 유혹적인 제안.

예전의 레너드였다면 주저 없이 그 제안을 받아들였을 것이다.

"이젤이 다쳐."

"이젤 정도면 그 정도의 상처는 이겨 낼 수 있어."

"내가 싫어."

레너드의 말에 카일의 시선이 그를 향했다. 의자에 앉아 있던 레너드가 침대로 걸어왔다.

당장에라도 떠나갈 듯 누워 있는 이젤의 기척이 희미했다.

레너드를 미워하더라도 이젤 스스로를 비관하게 만들고 싶지 않았다. 하지만 그의 잘못된 판단 때문에 이젤은 무너졌다.

이대로 이젤이 없어져 버릴까 두려웠다.

레너드를 보며 지었던 마지막 미소가 머릿속에서 사라지지 않았다.

"레나가 그런 식으로 사라져 버리면 이젤은 평생 자신의 탓이라며 자책할 거야. 그리고 그렇게 레나가 사라져 버린다면 이젤은 포기하는 대신 다시 레나를 살리겠다며 그곳에 있겠지. 내가 아는 이젤은 그런 여자야."

"그래서 이 상태로 계속 가둬 놓겠다고?"

"지금은 힘들더라도 레나를 포기하게 해야지. 그러면 나를 미워하기는 해도 이젤은 아프지 않을 거야."

"그렇게 이젤이 소중해?"

침대의 반대편에서 카일이 레너드에게 물었다. 그의 물음에 레너드가 미소를 지었다.

"소중해."

"얼마나?"

"내가 지금 오르고 싶어 하는 자리만큼. 아니, 그 이상."

"만약 내가 널 황제로 올리는 데 전력을 다해 주는 대신 이젤을 달라고 한다면?"

도발하는 물음에 레너드의 눈에 다시 폭발하듯 날카로운 살기가 맺혔다. 가장 귀하게 여기는 여인을 내놓는 대신 평생을 열망하는 것을 주겠다는 카일의 제안은 생각할 가치도 없었다.

"10년이 걸리든 평생이 걸리든 내가 이룰 거야. 이젤은 줄 수 없어."

흔들림 없는 레너드의 눈에 카일의 입가에 비아냥대던 미소가 사라졌다. 비아냥이 사라진 자리를 차지한 건 부러움이었다.

주저 없이 이젤이 소중하다고 말하는 레너드가 부러웠다. 카일은 저렇게 할 수 없다. 자신을 미워하는 이젤을 보느니 카일은 레나를 없애는 것을 선택할 것이었다.

어리게만 보았던 동생이 언제부터인가 자신을 앞서기 시작했다.

"이젤은 널 선택할 거야. 이젤은 사람의 진심을 보는 여자니까, 네 진심도 곧 알아줄 거야."

"무슨 소리를 하는 거야?"

"내가 너와 이젤을 배신하는 일은 없을 거야."

카일의 말에 레너드가 미간을 좁혔다.

물어보려는 레너드를 막은 카일이 이만 가 보겠다며 방을 나갔다.

다시 둘만이 남은 방. 이젤을 고요히 바라보던 레너드가 조심스러운 손으로 그녀의 손을 잡았다. 레너드의 손에서 느껴지는 체온이 따듯했다.

지금의 불안을 가라앉혀 줄 사람은 침대에 누워 있는 이젤뿐이었다.

이젤의 손에 얼굴을 묻으며 레너드가 무거운 숨을 내쉬었다.

이번 일이 실패하자 제스퍼는 막무가내로 탑으로 들어가려는 페로단을 데리고 서둘러 궁을 빠져나왔다.

탑에서 무슨 일이 어떻게 진행되었는지는 알지 못했다.

다만 탑에 진입했던 병력이 전멸했다는 것. 그리고 이젤이 중상을 입었다는 보고뿐이었다.

"어떻게 할 건가! 탑의 경계가 더 심해졌단 말일세! 도대체 어떻게 계획을 짰기에 이젤을 놓친단 말인가!"

앞에서 노발대발하는 페로단을 보는 제스퍼의 눈은 어두웠다.

아버지라는 표현을 쓰기에는 페로단은 한없이 부족한 인간이었다. 저런 인간에게서 그런 이젤이 태어났다는 것이 신기할 정도였다.

"탑으로 밀어붙였어야 했네!"

"레너드의 병력을 무시하지 마십시오. 결정적인 타격을 줄 수 있는 때를 기다리고 있을 뿐, 레너드는 카델의 황제와도 충분히 싸울 수 있는 사람입니다. 그곳에서 나오지 않았다면 죽는 것은 우리였습니다."

"시간이 없단 말일세! 레나로 우선 데려다 놓고 윈스턴의 일을 설득시켜야 한다고! 더군다나 그 아이의 상대로 봐 둔 후작가의 아들 녀석도 잡아야 하고 말이야. 할 것이 산더미인데 하나도 제대로 되는 것이 없어!"

"후작가의 아들이라니 무슨 소리를 하시는 것입니까?"

"아인젤 말고도 가문을 지킬 다른 수단을 만들어 놓아야지. 그 못난 놈이 가문을 말아먹을 수도 있으니, 차라리 이젤에게서 낳은 아들로 가문을 잇게 해야지! 그러니 빨리 움직여야 한단 말일세!"

"당신이 그러고도 아버지입니까?"

아무리 즐거운 일이라도 이젤은 입꼬리를 올릴 뿐, 크게 웃음을 터트리거나 즐거워하지 않았다. 자신을 보여 주기 시작한 것은 최근, 이젤의 시선이 레너드를 향하고부터였다.

'이젤 너도 참……'

레나에서 이젤이 참아 온 삶은 지옥이었다.

그럼에도 윈스턴에 충성을 맹세했다며 레나로 돌아오려는 이젤이 한심했다. 그리고 그런 선택밖에 할 수 없는 그녀가 안타까웠다.

"그게 무슨 소리인가! 이게 다 가문을 위해서네!"

이상하다는 듯 보는 페로단의 모습에 제스퍼가 무거운 숨을 내쉬었다.

차라리 이대로 이젤은 카델에 있는 것이 나았다. 소모품으로 보고 있는 페로단과는 달리 레너드는 그녀 자체를 보고 있었다.

'결국 다들 자신이 생각하는 방향으로 가는 것이겠지.'

이젤은 안타까웠지만 제스퍼로서도 다른 방법이 없었다. 이젤의 일이 실패하면 죽는 것은 자신이었다.

"병력을 최대한 모으십시오."

"무슨 소리인가?"

"이젤이 다친 이상 스스로 걸어 나오기는 어렵습니다. 이번이 마지막 기회일 것입니다. 철저히 준비하고 움직이겠습니다."

"그것이 도대체 언제란 말인가! 더 이상 지체할 수 없……."

"페로단 백작님, 이젤이 깨어난 지 이제 겨우 이틀입니다. 당신이 그토록 데려오고자 하는 당신의 딸이 이제야 정신을 차렸단 말입니다."

결국 화가 치민 듯 제스퍼가 낮게 으르렁댔다. 순식간에 넘어간 기세에 페로단이 입을 다물었다.

"시, 시간이 없지 않은가."

"적어도 이젤이 스스로 걸을 정도는 되었을 때 움직일 것입니다. 아직 이쪽에서 매수해 놓은 사람이 남았으니 좀 기다리시지요. 제발 잊지 않으셨으면 좋겠습니다만, 혹여나 이젤이 잘못되면 전하와 백작이 하신 거래는 없었던 게 됩니다. 아시겠습니까?"

거래에 대해 말하자 페로단이 알겠다는 듯 고개를 끄덕였다.

페로단이 밖으로 나간 후, 제스퍼가 품에 넣어 놓았던 편지를 꺼내었다.

레나 왕에게서 급보로 전달된 것. 그 안에는 이젤과 페로단의 처리 및 윈스턴에 대한 내용이 쓰여 있었다.

한동안 편지를 보던 제스퍼가 무거운 한숨을 내쉬었다.

기사인 만큼 레나 왕의 명을 거스를 수는 없었다. 그리고 이번 일이 잘못된다면 레나는 물론이고, 제스퍼의 목숨도 보장받지 못한다.

"미안하다, 이젤."

편지를 다시 품에 넣으며 제스퍼가 입술을 깨물었다.

여인으로서 마음을 품지는 않았지만 벗으로서의 감정은 있었다. 하지만 기사에게 나라를 위한 맹세는 목숨이었다. 그리고 제스퍼는 레나를 위해 목숨을 걸었다.

충성을 맹세한 왕의 명령이라면 그는 따라야 한다.

무거운 숨을 내쉬며 제스퍼가 방을 나섰다.

❖

"이제 괜찮아?"

눈을 뜨니 머물던 방의 모습이 보였다.

하지만 굳게 잠겨 있었던 전과는 달리 창문과 방문이 열려 있어 시종들이 자유롭게 다녔다.

그럼에도 막상 방에 있는 이젤은 움직일 수 없었다. 죽으려고 찔렀던 검이 만든 상처 때문에 침대에 누워 있는 상태였다.

그리고 그녀가 깨어났다고 하면 당장에라도 올 줄 알았던 레너드는 이후로 볼 수 없었다.

레너드 대신 왔다는 카일을 보며 이젤이 고개를 끄덕였다.

"걱정을 끼쳐서 죄송합니다."

이젤의 말에 카일이 빙긋 미소 지었다. 어린아이의 머리를 쓰다듬듯 이젤의 머리카락을 헝클어트린 카일이 그녀에게 빙긋 웃었다.

"그러면 이제 절대 다치지 마. 내가 얼마나 걱정했는지 이젤은 모를 거야."

카일의 말에 이젤이 조용히 고개를 끄덕였다. 하지만 잠시 후, 카일의 눈치를 보고 있던 이젤이 조심스럽게 입을 열었다.

"놀라셨지요?"

"뭐가? 아! 이젤이 여자라는 거?"

화를 낼 거라는 이젤의 예상과는 달리 카일은 환한 미소를 지었다. 이젤의 뺨을 카일의 손이 쓸었다. 역시, 마음고생이 심했던 듯

45

이젤은 말라 있었다.

사내로 속였던 여인.

처음부터 여인이라는 것은 알고 있었지만 카일은 아무 말도 하지 않았다. 그런 것 따위 카일에게는 하나도 거슬리지 않았다.

"내가 화난 걸로 보여?"

"저는 저하를 속였습니다."

"그래서 내가 다른 귀족들처럼 벌이라도 내리라고?"

"벌을 주시겠다면 달게 받겠습니다."

지난밤에 있었던 일로 인해 이젤의 존재가 황궁에 퍼졌다. 사내로 속인 여인이라 벌을 내려야 한다는 여론이 일었지만 무슨 연유에서인지 황제는 처음으로 레너드의 손을 들어 줬다. 더군다나 이젤이 여인이라는 것을 알고서 데려왔다는 레너드의 말에 불같이 일어났던 여론은 순식간에 잠잠해졌다.

여기사가 없는 것도 아니었고, 차기 황제가 될 황태자가 묵인한 일이라고 했다. 섣불리 건드리면 당하는 것은 레너드가 아니라 귀족들이었기에 크게 퍼질 만한 이야기였음에도 놀랄 정도로 빠르게 가라앉았다.

"이젤은 바보야. 진짜 내가 본 사람 중 가장 바보야. 난 이젤이 좋다니까. 그거면 돼."

카일의 말에 이젤의 눈가에 물이 고였다. 창백한 이젤의 이마를 가리고 있는 머리카락을 귀 뒤로 넘겨 준 카일이 말없이 그녀를 바라보았다.

"내가 레나로 보내 줄까?"

카일의 말에 평온하던 이젤의 눈이 커졌다.

"내가 보내 줄게. 이젤 정도는 보내 줄 수 있어. 레니는 화를 내겠지만 이젤이 정말로 원하면 내일이라도 보내 줄게."

카일을 물끄러미 쳐다보고 있던 이젤이 힘없는 미소를 지었다. 뺨에 가 있는 카일의 손을 다치지 않은 손으로 붙잡은 이젤이 고개를 저었다.

"저하의 마음만 받겠습니다. 그러지 마십시오."

"왜? 가고 싶어 했잖아? 그래서 이렇게까지 다친 거잖아."

"카일 저하와 레너드 전하는 형제이시잖아요. 그것도 아주 사이가 좋은 형제가 아니십니까? 부족하고 어리석은 저이지만, 이기적인 저의 욕심 하나로 두 분의 사이를 틀어지게 하는 선택을 할 수는 없습니다."

"……."

"저한테도 동생이 하나 있지만 아쉽게도 저와 녀석 사이는 지금도 좋지 않습니다. 그래서인지 두 분을 볼 때마다 내심 부러웠습니다. 그러니까 못 들은 것으로 하겠습니다."

생각지도 못한 말에 카일의 말문이 닫혔다.

자신을 기준으로 생각하는 레너드와는 달리 이젤은 언제나 주변을 먼저 생각했다.

이젤이 레나로 보내 달라는 말을 꺼냈다면 카일은 레너드 몰래 바렌을 부추겨 레나를 공격하게 할 심산이었다. 레나만 없애 버리면 그만. 이젤이 있어야 하는 곳은 카델이었다.

레너드만큼이나 카일도 이젤을 레나로 보낼 생각이 없었다.

"아쉽지 않아? 이젤은 레나로 가고 싶어 했잖아."

기분 탓이었을까? 카일의 물음에 이젤의 눈가가 촉촉해졌다.

이젤의 시선이 카일에게서 열려 있는 창밖으로 향했다. 생각을 알 수 없는 이젤의 표정을 읽듯 카일의 눈이 바쁘게 그녀를 살폈다.

조용히 창밖을 보고 있던 이젤이 카일을 보며 소리 없이 미소 지었다.

"저하께서는 레너드 전하와 저의 사이 알고 계시지요?"

카일의 물음에 답을 하는 대신 이젤은 새로운 물음을 꺼냈다. 레나를 외면하는 듯한 모습에 카일이 이상한 듯 고개를 갸웃했지만 물음은 물음, 이젤의 물음에 카일이 대답했다.

"응. 알고 있어."

"그런데도 제가 그렇게 좋으십니까?"

"응! 이젤이 레너드를 많이 좋아하는 건 알지만 나도 이젤을 많이 좋아하니까."

드문드문 제정신인지 의심이 들다가도 어린아이 같은 미소를 짓는 그를 보고 있노라면 그랬던 의심이 사라졌다.

그가 이젤을 예뻐하는 만큼 이젤 또한 그에게 의지가 되었다. 모두들 미쳐 버린 황자라 수군거렸지만, 자신에게는 카델 황궁에서 유일하게 속마음을 말할 수 있는 사람이었다.

"저하, 레나로 보내 준다는 부탁 대신 다른 부탁을 하나 들어주실 수 있으십니까?"

"당연하지! 이젤의 부탁인걸! 뭔데?"

죽을 생각이었다.

아무것도 못 하는 꼭두각시는 이제 그만. 자신의 선택으로 살 수 없다면 그냥 죽는 것도 나쁘지 않다고 생각했었다.

그리고 그 순간, 레너드의 진심을 들었다.

어떻게 되든 상관이 없다고 믿었던 그때, 그의 목소리를 듣자 살고 싶다는 생각이 들었다. 정신을 차리고 상처를 치료하기 시작하면서 이젤을 채운 감정은 윈스턴에 대한 걱정도, 레나의 미래도 아니었다.

당연한 듯 채웠던 자리에 그 사람이 없자 자꾸 공허해졌다.

이젤은 살아남았다. 숨을 쉬고 다시 선택해야 하는 현실 앞에 놓였다. 그리고 그 순간, 이젤은 언제나 곁에 있던 누군가가 없다는 사실에 절망했다.

"레너드 전하…… 그분이 보고 싶어요."

언제나 한밤중에 조용히 들어온 레너드는 해가 뜰 때까지 잠든 그녀를 보고 갔다. 이불 밖에 있던 팔을 안에 넣어주고 흐트러진 베개를 다시 잡아 주었다. 그리고는 이젤이 잠에서 깰 때까지 조용히 옆에서 머물렀다.

카일에게 부탁을 했음에도 레너드는 오지 않았다. 갇혀 있지 않았기에 그녀가 레너드를 찾아가려 했으나 아직 움직일 때가 아니라며 치료사와 시종이 말렸다.

그렇게 한 달이 지났다.

고비는 지나갔으나 레너드는 여전히 나타나지 않았다. 결국 이젤은 가장 싫어할 방법으로 그를 부를 수밖에 없었다.

"왜 치료를 거부했지?"

이젤이 마른 만큼이나 그 또한 말라 있었다.

제대로 쉬지 않았는지 차가운 시선 안에 짙은 피로가 드리워져 있었다.

잠이 안 온다며 억지로 참아 냈을 것이다. 이젤이 아는 레너드는 그런 사람이었다.

"왜 치료사의 치료를 거부했느냐고!"

말없이 그를 바라보고만 있자 화가 난 레너드의 목소리가 올라갔다.

이기적이고 제멋대로인 레너드의 방식에 화가 났다. 하지만 한 걸음 물러나 그 모습을 보니 그가 했던 모든 행동이 전부 그녀를 위한 것임을 깨달았다.

"그래야 전하께서 절 보러 오실 테니까요."

바뀐 이젤의 말투에 레너드의 눈이 날카로워졌다. 무언가를 살피듯 바라보는 레너드의 시선에 이젤이 힘없이 입꼬리를 올렸다.

그가 없던 한 달. 몸의 상처는 치료가 되었으나 마음의 공허는 커졌다.

기사의 신념도, 레나의 윈스턴도 지금의 이젤에게는 아무런 도움이 되지 않았다.

어린아이 같은 투정이었어도 레너드가 보고 싶었다.

그래서 치료를 해야 함에도 거부했다.

그녀가 예상한 대로 레너드는 곧바로 탑으로 달려왔다.

그를 보는 순간, 이젤의 내부에서 치열하게 대립하던 감정은 하나로 정리되었다.

"올려 보니 목이 아파요. 가까이 오세요."

"이상한 짓 그만하고 치료부터 받아."

"치료사에게 치료받다 보면 전하께서는 또 사라질 거잖아요."

이젤의 말에 레너드가 입을 굳게 다물었다. 이젤이 무슨 말을 할지 그는 두려웠다. 그녀가 레나로 보내 달라고 한다면 이번에야말로 레너드는 거부할 자신이 없었다.

그럼에도 이젤만큼은 레나로 보낼 수 없었다.

그녀 때문이 아니었다.

이기적이어도 레너드에게는 다른 선택지가 없었다.

"치료사를 불러오겠다. 치료받아."

"약 바르고 붕대만 감으면 돼요. 전하께서 해 주세요."

이젤의 말에 레너드의 걸음이 멈추었다.

복잡한 레너드의 표정과는 달리 이젤의 표정은 고요했다.

"전하께서 해 주세요."

치료사가 두고 간 약에서 나는 향이 방을 채웠다. 아물어 있었지만 움직이면 안 될 정도로 이젤의 상처는 심했다.

조심스러운 손길이 붕대를 풀어내고 상처에 남아 있는 약을 닦아 냈다. 새 약을 바르고 깨끗한 붕대로 다시 상처를 감았다. 방이 지독히 고요했다. 마치 둘 다 없는 사람인 것처럼 한 마디의 말도 오고 가지 않았다.

"죽지 않아서 화나셨나요?"

붕대를 묶고 있던 레너드의 손이 멈추었다. 하지만 곧 다시 붕대의 끝이 움직였다.

"아니면 죽으라는 소리에 진짜 죽으려 했던 제가 미우셨어요?"

이젤이 묻는 물음 하나하나가 비수가 되어 레너드를 찔렀다.

"둘 다."

"그래서 안 오신 건가요?"

조용한 말 한 마디, 한 마디가 레너드의 심장을 흔들어 댔다.

보러 오지 않은 것이 아니다. 못 본 것이었다.

하루에도 몇 번씩 탑으로 걸음을 옮겼다. 하지만 문 앞에서 결국 되돌아왔다.

그녀가 무슨 말을 꺼낼지 두려웠다. 그에게 실망했다며 떠나겠다는 말을 할까 무서웠다.

품 안에서 빠져나가려는 이젤에 대한 갈급으로 레너드는 미칠 것 같았다. 하지만 갈급만큼이나 그녀가 완전히 사라질지도 모른다는 공포가 그를 휘감고 있었다.

레너드가 아무 대답도 하지 않자 이젤이 고요한 숨을 내쉬었다. 붕대를 다 감은 레너드가 들고 있던 붕대와 가위를 탁자 옆에 내려놓았다.

"치료가 끝났으니 쉬어라."

일어나려는 레너드를 이젤이 붙잡았다. 그 때문에 상처를 건드리자 이젤이 눈썹을 찡그렸다. 이젤의 모습에 레너드가 서둘러 자리에 앉았다.

"저 좀 보세요."

"아직 무리하면 안 된다. 나가 보겠……."

"제가 레나로 가는 게 그렇게 싫으세요?"

자리에서 일어나려던 레너드의 몸이 그대로 굳었다. 놀란 레너드에 비해 이젤의 눈은 떨리지 않았다. 굳어 있는 레너드를 깨우듯 이젤의 손이 그의 뺨을 감쌌다.

이젤의 손에 움찔하던 레너드가 그녀의 손 위에 자신의 손을 올렸다. 무거운 한숨이 레너드의 입에서 흘러나왔다.

레너드의 모습을 보고 있던 이젤의 눈가에 물기가 차올랐다.

자신을 이해해 주지 않은 채 절벽까지 밀어 버리는 그가 미웠다. 이젤에게 한 가지 길만을 보여 주며 그것을 따르라는 그를 이해할 수 없었다.

하지만 자신을 보지도 못하며 힘들어하는 레너드의 모습은 더는 보고 싶지 않았다.

"레나…… 포기할게요."

"이젤?"

"그날, 희미하기는 하지만 죽지 말라고 한 전하의 목소리 들었어요."

"……."

"적어도 그때의 말은 전하의 진심이라고 생각해요. 기사의 신념도, 내가 살아온 삶도 중요하지만 내 고집이 전하를 힘들게 하는 거라면…… 제 곁에는 전하밖에 없어요. 눈에 보이지 않는 것을 잡으려다가 전하를 잃을 수는 없어요."

무너지는 것이 이젤 자신만이었다면 그녀는 무슨 수를 써서라도 레나로 돌아가려 했을 것이다. 하지만 그녀의 고집으로 인해 레너드까지 고통받게 된다면 이젤이 해야 할 선택은 하나였다.

그녀의 삶에 처음이자 마지막으로 생각하고 받아들인 사내였다.

그가 귀하다. 그렇기에 더 이상 고집을 부릴 수 없었다.

"정리할 시간이 좀 필요하겠지만 그래도…… 레너드."

다치지 않은 이젤의 어깨에 레너드가 얼굴을 기댔다.

부러질망정 굽히지 않는 이젤이었다.

그랬던 이젤이 레너드를 위해 자신의 뜻을 굽혔다. 이젤의 손가락이 레너드의 뺨을 쓸었다. 그런 이젤의 손을 레너드가 붙잡았다.

"하아."

무겁지만 안도하는 숨이 레너드에게서 길게 흘러나왔다. 이젤에게 무리가 가지 않도록 팔을 붙잡은 레너드의 손이 떨고 있었다.

"미안하다. 그리고 고맙다."

"레너드."

"그리고 맹세하마."

어깨에서 얼굴을 든 레너드가 이젤의 눈을 고요히 바라보았다. 당장은 마음을 바꾸었지만 이젤은 한참을 힘들어할 것이다.

하지만 레나로 돌아가려는 선택만 접어 준다면 얼마든지 참고 기다릴 수 있었다.

늦었지만 보듬을 것이다. 그녀를 힘들게 하는 모든 것에서부터 지킬 것이다.

"더는 숨기지도, 아프게도 하지 않겠다. 이젠 절대 그러지 않아."

말을 끝낸 레너드가 조심스럽게 이젤을 품에 안았다. 한 달 만에 안기는 레너드의 품에서 이젤이 안도의 숨을 내쉬었다.

아직 레나에 대한 미련이 남아 있다. 레나가 어떤 상태인지 알 수 없었지만 이젤은 묻기로 했다.

기사의 신념과는 다른 이기적인 선택.

그녀 하나만 굽혀서 모두가 나아질 수 있다면.

자신의 선택은 잘한 것이다. 그러니 후회하지 않을 것이다.

쉬어야 한다는 레너드의 말에 다시 침대에 누웠다. 언제 잠이 들었는지는 기억나지 않았다.

마주 잡고 있는 손의 온기가 오랫동안 머무른 것은 기억에 있었다. 잠을 자다 상처 때문에 깨면 어느새 다가온 레너드가 그녀를 다독였다. 예전에는 아파도 혼자 참아 냈었다.

하지만 이제는 조금만 표정을 찡그려도 옆에서 지켜보는 사람이 있었다.

선택은 힘들었지만 견뎌 낼 수 있었다.

시간이 흐르고, 레너드의 관심과 치료사의 치료에 이젤의 상처가 회복되었다.

제9장

새로운 자리

여자인 것이 밝혀진 이상, 더는 기사들이 머무는 숙소에 머물 수 없었다. 더군다나 상처가 제대로 낫지 않은 상황, 레너드는 자신의 방 옆에 이젤의 거처를 마련하였다.

밖에서의 일을 끝내고 집무실로 돌아가는 길. 레너드가 이젤이 머물고 있던 방의 문을 소리 없이 열어 보았다.

방 가운데에 있는 테이블도 밀어 놓은 채, 이젤이 눈을 감고 그 자리에 서 있었다.

아무것도 모르는 사람이었다면 별것 아니라며 그냥 지나갔을 모습이었지만, 방 안으로 들어온 레너드는 벽에 등을 기댄 채 그 모습을 말없이 바라보았다.

"후우."

한참을 자리에 서 있던 이젤이 무거운 숨을 내쉬었다. 상처가 아픈지 고개를 찡그리던 이젤이 옆에서 느껴지는 기운에 고개를 돌렸다.

"언제 오셨습니까? 아니, 언제 오셨어요?"

이젤의 물음에 레너드가 말없이 다가왔다. 땀이 송골송골 맺혀 있는 이젤의 이마를 손으로 닦은 레너드가 이젤을 안아 들었다.

"무리하지 말라는 소리를 치료사에게 들었을 텐데."

"이건 그냥 몸이 어떤지 보려고……."

"처음에는 그렇다 쳐도 나중은 그것이 아니지 않았는가? 네 손에 검이 있었으면 당장에라도 휘두를 기세였다."

레너드의 말에 항변하려던 이젤의 말문이 닫혔다. 레너드가 안은 이젤을 침대에 조심히 내려놓았다. 카렐로 처음 올 때만 해도 짧았던 백금발이 어느새 등의 절반을 덮고 있었다.

"그런데 무슨 일로……?"

"널 보는 데 이유가 필요했던가."

"그게 아니라 기분 나쁘셨다면……."

"보고 싶었다. 잘 지내나 궁금하기도 하고."

그의 말에 이젤의 얼굴에 홍조가 일었다. 예전처럼 표정이 밝지는 않았지만 완전히 레너드에게 감정을 닫았을 때와는 확실히 다른 반응이었다.

"아침까지 같이 있지 않으셨습니까? 아니, 같이 있었잖아요."

말을 바꾸는 이젤을 보며 레너드의 입가에 미소가 감돌았다.

레나를 포기했다는 선언을 한 이젤은 그때부터 자신을 바꾸려 하였다. 일부러 말투를 고치면서까지 바꾸려는 이젤에게 그럴 필요가 없다고 말렸지만 그녀는 고집을 꺾지 않았다.

「이제 전하와 둘이 있을 때만큼은 기사는 되지 않을 거예요.」

지난밤, 레너드의 품에 안겨 이젤이 담담히 말했다.

「기사 작위에 집착했었던 이유는 레나 때문이었어요. 하지만 전하를 선택했으니까. 적어도 전하와 둘이 있을 때만큼은 이제는 여인으로 보이고 싶어요.」

그를 선택하면서 하나씩 포기하는 이젤에게 미안하면서도 고마웠다.

그녀가 포기한 만큼 레너드가 채워 나갈 것이다.

즐기고 취할 여인과 곁에 둘 여인.

이젤이 레너드의 곁에 머무는 순간, 둘의 경계는 완전히 사라졌다.

"여기에 계셔도……."

"흠. 어차피 조금 쉬고 집무실로 갈 생각이었다. 그리고 이젤."

"……."

"무리할 필요 없다. 전이나 지금이나 넌 이젤일 뿐이야."

레너드의 말에 이젤이 소리 없이 미소 지었다. 어깨를 감싸고 있는 레너드의 팔을 손으로 감싼 이젤이 그의 품 안을 파고들었다. 포기하는 것이 맞다고 생각하면서도 마음은 치열하게 갈등하였다.

서둘러 돌아오라는 윈스턴의 편지가 다시 전해졌지만 이젤은 조용히 편지를 없앴다.

레나가 어떤 상황인지 걱정되었지만 이젤은 눈을 감고 귀를 막았다.

자신은 레나가 아니라 곁을 지켜 주는 레너드를 선택했다. 그리고 이젤이 그를 선택함으로써 무너지던 레너드는 점차 예전의 모습을 되찾아 갔다.

"역시 말투가 어색하죠?"

"응."

그의 대답에 이젤이 힘없이 웃음을 터트렸다. 당장에 무언가를 바꾸겠다는 생각을 가진 것은 아니었다. 다만 이제 자신이 여자라는 것을 숨겨도 되지 않는 상황이라면, 거짓으로 자신을 꾸며도 되지 않는다면 조금씩이나마 달라지고 싶을 뿐이었다.

"다른 여인들은 어색하지도 않고 예쁘게 잘하던데."

"눈에 보이지 않는 여인들이 간드러지게 말해 봤자 귀에 들어오지도 않는다. 하지만 네가 자꾸 무리하려는 것은 눈에도 밟히고 귀에도 걸린다."

당황한 이젤이 레너드를 바라보던 시선을 내렸다. 그녀 나름대로 이겨 내려고 하는 것이다. 그걸 알기에 미안하면서도 해 줄 수 있는 것이 없었다.

이젤은 겉으로 힘든 걸 드러내는 대신 속으로 이겨 내려고 노력하는 여인이었다.

"몸이 아파서 쉬게 하고 있지만 너에게 검을 놓게 할 생각도, 여인처럼 행동하라며 강요할 생각도 없다. 그런 걸 바라고 너에게 레나를 접게 한 것이 아니었다."

아무렇지도 않은 척해도 레너드에게는 단 하나도 제대로 숨겨지는 것이 없다. 결국 이젤이 그의 품에 얼굴을 묻었다.

그를 볼 자신이 자꾸 없어졌다. 마음을 접은 것은 이젤이었으나 그 이외의 것을 품은 것은 레너드였다. 파고드는 이젤의 정수리에 턱을 기대며 레너드가 눈을 감았다.

"아직은 초조하고 힘들 거라는 거 알고 있다. 그러니 억지로 애쓸 필요 없어."

"하지만 걱정을 끼치고 싶지는 않습니다."

원래대로 돌아온 이젤의 말투에 레너드의 입가에 미소가 감돌았다.

안겨 있는 이젤의 등을 천천히 토닥였다.

"나한테 너는 희망이다. 그러니까 무리하지 마라."

울컥 치미는 감정에 이젤이 말없이 고개를 끄덕였다. 따뜻한 그의 체온도, 조용히 다독여 주는 손길도 좋았다. 유일하게 그의 옆에서만 얻을 수 있는 평화, 이젤이 말없이 그 평화에 몸을 맡겼다.

"전하, 아가씨의 약을 가져왔습니다. 들어가겠습니다."

시종의 목소리에 누워 있던 둘이 몸을 일으켰다. 침대에서 내려온 레너드가 들어오라는 말을 마치자 약을 가져온 시종이 안으로 걸어 들어왔다. 뒤이어 안으로 들어온 루칸이 레너드의 귀에 나지막이 무언가를 전하였다.

마음에 들지 않는 듯 레너드가 미간을 좁혔다.

"일이 생겨서 이만 가 봐야겠다."

"저는 괜찮습니다. 가 보십시오."

레너드에게 미소를 보인 이젤이 옆에 온 루칸에게도 고개를 숙였다. 전과는 달라진 이젤의 위치에 루칸 또한 말없이 고개를 숙였다.

루칸과 레너드가 방 밖으로 나가고 이젤이 김이 모락모락 나는 약을 받아 들었다. 그것을 먹으려던 이젤이 옆에 서 있는 시종을 보며 물었다.

"못 보던 분이군요. 항상 약은 치료사께서 보내신 시종이 가져왔던 걸로 아는데요."

"항상 오시던 분께서 몸이 좋이 않으셔서요. 오늘만 바뀌었습니다. 약이 식으면 좋지 않아요. 어서 드세요."

시종의 말에 이젤이 약에 입을 갖다 대었다.

평소에 먹던 약과는 미묘하게 맛이 달랐지만 어차피 약에 대해서는 지식이 없는 이젤이었다. 약을 넘기자마자 이젤이 정신을 잃고 시종의 품에 쓰러졌다.

이젤을 받아 든 시종의 입가에 묘한 미소가 감돌았다.

카델의 황제는 유난히도 불사와 금에 집착했다. 가구와 곳곳에 부담스러울 정도로 금으로 치장되어 있는 방에서 레너드가 황제와 독대하고 있었다.

"내가 왜 이젤이라는 계집을 허락했는지 아느냐?"

그와의 독대는 불편하고 기분 나빴지만 레너드에게는 선택권이 없었다. 최고급의 차가 앞에 놓여 있었지만 마시고 싶은 생각조차 들지 않았다.

차가운 눈으로 황제를 본 레너드가 감정을 숨기며 말했다.

"황제 폐하께서 하해와 같은 배려를 해 주신 것으로 알고 있었습니다."

"마음에도 없는 말을 해 대기는……. 뭐, 상관없다. 어차피 지금의 모습이야 곧 엉망이 될 테니 말이다."

황제의 말에 레너드의 눈이 날카롭게 변했다.

유모 때에도, 카일 때에도 지겹게 보아 온 황제의 비웃음이다. 각인처럼 기억 속에 존재하며 잠을 잘 때조차 그를 괴롭히는 미소가 황제의 입가에 생겨났다.

그 순간, 오늘 이젤에게 약을 가져온 시종의 얼굴이 레너드의 머릿속에 스쳤다.

"그녀를 건드리면 각오하시라는 말씀을 드렸던 것으로 알고 있습니다만."

"레너드야, 잊지 말아라."

"……."

"넌 아직 내 아래에 있는 황태자일 뿐이다. 네가 아무리 발악을 해도 지금의 카델은 내 것이란 말이다."

흐르는 피가 싸늘하게 식어 갔다. 황제가 말하고 있는 의미가 소름 끼쳤다.

비릿한 미소를 짓는 황제를 보고 있던 레너드가 자리에서 일어났다. 냉담하려 했지만 레너드의 내부에서 울컥 솟아오르는 감정은 공포였다.

"이젤을 어떻게 하신 것입니까?"

굳어 있는 레너드의 표정에 황제가 즐겁다는 듯 크게 웃음을 터트렸다.

저 모습이다.

레너드의 저 모습을 보고 싶었다.

죽이려고 발악을 해도 악착같이 살아남는 원수 같은 저 녀석이 저렇게 하얗게 질려 있는 모습을 무척이나 보고 싶었다.

"아무리 속국이어도 레나를 신경 쓰지 않을 수 없구나. 더군다나 그 아이는 사내인 척 기사까지 한 전적이 있지 않으냐? 레나 왕이 그 아이를 요구하니 내줄 수밖에. 이미 궁 밖으로 나갔을 것이다. 안타까워도 어쩔 수 없…… 컥."

여유롭게 찻잔을 들었던 황제의 몸이 굳었다.

레너드에게서 나오는 살기가 황제의 몸을 옥죄었다. 검이었다면 당장에라도 목을 꿰뚫어 버릴 것 같은 시선으로 황제를 노려보던 레너드가 천천히 다가왔다.

한쪽 무릎을 꿇어 황제와 눈을 마주친 레너드가 입꼬리를 올렸다.

입은 웃고 있었으나 황제를 노려보는 시선은 그 어느 때보다도 날카로웠다.

"진작 당신을 뒷방 늙은이로 만들어 버렸어야 했는데."

"컥. 감히…… 네가…… 커억."

입을 여는 황제의 목을 레너드가 움켜잡았다. 호흡이 어려워지자 황제가 레너드의 손목을 움켜잡았다. 독대하느라 방 밖에 대기

시킨 시종을 부르고 싶었으나 어떻게 움켜잡힌 것인지 목소리는 나오지 않았다.

천천히, 하지만 한 치의 틈도 없이 레너드가 목을 잡고 있는 손에 힘을 주었다.

"커억."

질식하기 직전까지 황제의 목을 잡고 있던 레너드의 눈에 불안이 밀려왔다.

지금은 황제와 신경전을 벌일 때가 아니다. 당장에라도 죽여 버리고 싶은 이였으나 지금 가장 중요한 사람은 이젤이었다.

힘껏 움켜잡고 있던 황제의 목에서 레너드가 손을 떼었다.

그러자 의자에서 굴러떨어진 황제가 황급히 숨을 들이마셨다. 조금 전 겪었던 굴욕에 황제의 눈에 분노가 스미었다.

"네, 네 이놈."

"폐하께서 싸움을 먼저 거셨으니 얼마든지 받아들이지요. 하지만 이번에 당신, 나 잘못 건드렸어."

레너드의 말에 울컥한 황제가 서둘러 몸을 일으켰지만 이미 그는 방 밖으로 나간 뒤였다.

멀리서 황제가 고함치는 소리가 들려왔지만 그는 고개 한 번 돌리지 않았다.

잠시 후, 황태자를 주축으로 한 기사 무리가 궁 밖으로 나와 어디론가 빠르게 움직였다.

❖

몸이 흔들거리는 기분에 이젤이 떠지지 않는 눈을 힘겹게 떴다.

방에서 약을 먹은 기억은 있었지만 그 후로는 아무런 기억도 없었다. 지끈거리는 머리를 잡으려 했건만, 마음처럼 손이 움직이지 않았다. 흔들리는 것이야 약 때문이라도 쳐도 손이 움직이지 않는 것은 이상했다.

무거운 머리를 억지로 숙인 이젤이 자신의 손을 내려다보았다.

포박.

양손이 두꺼운 밧줄에 의해 단단히 묶여 있었다. 흐릿한 정신을 차리듯 고개를 두어 번 흔든 이젤이 반대편에 있는 사내를 바라보았다.

"약이 독한 것이라 당장은 정신이 몽롱할 것이네. 그리고 마차 안이라 그런 것이니 어지러워도 조금만 참게."

제스퍼의 모습에 이젤이 눈을 감고 고개를 저었다. 잘못 본 것인가? 혹시나 하는 마음에 다시 눈을 떴지만 앞에 있는 제스퍼는 여전히 그 자리에 있었다.

"제스퍼."

"말만 더럽게 많은 페로단 백작은 뒤의 마차에 타게 했네. 나 잘하지 않았나?"

약의 탓인지 아니면 미친 듯이 달리고 있는 마차 탓인지 머리가 계속 어지러웠다. 묶여 있는 손을 불편한 듯 쳐다보자 제스퍼가 입을 열었다.

"자네 실력은 내가 잘 알지 않은가. 어쩔 수 없었네."

"레나로…… 가는 중인가?"

이젤의 물음에 제스퍼가 복잡한 시선으로 그녀를 바라보았다. 흐트러져 있는 이젤의 몸을 다시 앉히며 제스퍼가 입을 열었다.

"이렇게 보니 자네도 제법 예뻤군. 아까워. 내가 먼저 자네를 채 갔으면 좋았을 것을."

"제스퍼, 이곳은 레나로 가는 길이 아니네."

이젤의 말에 제스퍼의 말문이 막혔다. 아직 시야가 또렷하게 돌아온 것은 아니었지만 이젤의 눈에 보이는 제스퍼의 눈동자는 격하게 흔들렸다. 그를 보며 이젤이 다시 입을 열려는 찰나, 거칠게 달리던 마차가 멈췄다.

"도착했습니다."

이젤을 보던 그 시선 그대로 제스퍼가 입을 열었다.

"페로단은?"

"포박하여 마차 밖으로 끌어냈습니다."

페로단과 포박이라는 말에 이젤의 눈이 좁아졌다. 그런 이젤을 보는 제스퍼의 눈이 낮게 가라앉았다. 마차 문을 연 제스퍼가 나지막이 말했다.

"죄인 이젤 드니스를 끌어내라."

한 방울씩 내리던 비가 천천히 속도를 더해 갔다. 얼굴에 닿는 비가 차가운지도 느낄 수 없었다. 마치 연극을 보는 관객처럼 모든 상황이 이젤의 눈앞으로 빠르게 지나갔다.

하지만 현재 이젤은 관객이 아니라 그 안에 참여하고 있는 배우.

그것도 가장 끔찍한 상황 앞에 놓인 희생자였다.

"이거 놔라! 내가 누구인지 모른단 말이냐!"

이젤이 서 있게 놔둔 것과는 다르게 페로단은 진흙 바닥에 무릎을 꿇렸다. 그의 고함조차 폭우로 하염없이 묻혀 버렸다.

윈스턴을 죽인 책임으로 레나는 이젤에게 죽음을 강요했다. 아버지의 죄는 가문에 소속된 그녀의 죄이기도 하니, 기사로서 왕의 명을 받들라 하였다.

"윈스턴 왕태자 저하를 시해한 죄. 레나를 버리고 두 주군을 섬긴 죄. 용서하려 해도 절대로 용서할 수 없다. 페로단 드니스와 이젤 드니스는 즉각 처형하라."

기사가 말하는 이젤의 죄명이 꿈처럼 다가왔다. 그리고 그의 목소리에 겹쳐 레너드가 그녀에게 답답하다며 외쳤던 말이 겹쳤다.

「그리고 또 상처받겠지. 그 빌어먹을 신념 때문에 이용당하고 부서지겠지. 아프다고 말도 못 하고 또 참아 내겠지. 너란 녀석은 언제나 그 꼴이니까.」

"이건 말도 안 된다! 왕이 나한테 이럴 수는 없단 말이다!"

반항하는 페로단을 포위하고 있던 병사들이 다시 무릎을 꿇렸다. 페로단이 지르는 고함조차 먼 곳에서 울리는 메아리처럼 울렸다.

이곳에 끌려오기 전에 먹은 약 때문일까? 아니다.

설마로 생각했던 현실이 눈앞에 나타났기 때문일 것이다.

"제스퍼, 몇 가지 묻고 싶네."

쓰러질 듯한 모습으로 악착같이 버티고 있는 이젤을 바라보던 제스퍼가 고개를 끄덕였다.

"윈스턴 저하를 내 아버지가 시해하셨다는 것인가?"

제스퍼의 시선이 이젤에서 페로단으로 향했다. 제스퍼를 막으려는 페로단이 몸을 일으켰으나 옆에 있던 기사들이 그를 바닥에 다시 눌렀다.

이젤에게 시선을 돌린 제스퍼가 무겁게 입을 열었다.

"자네를 레나로 데려올 목적으로 페로단 백작은 윈스턴 저하에게 독을 먹였다. 자네가 레나로 오는 걸 확인하면 해독제를 주기로 했었지. 하지만 페로단의 독을 버티기에는 저하의 몸 상태가 좋지 않았다. 페로단이 장담한 유예기간을 반 정도 남기고 돌아가셨네."

"이젤, 어쩔 수 없었다! 가문을 위해서였다! 아인젤 그놈은 계속 사고를 쳐 댔고 가문은 절벽에 몰렸다. 어떻게든 돌파할 방법이 필요했단 말이다!"

무릎으로 이젤의 앞으로 기어간 페로단이 다급히 입을 열었다.

"아인젤만으로는 가문을 지켜 낼 수 없었다. 네가 필요했어! 언제나 가문을 위하던 네가 아니냐. 그래서 그랬을 뿐이다. 윈스턴이 그 정도까지 병약한지 몰랐단 말이다!"

서 있던 이젤의 몸이 휘청거렸다. 막막해지는 고통이 밀려왔다.

하지만 그녀는 진실의 전부를 알지 못했다. 생애 마지막이 될지도 모르는 곳에 있었지만 이젤은 사실을 알고 싶었다.

"언제 저하께서는 돌아가신 것인가?"

"자네가 레너드 황태자와 출궁을 했을 때였네. 급전을 바렌 황자의 궁으로 보냈었지. 그랬더니 그답게 곧바로 묻어 버리더군. 자네 주변에 레나인은 얼씬도 못 하게 만들었지."

"그럼 나에게 보내진 편지는 무엇인가?"

"기사 중에 윈스턴 저하의 필체를 따라 할 수 있는 자가 있네. 그를 시켜 쓰게 했네. 적어도 저하의 편지라면 자네가 레나로 돌아오려는 마음을 접지 않을 것이라 생각했거든."

제스퍼의 말에 이젤이 헛웃음을 터트렸다. 눈에 맑게 고인 것이 비와 함께 섞여 얼굴을 타고 흘렀다.

"그렇게까지 해서 날 황궁 밖으로 나오게 하고 싶었나?"

"레너드의 영향 아래서는 자네를 어떻게 할 수 없었네. 자네는 모르겠지만 레너드는 악착같이 자네를 보호했네. 결국 이런 식으로 자네를 데려올 수밖에 없었지."

제스퍼의 말에 이젤이 눈을 질끈 감았다.

"나 하나를 데려오자고 돌아가신 저하까지 우롱하였군."

"자네가 설마 윈스턴 저하를 포기하고 레너드 황태자를 택할 줄은 몰랐거든."

제스퍼의 말에 이젤이 힘없는 미소를 지었다. 그녀의 모습에 제스퍼가 자신도 모르게 힘껏 주먹을 쥐었다.

이번 일은 이젤과는 아무 상관 없다. 하지만 같은 드니스라는 이유로, 그리고 검제의 곁에 머물게 하기에는 위험하다는 이유로 레나는 그녀에게 희생을 강요했다.

이젤이 반항하면 이곳의 병사로도 그녀를 제압하기 어렵다. 하지만 이젤은 천성이 기사였다. 기사로서의 충성으로 희생을 요구한다면 그녀는 어쩔 수 없이 받아들일 것이다.

"윈스턴 저하께서는 마지막까지 자네를 찾았네. 하지만 자네는 오지 않았어. 레너드 황태자의 방해가 있었지만 그것이 면죄부가 되지는 못하네. 이제라도 기사로서의 책임을 다하게."

"죽음으로써 말인가?"

허를 찌르는 이젤의 말에 제스퍼가 숨을 삼켰다. 그를 보고 있던 이젤이 고개를 들어 비가 내리는 하늘을 바라보았다.

평생을 충성할 것이라 믿었던 윈스턴이 그녀가 가장 행복했던 순간에 죽음을 맞이했다. 그리고 그 사실을 레너드는 철저히 숨겼다. 이젤이 마음을 바꿀 때까지 그는 자신의 고집을 꺾지 않았다.

레너드가 소중하면서도 그의 방식이 이해가 되지 않았었다.

하지만 이제 그가 그렇게밖에 행동할 수 없었음을 알게 되었다. 그는 고개를 숙이거나 애원을 하며 설득을 하느니 스스로 악인이 되는 것을 선택할 사람이었다.

스스로 상처받고 힘들어해도 자신만의 방법으로 이젤을 지키려 하였다.

"하아."

이젤이 무거운 숨을 길게 내쉬었다.

지금이라도 돌아가면 레나를, 윈스턴을 지킬 수 있을 것이라 생각했다.

하지만 그것은 결국 바람일 뿐, 언제나 현실은 이젤에게 절망을 마주하게 하고 철저히 방치하였다. 결국 혼자였던 이젤은 그 안에서 어떻게든 살아남기 위해 몸부림쳐야 했다.

"제스퍼, 그저 사는 것일 뿐인데도 참 힘드네. 특히 나같이 요령 없는 것은 그게 더 고난이군."

"무슨 소리를 하는 것인가?"

이젤의 말이 이해가 안 되는 제스퍼가 다시 물었다. 하지만 그의 물음에도 이젤은 긴 한숨을 내쉴 뿐 답을 하지 않았다.

자신은 요령이 좋지도, 꾀를 부릴 머리가 있지도 않았다.

레나는 이젤에게 짓지도 않은 죄에 대한 책임으로 죽으라 하였다.

그리고 레너드는 레나를 포기하고 자신의 곁에서 살라고 하였다.

그렇다면 정해져 있는 답은 하나였다.

"이제 레나에 윈스턴 저하는 없으신 것이군."

"이제 그만 전하의 명을 받들게."

제스퍼의 말에 이젤이 무릎을 꿇고 있는 페로단을 쳐다보았다. 공포와 분노로 혼란스러운 페로단이 답을 구하듯 이젤을 보았다.

그를 보며 이젤이 편안한 미소를 지었다.

"윈스턴 저하를 시해한 사람은 내가 아니라 내 아버지인 페로단 백작이네."

이젤의 말에 놀란 페로단의 눈이 커졌다.

"무슨 소리를 하는 것이냐? 이젤!"

차갑게 내리는 비에 몽롱했던 정신이 점차 맑아졌다.

이제 자신이 저지르지도 않은 일의 책임까지 떠맡지 않을 것이다.

살고 싶다.

"내가 꿈꿔 온 레나는 이제 없네."

"이젤!"

"제스퍼, 예전의 나였다면 아버지의 죄를 책임지고 기사로서 죽음을 택했을 것이네. 하지만 이젠 그러지 못하네. 난 아무 잘못도 하지 않았어."

"이젤, 자넨 기사야."

제스퍼의 말을 들으며 이젤이 주변을 둘러보았다. 10명 남짓, 기사가 군데군데 섞여 있었지만 빠져나가는 것만 생각한다면 어떻게든 방법이 있을 것이다.

목숨이 위험할 정도로 상황은 좋지 않았지만 이젤은 두렵지 않았다.

"기사이기 전에 나도 사람이네."

"그만하게, 이젤."

"자네에게 고맙네. 그리고 미안하네."

이젤의 사과에 제스퍼의 눈이 날카로워졌다. 몸을 펴며 이젤이 환하게 웃었다.

"포기하는 일이 힘들 것이라 생각했네. 하지만 이제는 어떻게든 이겨 낼 수 있을 것 같아."

"기사로서 명예롭게 죽을 기회야. 그러니 포기하게."

"레나가 죄도 없는 나에게 죽으라고 강요한다면 거부하겠네. 예전에는 돌아갈 곳이라고는 레나와 가문밖에 없었지만 이젠 아니야. 있는 그대로의 날 받아 주는 사내가 있어. 그 사람에게 가겠네."

레너드에게 가졌던 갈등과 원망이 흐르는 빗속에 점점 사라져 갔다.

그 어느 때보다도 환한 미소가 이젤의 입가에 생겼다. 그녀의 미소에 주춤한 사이, 묶여 있는 채로 옆의 병사를 팔로 찍은 이젤이 검을 잡았다.

이젤에게 검을 빼앗긴 병사가 심장에서 피를 뿜으며 쓰러졌다. 병사들이 그녀를 포위하는 찰나의 순간, 다시 움직인 이젤의 검이 병사 두 명의 목을 베었다.

그녀의 반항에 검을 꺼내며 제스퍼가 다급히 외쳤다.

"이젤! 지금 레나를 버리겠다는 것인가!"

제스퍼의 고함에 이젤이 검을 잡은 손에 힘을 주었다.

기회는 한 번, 묶인 손을 풀고 이곳을 빠져나갈 것이다.

그녀가 아는 레너드라면 이곳으로 병력을 이끌고 오고 있을 것이다.

레너드를 믿는다. 그리고 그를 사랑하는 자신을 믿는다.

"레나의 이젤은 이제 없다."

말을 끝낸 이젤이 먼저 검을 움직였다. 그녀의 선공에 레나의 기사와 병사들이 고함을 질렀다.

빗속에서 이루어지는 난전.

땅으로 흐르는 빗물 사이로 붉은 피가 흘렀다.

이젤을 죽이려는 데 혈안이 된 레나 왕이었다.

그렇기에 레너드는 레나로 가는 방향으로 병사들을 데려가는 대신, 역으로 황제의 기사들이 주둔하고 있는 곳부터 파악하고 움직였다.

한 시간이 하루가 된 것처럼 더디게 느껴졌다.

여인이면서도 검성으로 불린 이젤이었다. 어떻게든 기회가 오면 그녀답게 빠져나가기 위해 움직이고 있을 것이다. 그러니 더 늦기 전에 그녀가 있는 곳으로 가야 했다.

하지만 목적지로 향하는 길목을 50명 정도 되는 병력이 막고 있었다.

황제의 기사들 사이로 틈틈이 보이는 레나의 기사들.

그들을 보는 레너드의 눈에 짙은 살기가 감돌았다.

"무조건 뚫는다."

"네!"

레너드의 명령에 기사들이 곧바로 답하였다. 수적으로 적들이 우세였지만 레너드는 자신과 자신의 기사를 믿었다.

뚫을 것이다.

적들의 너머, 누구에게도 절대 줄 수 없는 자신만의 여인이 있었다.

"황제의 기사여도 상관없다. 단 한 명도 살려 두지 마라."

비에 흥건히 젖은 바닥에는 지나간 마차 바퀴의 흔적이 남아 있었다.

이곳에 있다.

카델의 기사라는 것도, 황제의 병력이라는 것도 중요하지 않았다.

자신의 여인을 데리고 갔다.

이번 기회에 황제에게도, 바보같이 구는 레나에게도 똑똑히 보여 줄 것이다.

자신의 것을 건드리면 어떤 대가를 받게 되는지.

레너드의 검이 휘둘러질 때마다 속수무책으로 적이 쓰러졌다.

❖

자유로워진 손에 잡힌 검이 현란하게 움직였다. 빠른 검을 바탕으로 하는 이젤의 손이 움직일 때마다 병사의 팔이나 다리에서 여지없이 피가 뿜어져 나왔다.

실력은 이젤이 위였지만 수적에서는 레나의 기사들이 압도적으로 우위였다. 다행히 이젤의 검에 풀려난 페로단이 전투에 가세하여 상황은 바로 앞을 알 수 없는 상황으로 흘러갔다.

"하앗!"

아직 검을 쓸 상태는 아니었지만 이젤에게는 선택지가 없었다. 곳곳에 자잘하게 베인 상처에서 흐르는 피만으로도 정신이 몽롱했다.

입술에 피가 배어 나올 정도로 깨문 이젤이 달려드는 기사에게 힘껏 검을 휘둘렀다. 이젤의 검을 막은 기사의 입가에 미소가 생겨났다.

검성은 여자. 그렇다면 해볼 만한 상대였다. 하지만 그 생각을 하는 순간, 목에 서늘한 감각이 훑고 지나갔다.

뿜어져 나오는 피. 놀란 기사가 채 소리도 지르지 못하고 바닥에 쓰러졌다. 지친 몸이 비명을 질렀지만 이젤의 검은 멈추지 않았다. 하나씩 쓰러지는 병사들, 그리고 죽거나 부상을 입은 기사들 사이로 이젤과 제스퍼의 검이 맞닿았다.

제스퍼의 힘이 실린 검을 막아 낸 이젤의 입술에서 피가 배어 나왔다. 여인의 몸으로 사내의 검을 정면에서 막아 내는 것은 힘든 일이었다.

"이렇게 검을 맞대고 싶지 않았다."

제스퍼의 말에 이젤이 빙긋 웃었다.

"내기 대련이었다면 지금보다는 훨씬 즐거웠겠지."

이젤의 말에 제스퍼가 피식 미소를 지었다.

클라우와 제스퍼, 이젤.

적어도 나라 간의 관계가 얽히지 않았을 때의 셋은 나름 괜찮은 관계였다.

하지만 그것도 이제 끝. 적어도 이젤과 제스퍼 중 하나는 죽어야 했다.

비껴 나고, 마주 닿았던 검이 치열하게 대립하였다.

한 치의 양보도 없이 이어지는 접전. 하지만 미세한 틈을 놓치지 않은 이젤의 검이 방향을 바꾸었다.

제스퍼의 손에서 붉은 피가 솟구쳤다. 검을 놓친 제스퍼를 이젤이 어깨로 밀어냈다.

"크윽."

밀려난 제스퍼가 한쪽 무릎을 꿇었다. 서둘러 일어나려는 제스퍼의 목에 이젤의 검이 닿았다.

"자네가 졌네."

이젤의 말에 제스퍼의 몸에서 힘이 빠졌다. 얼마든지 그를 죽일 수 있음에도 그 이상 공격하지 않는 이젤의 검에 제스퍼가 고개를 숙였다.

"이젤 뭐하는 것이냐! 당장 죽여야 한다."

순간, 병사를 처리한 페로단이 제스퍼의 목을 향해 검을 휘둘렀다. 주저 없이 그의 목으로 내려치는 페로단의 검을 이젤이 막았다.

챙!

검과 검이 부딪치는 소음이 주변에 울렸다. 생각지 못한 이젤의 행동에 페로단이 비명을 질렀다.

레나에 있을 때와는 전혀 다른 모습이었다. 너무 놀란 나머지 페로단이 헛웃음을 터뜨렸다. 하지만 어이가 없음에도 현재 이젤에게는 반항할 수 없는 기운이 느껴졌다. 하는 수 없이 페로단이 검을 내려놓았다.

"날 죽이지 않을 생각인가?"

목을 겨누던 검이 사라졌음에도 제스퍼는 움직이지 않았다. 도리어 이해가 되지 않는다는 표정으로 제스퍼가 이젤에게 물었다. 그의 물음에 이젤이 검을 잡은 채 담담히 말했다.

"기사임을 포기한 나는 자네를 죽일 자격이 없네. 고지식하고 말이 안 되는 소리지만 자네를 처벌할 사람은 내가 아니라 레너드 전하네. 그리고 그 손목으로 검을 잘못 쓰면 다시는 검을 잡을 수 없네. 무리하지 말게."

놀란 눈으로 그녀를 보고 있던 제스퍼가 결국 피식 힘없는 웃음을 터트렸다.

지금 그녀의 모습 자체가 그 어느 기사보다도 더 기사다웠다. 항복한 기사의 목을 베지도 않았고, 도리어 무모한 짓으로 기사로서의 생명을 포기하지 말라는 말까지 하였다.

답답할 정도로 고지식하고 멍청해 보일 정도로 자신의 신념에 최선을 다했다.

이길 수 없다.

기사의 그릇도, 생각하는 것조차도 그릇이 달랐다.

결국 반항할 의지조차 잃은 제스퍼가 자리에 주저앉았다.

"레나로 절대로 돌아가지 말게."

"제스퍼."

"이미 돌아갈 생각도 없어 보이지만 절대 돌아가지 마."

드디어 나온 제스퍼의 본심에 이젤의 눈이 붉어졌다. 나라로 인해 갈라지긴 했으나 결국 둘은 벗이었다.

"이제 내가 있을 곳은 카델이네."

"무슨 소리를 하는 것이냐. 돌아가지 않겠다니?"

가만히 듣고 있던 페로단이 놀라 이젤의 앞으로 한걸음에 달려왔다.

"가문을 지켜야 하거늘! 당장에라도 돌아가야 하거늘 무슨 소리를 하는 것이냐! 아직 늦지 않았다. 왕을 제압하고 힘을 얻으면 다시 가문을 일으킬 수 있단……."

페로단의 말은 끝까지 이어지지 못했다. 언제 깨어난 것인지 쓰러져 있던 병사 둘이 이젤을 붙잡았다. 그리고 페로단의 뒤에 있던 기사가 이젤을 향해 검을 날렸다.

순식간에 일어난 일, 페로단과 제스퍼가 고함을 질렀다.

날아오는 검을 완전히 막을 수는 없다. 치명상을 피할 수는 없겠지만 우선은 살아야 했다.

고함을 지르며 이젤이 몸을 비틀었다. 하지만 지금은 이젤을 잡고 있는 병사들 또한 절박했다. 이곳에서 이젤이 죽지 않으면 자신들이 죽는다. 이젤을 붙잡은 병사들이 악착같이 버티었다.

그 순간, 흩뿌리는 비 사이로 날카로운 파공음이 들렸다.

익숙한 체향이 나는 순간, 오른쪽에 있던 병사의 목에서 피가 뿜어져 나왔다.

"컥!"

피를 뿜으며 병사가 쓰러지고, 팽팽하게 유지되던 균형이 풀리자 이젤 또한 전력으로 몸을 비틀었다.

숲을 가르며 나타난 말에서 굴러떨어지듯 내려온 레너드가 병사를 밀쳐 내고 이젤을 안았다. 이젤의 심장에 정확하게 날아오던 검이 아슬아슬하게 레너드의 팔을 스치고 지나갔다.

레너드와 이젤이 바닥을 굴렀다.

둘을 향해 정신을 차린 레나의 병사들이 다시 공격하려는 찰나, 곧바로 등장한 레너드의 기사들이 빠른 속도로 주변을 정리하기 시작했다.

"전하! 괜찮으십니까?"

루칸의 고함보다도 품에 안겨 있는 레너드의 심장 소리가 더 크게 들려왔다.

어느 때보다도 빠르게 뛰는 심장에 이젤이 고개를 들어 그를 바라보았다.

시선이 맞닿았다.

"레너드."

"이젤, 괜찮나?"

그의 목소리가 듣기 좋았다.

레나의 이젤은 이제 없다.

드니스가의 이젤도 이제는 없다.

검성이자 기사인 이젤도 이제는 없었다.

남은 것이라고는 이젤이라는 이름뿐, 그리고 그런 그녀를 아껴 주는 눈앞의 사내뿐이었다.

이제 주저하지도, 책임에 옥죄어 포기하지도 않을 것이다.

레너드의 목에 팔을 감으며 이젤이 그의 품에 안겼다.

레너드에 의해 그나마 비가 덜 들어오는 나무 밑으로 몸을 피했다. 자신은 이젤의 아버지라며 페로단이 고함을 질렀지만 사전에 레너드가 손을 써 놓았는지 그 또한 제스퍼와 함께 끌려갔다.

"이젤, 괜찮나?"

레너드의 물음에 이젤이 말없이 미소를 지었다. 멀지 않은 곳에서 이젤을 부르는 페로단의 목소리가 울렸다. 하지만 지친 몸 상태에 격한 전투로 이젤의 몸은 엉망이었다.

몸을 휘청거리는 이젤을 레너드가 재빨리 품에 안았다.

"이젤?"

"레너드. 저는……."

시끄러운 주변도, 사고의 수습을 하느라 울려 퍼지는 고함도 마치 꿈처럼 몽롱하였다.

자신 때문에 일어난 일. 어떻게든 몸을 가누고 있어야 했다.

비에 젖어 차가운 뺨에 레너드의 손이 닿았다.

"이젤, 루칸과 함께 내려가 있어라."

"괜찮습니다. 저 때문에 일어난 일입니다. 수습이 될 때까지 이곳에 머물겠습니다."

당장에라도 쓰러질 듯 위태로우면서도 참아 내고 견디었다. 누구보다도 강한 모습이었지만 레너드의 눈에는 불안하고 위태로웠다. 비틀거리는 이젤의 등을 쓰다듬으며 레너드가 말했다.

"이젤, 이후로는 내가 처리하겠다. 너한테 필요한 건 치료와 휴식이야."

점점 흐릿해지는 정신을 억지로 추스르며 이젤이 레너드를 바라보았다. 부드러운 어조는 아니었지만 그 안에서 느껴지는 감정은 지독한 걱정이었다.

그를 걱정시키고 싶지 않아서 버티고 있었던 것. 하지만 도리어 레너드의 걱정을 더 부추긴 격이 되어 버렸다.

결국 그를 보고 있던 이젤이 알겠다며 고개를 끄덕였다.

기다렸다는 듯 레너드가 루칸에 시선을 주자 루칸이 이젤에게 다가왔다.

"지금쯤 준비가 되었을 것이다. 그곳으로 데리고 가라."

"명을 받들겠습니다, 전하. 모시겠습니다, 아가씨. 이쪽으로 오십시오."

평소의 이젤이라면 바뀐 루칸의 존대에 어색해했을 것이다. 하지만 지칠 대로 지친 정신이 한계에 도달한 상태였다. 힘없이 루칸에게 고개를 끄덕인 이젤이 그를 따라 산 아래로 내려왔다.

준비되어 있던 마차에 오른 후, 얼마 지나지 않아 처음 보는 저택에 도착하였다.

이젤이 오자 기다렸다는 듯 시녀와 시종이 이젤의 수발을 들기 시작했다.

몽롱한 정신에 그들이 이끄는 대로 몸을 씻고 치료를 받았다.

쓰러지듯 침대에 누우니 잠이 밀려왔다.

꿈을 꾸었다.

살려 달라는 페로단의 모습이 지나갔다. 쓰러져 있는 제스퍼의 모습도, 아무도 없는 곳에서 홀로 죽어 간 윈스턴도 보였다.

인정할 수 없다며 고함을 지르는 비비엔의 모습도, 받아들일 수 없다는 황제의 모습도 스쳐 갔다.

마지막으로 이젤에게 같이 가자며 손을 내미는 레너드가 보였다.

어디로 가는지, 무엇을 위해 가는지는 알 수 없었다.

하지만 이젤은 주저 없이 레너드의 손을 붙잡았다.

그녀만을 바라보는 레너드의 시선에 이젤이 미소로 답하였다.

레나의 이젤은 이제 없다.

지금의 그녀는 레너드의 이젤이었다.

❖

왼쪽 어깨에 천천히, 하지만 깊숙이 들어오는 단검에 이를 악물던 제스퍼가 비명을 질렀다.

"아아악."

성의 지하 감옥에 울려 퍼지는 비명이 끔찍했다. 깊숙이 박힌 검에 제스퍼가 고통스럽게 몸을 비틀었다. 하지만 그의 몸에 검을 찌른 레너드는 눈썹 하나 깜박하지 않았다.

그에 비해 뒤에서 대기하고 있는 기사나 제스퍼의 옆에 묶여 있는 페로단의 표정은 창백하다 못해 공포에 질려 있었다.

"이제 시작이다."

"차라리 죽이란 말이…… 아악."

몸에 박힌 검을 레너드가 비틀자 제스퍼가 비명을 질렀다. 이미 어깨의 절반이 단검에 의해 잘려 있었다. 어깨에서 흘러내리던 피가 고문으로 상처투성이인 가슴 위로 흘러내렸다.

"이게 황태자라는 자식이 할 행동이냐! 차라리 깨끗하게 죽이란 말이다!"

제스퍼의 고함에 레너드가 빙긋 미소를 지었다.

"이젤을 데려가려 할 때부터 각오한 일이 아닌가?"

"크흑."

"아니면 이젤과의 친분으로 내가 널 용서라도 해 줄 것이라 생각했나?"

레너드의 미소에 깃든 살기가 주변을 압박했다. 어깨에 박혀 있는 검을 푹 빼자 제스퍼가 고통스러운 신음을 내질렀다. 피가 묻은 단검을 싸늘히 보고 있던 레너드가 제스퍼의 오른쪽 어깨에 깊게 단검을 찔렀다.

비명을 지르는 제스퍼의 턱을 레너드가 주먹으로 후려쳤다. 기침하며 피를 토해 내는 제스퍼를 보는 레너드의 시선은 여전히 싸늘했다.

"난…… 내 나라가 시키는 대로 했을…… 뿐이다. 이젤이어도 그렇게 했을…… 크아악."

어깨에 꽂혀 있던 단검이 다시 뽑히고 복부에 긴 검상이 생겨났다. 고통스러운 비명을 지르는 제스퍼의 목을 움켜잡은 레너드가 차갑게 말했다.

"이젤이라니…… 그녀를 죽이려고 한 주제에 꽤 친근감 있게 부르는군. 이젤은 친분을 약점으로 이용할 여자가 아니다. 그 정도는 알 거라고 생각했는데…… 하긴 그걸 알았으면 지금 여기에 있지 않았겠지."

"……."

필요 없는 사람의 목숨 따위 지나가는 벌레만도 취급하지 않는 지금의 모습이 바로 레너드 로즈라는 사내의 본모습이었다.

오직 그가 양보하고 절대적인 배려를 해 주는 사람은 이젤뿐.

그리고 그 이젤에게 손을 댄 제스퍼와 레나를 레너드는 절대 용서하지 않을 것이다.

레너드를 바라보고 있던 제스퍼가 피식 웃음을 터트렸다.

"이젤도 불쌍하군. 너 같은 미친놈에게 전부를 주다니…… 괜찮은 여자였는데."

제스퍼의 말에 발끈한 레너드가 한 걸음 더 다가가려는 찰나, 제스퍼의 입가로 붉은 피가 주르륵 흘러내렸다.

더 이상의 고문을 버티지 못하고 혀를 깨문 제스퍼의 고개가 밑으로 떨어졌다.

"히이익."

제스퍼가 죽자 페로단이 기괴한 소리를 내며 벽으로 뒷걸음질을 쳤다. 죽은 제스퍼를 태연히 보던 레너드가 뒤에 있는 기사에게 말했다.

"끌어내서 목을 베라."

레너드의 명에 뒤에 있던 기사들이 제스퍼의 시신을 끌고 사라졌다. 소란스럽던 감옥이 다시 조용해지자 레너드의 시선이 페로단에게 향했다. 그의 시선에 겁에 질린 페로단이 뒷걸음질을 쳤다.

"레너드 전하. 나, 나는 아니 저, 저는 이젤의 아버지입니다. 당신이 아끼는 이, 이젤의 아버지란 말입니다. 살려, 살려 주십시오."

페로단의 애걸에 레너드가 어이없다는 듯 코웃음을 쳤다. 가문을 위해서 이젤을 빼돌리려고 할 때는 언제고 이제는 또 그의 앞에 무릎을 꿇고 있었다.

그가 무릎을 꿇을 사람은 레너드가 아니었다. 바로 딸이라는 이름으로 학대에 가까운 짐을 떠맡게 한 이젤이었다. 하지만 그를 이젤의 앞에 데리고 가 봤자 사과는커녕 또 매달리며 자신과 가문을 책임지라 할 것이다.

하지만 제스퍼와는 달리 페로단을 죽일 수는 없다. 어찌 되었든 그는 이젤의 아버지였다.

"어차피 내 손으로만 죽이지 않으면 될 뿐이지."

"뭐, 뭐라고 하셨습니까?"

"페로단."

레너드의 부름에 페로단이 숙이고 있던 고개를 들었다. 하지만 곧, 잡힌 멱살에 의해 레너드 앞까지 끌려왔다. 시선을 마주하는 것조차도 고통이었다. 하지만 혀를 깨물고 자살한 제스퍼와는 달리 페로단은 살고 싶었다.

"사, 살려 주십……."

"넌 살려 줄 것이다. 네가 기사들의 머리를 가지고 레나로 돌아가야 하니까 말이다."

레너드의 말에 페로단의 눈이 커졌다. 그를 보며 레너드가 잔인한 미소를 지었다.

페로단은 레나 왕이 알아서 죽일 것이다. 보고에 의하면 아들인 아인젤과 백작부인의 처형은 이미 끝난 상태였다. 가문에 속해 있던 자산은 모두 레나 왕에게 압류된 뒤였다. 페로단만 보내면 끝. 굳이 레너드의 손을 빌리지 않아도 페로단은 깔끔하게 처리될 것이다.

"그렇게 되면…… 그 소리는 나보고 죽으라는 소리나 마찬가지란 말입니다."

"레나의 귀족이 잘못을 저질렀으면 그 왕에게 벌을 받는 것은 당연한 일. 그것까지 타국의 황태자인 내가 관여할 일이 아니지."

레너드의 말이 판결처럼 페로단을 압박했다. 말로만 살려 준다는 것일 뿐, 레나로 돌아가서 죽으라는 말과 똑같았다.

"저는 이젤의 아버지입니다. 그 아이가 카델에서 살아남으려면 힘이 필요하지 않습니까? 제가, 제가 힘이 되겠습니다. 카델에 아무 뿌리도 없는 이젤입니다! 황태자비로 두시려면 그 아이에게도……."

"페로단."

페로단의 말을 자른 레너드가 차가운 시선으로 그를 노려보았다. 제발 살려 달라는 시선조차 레너드의 눈에는 역겨웠다.

자신의 욕심 하나로 이젤을 절벽까지 몰았다. 그 와중에 레너드조차 그녀를 벼랑 끝에서 밀어 버렸다. 그때 이젤이 지었던 미소가 아직까지도 레너드를 소름 끼치게 했다.

"네 말대로 이젤은 내 옆에 있을 것이다. 이 레너드가 사랑하는 단 한 명의 여인으로 전부를 줄 생각이다. 이젤은 그럴 만한 가치가 있으니까. 하지만 이젤에게는 단 한 가지, 가문만큼은 절대 주지 않을 것이다. 황후의 세력이 따로 있는 것은 피곤하거든."

"그, 그 무슨, 무슨 소리를 하시는 것입니까?"

"이젤은 필요하지만 너는 필요 없다는 말이다."

페로단의 눈동자가 공포로 떨렸다. 그에 비해 레너드는 여유로운 미소를 지었다.

보는 것만으로도 홀릴 듯 빠져들 것 같은 매혹적인 미소와는 달리 눈에는 살기가 잔뜩 서려 있었다.

"준비가 끝나는 대로 기사의 머리를 건네주마. 레나로 돌아가서 어떻게든 해결해 보도록."

"레너드 전하!"

"아! 레나는 걱정하지 마라. 2년을 넘기지 않을 테니."

어떤 말도 꺼낼 수 없다.

페로단도, 레나도 용서할 생각이 없다는 말이었다.

묶인 채 주저앉아 있던 페로단의 고개가 숙여졌다.

"다시는 카델과 이젤에 그 어떤 관심도 가지지 마라. 그 순간, 죽는 건 너다."

말을 마친 레너드가 주저 없이 몸을 돌렸다.

이젤에게 마수를 뻗친 레나에도 손을 써 두어야 하겠지만, 우선은 카델에 들어온 페로단부터 처리하는 것이 우선이다.

감옥을 나온 레너드의 옆으로 루칸이 다가왔다.

"페로단을 레나로 보낸 후, 확실히 처리가 되는지 확인해야 할 것이다."

"이미 붙일 사람을 정하였습니다."

"레나의 왕이 제대로 처리하지 않는다면…… 붙인 이에게 정리하라고 해라."

레너드의 명에 루칸이 깊게 고개를 숙였다.

처음부터 레너드는 페로단을 살려 둘 생각이 없었다.

그에게 소중한 사람은 이젤뿐이었다.

"레나 왕에게 내가 보낸 편지는?"

"모레쯤에는 도착할 예정입니다."

레너드가 레나 왕에게 보낸 편지에는 두 줄만이 짧게 적혀 있을 뿐이었다.

드니스가의 이젤은 없다.

페로단을 없애는 선에서 멈추지 않는다면 레나의 주인은 바뀔 것이다.

아무리 아들에 대한 사랑이 지극해도 지금의 자리를 포기할 정도로 무모한 왕이 아니었다.

당장에라도 없애 버리고 싶었다.

하지만 그리되면 책임감이 강한 이젤은 또 자신의 탓이라며 아파할 것이다.

"한 달은 이곳에서 머물 것이다. 내 집무실에 있는 서류를 이쪽으로 옮겨 놓도록."

"그렇게 해 놓겠습니다."

말을 끝낸 레너드가 이젤의 방으로 방향을 잡았다.

레너드를 기다리다 갓 잠이 든 이젤의 후각에 희미한 혈향이 느껴졌다. 감고 있던 눈을 뜨니 씻고 온 레너드가 이젤의 옆자리에 눕고 있었다.

"깨웠군."

당황하는 레너드의 표정을 보고 있던 이젤이 고개를 저었다. 손을 뻗어 뺨을 어루만지자 옅게나마 물기가 묻어 나왔다. 떨어져 있는 그녀가 마음에 들지 않는 듯 레너드가 팔을 뻗어 이젤을 자신의 품으로 끌고 왔다.

이젤이 품에 안기자 그제야 비로소 레너드의 입에서 편안한 숨이 흘러나왔다.

"괜히 저 때문에 레너드만 힘든 것 같습니다."

목에 얼굴을 묻은 이젤의 속삭이는 말이 듣기 좋았다. 이제는 전하라는 호칭 대신 그의 이름을 불러 줬다. 꾸밈이라고는 전혀 없는 말이었지만 그렇기에 더 진실하였다.

"어차피 한 번은 해야 하는 일이다. 그리고⋯⋯."

목에 닿는 이젤의 숨소리가 간질간질했다. 품에 안긴 이젤의 심장 떨림이 언제나 긴장 상태인 레너드를 안정시켰다.

"나한테 이젤이라는 여인은 그 이상의 가치가 있다. 그러니까 이제부터는 내 곁에만 있어. 다른 데 눈 돌리지 말고."

그는 언제나 대수롭지 않게 사람의 마음을 흔들었다. 누구에게도 받아 보지 못한 저돌적인 애정에 이젤이 눈을 붉혔다. 이제는 그를 왜곡하지도 오해하지도 않는다.

눈을 감은 채 이젤이 레너드의 체온에 몸을 맡겼다. 잠시 후, 말 없이 고민하던 이젤이 그에게 조심스럽게 물었다.

"제스퍼는⋯⋯ 고통 없이 보내셨습니까?"

레너드에게 죄의 값을 물게 한다며 살리기는 했지만 이젤은 그가 어떻게 될지 알고 있었다. 레너드가 살려 준다고 한들, 레나로 돌아가는 즉시 죽을 것이었다. 주군의 명령을 이행하지 못한 기사의 끝은 대부분 그러했다.

"스스로 혀를 깨물었다."

레너드의 대답에 이젤이 눈을 감았다.

짧기는 했지만, 어긋나기는 했지만 그럼에도 한때는 마음을 열었던 벗이다.

기사였기에 이젤을 죽이려 했지만, 결국 마지막에는 이젤의 선택을 존중해 준 사람이었다.

어쩔 수 없는 결과라는 것을 알면서도 마음이 쓰렸다.

이젤이 말이 없자 그녀를 토닥이며 레너드가 입을 열었다.

"페로단 백작은 제스퍼와 죽은 기사의 머리를 들고 레나로 돌아갈 것이다. 그곳에서 본인의 죄에 대한 처벌을 받겠지. 페로단은 죽을 것이고, 드니스 가문은 멸문될 것이다."

품에 안겨 있던 이젤이 몸을 일으켰다. 레너드를 바라보는 시선에 말로 담을 수 없는 복잡한 감정이 묻어 나왔다. 이젤이 몸을 일으키자, 누워 있던 레너드도 몸을 일으켰다.

시선이 맞닿은 순간, 레너드의 눈에 진한 소유욕이 감돌았다.

"난 너에게서 아버지도 빼앗을 것이고, 가문도 없앨 것이다. 멋대로 너에게 거짓된 충성을 강요하는 레나도 잘라 낼 것이다. 내 나라만 보게 할 것이고, 나만 바라보게 할 것이다. 돌아갈 곳 따위단 하나도 남기지 않을 것이다."

차갑고 냉정해 보이는 겉모습 너머로 모든 걸 삼켜 버릴 듯 지독한 탐욕이 진짜 모습을 드러냈다.

지금의 그가 이젤이 아는 레너드 로즈라는 사내였다.

"이게 내 방식이고, 이 모습은 앞으로도 변하지 않을 것이다. 네가 질려 해도 어쩔 수 없어. 전에도 그랬지만 난 널 놔주지 않는다. 그러니 네가……."

레너드의 목에 팔을 감은 이젤이 그의 어깨에 얼굴을 묻었다. 그녀의 행동에 레너드가 하던 말을 멈추고 이젤의 등을 부드럽게 쓸었다.

그의 진짜 모습을 알면서도 이젤은 레너드를 선택했다. 전부를 희생하고 살았던 그녀의 세상을 버리고, 그녀의 전부를 원하는 사내의 세계로 걸어 들어왔다.

"레나의 이젤은 없습니다."

이기적이고 제멋대로인 선택.

이제 남은 건 없었지만 이젤은 무섭지 않았다.

"드니스가의 이젤도 없습니다. 나에게 남은 것은 레너드뿐입니다."

품에 얼굴을 묻고 있는 이젤을 떼어 내 시선을 맞추었다. 홍조를 띠고 있었지만 눈은 흔들리지 않았다.

"난 이제 레너드를 놓지 않을 것입니다. 그러니 레너드도 날 놔주지 마세요. 난 누구와도 레너드를 나누지 않을 것입니다. 레너드가 황제가 된다 해도 말입니다."

이젤의 눈에 보이는 탐욕이 레너드를 만족시켰다. 터진 입술을 손가락으로 쓴 레너드가 조심히 이젤의 입술에 입을 맞추었다. 레너드의 뺨을 손가락으로 쓴 이젤이 그에게 전부를 맡겼다.

입고 있는 잠옷이 그의 손에 흘러내렸다. 이젤의 손에 의해 레너드의 셔츠 단추가 하나씩 풀어졌다. 이젤의 아랫입술을 살짝 깨문 레너드가 매끈한 목에 깊게 입술을 눌렀다.

"흐읍."

이젤에게서 나오는 더운 숨이 레너드의 귓가를 간지럽혔다. 열린 셔츠 사이로 보이는 단단한 레너드의 가슴을 이젤의 손이 부드럽게 쓸었다. 매끄러운 목을 지나 여린 어깨로 입술을 내린 레너드가 짓궂은 미소로 어깨를 살짝 깨물었다.

"아얏."

작게 비명을 지른 이젤이 레너드를 흘겨보았다. 새치름한 이젤의 표정에 레너드가 웃음을 터트렸다. 이제 앞에 있는 여인은 자신의 것이었다.

누구에게도 양보할 수도, 공유할 수도 없는 존재. 새장이 있다면 가둬 놓고 자신만이 보았으면 하는 존재가 이제야 비로소 자신의 손에 들어왔다.

반쯤은 흘러내린 옷 사이로 보이는 볼륨 있는 가슴이 그를 홀리듯 흔들렸다. 레너드가 침대 위에 이젤을 눕혔다. 내려다보는 레너드의 시선에 이젤이 수줍은 미소로 답하였다.

"레너드."

그의 이름을 부를 때마다 이젤의 목소리에는 작은 떨림이 있었다. 그 떨림이 레너드는 미칠 듯이 좋았다. 붉게 달아오른 입술을 채 가듯 입을 맞춘 레너드가 이젤의 몸을 가리고 있는 잠옷을 완전히 벗겨 냈다.

달빛에 보이는 이젤의 나신이 그의 눈을 사로잡았다. 그의 시선을 정면에서 받고 있는 가슴을 이젤이 가는 팔로 가렸다. 하지만 그러한 저항도 잠시, 레너드의 손에 의해 이젤의 팔이 얼굴 옆으로 옮겨 갔다.

적나라하게 드러나게 된 모습에 뭐라 말하려던 이젤이 가슴에서 느껴지는 열기에 고개를 뒤로 젖혔다. 달콤한 과실을 한입 물 듯 열기가 가득 찬 입술이 오르내리는 가슴을 희롱하였다.

계속되는 희롱으로 단단하게 선 유두를 혀로 핥기도 하였고, 심장 소리를 듣는 듯 둔덕의 사이에 얼굴을 묻기도 하였다.

그녀만이 충족시켜 줄 수 있는 갈급이었다. 누구에게서도 얻을 수 없었던 쾌감, 레너드는 이젤에게서만 느낄 수 있는 만족에 굶주려 있는 상태였다.

오랜만에 거부감 없이 모든 것을 주는 이젤을 즐기듯 레너드가 천천히 자신의 흔적을 곳곳에 새겼다.

이젤의 몸에 붉은 물이 들어갈수록 유지하고 있는 레너드의 이성도 흔들렸다. 숨을 거칠게 내쉬는 이젤의 눈 옆에 짧게 키스한 레너드가 그녀의 몸을 돌렸다. 엎드려 있는 이젤의 둔부를 올린 레너드가 자신의 분신을 천천히 그녀에 묻었다.

"하악."

누워 있는 상태에서 그를 받아들일 때와는 다른 감각에 이젤이 짧게 비명을 질렀다. 베개에 얼굴을 묻은 이젤이 레너드가 좀 더 편안히 오도록 다리를 벌렸다.

하얀 이젤의 등에 입을 맞춘 레너드가 그녀의 안에서 천천히 움직이기 시작했다. 매끈한 등에서 곡선이 아름다운 허리를 지나 부드럽게 잡히는 엉덩이가 그의 움직임에 같이 동조하였다.

헤어 나올 수 없다. 아니, 그러고 싶은 생각조차 들지 않았다.

"이젤."

가슴 끝을 손가락으로 희롱하며 레너드가 이젤의 어깨에 입술을 맞추었다. 그의 부름에도 대답할 이성조차 없는지 이젤이 가쁜 숨을 내쉬었다.

지금까지 쌓아 놓은 갈급을 풀어 버리듯 이젤의 가슴을 움켜잡은 그가 평소보다도 더 깊게 그녀의 안으로 들어왔다.

살이 닿으면서 내는 소리와 이젤의 신음이 방 안을 가득 채웠다. 하복부의 열기가 이성을 흐리게 했다. 거친 움직임의 극에서 레너드가 이젤의 몸에 밀착하였다.

낮은 신음과 함께 그가 이젤을 가득 채웠다. 몸을 채우는 그의 정에 이젤이 몸을 떨었다.

이젤의 등과 어깨에 깊게 입을 맞춘 레너드가 자신의 분신을 천천히 빼냈다. 몸을 가득 채웠던 그가 사라지자, 이젤에게 남겼던 그의 정이 다리 사이로 흘러내렸다.

몸도 제대로 회복되지 않은 상태에서 시작된 거친 정사가 힘들었는지 이젤이 침대에 몸을 맡겼다.

엎드려 있는 이젤의 몸을 레너드가 다시 돌렸다. 땀이 송골송골 맺힌 이마에, 눈에, 코에 자잘한 키스를 남긴 그가 이젤을 향해 매력적인 미소를 지었다.

"나의 하나뿐인 이젤."

그의 말에 지친 이젤의 눈이 부드럽게 휘었다. 손가락 하나 움직이지 못할 정도로 힘들었지만 레너드가 보여 주는 애정에 그녀 또한 답을 하고 싶었다. 위에 있는 레너드를 팔로 안은 이젤이 그의 입술에 깊게 입 맞췄다.

"나의 레너드."

이젤의 고백에 레너드의 눈이 커졌다. 하지만 잠시 후, 크게 웃음을 터트린 레너드가 이젤의 입술에 다시 진한 키스를 하였다.

카델에 온 지 1년, 이젤은 레나를 버렸다.

그 대신, 그림자 황태자라 불리며 모두가 두려워하는 레너드를 선택했다.

레나의 이젤이 여자였다는 것보다 빠르게 황제가 아들인 레너드를 암살하려 했다는 소문이 퍼져 갔다. 황제와 황태자가 반목한다는 것은 모두가 알고 있는 일이었지만 직접 병력을 보내 죽이려 한 일은 카델을 완전히 흔들어 놓았다.

잔인하고 냉정해도 카델에 관련된 일이라면 철저히 이득을 가져오는 레너드에 대한 귀족과 백성의 신뢰는 상당했다.

그런 레너드를 황제인 아버지가 죽이려 했다는 사실은 안팎으로 많은 비난을 불러일으켰다. 생각지 못한 비난에 황제 측이 상황을 수습하기 위해 레너드를 주인공으로 한 연회를 열었으나 그런 황제를 비웃듯 레너드는 연회는 물론, 황궁에서 일어나는 모든 업무에 불참하였다.

"황궁으로 돌아오라?"

임시로 마련된 집무실에 앉아 있는 레너드의 말에 황궁에서 온 사자는 더욱 깊이 몸을 숙였다.

"좀 전에도 말씀드렸다시피 그때 일어난 일은 오해입니다. 이미 그 일에 연루된 자들도 모두 폐하의 명에 따라 그에 맞는 처벌을 받았습니다. 그간의 감정은 모두 잊고 황궁으로 돌아오심이……."

"좀 전에 말했다시피 나 또한 쉬고 있는 중이라 하였다. 머리를 식히기 위해 내가 이곳에 온다는 것을 모르지는 않을 터, 내 휴식을 방해할 정도로 황궁에 큰일이라도 있단 말인가?"

아무것도 모른다는 표정으로 말하는 레너드를 보며 사자의 피가 바짝바짝 말랐다. 오늘 안으로 어떻게든 황궁으로 돌아온다는 확답을 가져오라는 명이 있었다.

빈손으로 돌아가면 전의 사자처럼 목이 베일 것이다. 어떻게든 돌아간다는 답을 들어야 했다.

"전하, 오늘이면 황궁을 나오신 지 한 달이 넘으십니다. 휴식이라면 황궁에서도 최선을 다할 것입니다. 그러하오니 이만 황궁으로 돌아오시옵소서."

사자의 말에 레너드가 비릿한 미소를 지었다. 아버지가 대놓고 아들을 죽이려 했다는 소문에 황제의 편에서 목소리를 내던 귀족들조차 고개를 돌리고 있었다.

하물며 그의 권위에 제대로 말조차 꺼내지 못했던 신흥귀족들조차 이번만큼은 레너드의 지원 아래 마음껏 목소리를 내는 중이었다.

겉으로 말은 못 해도 황제는 지금 피가 마르고 있을 것이었다.

"레너드 전하, 황태자비가 될 그분의 입장도 생각하셔야 하지 않겠습니까? 이미 그분께서 머무르실 궁의 준비도 끝냈습니다. 이미 함께 계신다면 하루빨리 혼인서약을 하시는 편이 좋지 않겠습니까?"

좀처럼 레너드가 움직이지 않자, 사자는 최후의 카드로 생각하고 있던 이젤을 들먹였다.

그녀가 황태자비가 되려면 황제의 승인도 있어야 하는 상황. 황제가 이젤을 태자비로 인정할 것이니 그만 고집을 꺾으라는 제안이었다.

"이젤을 허락하겠다?"

"황태자 전하께서 아끼시는 분이시니 기꺼이 받아들이시겠다 하셨습니다."

황제의 제안에 레너드가 입꼬리를 올렸다. 타국의 여인이 황태자비가 된다는 것만으로도 구역질이 난다며 분노할 황제였다. 그런 황제의 성격에 저 정도의 제안이라면 양보를 할 만큼 한 것이었다. 이를 갈고 있을 황제의 모습이 뻔히 보이자 레너드의 입가에 미소가 감돌았다.

하지만 황제의 장단에 놀아 줄 생각은 없었다. 현재 우위에 있는 것은 황제가 아니라 레너드였다.

"혼인서약도 중요하지만 지금은 그녀의 건강이 더 중요하다. 이번 일로 인해 그 사람이 크게 다칠 뻔한 건 폐하께서도 아실 것이다. 그녀가 나을 때까지는 이곳에 머물 생각이다."

"레너드 전하, 그리하시면!"

"황제 폐하가 무엇을 걱정하시는지는 잘 알고 있으나, 먼저 시작한 것은 내가 아니라 폐하시다. 그리고……"

느긋하던 레너드의 분위기가 바뀌자 사자가 고개를 숙였다.

자리에 앉아 있던 레너드가 사자에게 걸어왔다. 그가 코앞까지 걸어오자 사자가 고개를 깊게 숙였다. 고개를 숙여 사자의 귀 옆에 얼굴을 가까이 댄 레너드가 나지막이 말했다.

"자꾸 사자를 보내 날 귀찮게 하면 상황이 더 심각해져도 움직이지 않을 것이라 전하라. 얌전히 닥치고 기다리라고 해."

"전하, 아니되시옵……."

레너드의 시선에 사자가 하려던 말을 멈추었다. 더 이상 말을 꺼내면 황제가 아니라 레너드에게 목숨을 잃을 판이었다. 몸을 일으킨 사자가 도망치듯 방 밖을 나갔다. 사자가 밖으로 나가자 밖에 대기하던 루칸이 안으로 들어왔다.

다시 자리로 돌아온 레너드가 내려놓았던 안경을 다시 썼다. 태연하게 서류를 들고 밀린 일을 시작하는 그를 보며 루칸이 조심스럽게 말했다.

"파벨 후작에게서의 전언입니다. 조만간 모든 준비가 끝날 것이라 전하셨습니다."

"준비가 끝나면 환궁할 것이다. 그때까지 모두 마무리해 놓도록."

"처리해 놓겠습니다."

황궁으로 돌아가지만 않았을 뿐, 레너드는 차근차근 황제를 압박할 준비를 끝낸 상태였다. 황제는 이젤을 레너드의 앞에서 없앰으로써 그를 무너뜨리려 했을 것이다.

하지만 상황은 반전되었다. 이젤에게 휘두르려 했던 검은 고스란히 황제를 향하고 있었다.

"이젤은? 시간을 보아하니 슬슬 수업이 끝날 시간이군."

"최근 배우시는 부분이 어렵다고 하시더니만 시간이 지체되는 듯합니다. 모셔 올까요?"

"아니다. 내가 가 보겠다."

레너드를 선택함으로써 이젤의 세상 또한 변하기 시작했다.

그녀에게 의무를 강요하고 싶지는 않았지만, 적어도 황태자비로서의 필요한 부분은 배우고 익혀야 했다. 생각 이상으로 많은 양이었지만 이젤은 불만 없이 하나씩 배워 나가고 있었다.

이젤을 떠올리자 레너드의 입가에 편안한 미소가 감돌았다.

갑자기 어떻게 수업을 하고 있는지 알고 싶어졌다.

자리에서 일어난 레너드가 이젤이 있는 곳으로 걸음을 재촉하였다.

거치적거리는 드레스의 자락을 잡은 채로 펜을 놀리는 모습이 귀여웠다. 현재 쓰고 있는 글에 모든 정신을 집중하고 있는지, 레너드가 들어왔음에도 이젤은 알아차리지 못했다.

검을 잠시 내려놓고 안정을 시키니 이젤은 점차 회복되었다. 그럼에도 아직 쉬어야 했기에, 이젤은 검을 잡는 대신 책을 보기 시작했다. 당장에 무언가를 익히고 배운다고 레나 사람이었던 그녀가 카델 사람으로 인정받는 것은 아니었지만 우선은 레너드의 옆에 있기 위해서는 최소한의 지식은 배워야 했다.

"전……."

이젤을 보고 있던 선생이 레너드의 모습에 입을 열어 그를 부르려 하였다. 하지만 그보다도 먼저 레너드가 손짓으로 그를 말렸다. 나가 있으라는 손짓에 선생과 시종들이 밖으로 나가고, 선생이 앉았던 자리에 레너드가 앉았다.

최근 어렵다고 한 것이 카델의 역사인 듯 길게 써 내려가는 글에는 예전 레너드가 공부했던 내용과 똑같은 것이 빼곡하게 적혀 있었다. 지난밤, 암기는 자신 없다며 길게 한숨을 쉬던 이젤의 모습이 떠오르자 레너드의 입가에 미소가 감돌았다.

"이젤."

얼마나 집중하고 있는 것인지 레너드가 부름에도 이젤은 그대로였다. 집중하는 이젤에게 무시당했으면서도 레너드의 미소는 여전했다. 턱을 괸 레너드가 조용히 이젤의 모습을 바라보았다.

장신구로 틀어 올린 백금발에서 흘러내린 머리카락 몇 가닥이 얼굴 옆에서 살랑살랑 움직였다. 볼 때마다 빠져드는 푸른색 눈에 그녀 특유의 고집이 느껴졌다.

오뚝한 코에 언제나 가져도 부족한 붉은 입술이 집중하느라 다물어져 있었다.

"다 됐다! 어? 어!"

쓰던 것이 마무리되었는지 환한 미소를 짓던 이젤이 앞에 보이는 레너드의 모습에 그대로 굳었다. 놀란 토끼 같은 이젤의 눈에 레너드가 웃음을 터트렸다.

"조금 전에 왔다. 불렀는데도 모르더군."

"그럴 리가요. 레너드가 불렀는데 제가 몰랐을 리가…… 악! 보지 마십시오!"

이젤이 쓴 종이를 레너드가 가져가자 그녀가 비명을 질렀다. 종이를 잡으려 옆으로 온 이젤의 허리를 붙잡은 그가 자신의 무릎에 그녀를 앉혔다. 보지 말라며 반항하는 이젤을 가두듯 품에 안은 레너드가 느긋하게 그녀가 적어 놓은 종이를 천천히 읽기 시작했다.

빨갛다 못해 터질 것 같은 얼굴로 이젤이 레너드의 품에서 바동댔다.

"그제 공부한 내용에 대해 정리해 보라고 하셔서…… 보지 마십시오. 부끄럽단 말입니다."

"선생에게는 보일 것이면서 나한테는 보이지 않는다? 내가 선생보다 나중이라는 것인가?"

"그분이야 저의 공부를 봐 주시니까…… 아앗. 레너드."

목에서 느껴지는 열기에 이젤이 몸을 움츠렸다. 이젤의 목에 깊게 입 맞춘 레너드가 그녀가 방심하는 틈을 타 더 깊게 품에 안았다. 꼬물꼬물 반항하던 이젤이 포기하자, 느긋하게 그녀의 귓불을 만지작거리며 종이의 내용을 읽기 시작했다.

잠시 후, 종이를 내려놓은 이젤의 이마를 톡 치며 레너드가 말했다.

"몇 군데 연도를 틀린 것 빼고는 제대로 썼으면서 약한 척하기는."

"정말……입니까?"

레너드의 품에 안겨 있던 이젤이 그의 말에 고개를 빼꼼 들었다. 품에 안긴 강아지처럼 행동하는 이젤의 모습에 레너드가 웃음을 터트렸다.

"다른 과목에 비해 역사가 약하다는 선생의 말은 들었다만 또 그것도 아닌 것 같군."

"재시험입니다."

"응?"

"오늘 본 것이 재시험이란 말입니다. 이번에도 많이 틀렸으면 크게 혼날 뻔했습니다."

재시험이라는 소리에 레너드가 고개를 갸우뚱했다. 세 명의 선생에게서 이젤의 수업 상황을 보고받는 레너드였다. 갑자기 많은 것을 배우느라 버거워하기는 했어도 수업 태도나 배운 것을 익히는 속도가 나쁘지 않다는 평을 듣고 있었다. 그런데 재시험이라니, 그가 아는 바로 재시험은 이번이 처음이었다.

이상해하는 레너드의 표정에, 품에 안겨 있던 이젤이 몸을 들어 그를 노려보았다.

"레너드 때문입니다!"

"하아?"

뜬금없이 나오는 책임론에 레너드의 눈썹이 꿈틀댔다.

"제가 그 전날, 시험이 있으니 먼저 주무시라고 하지 않았습니까! 그런데 그 전날에도 그렇고, 더군다나 어제도 그렇고…… 읍."

종알종알대는 입이야 막아 버리면 그만. 더군다나 자신은 공부해야 하니 먼저 자라는 말은 들을 필요도 없는 투정이었다.

밖에 사람들이 있다며 힘겹게 말하는 목소리 따위 입 안에서 삼켰다. 등 뒤로 단단하게 묶은 드레스의 끈을 풀자 어깨서부터 드레스가 흘러내렸다.

어깨에서 흘러내리는 드레스를 이젤이 손으로 막았다. 하지만 그러한 반항은 그녀의 손을 움켜잡는 레너드에 의해 무산되었다. 앉아 있는 이젤의 허리에 흘러내리던 드레스가 걸렸다. 가쁜 숨을 내쉬는 목을 입술로 깊게 누른 레너드의 손이 이젤의 가슴을 움켜잡았다.

"하아. 밖에…… 사람이……."

"내가 있는데 누가 들어온단 말이냐."

안 된다며 고개를 젓는 이젤을 안아 든 레너드가 침대에 눕혔다. 허락을 구하는 레너드의 시선에 문밖을 보며 잠시 고민하던 이젤이 결국 미소를 지었다.

허락이 떨어지자마자 거듭 맞추었던 입술에 다시 깊게 키스했다. 어떤 과일보다도 더 달콤한 입술을 거듭 삼키고 깨물었다. 부드러운 살결을 가린 드레스를 거칠게 벗겨 침대 밑으로 던져 버렸다.

부드럽게 잡히는 가슴도, 그의 손에서 단단해진 유두도 전부 그의 눈을 즐겁게 하였다.

나신이 된 이젤을 부드럽게 어루만지던 레너드가 입고 있던 옷을 벗었다. 순식간에 태초의 몸이 된 둘이 서로를 보며 미소 지었다.

"나의 이젤."

그가 자신의 것이라는 말을 해 줄 때마다 이젤은 울컥 눈물이 치솟았다. 이제 그를 피하지도, 그의 애정을 거부하지도 않는다.

그녀에게 남은 유일한 존재. 이젤의 남은 평생을 함께할 사내.

"사랑해요."

이젤의 고백에 레너드의 눈 끝이 휘었다. 거듭 물려 살짝 부어 있는 입술을 레너드의 손가락이 쓸었다. 입술에 이어 봉긋한 가슴을 애무한 레너드의 손이 오므려 있는 다리 사이로 옮겨 갔다.

허벅지의 여린 살을 어루만지며 레너드가 가슴 끝에 단단해진 유두를 살짝 깨물었다. 몸을 태우듯 밀려오는 열기에 이젤이 고개를 옆으로 돌렸다.

그녀의 이런 모습을 볼 수 있는 사람은 오직 자신뿐이었다. 안을 때마다 점점 강렬하게 고개를 드는 소유욕에 레너드의 눈이 빛났다. 이젤의 가쁜 숨 사이로 들려오는 신음이 그를 유혹했다. 여린 살의 가장 은밀한 여성에 레너드의 손가락이 천천히 들어갔다.

은밀한 곳에서 느껴지는 예민한 감각에 이젤이 짧게 비명을 질렀다.

"레너드! 아앗."

그의 손을 거부하듯 이젤의 다리가 오므라졌다. 언제나 그에게 전부를 주었음에도 이젤은 여전히 그가 은밀한 곳을 애무하는 것을 부끄러워했다.

안 된다며 고개를 젓는 그녀를 달래듯 레너드가 부드럽게 입술을 맞추었다. 레너드의 손가락이 이젤의 은밀한 곳을 자극하였다. 부끄러워하며 거부하던 이젤이 오므라진 다리를 벌렸다. 가늘고 여린 이젤의 팔이 레너드의 목을 감았다. 이젤의 봉긋한 가슴이 레너드의 가슴에 닿았다.

이젤의 여성에서 나오는 액이 레너드의 손가락을 타고 허벅지에 흘러내렸다. 단단해질 대로 단단해진 분신이 어서 이젤의 안에 자신을 묻으라며 충동질하고 있었다.

그를 안고 있는 이젤을 떼어 낸 레너드가 그녀의 다리를 벌렸다. 그리고 제자리를 찾듯 레너드의 분신이 이젤의 안으로 들어왔다.

몸을 떨던 이젤이 레너드가 편히 들어올 수 있도록 다리를 조금 더 벌렸다. 아랫배가 울릴 정도로 깊게 들어오는 그의 분신에 이젤의 허리가 휘었다. 붙잡고 있는 레너드의 어깨가 타오를 듯 뜨거웠다.

서로가 서로에게 빠져들었다. 함께하는 이 순간까지도 서로에 대한 탐욕이 둘을 사로잡았다. 누구에게 양보할 수도, 누구와도 공유할 수 없다.

단 하나의 존재.

이젤에게 레너드가, 레너드에게 이젤이 그러한 존재였다.

자신을 각인시키듯 깊게 안으로 들어오고, 다시 후퇴하였다. 그의 움직임 하나하나에 이젤이 민감하게 반응하였다. 그를 받아들이느라 활처럼 휜 이젤의 허리를 붙잡은 레너드가 그 안에 자신을 풀었다. 몸을 채우는 그의 정에 이젤의 몸이 파르르 떨렸다.

미소 짓는 눈 끝에 짧게 키스한 그가 이젤의 옆으로 몸을 돌렸다. 그러자 자연스럽게 이젤이 그의 품으로 안겨 왔다. 부드럽게 느껴지는 이젤의 여체에 레너드가 만족스러운 숨을 내쉬었다.

나른하게 안겨 있는 이젤의 입술에 레너드가 깊게 키스하였다. 언제나 녹아들게 하는 그의 입맞춤에 홍조를 띤 이젤이 나지막이 말했다.

"레너드와 있으면 흔적도 없이 녹아 버릴 것 같습니다."

노곤한 이젤의 말에 레너드가 웃음을 터트렸다.

"녹아 버리면 이렇게 안을 수도 없겠지. 아무리 안아도 사라지지 않으니 네가 귀한 것이다."

레너드의 말을 들으며 이젤이 그의 가슴에 얼굴을 묻었다. 말없이 서로의 체온에 몸을 맡기고 있을 즈음, 이젤의 머리카락을 어루만지던 레너드가 입을 열었다.

"드니스 가문이 멸문되었다는 보고가 있었다."

"아……."

"이런 상황에서 꺼내고 싶지는 않지만 이제 너에게 숨기지 않기로 했으니까. 페로단은 그에 맞는 벌을 받았다."

레너드가 말하는 그에 맞는 처벌이라면 결국 죽음뿐이었다.

가족으로서의 정도, 아버지로서의 믿음도 없었지만 그래도 한때는 그들에게 인정을 받으려 노력했었다. 이제 레나에 대한 미련도 없었지만 알 수 없는 기분이 이젤을 휘감았다.

"이제 드니스는 없군요."

"아쉬운가?"

"모르겠습니다. 아쉽지도, 후련하지도 않습니다. 실감이 안 납니다."

이젤다운 대답에 레너드가 그녀의 등을 두드리며 눈을 감았다. 이젤을 옥죄던 존재는 사라졌다. 아직 그녀를 이용만 하던 레나는 남아 있었지만 그 또한 얼마 가지 않을 것이다.

레너드만의 이젤.

이제 이젤은 누가 뭐라 해도 그의 여인이었다.

"이제 드니스라는 성은 쓰지 못할 테니 다른 성을 찾아야겠군."

"무리하지 마십시오. 드니스가 없어도 전 괜찮습……."

"로즈는 어떤가?"

레너드의 말에 품에 안겨 있던 이젤이 몸을 일으켰다. 놀란 눈으로 그를 바라보는 이젤의 뺨을 쓰다듬으며 레너드가 말을 이었다.

"카델의 미친놈들이 쓰고 있는 성이기는 하지만, 뭐, 그렇게까지 나쁘지는 않을 것 같군. 비록 로즈 부인이라는 호칭 대신 비전하나 황후 폐하로 더 많이 불릴 것 같지만 말이다."

"……."

실감이 나지 않는지 토끼 눈의 이젤이 레너드를 뚫어지게 바라보았다.

"나름 큰맘 먹고 꺼낸 말이다. 아무 말도 없이 그런 눈으로 쳐다보면 아무리 나라도 초조해진다."

"아니, 아니요, 레너드. 그게 아니라 아직 저는 부족한 게 많습니다."

"애인으로 두자니 마음에 안 차. 난 내가 원하는 것은 확실하게 얻어야 만족하는 사람이다. 이제 같이 있는다고 하지 않았나? 그렇다면 모두에게 인정받는 자리에서 내 곁에 있어."

심란했던 마음 안에 새로운 감정이 물밀 듯이 밀려왔다. 울컥 치미는 감정에 눈가가 흐릿해졌다. 하지만 눈 안에 가득 고인 것을 떨어뜨리는 대신 이젤이 레너드를 부드럽게 안았다. 말 없는 이젤의 허락에 레너드가 안도의 숨을 내쉬었다.

이렇게 행복해도 되는지 불안했다.

나라를 버리고, 기사를 버리고, 가문을 버리고 얻은 행복이 자신의 것이 아닌 것 같아 무서웠다.

하지만 불안함에 몸을 떠는 대신 이젤은 레너드의 품에 자신을 맡겼다.

레너드와 함께 있으면 괜찮을 것이다.

그의 어깨에 얼굴을 묻으며 이젤이 환한 미소를 지었다.

병을 부지런히 놀리는 치료사의 앞에서 이젤이 애써 밝은 미소를 지어 보였다. 굳은 얼굴로 치료사가 꺼내는 병을 보고 있던 레너드가 이젤의 미소에 말없이 손을 붙잡았다.

둘을 보고 있던 치료사가 검은 병의 뚜껑을 열며 조심스럽게 말했다.

"이제 시작하겠습니다."

레너드의 손을 잡고 있던 이젤이 치료사의 말에 고개를 끄덕였다. 작은 스푼으로 검은 병에서 갈색의 물약을 떠낸 치료사가 허락을 구하듯 레너드를 바라보았다.

치료사의 말 없는 물음에 레너드가 고개를 끄덕였다.

그의 허락에 치료사가 이젤에게 스푼을 건네었다. 레너드를 잠시 본 이젤이 물약을 입에 넣었다.

아무 맛도 느껴지지 않았던 것도 잠시, 타들어 가듯 목이 따가워졌다. 손으로 입을 막은 이젤이 고개를 숙였다. 목에서 시작된 고통은 잠시 후, 온몸으로 번져 갔다.

이젤이 힘들어하자 레너드의 미간이 좁아졌다. 그의 시선에 힘들어하던 이젤이 억지로 미소를 지었다.

"레너드, 괜찮아요."

비비엔이 아니더라도 황궁에서는 눈엣가시인 상대에게 독을 먹여 죽이거나 몸을 엉망으로 만드는 일은 비일비재했다. 며칠 후면 황궁으로 돌아갈 터였지만 그전에 기본적인 독에 대한 내성은 만들어 놓아야 했다.

믿을 수 있는 치료사였지만 혹시라도 모를 일에 대비하여 독을 먹는 동안은 반드시 레너드가 함께 자리했다. 총 세 개의 독을 먹은 이젤이 힘든지 의자에 몸을 기댔다. 괜찮다는 말을 했지만 이마에 맺힌 땀이 그녀의 고통을 보여 주었다.

그만하자는 레너드의 시선에 치료사가 고개를 숙였다.

"오늘은 여기까지 하겠습니다."

"나가 보라."

레너드의 명에 치료사가 도구를 챙기고 방 밖으로 나갔다. 그가 완전히 나가자 의자에 앉아 있는 이젤을 레너드가 안아 들었다.

"제가 걸어도 됩니다. 그러니······."

"몸을 못 가눌 정도로 어지러운 거 알고 있다. 그러니 얌전히 있어."

침대에 눕혀지고 그 위에 이불이 덮여졌다. 그리고 옆에 누운 레너드가 평소처럼 그녀를 다독였다. 간결한 말 안에서 느껴지는 감정에 이젤이 말없이 레너드에게 몸을 맡겼다.

내성을 만들기 위함이었지만 이틀에 한 번씩 먹는 독은 이젤에게는 힘든 일 중 하나였다. 미량을 먹는 것만으로 몸을 태우듯 고통을 주는 것도 있었고, 또 어떤 것은 하루 종일 아무것도 먹을 수 없도록 속을 헤집어 놓는 것도 있었다. 오늘 먹은 것은 정신을 혼미하게 하는 종류인지 누워 있어도 머리가 빙글빙글 울렸다.

"곧 괜찮아질 것이다."

눈썹을 찡그리고 있는 이젤이 신경 쓰이는지 레너드가 낮은 어조로 달래듯 속삭였다. 견딜 만했지만 문득 어리광을 부리고 싶어졌다. 말없이 이젤이 품을 파고들자 레너드가 웃으며 이젤의 등을 쓸었다.

"바쁘신 건 알지만 조금만 더 있다 가십시오."

"많이 힘들면 내성을 키우는 건 조금 미뤘다 하자. 아무래도 성급했던 것 같아."

"아니요. 독을 먹는 건 힘들지 않습니다. 레너드가 함께해 주니까요. 그저 레너드와 이러고 있는 게 좋습니다. 어리광을 부리면 안 되는 걸 알지만……."

부끄러웠는지 중간에 말을 멈춘 이젤이 빨개진 채로 그의 품에 얼굴을 묻었다. 스스로 이겨 내고 참아 내던 이젤이 레너드에게만큼은 기대고 의지하였다. 다른 여인들이 의지하고 매달릴 때는 불편했던 것이, 이젤이 그러니 그것마저 예쁘게 보였다.

"종종 어리광을 부리게 만들어야겠다."

"놀리지 마십시오."

가리듯 레너드의 품에 숨는 이젤을 보며 그가 웃음을 터트렸다. 품에 얼굴을 묻고 있던 이젤의 고개를 들게 한 레너드가 이마에 짧게 입술을 맞추었다.

레너드에게서 나는 체향이 이젤을 편안하게 했다. 눈을 감은 채 레너드의 품에 얼굴을 묻으니 그에게서 들려오는 심장 소리가 음악처럼 이젤을 안정시켰다.

"이젤."

나지막이 들려오는 목소리에 눈을 감고 있던 이젤이 고개를 들어 레너드를 바라보았다.

"내일부터 시종과 기사들이 배치될 것이다. 네 사람이니 마음대로 써라."

"레너드, 전 아직……."

"이젤, 난 네가 누구보다 소중하다. 네가 잘못되는 일은 더 이상 겪고 싶지도 생각하고 싶지도 않다."

"……."

"괜찮은 이들로 뽑아 놓았다. 너를 지켜 줄 가문은 없지만, 그렇다고 힘없이 휘둘리는 황태자비로 만들 생각은 없다."

무조건적인 애정에 마음이 먹먹해졌다.

지금까지 누구에게도 제대로 받아 보지 못했던 것. 그를 선택하면서 이젤의 세상은 점점 커졌다.

전부를 주는 레너드와는 달리 이젤이 그에게 줄 수 있는 것은 그녀 외에는 아무것도 없었다. 품에 안겨 있던 이젤이 몸을 일으켜 레너드를 내려다보았다.

짧은 시선의 교환. 레너드를 보고 있던 이젤이 수줍게 그의 입술에 자신의 입술을 맞추었다.

언제나 레너드가 다가오고, 그녀는 받아들이기만 했었던 것, 그랬던 것이 처음으로 반전되었다. 수줍은 입맞춤을 끝낸 이젤이 몸을 일으키려는 찰나, 레너드의 손이 이젤의 뒤통수를 감쌌다.

그의 방문에 이젤의 입술이 작게 열렸다. 여린 혀를 휘감고 내쉬는 숨을 전부 삼켰다. 가쁜 숨을 내쉬면서도 레너드가 놔줄 때까지 이젤은 그에게서 떨어지지 않았다.

한 달하고도 삼 주가 지난 후, 레너드와 이젤이 황궁으로 돌아갔다.

제10장

전야

창을 열고 들어오는 아침 햇살이 이젤의 눈을 간지럽혔다. 떠지지 않는 눈을 비비자 어깨를 감싸고 있던 굵은 팔이 가는 허리를 단숨에 끌어안았다. 아무것도 입지 않은 몸에 고스란히 느껴지는 레너드의 촉감에 이젤이 얼굴을 붉혔다.

"레너드."

이젤의 목소리에 레너드의 입가에도 작은 미소가 감돌았다. 그를 피하고 외면하던 이젤은 이제 없다. 팔을 뻗으면 품을 파고 들어온다. 부드러운 살을 손으로 어루만지면 홍조를 띠며 부끄러워했다.

레너드만을 보고, 그의 손길에서만 활짝 피어났다.

"일어나기 싫다."

품에 안겨 있는 이젤의 이마에 짧게 입술을 맞추며 레너드가 투덜댔다. 그를 보는 이젤의 입가에 간지러운 미소가 생겨났다.

"아침이에요. 일어나셔야 합니다."

"딱딱하기는…… 기사는 이제 그만두지 않았나?"

이젤의 어깨에 각인시키듯 레너드가 깊게 입 맞췄다. 아직 지난 밤의 열기가 남아 있는 이젤의 몸이 닿아오는 레너드의 입술에 살짝 떨렸다.

"오늘 아침에 황제 폐하와 만나신다면서요. 일어나세요."

어깨를 시작으로 가슴에 얼굴을 묻는 레너드를 부드럽게 밀어내며 이젤이 속삭였다. 기사로 있으면서 썼던 딱딱한 말투는 그녀의 노력과 주변의 교육으로 많이 바뀌어 있었다.

황제라는 말에 풀어져 있던 레너드의 표정이 굳어졌다.

"자기가 움직일 수 없으니 멋대로 오라가라군."

"레너드, 그래도 폐하이신걸요. 어찌…… 흡."

폐하라는 단어조차 거슬리는지 이젤의 입술을 레너드가 억지로 막았다.

황궁으로 돌아온 지 일주일, 아직 혼인서약을 하지 않은 이젤은 황태자비가 아니라 레너드가 총애하는 애인일 뿐이었다.

당장에라도 혼인서약을 승인할 것 같았던 황제는 레너드가 황궁으로 돌아오자 언제 그랬냐는 듯 말을 바꾸었다. 기대한 것은 아니었으나 그래도 입지가 좁아진 만큼 얌전히 그녀를 황태자비로 받아들였으면 하는 바람이 있었던 것은 사실이다.

"이젤."

그의 부름에 이젤이 레너드를 바라보았다.

"사흘 안으로 혼인서약을 하게 될 것이다."

"폐하께서 승인하실 때까지 기다릴 수 있습니다. 그러니 조급해하지 마세요."

"너는 기다릴 수 있지만 나는 싫다."

레너드의 시선 안에 묻어 나오는 초조함에 이젤이 눈썹을 내렸다.

"레너드, 저는 전하의 곁에 있는 것만으로도 행복합니다. 그러니 무리하지 마세요."

간드러진 목소리도, 녹아드는 말투도 아니었지만 이젤의 목소리는 레너드에게 언제나 안정을 주었다.

그래서 초조했다. 그렇기에 더 욕심이 났다.

기껏해야 카렐을 방문한 교황 앞에서 서약을 하는 것뿐이었지만, 그런 서류로라도 레너드는 이젤을 확실히 자신의 것으로 만들고 싶었다.

"사랑한다."

태연한 표정으로 고백하는 레너드를 보고 있던 이젤이 달콤한 미소를 지었다.

"나의 레너드."

화려한 미사여구도, 겉만 번지르르한 포장도 없다. 이젤은 언제나 담백하고 솔직하게 자신의 마음을 그에게 보였다. 그렇기에 누구보다도 믿고 아꼈다.

더 이상 흔들리지 않는 이젤의 눈이 레너드만을 향했다.

이젤을 품에 안고 깊은 입맞춤을 한 레너드가 크게 웃음을 터트렸다.

줄리는 황태자궁의 시중을 들던 하녀 중 다섯 손가락 안에 들 정도로 유능한 사람이었다.

20대 초반의 그녀는 시종장과 루칸, 마지막으로 레너드의 면담을 끝낸 후 이젤의 시녀로 보내졌다.

"아가씨, 오늘은 이 장식으로 머리를 올릴까 하는데 어떠신지요?"

평생 기사로만 살았기에 이젤은 머리를 꾸미거나 장식을 고르는 데 서툴렀다. 그런 면에서 눈썰미가 좋고 치장 경험이 풍부한 줄리는 많은 도움이 되었다.

"오늘 입을 드레스와 어울릴까요? 너무 화려한 거 같은데요."

처음에는 세밀한 부분까지 일일이 시중드는 줄리가 불편했지만 어차피 옷이나 장신구의 지식이 전혀 없는 이젤이었다. 더군다나 아무것도 모르는 이젤의 눈에도 줄리가 하는 치장은 상당한 수준이었다. 진녹색 드레스와 대비되는 붉은 루비가 박혀 있는 머리장식을 꺼내며 줄리가 말을 이었다.

"아가씨께서는 장식이 많은 걸 좋아하지 않으시니 차라리 화려한 걸 하나 하시는 것이 좋을 듯합니다. 일단 해 보시고 마음에 들지 않으시면 말씀해 주세요."

의자에 이젤을 앉힌 줄리가 능숙한 솜씨로 머리를 다듬기 시작했다. 길게 내려온 백금발이 줄리에 의해 하나로 모여 틀어 올려졌다. 화장을 하고 치장을 한 모습은 여전히 낯설었지만 그럼에도 바낀 모습에 자신도 모르게 설레었다.

빠르고 정확한 손놀림으로 이젤의 치장이 끝났다.

"다 되었어요, 아가씨."

"줄리는 언제나 빠르네요. 고마워요."

언제나 감사의 인사를 덧붙이는 이젤에게 줄리가 고개를 숙였다.

아직은 레너드의 애인으로 아가씨라는 호칭으로 부르고 있었지만 조만간 황태자비가 될 여인이었다. 그리고 레너드가 황제가 된다면 이젤 또한 자연스럽게 황후의 자리에 오르게 될 것이다.

황후의 시녀.

어쭙잖은 귀족의 딸보다도 더 힘이 있는 자리였다. 몰락귀족의 딸로 부유한 귀족의 첩이 되는 대신 시녀로 들어온 그녀였다. 그런 그녀에게 이젤의 시녀는 평생의 기회였다.

「그녀가 황후로서 자리를 잡을수록 네가 누릴 수 있는 것은 늘어날 것이다.」

지금까지 누구도 알지 못했던 줄리의 욕심을 처음으로 마주한 레너드는 한눈에 알아봤다. 단독으로 마주한 자리, 최선을 다하겠다는 그녀의 말에 레너드는 코웃음을 쳤다.

「최선을 다하는 것으로는 어려울 것이다. 그녀의 목숨이 네 목숨이 될 것이니 말이다.」

이젤이 잘못되면 줄리도 죽는다.

레너드의 말은 짧았지만 그 안에 들어 있는 의미는 힘에 욕심을 내는 줄리조차 떨게 했다.

"줄리?"

이젤의 부름에 다른 생각을 하고 있던 줄리가 고개를 숙였다.

"죄송해요, 아가씨."

"아니에요. 그나저나 선물로 들어온 게 뭐라고 했죠?"

"조만간 있을 혼인서약에 대한 축하 선물일 뿐입니다. 확인하실 것까지는……."

"어떤 것이 들어왔는지 정도는 알아 두고 싶군요. 많지는 않다고 들었으니 확인하고 싶어요."

하자는 대로 따라올 것 같으면서도 이젤은 쉽지 않았다. 자신을 치장하는 데 까다로운 다른 여인들과는 달리, 치장이나 꾸밈에서는 무난한 성격이었다.

하지만 그 이외의 것, 예를 들어 지금처럼 그녀에게 들어오는 선물이나 그 밖의 책임을 져야 하는 공적인 일에 한해서 이젤은 줄리가 혀를 내두를 정도로 꼼꼼했다.

당장에라도 일어나서 움직이려는 이젤을 막으며 줄리가 말했다.

"앉아 계세요. 시종에게 가져오라 하겠습니다."

줄리의 말에 이젤이 고개를 끄덕이며 자리에 앉았다.

잠시 후, 꽤 많은 상자가 이젤이 머무는 방에 차곡차곡 쌓였다. 줄리의 설명에 따라 상자의 물건을 확인하고 있던 이젤이 파벨 후작이 보내온 물건이라는 상자 안의 부채를 말없이 쳐다보았다.

"비비엔 아가씨가 쓰던 것과 똑같은 모양이군요."

이젤의 말에 옆에 서 있던 줄리가 가까이 다가왔다.

"색만 다를 뿐, 상당히 흡사하네요."

줄리의 말에 이젤이 고개를 끄덕였다. 기사로서의 삶을 접고 여인의 삶으로 돌아온 이젤이었지만 그때 배웠던 것이 사라지는 것은 아니었다. 스치듯 한 번 본 것이 전부였지만 분명 그녀에게 보내온 것과 비비안의 부채는 똑같은 것이었다.

고급스러운 나무 상자 안에 놓인 부채를 이젤이 조심스럽게 꺼냈다.

"파벨 후작께서 직접 보내신 건가요?"

"아니요, 아가씨. 비비엔 아가씨께서 파벨 후작의 이름으로 보내신 것입니다. 높은 여인의 선물은 귀족의 영애들이 대신 보내는 경우가 대부분입니다. 파벨 후작님의 경우에는 레너드 전하와도 긴밀하신 관계라 선물을 받아도 괜찮다고 생각했습니다."

혹여라도 잘못되었을까 싶은 줄리가 떠는 목소리로 이젤에게 보고하였다. 줄리의 말을 듣고 있던 이젤의 눈에, 부채의 술에 달린 사파이어 구슬이 들어왔다.

일반 시종이나 여인들이라면 보지 못했을 구슬 사이의 작은 틈이 훈련으로 발달한 이젤의 시야에 들어왔다. 그리고 그 안에 보이는 이질적인 것. 정확한 내용물은 알 수 없으나 보석 안에 다른 것이 있는 것은 확실했다.

"혹 비비엔 아가씨와 약속이 잡혀 있나요?"

"이틀 뒤에 아가씨께 인사를 드리고 싶다고 하셨었습니다. 아가씨께 인사도 드릴 겸 간단한 다과라도 하고 싶다고 하셔서 잡았습니다만…… 혹여 제가 실수를 한 것은 아닌지요?"

줄리의 이야기를 들은 이젤의 입가에 알 수 없는 미소가 그려졌다. 겉으로 참으려고 애썼지만 이젤의 눈에 비치는 감정은 미소와는 달리 옅은 분노였다.

부채를 한참 바라보던 이젤이 말없이 그것을 상자에 넣었다.

"이건 제가 가지고 있을게요."

"네, 아가씨."

"들은 이야기로는 선물로 들어온 물건을 팔아서 빈민을 구휼하는 데 쓴다고도 들었지만 아무리 그래도 받은 것을 바로 없애는 것은 예의가 아니겠죠. 나머지 선물은 적당한 기간 후에 줄리가 처리해 주세요."

선물로 들어온 것을 처분하여 빈민을 위해 쓰는 것은 사실이었으나 실제로 그것을 행하는 귀족은 없었다.

기사로 살아왔기에 욕심이 없는 것인가? 아니면 자신의 것이 아니기에 받을 수 없다는 것인가? 눈이 휘둥그레질 정도로 비싸고 화려한 선물을 받았음에도 이젤은 욕심을 내지 않았다.

부채를 넣은 상자를 적당한 곳에 옮긴 이젤이 줄리를 보며 미소 지었다.

"줄리가 잘못한 게 아니에요. 신경 쓰지 마세요."

"제가 성급히 일을 처리한 듯합니다. 다음부터는 이런 일이 없도록 하겠습니다."

허리를 숙이는 줄리의 사과에 이젤이 조용히 자리에서 일어났다.

"갑자기 전하가 뵙고 싶네요. 지금쯤 집무실에 계시겠죠?"

"확인해 보겠습니다."

"아니요. 직접 가 볼게요."

조금 전의 분노는 어디 갔는지 옅은 미소를 지은 이젤이 문을 향해 걸어갔다.

그녀의 모습에 줄리가 앞서 닫힌 방문을 열었다.

방을 나가기 직전, 이젤이 줄리만 들을 수 있도록 낮은 목소리로 속삭였다.

"줄리, 부채는 잠시 모르는 척해 주세요."

부채에서 무엇을 보았는지는 몰라도 줄리를 보는 이젤의 표정은 단호했다. 순식간에 바뀐 분위기가 줄리에게 거부할 수 없는 압박을 주었다.

문을 열며 줄리가 고개를 숙였다.

"저는 아무것도 보지 못하였습니다, 아가씨."

줄리의 대답에 만족하며 이젤이 레너드가 있는 집무실로 향하였다.

레너드와 이젤이 황궁에 오기 하루 전, 카델의 황제는 최측근인 시종에게 피습을 당했다. 10여 년을 황제의 손발처럼 행동하던 시종이 왜 배신을 하게 되었는지는 알 수 없었으나 그에 의해 다리를 다친 황제는 당분간 거동할 수 없게 되었다.

황제를 암살하는 데 실패한 시종이 곧바로 목에 칼을 꽂고 목숨을 버린 터라 배후가 누구인지 알 수 없게 되었다.

그 사건이 터진 후 바로 황궁에 돌아온 레너드는 배후를 조사하는 대신 황제 주변에 있던 모든 시종에게 책임을 물어 전원 사람을 바꾸었다.

자연스럽게, 그리고 빠르게 황제는 황궁에 고립되었다.

"네가 한 짓이냐?"

귀찮아하는 레너드를 보며 침대에 누워 있는 황제가 이를 갈았다. 황제의 수족이었던 시종은 전부 레너드에 의해 궁 밖으로 쫓겨나가거나 황제와는 전혀 상관없는 곳으로 배치되었다.

"폐하의 안전을 위해서입니다. 그리고 일을 저지른 사람은 폐하를 오랫동안 모셔 온 시종이었습니다. 가장 옆에 있는 사람조차 위험한데 어찌 그들을 폐하의 곁에 두게 하겠습니까?"

"눈 가리고 모르는 척한다고 내가 아무것도 모를 줄 아는 것이냐?"

"아신다고 한들 바뀌는 것 또한 없습니다."

눈을 부릅뜨고 노려보는 황제를 보며 레너드가 비릿한 미소를 지었다. 고개를 돌려 방의 시종을 보자 일사불란하게 방 밖으로 나갔다.

마치 레너드의 시종을 보는 듯한 움직임에 황제의 눈에 핏발이 섰다. 둘만이 남은 방, 피곤하다는 표정의 레너드가 의자를 끌어와 다리를 꼬고 앉았다.

"당신은 기억조차 하고 있을지 모르지만 예전에 유모가 절 죽이려다가 카일 형님에게 죽었던 일이 있었지요."

"무슨 소리를 지껄이려는 것이냐?"

"그대로 돌려 드린 것뿐입니다. 폐하도 그때 유모의 가문을 위협하여 살아남고 싶으면 절 죽이라 하셨지 않습니까? 배운 대로 했을 뿐이란 말입니다."

"이노옴!"

화가 난 황제가 몸을 일으키려는 찰나, 레너드의 손이 황제의 어깨를 눌렀다. 일어나지 못하는 황제를 노려보며 레너드가 차갑게 말했다.

"이번 기회에 인내하고 몸을 숙이는 법을 배워 놓으십시오. 그래야 하루라도 더 살아남지 않으시겠습니까?"

"레너드! 네가 이러고도 살아남을 수 있을 것 같으냐! 난 아직 안 끝났다! 아직 난 황제란 말이다! 네 아버지란 말이다!"

황제의 발악에 피식 레너드가 실소를 터트렸다. 언제부터 아버지였단 말인가! 생각할수록 웃음밖에 나오지 않았다.

황제를 보고 있던 레너드가 문으로 고개를 돌렸다.

"들어와라."

레너드의 말이 떨어지자 시종이 검 한 자루와 끈에 묶여 있는 서류 하나를 둘의 앞에 내려놓았다. 레너드에게 고개를 숙인 시종이 뒷걸음질로 사라졌다.

시종이 사라지자 레너드가 어깨를 누르고 있던 손을 뗐다. 그러자 황제가 몸을 들어 레너드를 노려보았다.

"무슨 짓을 꾸미는 것이냐?"

"하나는 단검이고, 하나는 나와 이젤의 혼인서약서입니다."

"······."

"혼인서약서에 허락을 하시고 허울뿐인 황제로라도 계시든가. 아니면 또 다른 시종에 의해 죽는 걸로 지금의 삶을 끝내든가. 선택은 폐하께서 하십시오."

"네······ 이놈."

황제의 분노를 보고 있던 레너드가 입꼬리를 올렸다.

그를 물 먹일 때마다 황제가 지었던 미소, 이제야 그 미소가 이해되었다.

아버지를 누른 아들.

패배에 분노하는 황제의 표정이 레너드를 짜릿하게 만들었다.

하지만 그것과 동시에 또한 알 수 없는 불쾌감이 그를 사로잡았다.

예전에는 황제를 밀어내고 황좌에 앉는 것만 생각했다. 하지만 이제는 아니다.

누구보다도 지켜야 할 이젤이 있었다. 레나로 돌아가려는 그녀를 카델의 황궁 안에 잡아 둔 이상, 악귀 짓을 해서라도 레너드는 그녀를 지킬 생각이었다.

"살고자 하시는 열망이 강한 폐하시니 어떤 선택이 현명한 것인지 아시리라 믿고 있습니다. 인자한 황제의 모습으로 그녀를 대하십시오. 그게 폐하께서 목숨을 부지하는 유일한 기회일 것입니다."

이를 갈고 노려봐도 지금으로써는 황제는 아무것도 할 수 없었다. 결국 혼인서약서를 꺼낸 황제가 부들부들 떠는 손으로 서명을 하였다. 서명이 끝나자 레너드가 종이를 품에 넣었다.

"오늘의 굴욕은 절대 잊지 않을 것이다."

"섣부른 행동은 하지 마십시오. 이제부터 폐하의 행동은 시간마다 저에게 보고될 테니까요. 그럼 이만 물러나겠습니다."

말을 끝낸 레너드가 몸을 돌려 방 밖으로 나갔다. 문이 닫히자마자 황제가 물건을 던진 듯 커다란 소리가 문을 울렸다.

문을 닫은 레너드의 입가에 미소가 감돌았다.

황제와 레너드는 똑같았다.

자신과 관련 없는 사람을 사랑하지도, 포용할 마음도 없었다. 자비보다는 힘을 추구했고, 자신의 힘에 도전하려는 자는 아무리 용서를 구해도 반드시 죽여 없애야 직성이 풀렸다.

하나를 얻으면 두 개를 얻기를 바랐고, 부분을 얻기보다는 전체를 소유해야 했다.

마치 황제가 걸었던 길을 레너드가 다시 걷는 것처럼 부정하고 싶어도 둘은 너무나도 닮았다.

하지만 이제는 달라질 것이다.

이젤이 그에게 보여 주는 빛을 따라 레너드는 황제와 다른 길을 걸어갈 것이다.

황제의 고함을 외면하며 레너드가 궁을 빠져나왔다.

황제와의 독대에서 무슨 말을 어떻게 들었는지 알지 못했다.

"레너드, 무슨 일…… 아얏!"

집무실에 들어오자마자 말없이 품에 넣어 놓았던 서류를 책상에 내려놓은 레너드가 다가오는 이젤을 안았다. 그녀가 묻는 말에 대답하는 대신 레너드가 벽으로 이젤을 밀었다.

벽과 부딪친 등이 쓰린 것도 잠시, 이젤을 삼킬 듯 레너드가 입술을 맞추었다. 숨조차 내쉬지 못할 정도로 밀어붙이는 레너드가 벅찼다. 드레스의 위로 움켜잡힌 가슴에서 느껴지는 열기가 숨 쉴 수 없이 뜨거웠다.

"레너드. 잠시…… 만요. 갑자기 이러면…… 하아."

귓불을 깨물린 이젤이 고개를 옆으로 돌렸다. 그러자 새하얀 목덜미가 레너드의 시선 안에 가득 들어왔다. 하얀 목덜미에 파문을 일으키듯 레너드가 깊게 입술을 묻었다. 이젤의 맥이 뛰는 것이 레너드의 입술로 생생히 느껴졌다.

찢어 버리듯 드레스를 내린 레너드가 오르내리는 가슴의 작은 꽃을 손가락으로 비틀었다.

"하아."

손만으로 유희를 즐기기에는 부족했다. 이젤을 벽에 누른 레너드가 나머지 가슴에 얼굴을 숙였다. 가슴 끝, 단단해진 유두에 레너드의 혀가 닿았다.

벽에 눌려 있는 채 레너드가 하는 대로 휩쓸리던 이젤의 입에서 가느다란 신음이 새어 나왔다. 이성을 흔드는 쾌감에 힘이 빠진 이젤이 레너드의 어깨를 붙잡았다.

그에게 무슨 일이 있었는지는 몰랐다. 하지만 현재 그가 자신을 어느 때보다도 강하게 원한다는 것을 알았다. 밀어내던 이젤의 몸짓이 바뀌자 그가 고개를 올려 붉은 입술에 깊게 키스하였다.

복부에 닿은 레너드의 분신이 생생하게 느껴졌다. 어깨를 어루만지던 이젤의 손이 조심스럽게 레너드의 분신을 감쌌다. 떨리는 손이 탐색을 하듯 천천히 잡고 있는 분신을 쓸어내렸다. 수줍어하면서도 정성을 다하는 이젤의 손길에 레너드가 작게 신음을 내뱉었다.

"이젤."

쇄골에 얼굴을 묻고 깊게 체향을 맡던 레너드가 나지막이 이젤을 불렀다. 간신히 벽에 기대어 있던 이젤이 흐릿한 눈으로 그를 바라보았다.

"네 전부를 원한다."

이젤이 이미 그에게 전부를 줬음에도 레너드는 확인받기를 원했다. 레너드를 안은 이젤이 그의 귀에 속삭였다.

"전 이미 레너드의 여인입니다."

"이젤."

"레너드 외에는 전 아무것도 없어요. 제 세상에 있는 사람은 전 하밖에 없습니다."

레너드의 분신이 더 이상 참지 말라는 듯 그를 충동질했다. 이젤의 허리를 잡아 자신에게 밀착시킨 레너드가 다른 손으로 한쪽 다리를 들었다. 언제나 파고들어 각인시켰던 이젤의 가장 여린 곳에 그가 단숨에 자신을 묻었다.

"하윽."

거칠게 들어온 레너드는 크고 벅찼다. 고개를 뒤로 젖힌 이젤이 힘겨운 숨을 내쉬었다. 가쁜 숨을 내쉬는 이젤의 목에 레너드가 자잘한 키스를 퍼부었다. 그가 이젤의 안에 깊게 묻을 때마다 벽에 기대고 있는 이젤의 몸이 들렸다. 잠깐의 숨 쉴 틈도 없이 밀려오는 레너드의 어깨에 얼굴을 묻으며 입술을 깨물었다.

언제나 그녀는 레너드에게 최고의 열락만을 느끼게 해 줬다. 약간의 틈도 없이 조이는 이젤의 안에서 레너드가 낮은 신음과 함께 자신을 풀었다.

"하악."

몸을 가득 채우는 이질적인 감각에 이젤이 몸을 떨었다. 서 있는 다리 사이로 그가 이젤의 몸에 묻었던 흔적이 가늘게 흘러내렸다. 거칠게 이어진 정사에 기운이 빠진 이젤을 레너드가 안았다.

"레너드, 전 이제 아무 데도 안 가요."

품에 안긴 이젤의 속삭이는 목소리가 레너드의 불안을 잠식시켰다. 말없이 내려다보는 레너드의 시선에 이젤이 기진한 채 미소 지었다.

"이젤."

"그러니까 전하도 저만 봐 주세요. 주변에서 뭐라고 하든 무슨 이야기를 하든 전하만, 레너드만 절 봐 주시면 돼요. 그럼 전 언제까지 전하 곁에 있을 거예요."

나지막이 속삭여 주는 이젤의 말에 레너드의 입가에 미소가 돌았다.

레너드는 황제의 아들이다.

하지만 그는 황제와는 다른 길을 갈 것이다.

이젤을 안은 레너드가 그녀의 온기에 조용히 몸을 맡겼다.

사흘 후 교황이 카델을 방문하고, 귀족과 황제가 참석한 가운데 둘의 혼인서약이 시작되었다.

❖

대국임에도 카렐의 혼인서약은 화려하지도, 요란하지도 않았다. 하지만 서약을 위해 새로 지은 남색 드레스를 입고 머리를 올린 이젤은 그 어느 때보다도 화려하고 누구보다도 돋보였다. 그리고 그녀의 앞, 이젤을 보러 온 카일이 어린아이의 미소로 보고 있었다.

"이젤! 예쁘다."

카일의 말에 이젤의 입가에 미소가 감돌았다.

"감사드려요."

"하지만 아쉽다. 이젠 이젤을 보려면 어렵겠다. 그건 싫은데."

서약이 끝나면 이젤 드니스가 아니라 이젤 로즈였다.

아무리 카일과 친해도 둘이 가깝게 지내는 모습은 귀족들에게 좋지 않게 보일 것이었다.

주눅이 든 카일을 보고 있던 이젤이 장갑을 낀 손을 들어 그의 뺨을 어루만졌다.

"레너드 전하께서 평소처럼 봐도 된다고 하셨는걸요. 그리고 굳이 그러지 않아도 저하께서는 얼마든지 보러 오실 수 있잖아요."

레너드는 이젤에게 자신의 과거를 말하는 사람은 아니었지만, 카일과의 일은 알려 주었다. 그리고 레너드의 옆에 머무는 카일을 보면서 이젤 또한 지레짐작으로나마 느끼고 있는 것이 있었다.

레너드보다도 느껴지지 않는 카일의 기척. 그리고 사이사이 보이는 그의 움직임.

이제는 그가 단순히 정신을 놓은 황자가 아니라는 것을 이젤도 알고 있었다.

그녀의 말에 카일의 눈이 커졌다. 하지만 곧 이젤을 보는 카일의 눈가가 부드러워졌다.

"레니가 싫어할 거야. 이젤이 어디로 사라질까 봐 레니가 얼마나 불안해했는데. 내가 이젤을 만나는 것도 불편해할걸."

"카일 저하."

이젤의 부름에 카일이 고개를 들어 그녀를 쳐다보았다. 카일의 뺨을 만지던 손을 거둔 이젤이 조용히 양손으로 그의 손을 감쌌다.

"레너드 전하가 평생의 반려라면 카일 저하는 제가 의지하고 믿을 분이세요. 저하가 아니셨으면 마음을 바꾸지도, 레너드 전하의 곁에 머물 생각도 하지 못했을 거예요."

"너무 믿지 마. 이젤이 생각하는 것보다 난 훨씬 제멋대로인걸?"

"제멋대로이시라도 언제나 저하는 제 편이시잖아요."

이젤의 말에 카일의 말문이 막혔다.

거짓이라고는 전혀 느껴지지 않는 이젤의 시선이 카일의 마음을 울렸다. 방심하고 있다가 받게 되면 이젤의 감정이 따뜻한 빛처럼 그를 안도시켰다.

이제는 동생의 부인이 될 여인이었지만 카일은 괜찮았다. 아니, 도리어 이런 방식으로나마 그녀의 곁에 머물 수 있음에 감사했다.

자신은 얻을 수 없었던 여인에 대한 복잡한 감정이 이젤의 시선과 함께 사라져 갔다.

이젤의 손등에 짧게 입술을 맞추며 그가 말했다.

"레니와 싸우면 나한테 와. 어디든 내가 데리고 사라져 줄게."

카일의 말에 이젤의 입가에 환한 미소가 감돌았다. 그녀의 미소에 카일의 입가에도 밝은 미소가 생겨났다.

그때 문이 열리고 대기하고 있던 줄리가 들어왔다.

"이제 들어가실 시간입니다, 아가씨."

"난 이제 사라질게. 이젤, 잘하고 와."

"저하께서도 가시면 좋을 텐데요. 같이 가세요."

서약식에 불참하려는 카일을 이젤이 붙잡았다. 그녀의 손을 풀면서 카일이 고개를 저었다.

"보기는 하겠지만 몰래 볼 거야. 레니가 앉으라고 하는 내 자리는 너무 불편하거든. 꼭 볼게. 서운해하지 마."

카일의 말에 아쉬워하던 이젤이 하는 수없이 고개를 끄덕였다.

줄리의 안내로 서약식이 시작된 궁 안으로 이젤이 들어갔다.

수많은 사람들. 상석에 있는 교황. 그들을 보고 있는 황제.

그리고 그녀에게 손을 내미는 레너드.

레너드의 손을 잡으며 이젤이 수줍은 미소를 지었다.

중앙에 깔린 붉은 카펫을 밟아 가며 둘이 교황의 앞에 자리 잡았다.

레너드의 옆으로 걸어가는 신부는 오늘의 주인공답게 화려하고 아름다웠다.

소란스러운 것을 싫어하는 레너드답게 며칠이고 이어질 예식을 하루 안에 끝날 수 있게 간단히 축약시켰다.

교황의 말이 끝나고, 옆에 대기하고 있던 둘에게 서약서와 펜이 주어졌다. 서약서에 서약을 하려던 이젤이 무슨 생각인지 옆에 있는 레너드를 바라보았다.

주저 없는 성격답게 단숨에 서명을 한 레너드가 옆에서 느껴지는 시선에 고개를 돌렸다.

"전하."

속삭이듯 부르는 목소리에 레너드가 옅은 미소를 지었다.

그의 미소에 긴장하던 이젤의 떨림이 거짓말처럼 사라졌다. 빙긋 미소를 지은 이젤이 잡고 있는 펜으로 부드럽게 서명을 하였다.

서명이 끝나자 레너드와 이젤의 옆에 서 있던 시종이 서약서를 가지고 교황의 옆으로 걸어갔다.

옆에서 느껴지는 시선에 이젤이 레너드를 바라보았다.

언제부터 그러고 있었는지 레너드가 이젤에게 손을 내밀고 있었다.

황태자와 기사.

그랬던 관계가 부부로서 이어지게 되었다.

새하얀 장갑을 낀 이젤의 손이 레너드의 손을 붙잡았다.

"나의 비."

나지막이 속삭이는 그의 고백 아닌 고백에 이젤의 얼굴에 홍조가 생겼다.

이젤의 손가락에 혼약의 상징인 반지를 끼운 레너드가 손등에 짧게 입술을 맞추었다. 활짝 지은 미소는 아니었지만 수줍게 입꼬리를 올리는 모습이 새삼 그의 심장을 떨리게 했다.

모든 식이 끝난 레너드가 이젤의 입술에 짧게 입술을 맞췄다. 사람들의 앞이라 부끄러워하면서도 이젤이 그와의 입맞춤을 기쁘게 받아들였다.

서약식이 끝나자 자리에서 일어난 귀족들이 둘을 향해 박수를 쳤다.

삼삼오오 모여 대화를 하는 귀족들, 각자의 파트너와 홀의 중앙에서 춤을 추는 커플들.

늦은 오후부터 시작된 연회는 시간이 지날수록 분위기가 고조되었다. 분위기를 띄우는 악사의 연주 소리에 연회를 즐기는 귀족의 웃음소리가 자연스럽게 섞여 들었다.

그리고 연회장의 밖에서 이젤과 비비엔이 마주 보며 서 있었다.

"이젤 기사님. 아니, 이제 비전하라고 불러 드려야겠군요. 축하드립니다. 비전하."

일부러 기사님이라 부르는 비비엔을 보며 이젤이 미간을 좁혔다. 하지만 곧 미소를 지은 이젤이 비비엔에게 말했다.

"감사합니다, 비비엔."

"서약식을 하시기 전에 다과라도 같이 하셨으면 좋았을 텐데요. 기사였던 비전하께서 잘 모르시는 것 같습니다만 귀족 여인들과의 다과는 종종 하시는 편이 좋습니다. 물론 비전하께서는 총명하시니 저의 조언 따위 별 도움이 되지 않겠지만요."

반지르르한 말 안에 박혀 있는 가시를 이젤이 모를 리가 없었다. 하지만 찡그리고 화를 내는 대신 이젤은 입꼬리를 올렸다.

이제 이젤은 기사가 아니다. 황태자비로 레너드의 곁에 있게 된 이상, 사소한 행동 하나라도 그에게 영향을 줄 것이다.

"귀족 영애들과의 만남은 천천히 할 것입니다. 전하의 비로서 해야 할 책임이니 당연히 그리해야겠지요. 비비엔의 조언은 새겨듣 도록 하지요."

도발에도 미소로 응하는 이젤의 모습에 비비엔의 손에 힘이 들 어갔다. 비비엔이 공들여 놓았던 레너드를 가로챈 주제에 미안한 줄도 몰랐다. 핏줄이 튀어나오도록 부채를 움켜쥔 손을 드레스 자 락에 숨겼다. 부드러우면서도 화려한 미소, 하지만 이젤을 보는 눈 만큼은 살기에 가득 차 있었다.

"그럼 전 이만……."

"비비엔, 드릴 것이 아직 남아 있어요. 가져오라."

미소로 비비엔을 대하고 있던 이젤이 몇 걸음 뒤에서 대기하고 있던 줄리에게 말했다. 그러자 고개를 숙이고 다가온 줄리가 이젤 에게 손에 들고 있던 것을 건네었다.

둘을 보던 비비엔의 눈이 좁아졌다. 이젤에게 건네진 것은 혼인 서약이 있기 전에 비비엔이 보낸 부채였다.

"물러나라."

이젤의 말에 고개를 숙인 줄리가 다시 원래의 자리로 돌아갔다.

"그 부채는……."

"왜 서약식 전에 약속되어 있던 다과 약속이 취소되었는지 아시겠습니까?"

"무슨 말씀을 하시는 것입니까? 그 약속이 취소된 이유는 비전하께서 몸이 좋지 않으셔서……."

"아가씨 말처럼 난 기사로 있었기에 귀족 영애들의 사정에 대해서는 아는 것이 없습니다. 하지만 기사로 있었기에 영애들 사이에서 일어난 치정극을 수습하는 일 또한 했었지요. 기사의 일이 다 그런 것이 아니겠습니까?"

이젤의 말이 계속될수록 비비엔의 안색이 창백해졌다. 부채를 쥐고 있던 이젤이 끝에 매달려 있는 구슬을 비틀었다.

사파이어 구슬이 반으로 나뉘면서 보이는 작은 공간에 하얀 가루가 소복이 담겨 있었다. 비비엔을 향해 불어오는 바람에 구슬에 담겨 있던 가루가 날렸다. 자신을 향해 오는 가루에 창백해진 비비엔이 손으로 코와 입을 막았다.

"안에 있던 내용물은 이미 없었습니다. 구슬에 담겨 있는 것은 줄리를 시켜 담은 향가루입니다."

이젤의 말에 입을 가렸던 비비엔이 손을 내렸다. 당황하며 시선을 외면하는 비비엔을 보던 이젤의 눈에 냉랭한 분노가 스미었다.

"서약식이 있기 전, 비비엔과의 다과를 같이 했다면 저는 아무 일도 없었겠지만 비비엔은 차에 든 독으로 쓰러지셨겠죠. 혼약은 취소가 되었을 것이고, 기사들에 의한 조사가 시작되었겠죠."

"……."

"비비엔은 향가루를 담은 부채를 저에게 선물했다고 이야기했을 것이고 제 부채에 나온 건 향가루가 아니라 독이었겠죠. 반면 비비엔이 가지고 있는 부채에는 향가루가 들어 있었겠죠. 배경이 없는 저이니 억울하다고 해 봤자 아무 소용이 없었을 겁니다. 내 생각이 맞는지 모르겠군요."

"하나는 틀리셨습니다."

미소조차 사라진 비비엔의 눈에 짙은 살기가 감돌았다. 당장에라도 죽일 듯 이젤을 노려보던 비비엔이 떨리는 입술로 말했다.

"비전하와 전 독이 든 차를 같이 마셨겠지요. 하지만 해독제가 들어간 차를 마신 비전하께서는 곧바로 일어나셨을 것이고, 저는 사흘 정도 사경을 헤매다 깼겠지요. 그게 제 생각이었습니다."

"무모한 짓이셨습니다. 그리고 해서는 안 되는 일이기도 했습니다."

"내 것을 눈앞에서 빼앗기게 생겼는데 무엇을 못 하겠는가? 그것도 아무 배경도, 여인의 모습은 하나도 없는 기사 나부랭이에게 그냥 넘겨주게 생겼는데 말이야. 겨우 너 따위에게 주려고 내 전부를 레너드에게 바친 것이 아니란 말이다!"

비비엔의 본색에 이젤이 조용히 숨을 삼켰다.

축복을 받아야 할 날에 이런 독설을 듣고 싶지 않았다. 하지만 한 번은 넘겨야 할 일, 그리고 이제 레너드는 하나뿐인 그녀의 사내였다.

속으로는 울컥 분노가 치밀었지만 우선은 비비엔의 말을 들어야 했기에 이젤은 화를 참았다. 이젤이 어떤 마음으로 보고 있는지 모르는 비비엔이 얼굴에 감정을 드러낸 채 입을 열었다.

"비전하, 아니 이젤 너만 없었다면 그 자리는 내 것이었다. 내가 선택받았을 것이고, 그의 곁에서 내가 비전하라 불렸겠지. 당연히 그렇게 되었어야 했어."

"……."

"사내의 탈로 교묘히 그를 속였어! 어쭙잖은 계집 행세로 그를 홀려서 얻은 자리, 오래 앉아 있을 거라 생각하지 마라. 주인이 있던 것을 빼앗아 간 괘씸한 도둑……."

"앞으로의 일을 책임질 자신이 없다면 입을 다무는 것이 좋을 것이다, 비비엔."

말을 자르는 이젤의 목소리가 차가웠다. 이젤의 몸에서 흘러나오는 압박에 비비엔의 말문이 막혔다. 검을 내려놓았으나 이젤은 기사였다. 기사로서 몸에 두르고 있던 살기가, 위압감이 비비엔의 목을 졸랐다.

"레너드 전하와 파벨 후작께서 협력관계가 아니었다면 이 부채는 후작에게 가 있었을 것이다. 하지만 오랫동안 전하께 힘이 되어 주신 후작에게 누를 끼칠 필요는 없었기에 조용히 끝내려 했다."

이젤의 말에 비비엔의 입술이 떨렸다. 순간의 분노에 이성을 잃고 선을 넘어 버렸다. 어찌 되었든 오늘부터 이젤은 교황의 앞에서 서약을 한 레너드의 부인이자 카넬의 황태자비였다.

아무리 비비엔이 후작의 영애여도 황태자비인 이젤에게 함부로 할 수 없었다.

입을 다물고 있던 비비엔에게 이젤이 나지막이 말했다.

"아무런 배경 없이 전하의 총애만으로 이 자리에 오른 것은 과분하고 감사한 일이라 생각한다. 받을 수 없는 자리라 피하려고 했지만 결국은 나에게 온 자리다. 이 자리가 내 운명이라면 받아들이고 짊어질 것이다. 하지만 그 책임 안에 그대에게 미안해하고 신변을 위협당할 일까지 넣고 싶지 않다."

"그 자리가 정녕 당신의 자리라 믿는 것입니까?"

안하무인으로 대들던 비비엔이 한 걸음 물러나 이젤에게 물었다. 조금 전 같은 무례는 없었지만 여전히 비비엔의 눈에는 이젤을 향한 원망과 분노가 깃들어 있었다.

원망하고 화를 낸다 한들 이미 레너드와 혼인서약을 한 사람은 이젤이었다.

그리고 이젤은 레너드를 그 어떤 여인에게도 빼앗길 생각이 없었다.

"지금의 자리, 레너드 전하께서 직접 주신 것이다. 평생의 반려라, 함께하자며 손을 내미셨으니 나 또한 믿음으로 이 자리를 지킬 생각이다. 전하가 주셨고 내가 받아들인 자리다. 그러니 네가 뭐라고 말하든 이 자리는 나의 것이다."

시작은 비비엔이 하였으나 결국 이 대화의 승자는 이젤이었다. 결국 부채를 들고 있던 비비엔의 팔이 힘없이 떨어졌다.

고개를 숙이고 있는 비비엔을 보던 이젤이 들고 있던 부채를 그녀의 앞에 던졌다.

"더는 레너드 전하에게도, 나에게도 선을 넘는 행동을 하지 마라. 그대가 자신의 자리에서 최선을 다한다면 나 또한 그에 맞춰 그대를 대할 것이나 추후 이런 일이 또 생긴다면 그때는 나 또한 가만히 있지 않겠다."

"······명심하겠습니다, 비전하."

"파벨 후작은 알지 못하나 레너드 전하는 알고 계신다. 이번 일은 조용히 넘어가시길 원하셨으니 이만하겠다. 부채는 받지 않은 것으로 하겠다."

레너드가 알고 있다는 소리에 비비엔의 고개가 다시 이젤을 향하였다. 하지만 말을 끝낸 이젤이 드레스 자락을 든 채 다시 연회장 안으로 걸어갔다. 대기하던 줄리가 이젤의 곁으로 다가왔다.

나가려는 이젤의 귀에 줄리가 짧은 말을 속삭였다. 그녀의 말을 듣고 있던 이젤의 입가에 편안한 미소가 감돌았다.

이젤이 사라진 자리, 눈에 핏발이 선 비비엔이 부들부들 떠는 몸으로 노려보고 있었다.

"이야기는 잘 끝냈나?"

연회장과 연결된 테라스에서 밖을 보던 레너드가 곁으로 다가온 이젤을 보며 물었다. 그의 물음에 연회장 안을 보던 이젤이 조용히 품을 파고들었다. 물음에 답을 하지는 않았지만 안겨 오는 체온에서 많은 답이 느껴졌다.

품에 안긴 이젤의 등을 쓸며 레너드가 정수리에 턱을 기댔다.

"내가 처리한다 하지 않았는가? 괜히 시작부터 힘들 필요가 없었다."

"저에게 보낸 부채였습니다. 그리고 그렇게 깔끔하게는 처리하지 못한 것 같습니다."

눈을 찡그리는 이젤을 보며 레너드가 웃음을 터트렸다.

새로운 자리에 적응하는 것도 쉬운 일이 아니건만, 그 와중에도 이젤은 실수 없이 잘하려 노력하고 또 노력하고 있었다. 언제나 최선을 다하는 이젤이 예쁘면서도, 그의 곁에 있음으로써 책임이 늘어난 그녀에게 미안한 감정도 들었다.

"비비엔이 쉬운 성격은 아니니 한 번에 처리하기는 어렵겠지. 하지만 괜찮은 혼처를 구해 놓았으니 조만간 정리될 것이다."

품에 안겨 있던 이젤이 고개를 들어 레너드를 보았다. 이젤의 눈을 보고 있던 레너드의 입가에 미소가 지어졌다. 한 달 전의 초췌했던 이젤의 모습은 없었다.

밝아진 표정에 시종들이 꾸미고 가꿔 주니 숨겨져 있던 외모가 빛을 발하였다.

머리를 올리느라 드러난 하얀 목덜미에 짧게 입술을 맞춘 레너드가 이젤의 머리카락에 얼굴을 묻었다.

"끝나라고 빌어도 이 빌어먹을 연회는 끝나질 않는군."

"오늘 밤은 꼬박 새울 거라고 그러던데요?"

"황제나 나나 연회를 그다지 좋아하는 성격이 아니라서 말이다. 오늘 같은 기회에 제대로 놀아 보자는 심산이겠지."

눈썹을 찌푸리며 말하는 레너드에 이젤이 작게 웃음을 터트렸다. 이미 관심은 연회에서 떠난 뒤였기에 둘은 테라스에서 궁 밖을 보고 있었다.

"레너드."

"응?"

어깨에 입술을 맞추고 있는 레너드를 보며 이젤이 물었다.

"만약 저와 혼인하지 않으셨다면 비비엔과 혼인하셨겠죠?"

"음?"

어깨에 얼굴을 묻고 있던 레너드의 시선이 이젤을 향했다. 미소를 짓고 있었지만 레너드를 바라보는 이젤의 눈에는 여러 감정이 복잡하게 얽혀 있었다.

"그랬겠지. 내 주변에 있었던 여자 중 비비엔만 한 이가 없었으니까."

가볍게 말하는 레너드의 모습에 이젤의 눈이 어두워졌다.

말을 하지 않았지만 어두워지는 그녀의 모습에 레너드의 입꼬리가 올라갔다. 그녀가 무슨 이야기를 듣고 싶어 하는지 바로 알았다. 하지만 바로 이야기하기에는 그녀가 보여 주는 감정이 그 어느 때보다도 달콤했다.

그를 욕심내는 이젤의 모습에 설레었다. 이젤이 하는 질투라는 것이 이런 감정이라면 레너드는 사양하고 싶지 않았다.

이젤의 허리를 팔로 감아 품에 안은 레너드가 눈 끝에 짧게 입을 맞췄다.

"하지만 그렇다면 지금처럼 마음으로 만족하지 않았겠지. 굶주리고 탐욕만이 가득 차서 스스로를 무너뜨리고 있었을 것이다."

레너드의 말에 이젤의 입가에 미소가 감돌았다. 팔을 뻗어 레너드의 허리를 감싼 이젤이 그를 올려다보았다.

흔들림 없는 레너드의 눈이 이젤만을 보고 있었다.

그가 주는 애정이 눈물이 나도록 소중했다.

"그럼 지금은 저와 혼인하셔서 만족하십니까?"

조용하지만 애교가 가득 담겨 있는 달콤한 목소리가 레너드에게 답을 물었다. 그녀의 물음에 레너드가 입꼬리를 올리며 답했다.

"흐음…… 만족스럽지는 않다."

"네?"

　레너드의 대답에 놀란 이젤의 눈이 동그랗게 변하였다. 레너드의 앞에 있는 이젤은 풍부해진 감정만큼이나 마음이 전부 보였다. 이젤의 뺨을 어루만진 레너드가 짓궂게 말했다.

"지금도 이 연회장이 아니라 빨리 방으로 가고 싶다. 그 후에나 만족할 수 있을 것 같다."

"전하!"

　붉어진 얼굴로 이젤이 주변을 둘러보며 작은 비명을 질렀다. 부끄럽다며 도망가려는 이젤의 팔을 잡은 레너드가 웃음을 터트렸다. 누가 들었을지도 모른다며 투정하는 이젤을 달래던 레너드의 귀에 악사들의 음악이 들려왔다.

　귀를 기울이는 레너드를 따라 이젤 또한 악사들의 음악에 귀를 기울였다. 음악에 귀를 기울이는 이젤을 보고 있던 레너드가 갑자기 생각난 듯 한 걸음 뒤로 물러났다.

　레너드의 행동에 이젤이 고개를 갸웃했다.

　한쪽 팔을 앞으로 돌려 몸을 숙인 레너드가 부드러운 어조로 입을 열었다.

"한 곡 추실까요? 레이디."

"전하, 무슨…… 더군다나 춤을 별로 안 좋아하신다고……."

　당황한 이젤이 하지 말라고 말해도 레너드는 그 자세로 말없이 바라보고 있었다. 결국 터질 듯 빨개진 얼굴로 이젤이 레너드가 건넨 손을 조심스럽게 잡았다.

"아직 제대로 못 배웠는데……."

"연회장도 아니고 여기는 둘뿐이지 않은가? 발 좀 밟는다고 뭐라 안 할 테니 안심해라."

레너드의 말이 마법처럼 이젤을 안심시켰다.

부끄러워하던 이젤의 팔이 레너드의 허리를 감쌌다. 선생에게 배웠다 한들 실전은 처음, 몇 걸음 제대로 걷지 못하고 이젤의 발이 레너드의 발을 밟았다.

시작부터 실수에 울상이 된 이젤을 보며 레너드가 웃음을 터트렸다.

"처음에는 어쩔 수 없어. 자, 천천히."

수많은 귀족들 사이에서의 실수였다면 포기했을 것이나, 지금은 레너드와 자신뿐이었다.

다시 마음을 잡은 이젤이 레너드를 잡은 손에 힘을 주었다.

레너드의 팔과 움직임에 몸을 맡기고 배운 대로 움직이니 제법 그럴듯한 모습이 나왔다.

얼굴이 빨개진 채 굳어 있던 이젤의 입가에 점점 즐거운 미소가 생겨났다.

어느새 연회장에서 나오는 음악과는 맞지 않게 되었지만 이젤이나 레너드나 개의치 않는 듯 서로의 스텝에 발을 맞추었다.

둘만의 무도.

보는 사람은 아무도 없었지만 마주 보는 시선에 행복이 가득 묻어 나왔다.

❖

테라스에서 춤을 추는 레너드와 이젤을 보는 비비엔의 눈에 불
이 일었다.

레너드는 단 한 번도 연회장에서 여인들과 춤을 추지 않았다.

그랬던 그가 이젤과 함께, 그것도 아주 즐겁다는 표정으로 추고
있었다.

비비엔의 마음속에 불길이 일었다. 걷잡을 수 없는 분노가 그녀
의 이성을 흔적조차 없이 태웠다.

그러면 안 된다는 것을 알면서도 비비엔은 둘이 있는 테라스를
향해 달려가려 했다.

하지만 그 순간, 사내의 단단한 손이 비비엔의 팔을 잡았다.

"누구냐! 감히 누가?"

"시끄러워."

"바렌 공?"

바렌의 모습에 비비엔이 말을 삼켰다. 둘에게 가려는 비비엔을
뒤로 당긴 바렌이 느긋하게 말했다.

"보기 좋잖아. 그냥 내버려 두라고."

"이거 놓으세요! 저 모습이 뭐가 좋다고! 그대로 둘 수 없어요!"

바렌의 손을 떼어 낸 비비엔이 다시 둘을 향해 달려가려 했다.
하지만 이번에도 바렌의 손이 비비엔의 팔을 움켜잡았다.

"작작해. 너 추해 보인다고. 어차피 혼인한 이상 네 자리는 없어진 거야."

"바렌 공!"

"뭐, 나도 좀 씁쓸하긴 하네. 저렇게 예쁜 줄 몰랐거든."

갑작스럽게 나오는 말에 비비엔의 말문이 막혔다. 비비엔의 움직임이 멈추자 바렌의 시선이 다시 둘에게로, 아니 정확하게는 레너드 옆의 이젤에게로 향했다.

"그냥도 예쁜데 웃으니 더 예쁘다."

바렌의 분위기가 이상했다. 온몸을 부서트리던 분노가 바렌의 분위기에 점점 침식되어 갔다.

로즈가 사내 특유의 탐욕스러운 시선이 바렌의 눈에 깃들었다.

그리고 그 대상은 레너드의 곁에 있는 이젤이었다.

"저렇게 예쁠 줄 알았다면 내가 가지는 거였는데."

"무슨 말을 하는 거죠? 예쁘다니, 이젤을 말하는 건가요?"

"응, 이젤 말이야. 이제는 형님의 여자이지만."

"……."

"내 침대에 눕혀서 신음을 들으면 정말로 짜릿할 거 같아."

순간, 온몸에 소름이 끼쳤다. 비비엔 또한 이젤이 끔찍하게 싫었지만 지금 바렌의 모습은 그 모든 것을 잊어버릴 정도로 두려웠다.

"도대체 무슨 말씀을 하시는 거예요?"

"이런 기분 처음이야."

"……."

"내 품에서 신음을 내는 이젤이 보고 싶어."

바렌의 눈에 감도는 광기가 두려웠다. 온몸을 사로잡는 두려움에 비비엔은 그의 손에서 벗어나려 했다. 하지만 바렌은 절대 놓아주지 않았다.

당장에라도 이젤을 눕힐 듯 노려보던 바렌이 비비엔을 보며 빙긋 웃었다.

"레너드 형님 가지고 싶지?"

바렌의 물음에 반항하던 비비엔의 몸이 멈추었다.

시선의 교환. 짧은 시간이었지만 말 없는 대화가 빠르게 오고 갔다.

바렌의 입가에 감도는 미소가 악마의 그것처럼 위험하게 느껴졌다.

하지만 비비엔에게 남은 것은 하나도 없다.

악마를 향해 비비엔이 미소 지었다.

비비엔의 답을 들은 악마가 이젤을 향해 다시 탐욕스러운 시선을 주었다.

레너드의 위에 앉은 이젤이 부끄러운 미소로 고개를 숙였다. 말캉한 혀가 입꼬리를 올리고 있는 레너드의 입술을 천천히 쓸었다.

평소라면 단번에 입을 열고 삼켰을 것이다. 하지만 무슨 연유에서인지 입꼬리를 올린 채 이젤의 애무를 받아들이고 있었다.

터질 듯 붉어진 얼굴로 이젤이 레너드의 입술에서 턱으로 자잘하게 입술을 맞추었다. 손가락으로 미끄러지듯 레너드의 목을 어루만진 이젤이 의미심장한 시선으로 그를 보았다.

"가만히 계세요."

어두워진 달빛에 은은히 보이는 이젤의 나신이 유혹적이었다. 언제나처럼 레너드가 주도권을 잡고 이젤이 받아들였던 시작이 처음으로 바뀌었다.

사근대는 이젤의 목소리에 레너드가 흔들리는 미소로 그녀를 바라보았다. 매일 품에 안아도 질리지 않았다. 그의 위에 앉아 있는 이젤을 보는 것만으로 하복부에 열기가 감돌았다.

하지만 오늘 밤만큼은 이젤이 레너드에게 양보해 달라는 부탁을 하였다. 속삭이는 목소리에 충동적으로 허락했건만, 얼마 가지 않아 레너드는 자신의 선택을 후회했다.

"안 돼요. 기다려 주기로 하셨잖아요."

"참기 힘들어."

몸을 일으키려는 레너드를 이젤이 다시 침대에 눌렀다.

"언제나 레너드가 먼저였잖아요. 오늘은 저한테 양보해 주기로 하셨잖아요."

간지럽게 속삭이는 목소리에서 수줍은 열기가 느껴졌다. 레너드의 목에 얼굴을 묻은 이젤이 깊게 입술을 눌렀다. 떨림이 느껴지는 손가락이 단단한 근육이 있는 어깨에서 굵은 팔로 옮겨 갔다.

"흐음."

목에서 타고 내려온 이젤의 입술이 빠르게 뛰고 있는 가슴의 정점에서 멈추었다. 사내의 가면을 쓰고 살아왔지만 사내에 대해 아는 것은 전혀 없었다. 이젤이 레너드의 유두에 입술을 맞추자 레너드가 숨을 들이마셨다.

격정적으로 다가오는 레너드와는 달리 이젤은 조용하고 은밀했다. 한숨이 나올 정도로 느릿하게 레너드의 유두를 혀로 애무하던 이젤의 손이 단단한 복부를 지나 한껏 발기한 분신을 향했다.

팽팽한 분신을 감싸듯 손으로 어루만지던 이젤이 고개를 숙여 그의 복부에 짧게 입 맞추었다. 농염한 손놀림은 아니었지만 그녀에게서만 느낄 수 있는 감정이 레너드를 유혹했다.

괜히 이젤에게 양보하였다. 몸을 채워 가는 열기가 레너드의 이성을 완전히 흔들었다.

허리를 타고 있던 이젤이 몸을 레너드의 분신 앞으로 옮겼다. 팽팽히 발기한 그의 분신이 어색하고 떨렸다. 손으로 감싼 지금도 점점 커지는 분신이 생소했다. 천천히 쓸어내리기도, 손가락으로 분신의 끝을 살짝 쳐 보기도 하였다.

"신기해요."

홍조를 띤 이젤이 부끄럽게 속삭이는 것과 달리 레너드는 그야말로 터지기 직전이었다. 이젤의 손길이 처음은 아니었지만 오늘은 작정한 듯 가는 손가락이 미끄러지듯 분신을 애무하였다.

안 되겠는지 결국 레너드가 몸을 일으켰다. 이젤의 몸을 끌어 분신을 묻으려 하는 순간, 레너드가 숨을 삼켰다. 이젤의 입술이 분신의 끝에 닿았다.

온몸을 흔드는 감각에 머리털이 곤두서는 기분을 느꼈다. 닿은 것은 입술이었지만 느껴지는 열기는 이미 한계였다. 어색한지 살짝 입술을 갖다 댔던 이젤이 작게 입을 열어 레너드의 분신을 머금었다.

"으음."

입 안 가득 채우는 분신이 불편한지 이젤이 작게 신음하였다. 하지만 곧, 천천히 이젤의 머리가 움직이기 시작했다. 사내에게 가장 예민한 곳에서 느껴지는 이젤의 혀가 뜨거웠다.

뜨거운 혀가 분신을 훑고 지나가면 연한 입술의 촉감이 그 뒤를 이어 그에게 쾌락을 주었다. 능숙하지는 않다. 그렇기에 원초적으로 그를 흔들었다.

기다려 달라는 이젤의 말에 참고 참은 것이 지금, 이제는 그가 주도권을 가져야 할 차례였다.

"안 되겠어."

레너드의 말에 입 안에 분신을 물고 있던 이젤의 움직임이 멈추었다. 그 순간, 가는 팔을 잡은 레너드가 이젤의 몸을 자신의 앞으로 끌고 왔다.

"아앗! 아직…… 하악."

갑작스럽게 끌려온 이젤이 조금만 기다려 달라는 말을 하려는 찰나, 레너드의 분신이 강렬하게 몸 안으로 들어왔다.

평소보다도 그가 벅차게 느껴졌다. 레너드의 몸 위에 앉아 있던 이젤이 자신도 모르게 그의 어깨를 움켜잡았다. 거친 움직임이 서로의 욕망에 따라 폭풍처럼 휘몰아쳤다. 전진과 후퇴의 속도가 점차 빨라졌다. 굶주려 있는 짐승처럼 레너드는 자신의 몸 위에 앉아 있는 이젤을 탐하였다.

붉게 달아오른 입술을 깨물고 그의 움직임에 같이 흔들리는 볼륨 있는 가슴을 움켜잡았다. 레너드의 손에 유려한 곡선을 품고 있던 이젤의 가슴이 뭉개졌다.

숨결을 빼앗던 레너드의 입술이 이젤의 목을 향했다. 레너드의 목에 이젤이 남겼던 것처럼 그 또한 가는 목에 자신의 흔적을 각인했다.

"하아. 레너드."

어깨를 움켜잡은 이젤의 허리가 레너드의 손에 들렸다 내려갔다를 반복했다. 살과 살이 부딪치는 소리가 농염한 신음 소리와 버무려졌다.

안고 있던 이젤의 허리와 어깨를 잡은 레너드가 침대에 그녀를 눕혔다. 아랫배가 울리도록 달려드는 그의 분신에 이젤의 목이 꺾였다. 허리를 감싸고 있던 굵은 팔이 이젤의 허벅지를 잡았다.

이젤의 신음 소리가 그를 채근했다. 허벅지를 누른 레너드가 단숨에 이젤의 안에 깊게 파정하였다. 레너드의 정을 받는 이젤도, 그녀의 안에 자신을 묻는 레너드도 몸을 떨었다.

기진하여 지쳐 있는 이젤의 눈가에 레너드가 짧게 입술을 맞추었다.

"레너드."

기진한 채 짓는 미소가 그를 홀렸다. 속삭이는 이젤의 목소리가 어루만지듯 그의 마음을 쓸어내렸다. 이젤의 어깨에 레너드가 얼굴을 묻었다.

언제나 안정을 주는 레너드의 체온에 편안한 미소를 지으며 이젤이 레너드를 껴안자, 열기에 찬 손이 자연스레 이젤의 등을 쓸었다.

혼자였던 서로가 상대를 만나면서 안정되었다. 정사가 끝난 후, 다독이는 레너드의 품 안에서 이젤이 잠들었다.

무슨 연유에서인지 황제가 이젤을 단독으로 불렀다. 새로 들어온 황태자비에게 덕담을 해 주고 싶다는 이유였지만, 레너드는 반대했다.

하지만 절대 허락하지 않겠다는 레너드를 이젤은 간신히 설득했다.

그녀 스스로도 황제와의 면담은 불편했지만, 한편으로는 한 번 정도는 이런 식으로나마 어떤 사람인지 알고 싶었다.

만나고 오겠다는 이젤의 고집에 두 손 두 발 모두 든 레너드가 집무실로 돌아가고, 이젤 또한 줄리의 도움을 받아 치장을 하고 있었다.

그런데, 오늘 입을 드레스를 가져온 줄리가 당혹스러운 표정으로 입을 열었다.

"비전하, 이 드레스는 입기 어려우실 것 같은데요."

줄리의 말에 화장대에 앉아 있던 이젤의 얼굴이 터질 듯이 붉어졌다. 어깨에서 가슴까지 깊게 파여 있는 진녹색 드레스는 오늘 입기 위해 따로 준비한 것이었다. 붉어진 얼굴로 드레스를 보던 이젤이 고개를 돌려 화장대의 거울을 쳐다보았다.

목에 깊게 남은 키스 마크야 머리카락과 장신구로 가리면 된다고 하더라도 어깨와 가슴 위에 각인처럼 남은 자국은 가릴 방법이 없었다. 레너드의 아낌없는 사랑을 받고 있다는 것이었지만 지금만큼은 어떻게든 가리고 싶었다.

"분으로 어떻게 안 되겠는가?"

레너드의 애인으로 머물 때는 존대를 했지만 이제는 위치가 위치인 만큼 말투부터 바뀌었다. 하지만 말투가 바뀐 것은 바뀐 것. 지금은 줄리에게조차도 숨기고 싶은 흔적이었다.

이젤의 물음에 줄리가 웃음을 참으며 고개를 저었다.

"분으로도 어렵지 않을까 싶습니다만. 차라리 다른 드레스로 가리시는 것이 나을 것 같습니다."

"……"

부끄러운지 이젤이 붉어진 얼굴로 말을 삼켰다. 그 모습에 줄리가 입가에 미소를 지으며 말했다.

"황태자 전하의 총애를 받고 계신다는 증거입니다. 부끄러워하실 이유가 없으세요."

"그래도 다른 이에게 보일 모습은 아니지 않은가?"

"귀족 부인들과의 다과 자리에서는 사랑받고 있다는 것을 자랑하기 위해 일부러 몸에 자국을 만드시는 분들도 계십니다. 황제 폐하를 뵙는 자리가 아니라 귀족들의 사교모임이었다면 다른 드레스를 권해 드리지 않았을 거예요."

이때, 조용히 문이 열리며 새 드레스를 가져온 하녀가 안으로 들어왔다. 드레스를 받아 든 줄리가 고개를 숙였다. 줄리가 가까이 다가오자 앉아 있던 이젤이 자리에서 일어났다.

그래도 대화를 하니 무거웠던 마음이 다소 가라앉았다.

레너드의 아버지. 이제는 뒷방 늙은이였지만 카렐의 주인인 사내.

만난다고 무슨 수확을 얻거나 이득이 되는 것은 아니었다.

하지만 레너드의 손을 잡은 이상, 이젤 또한 황제를 알아야 했다.

준비를 끝낸 이젤이 자리에서 일어났다.

문을 열자, 이젤의 시선에 익숙한 모습의 기사가 보였다.

"클라우."

"황태자 전하께서 비전하를 모시라 명하셨습니다. 앞서십시오. 따르겠습니다."

이젤 혼자 보내는 것이 마음에 들지 않았던 듯, 일부러 이젤과 인연이 있던 클라우를 호위기사로 보내왔다. 오랜만에 보는 클라우의 모습과 말은 하지 않았지만 언제나 그녀를 배려해 주는 레너드의 감정에 이젤의 눈가가 붉어졌다.

"오랜만이다. 잘 지냈는가?"

"염려해 주신 덕분에 무탈하게 지내고 있습니다, 비전하."

예전처럼 웃으며 편하게 지낼 수는 없게 되었지만, 그럼에도 클라우의 존재는 긴장하고 있던 이젤에게 위안이 되었다. 하고 싶은 말이 산더미였지만 이젤은 그 모든 말을 마음속으로 삼켰다.

드레스 자락을 잡은 이젤이 고개를 숙이고 있는 클라우를 지나 황제가 머무는 궁으로 걸음을 옮겼다. 이젤이 앞서자 클라우가 그 뒤를 조용히 따랐다.

로즈가의 사내들은 특유의 광기를 가지고 있었다. 사람의 목숨이라도 자신을 위해서라면 거침없이 거두는 그들의 행동은 다른 사람들에게 끝을 알 수 없는 공포를 주었다. 무엇이라 단정 지을 수는 없었지만 그 광기의 존재를 황제는 누구보다도 잘 알고 있었다.

그렇기에 황제는 자신의 세 아들을 오랫동안 철저히 관찰하고 파악하였다.

바렌은 광기를 참지 않았고, 레너드는 불안하게나마 조절할 수 있었으며 카일은 황제조차 놀랄 정도로 제어할 수 있었다.

바렌은 황제 자신의 손에 둘 수 있었지만, 커갈수록 위협이 되는 레너드는 가만히 둘 수 없었다. 더군다나 저주받은 날에 태어난 아이는 모두에게 불길한 징조, 절대로 그냥 둘 수 없었다.

카일의 제어력을 믿은 황제는 그를 이용해 레너드를 제거하려 하였다. 하지만 결과는 참담했다. 제어하고 있던 카일의 광기가 풀리고, 불안하게 유지되고 있던 레너드의 제어력이 느는 결과를 낳았다.

"좋아 보이는구나. 혼인 이후로는 처음 보는 것이구나."

"자주 찾아뵙지 못해 죄송합니다, 폐하."

찻잔이 놓여 있는 테이블에 앉은 황제가 부드러운 미소로 이젤을 바라보았다.

흠잡을 데 없이 인사하는 이젤을 보며 황제의 눈이 파르르 떨렸다.

타국의 계집. 그것도 모자라 사내 행세를 하던 계집이었다.

절대로 받아들일 수 없는 존재였으나 어차피 레너드를 제거할 때 같이 없애 버리면 그만이라는 생각으로 앞의 계집을 받아들였었다.

분명 그랬는데, 왜인지 점점 불안해졌다. 위태롭게 자신을 추스르던 레너드가 언제부터인가 카일이 가지고 있던 제어력 이상으로 자신을 다스리고 있었다. 대략 계산해 보니 시기는 레나와의 전쟁이 끝난 이후, 바로 이젤과 만난 이후였다.

"황궁 생활은 할 만한 것이냐?"

"부족하지만 노력하고 있습니다."

"부족한 것을 알기는 아는구나."

황제의 비아냥거림에 이젤의 눈이 흔들렸지만 곧 원래대로 돌아왔다. 도발에도 전혀 반응이 없는 이젤의 모습에 황제의 입가가 굳었다.

여자라는 것은 다 거기서 거기인 존재, 도발하면 넘기는 듯해도 결국 본모습을 보이기 마련이었다. 어떻게든 본모습을 보는 것이 오늘 목적이었다. 옅은 미소를 지은 황제의 입에서 연이은 독설이 흘러나왔다.

"저주받은 아이답게 그에 맞는 짝을 데리고 오더구나. 어차피 말을 해도 듣지 않을 놈이기에 허락은 했다만 역시 그 녀석답게 그 눈에만 어울리는 너를 데리고 왔구나."

긴 드레스 자락에 감춰져 있던 이젤의 주먹에 힘이 들어갔다.

"뭐, 곧 그 아이와 함께 죽을 테니…… 저주받은 것들의 마지막이 그러하지 않겠는가?"

"레너드 전하는 폐하의 아드님이십니다."

"그 녀석은 내 아들이 아니다!"

이젤의 말에 황제가 버럭 소리를 쳤다.

"저주받은 날에 태어난 놈이다. 제 아버지도 모르고 제 형조차 그렇게 만든 놈이야! 그런 놈이 카델의 황태자라니 나라가 망할 것이다!"

"……."

"너나 그 녀석이나 얼마 가지 않아 죽을 것이니 앞으로의 미래에 대한 꿈도 희망도 품지 마라. 카델은 내 것이건만 어디 같잖지도 않은 너희들이 내 앞을 막을 수 있단 말이냐!"

황제의 고함에 이젤이 눈을 감았다 다시 떴다.

레너드는 시련에 힘들어하기보다는 혼자서 참아 내고 밀어붙이는 사람이었다. 무모할 정도로 막무가내로 밀어붙이는 그의 방식이 이젤은 이해가 되지 않았었다.

하지만 이제는 아니었다. 그는 그렇게밖에 할 수 없었다. 그에게는 그 외에 다른 길이 없었을 것이다.

이젤이 필요한 페로단은 최소한의 선에서 그녀를 지켰다. 그와 반대로 레너드는 철저히 고립된 채, 지금까지 홀로 버텨 내고 지켜왔다. 누구를 믿을 수도, 의지할 수도 없는 환경에서 그는 황태자의 자리까지 올라온 것이었다.

누가 옆에 있으면 잠조차 이루지 못했던 레너드에 대한 안타까움에 이젤이 입술을 깨물었다.

그가 느꼈을 고통이 얼마나 지독한지 가늠조차 할 수 없었기에 심장이 더 아렸다.

"한 해의 마지막 날이 저주의 날이라 믿는 곳은 카델밖에 없습니다."

"뭐?"

나라를 망하게 할 사람이었다면 가장 기본적인 잠조차 편하게 자지 못한 채, 쌓여 있는 일을 하지 않았을 것이다. 레너드가 황제를 망치고, 카일을 엉망으로 만들 자였다면 스스로를 채찍질하며 카델의 일에 전부를 걸지 않았을 것이다.

레너드가 망가지고 잘못된 것이 아니었다. 망가지고 무너진 사람은 앞의 황제였다.

"제가 선택한 길이 잘못되었다고는 생각하지 않습니다. 레너드 전하께서 저주받은 분이라 믿지도 않습니다. 무슨 연유로 이런 자리를 만드셨는지는 모르겠지만 폐하의 손에 쉽게 잃을 목숨이었다면 여기까지 살아남지 않았을 것입니다."

"너 따위가 감히!"

"폐하께 진심으로 감사드립니다. 지금의 대화로 새로운 것을 알게 되었습니다."

이젤의 말에 황제의 눈썹이 꿈틀댔다.

황제의 앞에서 고분고분하던 분위기가 바뀌었다. 고작 여인일 뿐인데도 말을 할 수 없을 정도로 위압감이 느껴졌다.

황제를 보고 있던 이젤이 자리에서 일어났다.

"이만 물러나도록 허락해 주십시오, 폐하."

"기다려라! 무엇을 알게 되었다는 것이냐?"

황제의 물음에 이젤이 말을 삼켰다.

이제 필요 없는 것에 얽매이지도, 짊어질 필요도 없는 책임에 목숨을 걸지도 않을 것이다.

기사 이젤은 없다. 지금의 그녀는 레너드의 비이자 카델의 황태자비였다.

"레너드 전하께서 가시는 길이 지옥이라면 저 또한 그 길로 가겠습니다. 폐하께서 원하시는 그 결과, 최선을 다해 막아 보이겠습니다."

"네까짓 것이 감히!"

"허락하신 걸로 알고 이만 물러나겠습니다."

말을 마친 이젤이 몸을 돌려 밖으로 걸어 나갔다. 문이 닫히고 걱정스러운 표정의 줄리와 클라우가 이젤의 앞에 고개를 숙였다.

"괜찮다. 아무 일도 없었다."

"방으로 모시겠습니다."

줄리의 말에 이젤이 고개를 저었다.

"레너드 전하께 가야겠다."

말을 마친 이젤이 앞장서려는 찰나, 복도 끝에 보이는 사내의 모습에 이젤의 걸음이 멈추었다.

레너드와 비슷하지만 나이는 좀 더 어린 사내. 바렌이었다.

만나고 싶지 않았던 사람을 연이어 만난 이젤의 눈가가 굳었다.

"여기서 비전하를 만나게 될 줄은 몰랐습니다. 잘 지내셨습니까?"

바렌의 인사에 이젤 또한 드레스 자락을 잡고 고개를 숙였다.

"무난히 지냈습니다. 바렌 공께서는 잘 지내셨습니까?"

이젤의 인사를 받은 바렌의 입가에 미소가 생겨났다.

낮지만 또렷한 목소리가 여느 여인들에게 들었던 것과는 다르게 느껴졌다.

단순히 비로서 받은 교육 때문만은 아닐 것이다. 이젤이라는 여자가 가진 특유의 분위기일 것이다.

"비전하 덕분에 편안하게 지냈습니다. 예전에는 황궁에 머무는 것이 지겹고 짜증 났었는데, 요즘에는 제법 즐거운 마음으로 지내고 있습니다. 그게 아무래도 비전하 덕분인 듯합니다."

바렌의 말에 이젤이 고개를 갸웃했다. 혼인서약 이후로 바렌을 본 것은 처음이었다. 무슨 의도로 말하고 있는지는 알 수 없었으나 어감이 좋게 느껴지지는 않았다.

말없이 그를 보는 이젤을 보며 바렌이 옅은 미소를 지었다.

"로즈가의 사내들은 서로 완전히 다르게 보이지만 본질은 똑같습니다. 여자를 보는 눈도 비슷하지요. 마음에 드는 여자가 없으면 실용적인 면을 먼저 따지기는 합니다만, 그래도 한 번 마음에 드는 여자를 발견하면 가져야 직성이 풀리죠."

바렌의 말에 이젤의 입술 끝이 굳어졌다. 간접적으로 말하기는 했으나 바렌이 무엇을 말하고자 하는지 확실하게 느껴졌다.

이젤의 표정이 바뀌자 바렌이 입꼬리를 올렸다.

거죽만 반지르르한 여인들과는 또 달랐다. 보면 볼수록 예쁜 겉모습만큼이나 건질 것이 많아 보였다.

"아버지인 황제 폐하나 레너드 형님은 똑같습니다. 카일 형님도 아닌 것처럼 행동하지만, 뭐, 저들과 차이가 없죠. 하지만 난 다릅니다. 비전하에게 지옥이 아닌 전혀 다른 것을 드릴 수 있지요."

"이해하고 싶지도, 이해가 되지도 않는 말이군요."

"비전하가 탐이 납니다. 제 것이었으면 좋겠습니다."

직접적이다 못해 무례한 바렌의 말에 발끈한 클라우가 한 걸음 나섰다.

하지만 더 이상 나서지 말라는 이젤의 시선에 클라우의 움직임이 멈추었다.

황제에, 바렌까지 연이어 일어나는 일에 이젤이 소리 없이 한숨을 내쉬었다.

"바렌 공, 전 공의 형님이신 레너드 전하의 비입니다."

"그래서 그게 무슨 상관입니까? 황제의 자리에 누가 앉느냐가 중요한 것이지요."

"공께서 무슨 말씀을 하고 계시는지는 알고 계십니까?"

싸늘한 이젤의 분위기에 바렌이 미소 지었다.

어느 여인에게서도 느껴 보지 못했던 분위기였다. 그저 보는 시선임에도 몸이 끓었다.

레너드가 총애하여 하루도 품에서 놓지 않는다는 소리를 들었다. 처음으로 바렌은 그런 레너드를 이해했다. 그 또한 이젤이 자신의 것이었다면 망가질 때까지 안았을 것이다.

"어차피 여자라는 존재는 돌고 도는 것이지요. 물론 비전하께서는 저에게만 머무르시게 될 것 같습니다만."

기회만 생긴다면 질릴 때까지 **빼앗고** 탐할 것이다.

한 번 시작된 탐욕은 끝이 안 보일 정도로 제멋대로 휘감겼다. 여인에게서 처음으로 느끼는 기분이 바렌을 흥분하게 만들었다. 이젤을 가지면 지금의 욕망이 가라앉을 것일까? 그건 바렌으로서도 장담하지 못했다.

상기된 바렌과 달리 그와의 대화가 피곤한 이젤이 딱딱한 어조로 말했다.

"그럴 일은 없습니다. 그리고 무례인지는 알지만 말을 가려 해 주셨으면 합니다."

"진심을 말씀드린 것입니다만?"

"못 들은 것으로 하겠습니다. 그럼 이만."

말을 마친 이젤이 바렌을 지나쳐 가려 하였다. 그러자 바렌이 그녀를 잡으려는 찰나, 이젤의 눈이 바렌을 매섭게 노려보았다.

더 이상 다가오면 죽이겠다.

말을 한 것은 아니었지만 이젤의 시선은 그런 의미를 충분히 담고 있었다.

목을 조이는 것 같은 살기에 바렌의 손이 중간에 멈추었다.

바렌이 멈추자 이젤이 다시 걸음을 옮겨 밖으로 향했다. 그녀의 기척이 완전히 사라질 때까지 그 자리에 서 있던 바렌이 웃음을 터트렸다.

"킥! 킥킥. 진짜 매력 있네."

쉽게 꺾이지도, 바렌의 도발에도 넘어오지도 않았다.

더군다나 시선만으로 바렌을 압도하는 여자는 이젤이 처음이었다.

"역시 내 아래에 눕혀야겠어. 그래야 좀 진정이 될 거 같아."

황제의 방으로 들어가며 바렌이 밝은 미소를 지었다.

단 한 번도 마음에 든 것을 남에게 빼앗긴 적이 없었다.

자신은 이젤을 원한다.

그렇다면 이제부터 슬슬 움직일 시간이었다.

평소라면 집무실에서 산처럼 쌓여 있는 일을 처리했을 것이다. 레너드에게 그건 하루의 시작이었고, 다른 일이 생기지 않는 한 바뀌지 않는 일상 중 하나였다.

그랬던 그가 집무실 창문에 몸을 기댄 채 황제를 만나러 간 이젤을 초조하게 기다리고 있었다. 이번만큼은 참아 달라며 루칸이 간곡히 말하지 않았다면 지금 레너드는 황제의 집무실 앞에 있었을 것이었다.

똑똑.

"전하, 비전하께서 오셨……."

말이 끝나기도 전에 문이 열리고 레너드의 모습이 드러났다. 놀란 시종이 말을 멈추고, 문 앞에 서 있던 이젤조차 동그란 눈으로 레너드의 모습을 바라봤다.

"아!"

레너드에게 팔이 잡힌 이젤이 끌려가듯 집무실 안으로 들어갔다. 이젤이 안으로 들어가자마자 문이 닫혔다.

"전하."

"말해라. 황제가 뭐라고 지껄이던가?"

이젤을 이리저리 살피며 레너드가 다급히 물었다. 그의 물음에 이젤이 고개를 저었다.

"아무 일도 없었습니다, 전하."

"숨기려 하지 마라."

이젤의 마음을 읽으려 하는 듯 레너드의 눈이 꿰뚫듯 그녀를 향했다. 좋지 않은 말을 그에게 들려주고 싶지 않다. 이젤이 조용히 레너드의 품을 파고들었다. 단단한 어깨에 얼굴을 묻자 그에게서 나는 체향이 이젤을 안정시켰다.

등을 쓸어 주는 레너드의 손길이 좋았다.

"전할 가치가 없는 말은 하지 않겠습니다."

"이젤."

"폐하."

폐하라는 단어에 레너드의 몸이 굳었다. 둘밖에 없었기에 문제 될 것은 아니었지만 이젤의 입에서 나왔다는 것이 주는 의미는 상당했다.

이젤을 품에서 떼어 낸 레너드가 조용히 시선을 마주했다. 이마를 쓸어 주는 레너드의 손길을 느끼며 이젤이 조심스럽게 입을 열었다.

"예전에는 기사로서 레나가 바뀌는 모습을 보고 싶었습니다. 하지만 그 소원은 윈스턴 저하께서 돌아가시면서 없어졌어요."

"이젤."

"두 번째로 꾸는 소원은 꼭 이루고 싶습니다. 아니요. 이룰 것입니다. 전 레너드 전하께서 폐하가 되시는 모습을 보고 싶습니다."

"이젤, 네가 짊어져야 할 것이 아니다. 내가 꿈꿔 왔고, 이루려 했던 것이다. 그 고통을 너와 함께하고자 내 옆에 둔 것이 아니다. 내가 만든 길에서 너는 누리기만 하면 된다."

누구에게 휘둘리지도 않고, 모두가 받들어 주는 위치에서 편안하게 살게 하고 싶었다. 카렐의 암적인 것을 처리하는 일은 그가 감당해야 할 일이었다.

이젤에게 아낌없는 애정을 주면서도 레너드가 가리고 있었던 것들. 지금 이젤은 직접 그 안에 뛰어들겠다는 말을 하고 있었다.

"황제가 무슨 말을 지껄였든 간에 잊어버려라. 들을 가치도, 이유도 없다. 내 옆에 있는 이상, 영향을 받지 않을 수는 없겠지만 네 스스로 이 지옥에 뛰어들 필요는 없다. 오늘 일은 못 들은 것으로…… 이젤!"

그의 말을 자르듯 이젤이 팔을 들어 레너드를 안았다.

"전하께서 걱정해 주시지 않아도 저는 저에게 주어진 혜택을 평생 누리고 살 것입니다. 제가 전하를 선택한 대신 받은 거니까요. 그리고 전하의 곁에서 제 고집도 마음껏 부릴 것입니다."

"그 고집을 굳이 황제와 싸우는 데 부릴 필요가 없다."

"왜 그럴 필요가 없다고 하시는 것입니까? 카렐의 지옥이 전하와 저를 위협하는 거라면 당연히 저에게도 이유가 있습니다. 그리고 옆자리를 채우려는 용도로 저를 데려오신 것이라면 그건 전하의 실수셨습니다."

치열한 시선의 교환에서 결국 먼저 포기한 것은 레너드였다.

"지금의 너를 보아하니 이미 황제에게 싸움을 걸고 온 것 같구나."

"전하께서 죽으면 저 또한 죽을 테니 부족한 대로 살라고 하시더군요. 참으려고 했는데 기사였던 성격이 어디 가겠습니까? 결국 제멋대로 말하고 와 버렸습니다. 그러니 전하의 말씀대로 가만히 있기는 이미 늦었습니다."

이젤의 변명 아닌 변명에 결국 레너드가 고개를 저었다.

마음 같아서는 아무것도 모른 채 황태자비가 하는 일에만 관심을 가지기를 바랐다. 하지만 결국 바람은 바람, 그가 반한 앞의 여인은 순순히 그 틀에만 머물러 있을 생각이 없는 듯했다.

레너드가 말없이 바라보고만 있자 멋쩍은지 이젤이 시선을 돌렸다.

"레나였던 대상이 카렐로 바뀐 것뿐입니다. 그리고 이 자리를 모르고 있었다면 모를까 이미 단맛을 보았으니 절대로 놓지 않을 생각입니다. 전하도 아시다시피 전 욕심이 아주 많니…… 아얏!"

가는 허리를 안은 레너드가 이젤을 위로 올렸다. 갑자기 높아진 높이에 비명을 지른 것도 잠시, 내려다보는 레너드의 얼굴에 번지는 미소에 이젤 또한 미소 지었다.

"힘들어도 네가 고집한 것이다. 나중에 후회해도 소용없다."

"전하께서 제가 힘들어하게 두시겠습니까? 별로 걱정하지 않습니다."

조곤조곤 말하는 말이 하나도 지지 않았다. 안 된다고 반대한들 굽힐 이젤도 아니라는 것은 레너드가 누구보다도 잘 알고 있었다.

"나의 비는 내가 생각한 것보다도 무모하군."

"무모하다기보다는 현명하다고 해 주십시오. 저와 전하를 지키기 위한 최선의 선택이니까요. 예전에는 전하도, 저도 혼자였지만 이제는 아니지 않습니까? 이젠 혼자 전부를 짊어지지 마세요."

이젤의 말에서 위안을 얻었고, 그녀의 목소리에서 힘을 얻었다. 이젤을 바닥에 내려놓은 레너드가 가는 허리에 팔을 감은 채 입술을 맞췄다.

그의 품에서, 그의 애정 안에서 이젤이 자신을 되찾아 갔다.

전에도 아무것도 없었던 그녀의 삶에 언제부터인가 두 손안에 담기 어려울 정도로 많은 것들이 쌓이기 시작했다.

레너드가 내민 손을 잡으면서부터 그녀에게 오게 되었던 것, 그렇다면 이젤이 그에게 해 줄 수 있는 것은 하나였다. 그가 염원하는 것을 이루는 것. 그리고 그와 자신의 앞에 놓인 장애물을 없애는 것이었다.

카델의 황제가 될 사람은 레너드였다.

황제에게 선전포고를 한 지도 벌써 일주일이 흘러갔다. 바로 움직일 것이라는 생각과는 다르게 황제도, 바렌도 조용했다.

"비전하께서는 나날이 화사해지십니다."

옆에 앉아 있는 백작부인의 말에 이젤이 미소를 지었다.

황태자비가 된 이젤에게 가장 힘든 것이 무엇이냐고 한다면 황제를 상대하는 것도 아니고 레너드에게서 배우는 일도 아니었다. 바로 지금 같은 귀족 여인과의 다과 시간이었다.

 처음에는 누가 누구인지도, 어디서 어떻게 말해야 하는지도 몰랐었지만 밀렸던 공부를 한꺼번에 하는 것처럼 배우고 줄리를 상대로 익히니 그럴듯한 모습이 나왔다.

 "과찬의 말씀이십니다."

 "그럴 리가요. 궁에서도 그렇지만 사교계에서도 비전하께서 황태자 전하께 얼마나 총애를 받고 계시는지 소문이 자자합니다. 무슨 비법이라도 가지고 계신 건지요? 제가 비전하께 많이 배워야 할 듯합니다."

 "자꾸 그렇게 말씀하시면 내 어떻게 이 자리에 있어야 할지 모르겠습니다. 적당히 놀리세요."

 옅은 홍조를 띤 이젤의 말에 주변에 앉아 있는 여인들에게서 간드러진 웃음소리가 나왔다.

 아직 여인들 사이에서의 말투는 낯설고 어색했다. 처음에는 기사 출신의 황태자비를 뼈 있는 농담으로 우롱하던 여인들이었다.

 황태자비로 머물게 된 지 석 달.

 레너드의 변하지 않는 총애와 노력으로 분위기는 점점 이젤에게 호의적으로 변하고 있었다.

 앞에 있는 홍차로 입술을 살짝 적신 이젤이 반대편에 있는 중년 여인에게로 고개를 돌렸다. 백발이 섞인 검은 머리카락을 살짝 틀어 올린 여인이 이젤에게 고개를 숙였다.

"못난 여식의 혼처까지 봐 주시다니 감사드립니다, 비전하."

비비엔이 이젤에게 위협이 될 수 있다는 생각에 레너드는 그녀의 혼처를 최우선으로 정하였다. 상대는 같은 후작가의 첫째 아들. 파벨의 경제력에는 부족한 상대였지만 안정적인 자치와 인품으로 카델에서도 손에 꼽히는 명문가였다.

"비비엔과 부인에게는 내가 미안한 것이 많습니다. 부족하지 않은 혼처로 생각하여 권해 드렸는데 마음에 차실지 모르겠습니다."

"아닙니다, 비전하. 저희에게 과분한 혼처입니다. 황태자 전하와는 인연이 아니었던 것이니 마음 쓰지 마십시오."

비비엔과는 성정이 다른 듯 이젤을 보는 파벨 후작부인의 눈에는 호감이 가득하였다. 서약으로 맺은 부인이 있더라도 얼마든지 정부를 만들 수 있는 자리가 바로 황제와 황태자의 자리였다. 그렇기에 황후나 황태자비가 된 여인이 제일 먼저 하는 일은 예전의 정부였던 여인을 죽이는 것이었다.

하물며 비비엔은 황태자비인 이젤을 지금까지도 공공연히 험담을 하고 다녔다. 만약 이젤이 작정하고 마음먹었다면 예전 애인이었던 비비엔의 목숨은 이미 없었을 것이었다.

자신에게 위협이 될 수 있는 비비엔의 존재를 묵인하는 이젤에게 후작부인은 한없이 감사해했다.

화기애애한 다과 시간이 흘러가는 가운데 이젤의 귀에 오랜만이지만 익숙한 소리가 들려왔다. 자리에 앉아 있던 이젤이 반사적으로 의자에서 일어나 몸을 옮겼다.

그리고 그 순간, 이젤이 앉아 있던 테이블의 앞에 긴 화살이 박혔다.

"까아악!"

테이블에 박힌 화살에 앉아 있던 여인들이 비명을 질렀다. 이튿
에서 로젠을 죽였던 화살, 바렌의 것이었다.

화살의 방향으로 시선을 돌리자 복면을 쓴 적의 모습이 보였다.
황태자비의 궁에서 급습이라니, 있을 수 없는 일이었다.

"비전하! 어서 피하셔야 합니다!"

어느새 다가온 줄리가 이젤에게 다급히 말했다. 줄리의 외침에 이
젤의 시선이 적에게서 귀족 부인들에게로 돌려졌다. 조용한 곳에서
다과를 하다 보니 이곳은 상대적으로 지키는 병사의 수가 적었다.

적의 실력이 어느 정도인지는 알 수 없었으나 이쪽이 수적으로
열세였다. 더군다나 이쪽에는 다과를 하던 여인들까지 있는 상황,
좋은 편은 아니었다.

"비전하! 길을 뚫겠습니다! 몸을 피하십시오."

줄리의 뒤로 다가온 클라우가 이젤의 앞을 막으며 검을 뽑았다.

'황제의 생각이라 하기에는 성급하다.'

연이어 이젤을 부르는 소리가 주변에 울렸다. 상황이 복잡한 만
큼 이젤이 생각을 접었다.

지금은 이곳에서 빠져나가는 것이 우선. 저들을 제압한 후에 배
후를 알아내도 충분했다.

"부인들을 안전한 곳으로 모셔라."

"비전하!"

"클라우, 여분의 검을 다오."

이젤의 말에 줄리가 비명을 지르고 클라우가 고개를 저었다. 하지만 거추장스러운 드레스의 소매를 찢은 이젤은 태연했다.

"비전하, 저희가 어떻게든 길을 뚫겠습니다!"

"클라우, 어서 다오."

클라우와 이젤의 시선이 치열하게 맞닿았다. 안 된다며 고개를 젓는 클라우에게 이젤이 입을 열었다.

"기사 작위를 내려놓기는 했지만 난 강하다."

이젤의 고집에 결국 클라우가 허리에 찬 검을 이젤에 건네었다. 두어 번 클라우의 검을 휘둘러 본 이젤이 그녀의 주변으로 몰려온 병사들에게 명령하였다.

"부인들의 안전이 우선이다. 길을 연다!"

"네!"

황제라고 하기에는 치졸한 수. 설마라고는 생각했지만 증거는 없었다.

밀려오는 적을 향해 이젤이 검을 휘둘렀다.

오랜만에 밀려오는 전투의 감각이 이젤의 신경을 곤두세웠다. 그녀에게 달려오는 병사를 벤 이젤이 다른 적을 향해 검을 들었다.

레너드를 호위하는 기사들이 적을 향해 검을 휘둘렀다.

회의를 끝내고 집무실로 되돌아가는 길에서 만난 적은 말도 없이 레너드를 공격했다. 레너드까지 가세할 정도로 적의 수가 많지 않았기에 레너드는 몇 걸음 뒤에서 전투의 상황을 무심한 눈으로 보고 있었다.

"바렌 공의 짓인 것 같습니다."

"언제는 안 그랬는가."

황제의 애정 아닌 애정을 받는 바렌은 종종 레너드에게 암살자나 적을 보내왔다. 황족이 머무는 궁 안에서 일어나서는 안 되는 일이었지만 황제의 비호 아래 바렌은 레너드에게 이를 드러냈다.

"전하, 여기는 기사들에게 맡기고 자리를 피하심이……."

"루칸, 바렌을 찾는다."

순간 낯빛이 창백해진 레너드가 허리에 찬 검을 뽑았다. 난전의 가운데로 뛰어든 레너드가 무서운 기세로 적을 베기 시작했다. 팽팽했던 전투가 레너드의 가세로 순식간에 정리되어갔다.

갑작스럽게 바뀐 레너드의 행동에 루칸 또한 검을 들고 가세하였다. 설명을 구하는 시선을 던졌지만 레너드는 답을 해 줄 상황이 아니었다.

바렌의 장난이야 1, 2년 된 것이 아니었으니 이상할 것이 없었다. 하지만 평소 보내오던 수보다도 적었고 실력도 형편없었다. 바렌은 황제처럼 음모를 꾸미지도, 술수를 부리지도 못했다.

자신이 원하는 대로만 움직이는 잘못 배운 어린아이.

가지고 싶은 것은 무슨 수를 써서라도 손안에 넣어야 비로소 만족하는 인간이 바렌이라는 존재였다.

그리고 그 바렌이 최근 가장 강하게 열망하고 있는 것.

오늘 귀족 여인들과의 다과가 있다는 이야기를 들었다. 황태자비와의 다과에 참석하는 부인들은 대부분 나이가 든 중년부인들뿐, 그들을 두고 이젤이 몸을 피할 리가 없었다.

언제나 적들 사이로 날아오던 바렌의 화살도 여기에는 보이지 않는다.

할 수 있는 생각은 한 가지뿐.

자신에게 오는 위협은 대수롭지 않다. 하지만 이젤은 다르다.

빠르게 상황을 정리한 레너드가 바렌을 찾으라 명령하였다. 기사들이 움직이는 것을 본 레너드가 기사를 데리고 이젤이 있는 곳으로 향하였다.

어디서 나타나는지 끊임없이 압박하는 적을 베어 가며 이젤이 입술을 깨물었다. 드레스와 곳곳에 묻은 피로 이젤의 모습은 엉망이었지만, 다행히 큰 상처는 없는 듯 그녀의 움직임은 처음과 별차이가 없었다. 눈가에 묻은 피를 닦고 있을 때, 적을 베며 클라우가 다가왔다.

"비전하, 퇴로를 확보했습니다! 어서 나가셔야 합니다!"

클라우의 고함에 이젤이 고개를 끄덕였다. 연이어 달려드는 적을 베어 넘긴 이젤이 기사들과 움직임을 맞추며 퇴로로 이동하였다.

그 순간 멀지 않은 곳에서 찢어질 듯한 여인의 비명이 들려왔다. 퇴로로 가던 기사들과 이젤의 걸음이 멈추었다. 그리고 그 찰나, 동시에 무차별적으로 달려들던 적들이 이젤과 기사의 사이를 파고드는 형태로 움직이기 시작했다.

"비전하!"

수적으로 우위에 있는 적들의 행동에 이젤이 무리에서 이탈하였다. 그 모습에 클라우가 경악에 찬 비명을 질렀지만, 이미 일은 일어난 뒤였다. 이젤이 무리에서 떨어져 나오자 기다렸다는 듯 둘의 사이로 끼어든 적이 반대 방향으로 밀어붙였다.

급격히 변하는 상황에 안 좋은 느낌이 든다. 하지만 지금으로써는 방법이 없었다.

어디론가 데리고 가듯 적들은 그녀를 압박하였다. 이들이 원하는 대로 움직이는 것은 마음에 들지 않았지만 이젤로서도 다른 수가 없었다.

그리고 잠시 후, 비명의 주인을 안 이젤의 눈썹이 꿈틀댔다.

"비비엔?"

"살, 살려 주세요!"

적에 포위된 비비엔이 이젤을 보며 비명을 질렀다. 오늘 다과 자리에 비비엔은 올 예정이 아니었다. 그리고 갑자기 등장한 그녀의 존재도 의심스럽다. 하지만 지금은 그런 것을 계산하고 움직일 정도로 한가한 상황이 아니었다.

결국 이를 악문 이젤이 비비엔을 포위하고 있는 적을 향해 검을 휘둘렀다. 주변에 있는 이들은 여덟 명. 쉽지는 않았지만 그들의 공격을 막아 가며 이젤이 비비엔에게 다가갔다.

"어떻게든 막을 테니 도망⋯⋯!"

팔에 닿는 따끔한 느낌에 이젤의 눈이 커졌다. 전에 한 번 이런 느낌을 받은 적이 있었다.

쿠퍼에게 당할 뻔했었던 날. 놀란 이젤의 팔을 감싼 비비엔이 잔혹한 미소를 지었다. 그녀의 손가락에 꽂혀 있는 작은 침, 그리고 하얀 이젤의 팔목에 보이는 작은 핏방울.

"같이 가 줘야겠어. 소량이라 죽지는 않을 거야."

이젤에게 악착같이 달려들던 적들이 행동을 바꾸어 비비엔과 이젤을 포위하였다. 마치 그녀가 정신을 놓기를 기다리는 모습에 이젤이 입술을 깨물었다.

머리가 어지럽고 속이 울렁거렸다. 하지만 전처럼 정신을 놓을 정도로 심하지는 않았다.

꾸준히 먹어 온 독에 대한 내성이 생긴 것일까?

그렇다면 호락호락 잡힐 생각은 없다.

"어떻게? 아악!"

비비엔을 밀어내듯 팔을 쳐 낸 이젤이 다시 검을 휘둘렀다. 미처 그녀의 검에 대응하지 못한 두 명의 적에게서 피가 뿜어져 나왔다.

"어서 잡아! 뭐하는 거야!"

앙칼진 비비엔의 목소리가 허공에 울렸다. 약 때문이었을까? 조금 전부터 날카로운 것이 아랫배를 찌르는 것 같은 고통이 느껴졌다.

'참아야 해.'

이를 악물며 이젤이 차분히 적을 제거해 나갔다. 어차피 소리치는 비비엔 따위 그녀의 상대는 아니었다.

남은 적은 네 명. 지친 몸이 비명을 질렀지만 이젤은 검을 잡은 손에 다시 한 번 힘을 주었다. 그녀를 견제할 뿐, 움직이지 않는 적을 노려보고 있던 이젤이 먼저 검을 휘둘렀다.

동시에 공기를 가르는 소리가 발달한 청각에 날카롭게 울렸다.

적을 베려던 이젤이 몸을 돌렸다. 아슬아슬한 타이밍으로 이젤이 있던 자리에 화살이 박혔다. 목숨을 노리고 쏜 것은 아니었지만 지금의 상황에서는 최악이었다.

넘어진 이젤을 향해 남은 적들이 다시 검을 들고 달려왔다.

"악!"

병사부터 막자는 생각에 일어나던 이젤이 아랫배를 붙잡았다.

찌르는 듯한 약했던 통증이 칼로 베는 것같이 강하게 바뀌었다. 배의 통증으로 대응이 늦어진 사이, 적이 그녀를 향해 검을 휘둘렀다.

지독한 고통 속에서 달려드는 적의 검을 이젤이 간신히 막았다. 하지만 그녀의 주변에 있던 나머지 세 명이 이때라는 듯 그녀에게 달려들었다.

바로 앞까지 온 화살을 피할 수도, 그녀를 잡으려는 적을 막을 수도 없다.

이젤이 검을 마주하고 있던 적의 목을 베었다. 그리고 화살을 피하는 대신, 이젤이 달려드는 적을 향해 검을 움직였다. 화살을 피하지도, 적을 막을 수도 없다면 그나마 피해가 덜 갈 화살을 포기하는 편이 나았다.

날아오는 화살 중 하나가 이젤의 뺨을 스쳤다. 그 대신, 코앞까지 날아든 적의 검을 막았다.

"윽."

아랫배의 고통과 검과 검이 마주치는 순간 느껴지는 충격에 이 젤의 몸이 흔들렸다. 그 틈을 놓칠 리 없는 적이 마주한 검에 힘껏 힘을 주었다.

하지만 동시에 남자의 등에서 가슴으로 검이 튀어나왔다.

"퀵!"

피를 토하는 적에게서 빠진 검이 남은 적을 베고, 날아오는 화살 조차 잘라 냈다.

눈앞에 이루어지는 모습에 긴장하던 이젤의 입가에 미소 생겨났 다.

그가 왔다.

하늘 아래 그녀의 유일한 사람이, 적들에게 포위당해 있으면서 도 악착같이 버틸 수 있게 해 준 그가 바로 앞에 있었다.

창백한 표정이, 다급히 그녀를 부르는 그의 목소리가 그녀를 안 심시켰다.

이제 그가 왔으니 괜찮다.

"레너드."

"이젤? 괜찮나?"

레너드를 뒤따라 들어온 기사들이 주변을 정리하였다. 온몸을 찌르는 고통 속에서 이젤이 레너드를 향해 미소 지었다. 멀지 않은 곳에서 이젤을 부르는 목소리가 울렸다.

힘들게 고개를 돌리니 바렌을 끌고 오는 카일의 모습이 보였다.

어떻게 카일까지 여기에 온 것인지 알 수 없다. 단 한 가지, 이제는 안심해도 된다는 것이었다.

굳게 쥐고 있던 검을 바닥에 떨어뜨리며 이젤이 몸을 휘청거렸다.

"아……."

몸과 정신을 바닥으로 몰던 공포와 긴장이 사라져 갔다. 힘이 풀린 이젤의 몸이 축 늘어지자 놀란 레너드가 그녀를 안았다.

"이젤? 이젤!"

"비, 비비엔은?"

"비비엔?"

"그녀가 독을…… 악!"

레너드의 품에 안겨 있던 이젤이 아랫배를 붙잡으며 고통스러운 비명을 질렀다. 그녀를 안고 있던 레너드가 조심스럽게 땅에 그녀를 내렸다. 배를 붙잡지 않은 손이 레너드의 옷깃을 붙잡았다. 이마에 송골송골 맺힌 땀이 찡그리고 있는 이젤의 얼굴 옆으로 흘러내렸다.

"이젤!"

"전하, 괜찮…… 악."

고통스러운지 이젤이 몸을 비틀었다. 당황한 레너드의 눈에 공포가 깃들었다.

"이젤? 이젤! 괜찮아?"

이젤의 비명에 카일 또한 당황했는지 레너드의 옆에서 연이어 그녀의 이름을 불렀다. 땀이 흘러내린 이젤의 뺨은 차가웠다. 드레스의 표면으로 붉은 피가 배어 나왔다. 많은 양은 아니었지만 문제는 피가 배어 나오고 있는 곳이 이젤의 다리 사이라는 것이었다.

"이……젤?"

피가 식을 수 있다면 지금과 같은 기분일 것이다. 그녀의 하혈에 레너드의 표정이 굳었다.

"아악!"

"정신 차려라! 이젤! 정신 차리란 말이다!"

눈앞이 아득해졌다. 분명 겉으로 보이는 상처는 없었다. 그런데도 이젤은 고통스러워하고 있었다. 품에 안긴 여린 몸이 고통에 떨렸다. 좀 전보다도 차가워진 몸에서 흐르는 땀이 드레스를 적셨다.

"이젤? 내 말 들리나? 어디가 아픈 것이냐? 정신 차리란 말이다!"

"레너……드. 아파…… 아악!"

입술을 깨물며 고통을 잡던 이젤이 다시 몸을 비틀었다. 그녀가 몸을 비틀 때마다 드레스에 배어 나오는 하혈이 불길했다. 결국 이 젤을 다시 안아 올린 레너드가 다급히 외쳤다.

"치료사를 불러라!"

몸의 고통에 이젤이 아랫입술을 깨물었다. 레너드가 다급히 내지르는 소리가 흐릿하게 들렸다. 괜찮다며, 아무 일도 아니라며 달래고 싶었지만 마음과는 달리 몸은 고통에 제멋대로 뒤틀렸다.

그와 함께 있으니 무섭지 않다. 하지만 시간이 갈수록 아랫배의 고통은 가라앉기는커녕 심해졌다.

침대에 눕혀지고, 레너드의 고함이 다시 들려왔다. 부산한 움직임 속에서 그가 괜찮다며 달래는 목소리가 이젤의 귀를 울렸다.

반사적으로 이젤이 레너드의 손을 붙잡았다. 그리고 그대로 정신을 잃었다.

레너드가 진정하지 못하자 치료사는 잠시 그를 방 밖으로 내보냈다. 밖에서 초조히 문을 노려보는 레너드의 눈에 핏줄이 섰다.

조금 전까지도 그의 품에서 몸을 떨던 이젤의 모습이 눈에 선했다. 비비엔이 무슨 수를 썼는지는 알 수 없었지만 그렇게 고통스러워하는 이젤은 쿠퍼의 사건 이후로 처음이었다.

어디가 잘못된 것은 아닐까? 힘겹게 고통을 참아 내던 이젤의 신음 소리는 가라앉았지만 어찌 된 연유인지 들어간 치료사는 좀처럼 나오지 않았다.

으드득.

이 가는 소리가 레너드에게서 들렸다. 힘줄이 도드라지도록 주먹을 쥔 채 이젤이 있는 방을 노려보던 레너드가 몸을 돌렸다.

"죽여 버리겠어."

"레니?"

레너드의 옆에서 초조하게 결과를 기다리던 카일이 그의 말에 고개를 들었다. 옆에 있는 것조차 소름 끼칠 정도로 살기를 풍기는 레너드가 나지막이 으르렁댔다.

"비비엔이고 바렌이고 전부 죽이겠어."

"전하! 참으십시오!"

"비켜라!"

놀란 루칸이 레너드의 앞을 막았다. 하지만 이미 분노로 이성을 잃은 레너드의 눈에는 아무것도 보이지 않았다.

건드리면 안 되는 사람을 건드렸다.

언제나 장난이라면서 넘어가려는 바렌이나 황태자비 자리는 자신의 것이라면서 이젤을 위협하는 비비엔이나 더는 용서하지 않을 것이다.

"비키란 말이다!"

"전하! 차라리 저를 베고 가십시오! 참으셔야 합니다!"

"비키라고!"

제대로 화가 난 레너드를 몸으로 막던 루칸이 얼굴을 찌푸렸다. 진심으로 분노하는 레너드를 막을 수 있는 사람은 여기에 없었다. 이젤에 의해 지금까지 제어되던 레너드의 광기가 이번 일로 뚜껑이 열려 버렸다.

바렌과 비비엔을 벌해야 하는 것은 맞았지만 이런 식으로는 곤란했다.

"전하! 제발 한 번만 참아 주십시오!"

"참아? 그것들이 무슨 짓을 저질렀는데 참으란 말이냐! 자꾸 이렇게 막으면 너 또한 베어 버리겠다!"

핏발이 선 눈에 보이는 광기가 한계를 넘었다. 이대로라면 형제끼리 여자를 두고 치정극을 벌이는 것으로밖에 보이지 않는다.

하지만 이미 터진 레너드를 막을 방법은 없었다.

그때, 벽에 기댄 채 조용히 서 있던 카일이 루칸의 옆으로 다가와 레너드의 뺨을 주먹으로 후려쳤다.

"카일 저하!"

"그만해, 레니."

고개가 옆으로 돌아갔던 레너드가 분노에 찬 시선으로 카일을 노려봤다. 하지만 레너드를 보는 카일의 시선은 그대로였다.

"그놈들은 얼마든지 처리할 수 있어. 하지만 이젤은 아니야."

"형!"

"이젤에게 필요한 건 레니야. 다른 누구도 아닌 레니 너라고."

"……."

"너는 나처럼 미치지 마."

치열하게 이어지던 시선의 교환이 끝나고 분노로 몸을 떨고 있던 레너드의 몸에서 힘이 빠져 갔다. 당장에라도 바렌에게 달려가려 했던 걸음이 그대로 멈추었다. 분노로 떨리는 레너드의 숨이 무겁게 흘러나왔다.

손으로 눈을 가린 레너드가 숨을 깊게 들이마셨다 다시 내쉬었다. 몇 번을 반복한 레너드가 손을 내렸다.

"미안, 형. 미안하다, 루칸."

원래대로 돌아온 레너드의 시선에 카일은 미소 지었고, 루칸은 고개를 숙였다.

그리고 그때, 굳게 닫혀 있던 문이 열리며 치료사가 밖으로 나왔다.

몸을 돌린 레너드가 성큼성큼 그에게 다가왔다.

이젤이 어떤 상태인지 물어보려는 레너드를 보며 치료사가 환한 미소로 고개를 숙였다.

제11장
대립

노을의 붉은빛이 방 안에 따뜻하게 들어왔다. 저물어 가는 햇빛에 비치는 이젤의 얼굴이 여전히 창백했지만, 그래도 진정된 듯 내쉬는 숨소리는 평온했다. 쉬고 있는 이젤의 옆, 레너드가 자리에 앉아 그녀를 물끄러미 바라보고 있었다.

낮과는 달리 잡고 있는 이젤의 손이 따뜻했다. 손을 잡은 채 다른 손으로 이젤의 뺨과 이마를 부드럽게 쓸었다.

조용한 방 안, 물 흐르듯 고요한 시간이 흘러갔다.

하지만 그와 다르게 이젤을 보고 있는 레너드의 표정은 굳어 있었다.

"음……."

"이젤?"

옅은 신음 소리와 함께 이젤이 눈썹을 찌푸리자 레너드가 나지막이 그녀를 불렀다. 눈을 몇 번 깜박인 이젤이 옆에 있는 레너드를 보며 미소 지었다.

"언제부터 와 계셨어요? 계속 여기에 계셨던 거예요?"

"아니. 조금 전에 와 있었다."

이젤이 깨어날 때까지 레너드는 한순간도 자리를 비우지 않았다. 하지만 진실을 말하면 이젤이 걱정할 것이라는 걸 알기에 레너드는 거짓말을 하였다. 레너드의 대답에 이젤이 힘없이 미소 지었다.

몸을 일으키자 곧바로 레너드가 다가와 그녀를 부축하였다. 몸을 일으킨 이젤이 레너드의 손을 끌어 자신의 배에 갖다 댔다. 그 순간, 레너드가 몸을 움찔했다.

하지만 그것을 느끼지 못한 듯 이젤이 환한 미소를 지었다.

"레너드와 저의 아이래요. 들으셨어요?"

"음. 들었다."

생각보다도 담담한 레너드의 반응에 이젤이 그를 바라보았다. 그녀의 미소에 레너드가 아무것도 아니라는 표정으로 옅은 미소를 지었다.

생각지 못한 아이 소식에 레너드는 좋아하기보다는 당황하고 난감했다.

이젤을 사랑하지 않는 건 아니다. 아니 세상의 누구와도 바꿀 수 없는 존재가 이젤이었다.

그녀가 가진 자신의 아이.

황제의 광기를 물려받은 자신만 아니었다면 충분히 즐거워하고 기뻐할 수 있는 일이었다.

"레너드."

"아, 치료사가 조심해야 한다더군. 당분간 다른 일정은 잡지 말자."

형식적인 대답에 이젤의 눈이 조용히 레너드를 향했다.

이젤이 무엇을 묻고자 하는지 듣지 않아도 알 수 있었다. 그리고 지금 그가 가지고 있는 감정을 알게 된다면 이젤이 얼마나 실망할지도 알고 있었다.

그럼에도 레너드는 아이의 존재가 달갑지 않았다.

치료사에게 아이의 존재를 듣는 순간 그의 뇌리에 처음 스친 것은 바로 아버지인 황제와 아들인 자신의 모습이었다.

세상에서 가장 귀하게 여기는 이젤에게서 태어난 아이가 자신에게 똑같이 검을 겨눈다면……. 그리고 그 아이를 죽이고 싶을 정도로 증오하는 자신의 모습을 보게 된다면.

비약이고 억지였다.

하지만 그런 일이 생기지 말라는 법 또한 없었다.

황제와 레너드도 원수이기 전에 아버지와 아들이었다.

조용히 레너드를 바라보던 이젤이 물어보는 대신 말없이 그의 어깨에 머리를 기댔다. 굳어 있는 표정과는 달리 이젤을 쓰다듬는 그의 손길은 부드러웠다.

"미안하다."

이젤을 한참을 어루만지던 레너드가 머뭇거리며 입을 열었다. 그가 먼저 이야기하길 기다리던 이젤이 기댔던 머리를 들어 그를 바라보았다.

이젤을 보는 레너드의 시선이 흔들렸다.

"조금은…… 아니요. 솔직히 많이 서운하네요. 전 정말 기뻤거든요. 레너드도 기뻐해 주실 줄 알았어요."

"아이의 존재가 싫다는 건 아니다. 다만…… 모르겠다."

몸을 나누고, 마음을 나눈 사이라는 것일까? 말을 하지 않아도 이젤은 레너드의 감정을 바로 알아챘다.

그렇기에 이젤에게 진심으로 미안했다.

해서는 안 되는 생각이라는 것도 알고 있었고, 그런 일이 일어나지 않게 만들면 된다는 것도 알았다. 그 사실을 알면서도 마음 한 편에서는 그럼에도 그런 일이 일어날까 무서웠다.

말을 잇지 못하는 레너드의 등을 쓸며 이젤이 속삭였다.

"그래도 솔직히 말해 주셔서 감사해요. 숨기고 억지로 기뻐하시는 것보다 나아요. 무엇보다도 전하께서 왜 그러시는지 아니까…… 알고 있으니까 괜찮아요."

"이젤."

"아버지와 아들이 검을 겨누고 반목하는 일은 한 번이면 충분해요. 그리고 전하는 폐하와 다르시잖아요."

그녀의 말에 레너드가 고개를 저었다.

황제도 알고, 레너드도 알았다. 형제인 카일과 바렌이 알았고, 카델의 모든 귀족이 아는 사실이었다. 세 형제 중 황제를 가장 많이 닮은 사람은 레너드다.

그녀의 생각이 틀렸다며 말하려는 순간, 이젤이 레너드의 뺨을 손으로 감쌌다.

"레너드는 레너드예요. 부자이기에 피를 물려받았기는 했어도 결국 지금의 전하를 만든 건 전하 자신이세요. 지금의 전하가 있기 까지 얼마나 힘들게 황제 폐하와 싸워 오셨는지 가늠조차 되지 않 지만, 부인인 제가 본 전하는 폐하와 닮은 곳이 하나도 없으세요."

"……."

"황제 폐하와 레너드는 달라요. 레너드는 저에게서 얻은 아이를 부정하지 않으실 거예요. 죽이기보다는 저처럼 보듬어 주실 거예 요. 내가 아는 전하는 그런 분이세요."

이젤의 말에 레너드가 숨을 삼켰다.

그토록 듣고 싶었지만, 누구에게도 들을 수 없었던 말이 이젤에 게서 나왔다.

황제를 부정하며 살았지만, 모두가 그의 모습에서 황제가 보인 다고 말했다. 그와는 똑같은 사람이 되지 않겠다며 맹세했지만, 언 제부터인가 황제와 똑같은 생각을 하는 자신을 발견했다.

모두가 황제와 그가 닮았다는 말을 했건만, 처음으로 자신이 마 음으로 사랑하는 여인은 그와 황제가 다르다는 말을 하였다.

이젤의 어깨에 레너드가 얼굴을 묻었다.

이젤의 강함이 그를 진정시켰다. 그녀만이 줄 수 있는 신뢰가 빛 이 되어 레너드 안의 어둠을 몰아냈다.

여전히 아이의 존재는 마음에 걸렸지만, 미치도록 마음을 휘젓 던 두려움은 진정되었다.

복잡했던 레너드의 시선이 나아지자 이젤이 그의 어깨에 다시 머리를 기댔다. 그리고는 다시 한 번 레너드의 손을 자신의 배에 갖다 대었다.

여전히 어색한 손길이었지만 거부하던 처음과는 달리 두 번째는 조금이나마 받아들이고 있었다.

그의 손길을 느끼며 이젤이 달콤한 미소를 지었다.

"지금은 어려우시겠지만 나중에는 아이한테 와 줘서 기쁘다고 해 주세요."

"아직 아무것도 모를 때지 않은가?"

"또 모르죠. 전하와 저의 아이가 기억력이 아주 좋아서 아버지가 자기를 안 반겼다고 투덜댈지도 모르잖아요."

"너무 앞서 나간 것 같군."

그럴 리가 없다며 찡그리는 레너드를 보며 이젤이 까르르 웃음을 터트렸다. 그녀의 웃음에 굳어 있던 표정이 천천히 풀려 갔다.

조곤조곤 괜찮다며 다독이는 이젤이 곁에 있는 한, 괜찮을 것이다. 그녀라면 아이와 자신을 현명하게 지켜 줄 것이다.

아이의 존재가 당혹스럽게 느껴졌지만 그녀를 위해서라도 노력해야 했다.

"그래도 치료사가 이번 일은 위험했다고 하더군. 당분간은 안정이 필요하다고 했으니 답답해도 참아라."

"하지만 이번 일은……."

"이젤, 그건 내가 알아서 하겠다."

레너드의 말에 한참을 바라보고 있던 이젤이 말없이 고개를 끄덕였다.

다른 사람도 아닌 그가 처리한다면 안심이었다. 그리고 그의 말대로 지금은 조심해야 할 때였다.

이젤은 아이의 존재가 누구보다도 기뻤다.

그와의 사랑으로 만들어진 존재.

진심으로 사랑하는 사내의 품에서 이젤이 조심스럽게 아이가 있을 아랫배를 손으로 감쌌다.

"비비엔, 어디 있느냐?"

집으로 돌아온 파벨 후작이 비비엔을 찾았다. 분노에 찬 후작의 외침에 시종이 방에 계신다는 말을 하였다. 한걸음에 이 층으로 올라간 후작이 비비엔의 방문을 열었다.

창백한 얼굴의 비비엔이 후작을 보자 자리에서 일어났다. 하지만 곧 그녀에게로 달려온 파벨 후작이 주저 없이 그녀의 뺨을 후려쳤다.

"악!"

"네가 무슨 짓을 했는지 아느냐! 도대체 네 욕심 하나로 가문을 말아먹을 참이란 말이냐!"

"제가 무슨 짓을 했다고 이러시는 거예요? 어머니도 그렇고, 저는 억울해요! 시종들에게 물어보세요. 저는 집에 있었단 말입니다."

비비엔의 말 같지도 않은 변명에 파벨 후작이 헛웃음을 터트렸다. 이미 황궁 내에서 도망치듯 나오는 비비엔을 봤다는 시녀나 시종이 다섯이 넘었다. 더군다나 깨어난 황태자비가 비비엔이 독침을 놓았다는 증언까지 하였다.

황태자비를 납치하려 했다는 것도 큰일이었지만, 문제는 그 일로 인해 황태자비가 유산할 뻔했다는 것이었다. 다행히 황태자비와 아이 모두 무사했지만 조금만 늦었어도 결과를 짐작할 수 없었다는 치료사의 말이 있었다.

"너를 봤다는 사람들을 데리고 오는 방법도 있었지만 굳이 필요하진 않았다. 왜냐면 그 자리에서 네 목소리를 들은 사람이 바로 네 어머니이니 말이다."

파벨 후작의 말에 반박하던 비비엔이 말문을 닫았다. 하지만 곧 격앙된 목소리를 쏟아 냈다.

"제 자리를 빼앗아 간 년입니다. 진즉 죽었어야 했다고요!"

"네 자리가 아니었다!"

"제 자리였습니다! 그 자리를 위해 제 평생을 거기에 쏟았다고요. 그런데 갑자기 나타난 그것이 빼앗았습니다! 그래서 다시 찾으려 했을 뿐이란 말입니다! 왜 모두가 저에게만 잘못하였다 하는 것입니까!"

악을 쓰는 비비엔의 행동에 파벨 후작이 지끈거리는 머리를 붙잡았다.

당장에라도 비비엔을 죽이려는 레너드에게 파벨 후작은 몸을 숙이고 땅에 머리를 박았다. 하나뿐인 딸아이니 자신을 보아서라도 딱 한 번만 자비를 베풀어 달라는 이야기를 계속하고 온 참이었다.

파벨 후작이 아무리 몸을 숙였어도 레너드의 생각은 바뀌지 않았다. 그의 생각을 바꾼 사람은 뒤늦게 들어온 황태자비였다. 죄는 무거우나 딸을 위해 나이 든 노인이 몇 시간째 몸을 숙이는 모습은 보고 싶지 않다며 레너드를 설득한 덕분에 간신히 비비엔의 목숨과 가문을 지켜 낼 수 있었다.

비비엔을 노려보던 파벨 후작이 밖의 시종을 불렀다.

"내가 준비해 놓으라고 한 것을 가져와라!"

그의 부름에 시종이 차가 담긴 잔을 든 채 안으로 들어왔다.

차를 보던 비비엔이 고개를 들어 파벨 후작을 바라보았다.

"네가 그토록 좋아하는 독이 든 차다."

"아버지!"

"그걸 먹고 죽든지, 아니면 혼인 전까지 수도원에서 머물든지 네가 선택해라."

"그럴 수 없어요! 혼인은 절대 못 해요!"

"네가 사내인 줄 아느냐? 아니면 황태자 전하의 정부라도 되는 줄 아느냐? 넌 그냥 수많은 후작가문의 딸일 뿐이다. 그것 이외에 너의 가치는 없다."

파벨 후작의 독설에 비비엔의 말문이 닫혔다.

귀하게 키워 온 딸에게 이런 독설을 하고 싶지 않았다. 하지만 비비엔의 돌발행동이 가문의 사람을 모두 위협하는 것이라면 후작은 막아야 했다.

"레너드 전하의 총애를 받고 있는 여인은 네가 아니라 궁에 계신 비전하다. 더군다나 전하의 아이까지 가지신 상황에서 그런 꼴을 당해 놓고는 파벨가에 해를 끼칠 수 없다며 너의 행동까지 무마시키셨다."

"아버지의 힘이 필요하니까요. 그러니까 당연히 그랬겠죠."

"그 사실을 아는 비전하는 파벨가를 살리셨건만, 그 사실을 아는 너는 자꾸 파벨을 무너뜨리려 하는 것이냐."

"……."

"독을 마실 생각이 없으니 수도원으로 가는 것으로 알겠다. 오늘 당장 준비시킬 테니 바로 떠나라. 그리고 쓸데없는 짓은 여기까지다. 한 번만 더 이런 행동을 할 시에는 네 존재를 가문에서 부정하겠다."

"아버지!"

"준비해라!"

말을 끝낸 후작이 문을 닫고 방을 나갔다. 눈물이 그렁그렁 맺혀 있는 눈으로 비비엔이 후작이 나간 문을 노려보았다.

그날 저녁, 비비엔이 후작이 마련해 준 마차에 몸을 실었다.

그리고 같은 시각, 잡혀 온 바렌이 레너드의 앞에 무릎 꿇고 있었다.

바렌도, 비비엔도 살려 놓을 생각이 없었다.

하지만 파벨 후작이 몸을 숙였고, 레너드에게는 후작의 힘이 필요하다는 이젤의 말에 비비엔의 목숨을 살려 놓았다.

하지만 혼인 전까지 그녀를 단 한 걸음도 수도원에서 나올 수 없게 만들었다. 또한 파벨 후작은 모르고 있지만 이미 그녀와 혼약을 하기로 한 후작가에도 절대 혼약 이후, 가문에서 내보내지 말라는 명을 해 놓은 상태였다.

그렇게 비비엔의 일은 일시적으로나마 마무리 지었다.

"형님? 이거 왜 그래. 화내지 마. 응?"

카일에게 잡혔다가 도망친 바렌을 황제의 궁에서 다시 끌고 왔다. 자신이 누구인지 모르느냐며 발악하는 바렌을 루칸과 기사들은 죄인을 끌고 오듯 포박하였다.

도와 달라며 바렌이 소리쳤지만 황제로서도 별다른 수가 없었다. 결국 기사들에 의해 감옥에 갇힌 바렌의 모습은 엉망이었다.

하지만 자신의 모습에 엉망이라며 불평한 것도 잠시, 차갑게 노려보는 레너드의 모습에 바렌이 겁에 질린 미소를 지었다.

"언제나 하던 장난이었잖아. 이젠 일은…… 아니지. 형수님의 일은 그 멍청한 놈들의 실수였어. 내가 명령을 내린 게 아니라니까."

"……"

"뭐라고 말 좀 해 줘, 형님. 나 진짜 무섭다고. 그놈들 내가 책임지고 다 보내 줄게. 죽이든지 살리든지…… 아악!"

바렌의 비명이 갇혀 있는 감옥에 울렸다. 차가운 표정으로 바렌을 보고 있던 레너드가 그의 팔에 단검을 찍었다. 바렌의 팔에서 흐르는 피가 몸을 적셨다.

"아랫것들의 실수도 결국은 주인 탓인 거지."

"아파! 아프다고!"

"아프라고 찌른 거다. 그리고 이제 시작이고."

"미쳤어. 미쳤…… 아악."

바렌을 과녁 삼아 단검을 던지듯 이번에는 그의 허벅지에 단검을 꽂았다. 묶여 있는 터라 움직이지 못하는 바렌이 고통스러운 비명을 질렀다.

"마음껏 즐기고 나눠 준다는 말을 했다지? 제법 맛있어 보이니 손에 들어오자마자 안는다는 말을 꺼냈다지?"

"혀, 형님. 드, 들어 봐. 오해야. 오해라니까. 이젤을 두고 말한 게 아니…… 아악! 아파! 그만해!"

옆구리를 베는 검의 감촉에 바렌이 비명을 질렀다. 몸을 비틀 때마다 떨어지는 피가 바닥을 붉게 물들었다.

"누가 너에게 이젤이라 부르라고 허락했는가?"

"형, 형님. 화내지 마. 잘못했어. 다시는 안 그럴게. 내가 그냥 잠깐 눈이 돈 거야. 알잖아! 나 가끔 그러는 거. 이젤, 아니 형수님도 아이도 다 축하해. 좋은 일이잖아. 잘못했어. 잘못했다니까."

본능적으로 느껴지는 공포에 바렌이 몸을 떨었다. 평소 그가 한 짓을 넘겨주던 때와는 분위기가 달랐다. 말없이 분노하는 레너드는 진심으로 무서웠다.

그깟 여자 하나 때문에 죽을 수는 없다. 묶여 있는 바렌이 울먹이며 레너드에게 고개를 숙였다.

"살려 줘, 형님. 잘못했어. 살려 주면 조용히 있을게."

처절한 목소리가 감옥에 울렸다. 듣는 것만으로도 그냥 죄를 보아 넘겨 줘야 할 것같이 불쌍해 보였지만 레너드는 눈 하나 깜빡하지 않았다. 바렌의 저런 동정 어린 행동이야 지금까지 내내 보아 왔던 것 중 하나였다.

아이를 달가워하지 않는 레너드의 모습에 이젤은 화를 내는 대신 감쌌다. 그녀의 말처럼 그는 황제와는 다르다. 자신의 자식을 죽이려는 황제와는 달리 레너드는 이젤이 낳은 자신의 아이를 아낄 것이다.

그러기 위해서라면 동생을 죽인 형이라는 소리는 얼마든지 감내할 것이다.

"널 죽이면 이젤이나 아이는 위협받지 않겠지. 네가 없어지는 편이 나에게 더 이득인데 내가 왜 널 살려야 한단 말인가?"

"형님, 겁나게 자꾸 이러지 마. 살려 줘. 살려 달라고!"

진심으로 레너드가 자신을 죽이려 하자 바렌이 이성을 잃었다.

발악하는 바렌을 보던 레너드가 허리에 찬 검을 꺼내 들었다.

죽인 다음의 뒷수습이야 적당히 해결하면 그만이었다. 검을 치켜든 레너드가 주저 없이 바렌을 향해 내려치려 하였다.

그때, 뒤에서 보고를 받은 루칸이 레너드의 옆으로 다가왔다.

"황제 폐하께서 전하를 찾으십니다."

"나중에 간다고 해라."

"바렌 전하의 일에 대해서 말씀하신다고 합니다. 바렌 전하를 죽이시면 원하는 것을 얻지 못할 거라는 말씀도 전하셨다고 합니다."

"살았다. 큭하하하. 살았다고!"

루칸의 말에 바렌이 울음 섞인 웃음을 터트렸다. 바렌과는 반대로 레너드는 황제의 의도에 눈을 찌푸렸다. 결국 뽑아 든 검을 다시 검집에 넣은 레너드가 웃고 있는 바렌을 노려보았다.

레너드의 시선에 바렌이 낄낄거렸다.

"역시 늙은이는 아직 내가 필요한 거야. 킥킥킥. 죽여 봐? 어디 죽여 봐? 킥킥. 아아악!"

기분 나쁜 웃음을 티트리는 바렌의 어깨에 박혀 있던 검을 레너드가 붙잡았다. 어깨의 고통에 바렌이 몸부림을 쳤지만 상관없다는 듯 팔로 바렌의 몸을 누른 레너드가 어깨에서부터 팔까지 그대로 베어 버렸다.

"아아악!"

"목숨만 살리라고 했지. 몸을 성하게 두라고 하지는 않았으니까."

"레너드! 이 망할 자식아! 그만해!"

"더는 활을 쏘지 못할 것이다."

레너드의 선언에 바렌이 비명 섞인 고함을 질렀다. 하지만 이미 목적을 마친 레너드는 루칸을 따라 밖으로 나간 뒤였다.

"치료사를 보내 지혈만 시켜라. 치료는 할 필요 없다."

"네, 전하."

죽이지는 않았지만 활을 무기로 살아온 바렌에게는 치명적인 상처였다.

"죽일 테다! 죽여 버릴 테다! 레너드!"

멀지 않은 곳에서 바렌이 지르는 고함이 처절하게 울렸다. 하지만 그의 비명에도 상관없다는 듯 레너드가 황제의 궁으로 걸어갔다.

"태자비가 아이를 가졌다는 소리를 들었다."

여유롭고 태연한 황제를 보며 분노에 찬 레너드의 시선도 다시 차가워졌다.

"기뻐하실 것도 아니시면서 굳이 그 이야기를 꺼내실 필요는 없습니다. 바로 본론으로 들어가시지요."

레너드의 말에 황제가 씩 미소 지었다. 구구절절 쓸데없는 말을 좋아하지 않는 것은 유일하게 마음에 드는 모습이었다.

"바렌을 살려라."

황제의 말에 레너드가 피식 실소를 터트렸다.

"제가 왜 그래야 합니까?"

"그래야 네가 황제가 될 테니 말이다."

황제의 말에 레너드의 눈이 좁아졌다. 자리에 앉으라는 황제의 손짓에 레너드가 말없이 탁자의 반대 자리에 앉았다. 레너드를 보고 있던 황제가 탁자 위에 올려져 있는 찻잔을 들어 한 모금 마셨다.

"멍청한 놈이지만 그래도 내 수족으로 쓰고 있는 놈이니 살려야겠지. 아직까지는 필요한 놈이니 말이다.

"그놈을 제가 멀쩡한 상태로 내보낼 거라 생각하십니까?"

"녀석은 그 존재만으로도 아직 쓸모가 있다. 너도 알지 않느냐? 바렌 놈은 쓸모가 없지만 놈이 데리고 있는 병사들은 제법 쓸모가 있다는 것을 말이다."

전쟁.

정치적 모략이 아니라 직접 군대를 일으키겠다는 황제의 말에 레너드가 잔인한 미소를 지었다.

"폐하의 선전포고입니까?"

"내가 지켜 온 나라가 더러워지는 것을 막기 위함이란다. 네가 내 손발을 다 막아 놓았으니, 멍청하지만 잔인한 놈을 살려 놓는 것으로 움직이는 수밖에."

황제의 입가에 감도는 잔인한 미소가 레너드의 그것과 똑같았다.

아버지와 아들.

하지만 그 이전에 둘은 하늘 아래 같이 있을 수 없는 원수였다.

둘의 관계가 그렇게 비틀린 이유도, 원인도 없었다. 아버지가 아들을 부정했고, 아들은 살아남기 위해 아버지를 부정했다. 그뿐이었다.

"제가 폐하를 궁에서 내보낼 것이라 생각하십니까?"

"그러니까 이 자리를 너에게 준다는 것이 아니냐?"

"……."

"한 번은 내어 준 뒤에 다시 찾는 맛도 짜릿하단다."

"바렌을 살려 주고, 당신을 궁 밖으로 내보내는 대신 날 황제로 만드시겠다는 것입니까? 후회하실 텐데요. 전 제가 가지고 있는 걸 절대 빼앗기지 않습니다."

레너드의 눈빛에 감도는 살기에 황제가 진한 미소를 지었다.

더러운 것을 씻어 내는 방법은 여러 가지가 있다. 그중 가장 깨끗하고 흔적이 남지 않는 방법은 모아 놓고 쓸어버리는 것이었다.

"너도 한 번 경험해 보아라. 불안에 떨며 너에게 주어진 자리를 악착같이 지켜보란 말이다."

"……."

"너의 눈앞에서 내가 모든 것을 다시 가져오는 모습을 보여 주고 싶구나. 그러려면 네 천하인 이곳에서 나가는 것이 우선이지. 마침 멍청한 놈이 판을 벌여 놓았으니 그 판에서 놀아 볼 생각이란다. 어떠냐? 나에게도, 너에게도 나쁜 조건이 아니다."

황제의 제안을 곱씹으며 레너드의 머리가 바쁘게 굴러갔다.

그토록 원하는 황제의 자리. 선뜻 주겠다는데 거절할 이유는 없다.

하지만 이 상태에서 받아들이면 그는 반 쪼가리 황제일 뿐이다. 뒷방 늙은이였지만 여전히 그를 지지하는 세력은 컸다. 만약 황제가 궁 밖으로 나가게 된다면 그들 또한 자연스럽게 황제를 따라 움직일 것이다.

그리고 지금까지 모든 나라의 역사가 그랬던 것처럼 자연스럽게 카델은 반으로 나뉘게 될 것이다.

하지만……

황제의 성격에 그러한 분열은 오래가지 않을 것이다. 군대가 정비되는 대로 황제는 레너드를 향해 검을 겨눌 것이다. 승리한다면 황제의 세력을 전부 뿌리 뽑을 수 있다.

고민은 짧았고, 선택은 빨랐다.

"바렌은 영지와 작위를 몰수한 채 북방으로 보낼 것입니다. 척박한 그곳에서 해 보실 자신이 있다면 해 보십시오. 하지만 이기는 것은 제가 될 것입니다."

레너드가 제안을 받아들이자 황제가 비틀린 미소를 지어 보였다.

일주일 후, 황태자비와 황태자의 암살을 시도한 바렌의 영지와 작위가 몰수되었다. 그리고 카델에서 가장 척박하고 추운 북방 지역에 보내졌다.

그리고 얼마 뒤, 황제가 황태자인 레너드에게 선위를 선포하였다.

갑작스럽게 터진 선포. 귀족들은 급변하는 상황에 어리둥절했지만 이미 말을 맞춘 황제와 레너드는 담담했다.

석 달 뒤에 있을 즉위식을 두고, 황제가 바렌이 있는 북방을 향해 조용히 이동하였다.

황제의 부재.

정식 즉위를 앞두고, 황태자인 레너드가 황제의 업무까지 도맡게 되었다.

침대에 누워 있는 이젤의 이마에 레너드가 짧게 입술을 눌렀다. 은은한 달빛에 비치는 레너드의 얼굴을 손으로 쓸며 이젤이 달콤한 미소를 지었다.

세상에서 오직 그만이 볼 수 있는 미소에 레너드가 만족스러운 미소를 지었다.

이마에서 내려간 입술이 오뚝한 코와 붉은 입술에 길게 머물렀다. 얇은 잠옷 사이로 은은히 보이는 볼륨 있는 가슴을 열기에 찬 손이 부드럽게 애무하였다.

"하아."

거칠게 관계하지만 않으면 괜찮다는 말을 잊지 않기 위해 노력하며 레너드의 입술이 이젤의 목에 깊게 머물렀다. 입술로 목을 누르자 생생한 이젤의 맥이 느껴졌다. 어깨에 걸쳐져 있던 잠옷의 끈을 푸니 언제나 그를 유혹하는 새하얀 피부가 모습을 드러냈다.

이젤의 가는 손이 레너드의 상의를 풀었다. 상의가 풀어지며 나타나는 단단한 근육에 수줍은 입술이 머물렀다.

무리가 가지 않도록 이젤을 눕힌 레너드의 입술이 가쁜 숨을 내쉬는 가슴 끝에 머물렀다.

오직 그만이 소유할 수 있는 가슴 꽃을 레너드가 한입에 삼켰다.

"흐윽."

아이를 가진 후, 예민해진 것인지 작은 반응에도 이젤은 몸을 떨었다. 그녀의 신음을 귀로 즐기며 레너드의 손이 이젤의 배에 조심스럽게 닿았다.

아직은 평평한 배였지만, 조만간 아이의 존재로 불러올 것이다.

단단히 솟은 유두를 손가락으로 희롱하던 레너드의 시선이 아이가 있을 이젤의 배에 닿았다. 그의 시선에 이젤의 눈가가 부드럽게 휘었다.

언제나 둘이 있던 곳에 아직 그가 보지 못한 존재가 하나 더 있다는 사실이 실감이 나지 않았다. 아이에 대한 두려움이 완전히 사라진 것은 아니었지만 이젤이 기다려 주는 만큼 레너드 또한 노력하고 있었다.

아직 아무것도 모르는 아이다. 그리고 광기를 가진 자신의 피도 있지만, 현명한 이젤의 피도 닿아 있는 아이다. 그러니 아이는 괜찮을 것이다.

오랫동안 달빛에 비치는 이젤의 아랫배를 보던 레너드의 입술이 아이가 있을 곳에 부드럽게 닿았다.

"레너드."

마치 아이에게 사과하는 것 같은 그의 행동에 이젤의 눈이 촉촉해졌다. 여린 손이 키스하고 있는 레너드의 머리카락을 부드럽게 쓸었다.

"와 줘서 기쁘다는 말은 태어난 다음에 하겠다. 아직은 실감이 안 나."

레너드다운 말에 이젤의 눈가에 초롱초롱 맺혀 있던 눈물이 얼굴을 타고 흘렀다. 흐르는 눈물을 조심스럽게 닦아 낸 레너드가 다시 자잘한 키스를 이젤의 몸에 새기기 시작했다.

아이의 존재로 소강상태였던 열기가 그의 손길에 다시 타올랐다. 때가 되자 이젤이 다리를 벌렸고, 그녀가 열어 준 길로 레너드가 천천히 들어왔다.

"하윽."

언제나 시작은 벅찼지만 레너드만이 줄 수 있는 고통이었기에 이젤은 감당하였다. 아이의 존재로 조심스러워하는 그를 안심시키듯 이젤이 땀이 맺혀 있는 이마에 입술을 맞추었다.

이젤에게 부담이 가지 않도록 침대에 손을 대 몸을 지지한 레너드가 그녀의 안에서 움직였다. 이젤의 깊은 곳까지 분신을 묻을 수 없다는 것이 힘들었지만 그럼에도 오랜만에 안는 이젤은 숨을 쉴 수 없을 정도로 그에게 쾌락을 주었다.

들어오고 나가는 움직임이 한동안 계속되었다. 레너드의 움직임에 맞춰 가던 이젤이 한계가 온 듯 그의 어깨에 얼굴을 묻었다. 밀착된 레너드의 몸이 멈추고, 이젤의 안에 그가 가득 찼다.

그가 주는 안락 속에서 이젤이 몸을 떨었다.

또다시 왈칵 흐르는 눈물을 레너드의 손이 부드럽게 쓸었다.

그의 품에 얼굴을 묻으며 이젤이 지금의 행복을 조용히 만끽하였다.

❖

어느새 황제가 출궁한 지 넉 달이 지났다.

레너드에게 선위한다고 했던 황제는 석 달이 지나자 말을 바꾸었다. 그리고 곧바로 자신은 레너드의 협박에 궁에서 쫓겨났다는 거짓 소문을 퍼트리기 시작했다.

레너드의 편을 든 귀족들은 황제의 이중적인 행동에 불을 뿜었지만 이미 그가 그렇게 행동할 것이라 예상했던 레너드는 담담했다. 황제의 행동에 분노를 하는 대신, 레너드는 자신의 자리에서 해야 할 일을 해 나가기 시작했다.

"황태자 전하."

석 달 뒤에 잡혀 있던 즉위는 무기한으로 미뤄졌다.

황제가 하던 일까지 도맡아하고 있는 상황임에도 레너드는 여전히 황태자였다.

시종의 인사를 적당히 넘긴 레너드가 시종이 열어 주는 문 안으로 들어갔다.

테이블에 쌓여 있는 서류가 레너드만큼은 아니었지만 상당했다. 그리고 그 서류 중 한 묶음이 여인의 손에 아슬아슬하게 놓여 있었다.

몸을 조이지 않는 넓은 폭의 드레스 위로 부른 배가 시선에 들어왔다. 들어오는 따뜻한 햇볕에 살포시 잠이 들었는지 숙인 고개의 옆으로 머리카락이 흘러내렸다.

시종을 모두 내보낸 레너드가 이젤의 옆으로 조심스럽게 다가왔다.

바뀌지 않은 것은 자리뿐, 레너드가 황제의 일을 도맡아 하게 된 것처럼 이젤 또한 황후의 일을 맡게 되었다. 무거운 몸에 맡은 일만 처리해도 되련만, 이젤은 그녀답게 레너드가 처리하기에는 작은 일까지 맡아서 해결하였다.

"으음."

레너드가 이젤이 깨지 않도록 조심히 안아 들었다. 익숙한 체온이 주는 편안함에 이젤이 레너드의 어깨에 얼굴을 묻었다. 침대에 이젤을 눕히고 이불을 덮어 주었다.

부른 배로 눕기 힘든지 이젤이 몸을 옆으로 돌렸다.

얼굴을 가리는 머리카락을 귀 뒤로 넘겨 주는 레너드의 눈에 안타까움이 물들었다.

지금처럼 불안한 상황에서 시종이나 귀족이 흔들리지 않도록 중심을 잡는 것은 힘든 일이었다. 레너드야 언제나 그런 삶을 살아왔지만 이젤은 모든 것이 처음이었다. 아이를 가지면 예민해진다고 들었건만, 이젤은 그에게 힘들다는 말조차 꺼내지 않았다.

"이젤."

깊게 잠든 듯 레너드의 부름에도 이젤은 그대로였다.

"미안하다."

"······뭐가요?"

갑작스럽게 들려오는 목소리에 레너드의 눈이 커졌다. 깊게 잠든 줄 알았던 이젤이 눈을 떠 레너드를 보았다. 조곤조곤 낮지만 부드러운 이젤의 목소리에 레너드의 눈이 부드러워졌다.

"언제 깼나?"

"전하께서 안아 주실 때요. 자는 척하려 했는데 전하께서 자꾸 이상한 말을 하셔서요. 뭐가 미안하세요?"

"내 곁에 있느라 힘들지 않은가?"

레너드의 물음에 누워 있던 이젤이 몸을 일으켰다. 몸이 무거운 그녀를 레너드가 부축하였다. 그의 팔에 자신의 팔을 감은 이젤이 어깨에 머리를 기댔다.

종종 어깨에 머리를 기대는 이젤의 팔을 레너드가 감쌌다.

"레너드를 만나지 않았다면 전 아직도 동생의 그림자 속에 숨어 있었겠죠. 그게 당연한 거라고 생각하면서요."

"······."

"레너드가 찾아 준 이름과 삶 속에서 이제는 제 마음대로 선택하고 책임질 수 있게 되었어요. 그런 대가에 따르는 책임이라면 얼마든지 감당할 수 있어요. 결정적으로······ 이제는 레너드와 저뿐만이 아니잖아요. 자꾸 잊어버리실 건가요?"

새치름한 이젤의 시선에 레너드가 미소를 지었다. 자연스러운 손길이 이젤의 부른 배에 닿았다. 레너드의 걱정과는 다르게 하루가 다르게 이젤의 안에서 그의 아이는 커 갔다.

지켜야 할 것이 생겼다. 그녀의 말대로 쉽지 않은 삶이어도 감당해야 할 이유가 있었기에 이겨 낼 수 있었다.

"잊어버리지 않았다."

그의 말에 이젤의 입가에 밝은 미소가 감돌았다.

"얌전한 아이라 입덧도 거의 안 하고 지나갔어요."

"나오면 또 어떻게 될지 모르지."

눈을 찡그리는 레너드에게 이젤이 환한 미소를 지었다.

"레너드와 저의 아이예요. 분명 반짝반짝 빛날 거예요."

똑같은 처음이었어도 거부했던 자신과는 달리 이젤은 감사해했고, 행복해했다. 그녀가 아니었다면 아이에 대한 불안은 지금까지도 그를 괴롭혔을 것이다.

"그런데 무슨 일로 오신 거예요?"

"내 비를 보러 오는 데 무슨 일이 있어야 하는 건가?"

"그게 아니라 바쁘시잖아요. 혹 시종들이 이상한 소리라도 전했나 싶어서……."

"잠시 쉬고 싶었다. 마음껏 편하게 쉴 곳은 네 옆이니 아쉬운 내가 와야지."

"많이 힘드시죠?"

아무도 들어올 수 없는 레너드의 가장 깊은 곳까지 이젤은 언제나 들어왔다. 힘드시냐는 물음뿐이었지만 그 안에서 느껴지는 감정은 지친 레너드에게 위안을 주었다.

이젤의 물음에 대답하는 대신 기대고 있던 얼굴을 들어 붉은 입술에 입술을 맞추었다.

레너드의 허리에 팔을 감싸며 이젤이 그의 표현에 화답하였다.

❖

"신기하다."

카일의 말에 이젤의 입가에 고운 미소가 만들어졌다.

나라의 사정이 좋지 않은 상황에서 황태자비인 자신이 이렇게까지 행복해하면 안 된다는 것을 알고 있었다. 하지만 이젤에게는 지금 겪는 소소한 행복이 무척이나 귀했다.

기사였을 때는 이젤이 카일을 찾아갔지만, 황태자비가 되고 레너드의 아이를 가지면서 몸이 무거워진 이젤 대신 카일이 찾아왔다.

"배 안 아파? 아플 거 같아."

정상과 비정상의 아슬아슬한 경계 속에서 카일은 이젤과 레너드 사이의 선을 유지해 갔다. 황태자의 형이 황태자비를 자주 만나는 모습이 귀족의 눈에는 좋게 보이지 않았지만, 이젤이 황궁에서 속마음을 터놓을 수 있는 사람 중 하나였기에 레너드는 귀족의 반발을 무마시켰다.

"아프지는 않지만 몸이 무거우니 힘들어요."

"헤에."

호기심 가득 찬 시선이 이젤의 부른 배에 향했다. 사내인 카일이

빤히 배를 쳐다보는 것이 왠지 모르게 부끄러운 것도 있었지만 그가 다른 의도로 보는 것이 아니라는 것을 알기에 이젤은 조용히 기다렸다.

"빨리 나왔으면 좋겠다."

"아직 몇 달이나 더 기다려야 해요. 카일 공."

황제가 나가고, 레너드가 궁을 제압하게 되자 바렌이 가지고 있던 영지와 작위를 카일에게 넘겼다. 비록 카일이 직접 유지하는 형식이 아닌 레너드의 대리인이 영지를 관리할 예정이었지만 어찌 되었든 황자일 뿐 어떤 권한도 없던 카일에게 그만큼의 힘이 생겼다.

"이젤에게 공으로 불리니까 싫다. 그냥 전처럼 저하라고 불러주면 안 돼? 난 그게 더 좋단 말이야."

아무래도 조심스러운 부분이라 그런지 카일의 말끝이 흐려졌다.

"카일 저하."

"응, 그게 훨씬 좋아."

다시 환해지는 카일의 표정에 이젤 또한 미소로 답했다. 손으로 턱을 괸 카일이 차를 마시는 이젤의 모습을 말없이 바라보았다.

이젤이 곁에 머물게 되면서 불안하던 레너드는 점차 자신의 자리에서 중심을 잡기 시작했다. 그리고 레너드의 변화에 눈치 빠른 귀족들이 먼저 움직이기 시작했다.

아직 눈에 띄는 것은 아니었지만 흐름은 점점 레너드를 향해 이동하고 있었다.

"이젤, 카델에 온 거 후회 안 해?"

멀지 않은 과거에 이젤에게 물었던 질문을 카일이 다시 하였다.

저 물음을 처음 들었을 때만 해도 이젤은 아무것도 알지 못했다. 하지만 이제는 아니다. 레너드는 그녀와 모든 것을 함께하고 있었고, 카일은 그녀에게 아낌없는 호의를 베풀었다.

"후회 안 해요. 아니요. 지금은 카델에 와서 다행이라고 생각해요."

"행복해?"

조심스러운 물음이 카일에게서 나왔다.

즐겁게 미소 짓고 있지만 속은 겉과는 다르지 않을까?

이젤은 고통을 겉으로 드러내기보다는 속으로 삭이는 성격이었다.

행복하지 않으면서도 버티고 있는 것은 아닐까?

하지만 그런 카일의 염려와는 다르게 이젤의 미소는 밝았다.

"행복해요."

"정말?"

"네, 저하. 정말로 행복해요."

이젤의 대답에 카일이 안도의 숨을 내쉬었다. 그의 안도에 이젤이 환한 미소를 지었다.

"내 비는 나보다 내 형과 더 잘 지내는군."

그때, 뒤에서 들려오는 제삼자의 목소리에 이젤이 몸을 돌렸다. 언제부터 와 있었는지 팔짱을 낀 레너드가 둘을 보고 있었다. 그를 본 이젤이 무거운 몸으로 의자에서 일어나려 하자 놀란 카일이 서둘러 그녀를 부축하였다.

"일어날 필요 없어."

어느새 다가온 레너드가 일어나려는 이젤을 다시 자리에 앉혔다. 이젤의 귓불을 손가락으로 매만지며 레너드가 카일을 보았다.

"어차피 밤에는 이젤은 레너드랑 같이 있잖아!"

"당연하잖아. 내 부인인걸."

"그러니까 밤에는 얌전히 있잖아! 낮에는 이젤을 보러 올 거야."

"낮에도 내 부인이야, 형. 오래 데리고 있지 마."

"레너드! 그러지 마세요!"

놀란 이젤이 레너드를 붙잡았지만 정작 그는 태연했다. 레너드의 말에 카일이 입술을 쭉 내밀었다. 당황한 이젤이 카일과 레너드 사이에서 안절부절못하였다.

그녀의 모습에 피식 웃음을 터트린 레너드가 손가락으로 하얀 이마를 딱 쳤다.

"아얏."

"당황하지 마. 평소에도 형이랑 난 이렇게 지냈어."

"맞아. 이젤 놀라지 마. 하지만 레니는 못됐어! 밤이고 낮이고 자기 혼자서 이젤을 독차지하려 해! 나도 이젤이랑 같이 있고 싶다고!"

"형."

카일의 말에 울컥했는지 레너드의 말 안에 살기가 감돌았다. 그 모습에 결국 앉아 있던 이젤이 중재에 나섰다. 자신을 화제로 대화하는 것이 부끄러웠는지 말리는 그녀의 얼굴은 빨개져 있었다.

"두 분 다 그만하세요!"

이젤의 중재에 둘의 대화는 거기서 멈추었다. 새로 마련된 의자에 레너드가 앉자 따뜻한 차가 담긴 찻잔이 놓였다. 붉어진 이젤의 뺨을 손가락으로 가볍게 쓸어내린 레너드가 카일을 보며 대수롭지 않게 말했다.

"비비엔이 갇혀 있던 수도원을 누군가가 공격했다는군. 현재 상황을 수습하는 중인데 비비엔의 시신은 발견하지 못했어."

이젤을 시해하려 한 혐의로 바렌은 북방으로 쫓겨나고, 비비엔은 혼인까지 수도원에 감금되는 벌을 받았다.

그리고 어제, 의문의 무리가 수도원을 공격하였다. 수도원의 모든 사람이 사망했지만, 단 한 명, 비비엔만이 종적을 알 수 없게 되었다.

비비엔이라는 단어에 이젤의 눈이 레너드를 향했다. 우려 어린 시선에 레너드가 괜찮다는 미소를 지어 보였다. 앞에 놓인 찻잔의 차를 한 모금 마신 레너드가 카일을 보았다.

"범인은 아직 누구인지 밝히지 못했어. 어차피 밝힐 필요도 없는 일이지만."

"바렌 말고 수도원을 공격할 미친놈이 어디 있어."

한 방울의 동정도 느껴지지 않는 차가운 어조가 카일의 입에서 나왔다. 현재의 정신 상태가 비정상이고 정상인지는 카일만이 알 수 있는 상황, 하지만 적어도 레너드에게서 이야기를 듣고 있는 지금의 카일은 정상에 가까운 듯했다.

카일을 보던 레너드의 시선이 이젤에게 향했다.

아직 바렌과 황제의 군대는 정비되지 않았을 것이다. 마음 같아서는 지금이라도 군대를 정비해 둘이 준비를 끝내기 전에 먼저 선

수를 치고 싶었다.

하지만…….

이젤의 뺨을 감싼 레너드가 부드러운 시선으로 그녀를 바라보았다.

"당분간 전쟁은 안 돼."

레너드의 뜻을 알아차린 이젤이 당황하여 고개를 저으려는 순간, 카일이 당연하다는 듯 입을 열었다.

"어차피 할 전쟁이야. 당장 하든 나중에 하든 상관없어. 이젤이 아이를 낳은 후에 해도 충분해."

"카일 저하, 전 괜찮습니다. 지금이 기회라면……."

"이젤이 된다고 해도 소용없어. 결국 레너드가 결정하는 거니까. 그리고 레너드가 무모한 선택을 안 하는 건 내가 알아. 그러니까 이젤이 포기해."

"카일 저하, 저 때문에 그럴 수는……."

고집을 부리는 이젤에게 카일이 뭐라 말하려는 순간, 옆에 있던 레너드가 말했다.

"너와 내 아이야. 네가 아이를 낳을 때까지는 무슨 수를 써서라도 저쪽 움직임은 막을 거다."

"레너드, 그래도……."

"우리의 아이는 반짝반짝 빛날 거라 말하지 않았나? 그렇다면 지켜야지. 더러운 것은 그 후에 정리해도 늦지 않아."

낮지만 강한 레너드의 말에 결국 이젤의 고집이 꺾였다. 더군다나 자신의 의견을 좀처럼 꺼내지 않는 카일조차 안 된다는 말을 하니 어쩔 수 없는 일이었다.

왠지 자신으로 인해 좋은 기회를 버리는 것 같아 마음이 좋지 않았다.

고개를 숙인 이젤의 손을 레너드가 말없이 붙잡았다. 더는 말하지 않았지만 잡고 있는 손에서 느껴지는 감정이 이젤을 부드럽게 다독였다.

다시 고개를 든 이젤이 미안한 시선으로 둘을 바라보았다.

꿈처럼 현실이 흘러간다.

불안한 상황이었지만 함께하는 존재가 있기에 두렵지 않았다.

바렌의 도움으로 수도원을 나온 비비엔은 그를 따라 북쪽으로 향했다.

그곳에서 황제에게 인사를 하고, 바렌이 준비하고 있는 병사를 보았다.

예상했던 것 이상의 군사 규모에 비비엔은 바렌에게 미소를 지어 보였다.

이번에는 가능하다. 황태자인 레너드를 볼 수는 없겠지만, 적어도 건방지고 괘씸한 이젤에게서 그를 다시 찾아올 수는 있을 것이다.

바렌과 손을 잡은 비비엔은 그날부터 파벨 후작 영지에 소속되어 있으면서 후작과는 생각을 달리하는 이들을 설득해 갔다.

"바렌 공?"

깊은 밤, 근거지에 마련된 숙소에서 잠자는 비비엔을 바렌이 깨웠다. 어두운 방, 자신의 위에 올라탄 그를 보며 비비엔이 비명을 질렀다. 하지만 그러했던 비명은 입을 틀어막는 바렌에 의해 막혔다.

"조용히 해. 너도 좋아하는 일이잖아."

바렌이 무엇을 말하는지 직감한 비비엔이 벗어나기 위해 몸을 비틀었다. 하지만 작정하고 움직이는 바렌의 손에 벗어날 방법은 아무것도 없었다. 반항하는 비비엔의 팔을 잡고 머리 위로 들어 올렸다.

비비엔의 목에 얼굴을 묻은 바렌이 깊게 숨을 들이마셨다.

오랜만에 맡는 여인의 체향이 그를 미치게 했다. 이젤을 향한 탐욕과 오랫동안 마음껏 여체를 안지 못한 갈급이 미쳐 있는 바렌을 한계까지 몰아갔다. 그런 와중에 제 손에 들어온 비비엔을 그가 가만둘 리 없었다.

"싫어!"

찢겨 나가는 옷을 보며 비비엔이 비명을 질렀다. 발버둥을 치고 허리를 비틀어도 위에 올라탄 바렌은 꿈쩍조차 하지 않았다. 몸부림을 치는 비비엔의 목을 움켜쥐며 바렌이 소리쳤다.

"가만히 있어! 왜 자꾸 반항이야!"

"내 위에서 내려와! 내려오란 말이…… 악!"

발버둥을 치던 비비엔의 발이 바렌을 힘껏 밀어냈다. 순간의 짧은 틈, 구르듯 침대에서 내려온 비비엔이 방 밖으로 뛰쳐나가려 했다. 하지만 그것보다도 먼저 비비엔의 머리카락을 움켜잡은 바렌이 침대로 비비엔을 집어 던졌다.

"아악!"

몸을 일으키려는 비비엔의 뺨을 바렌이 힘껏 내려쳤다.

"얻는 게 있으면 잃어야 하는 것도 있는 거야! 아무것도 없는 주제에 나랑 거래가 된다고 생각했어?"

"바렌!"

눈을 치켜뜨며 소리치는 비비엔의 뺨을 그가 다시 내려쳤다.

"망할! 어차피 네년이 갈 데라고는 여기밖에 없잖아!"

반항하던 비비엔의 움직임이 멈추었다. 경악한 눈의 비비엔을 보며 바렌이 잔인한 미소를 지었다. 목을 움켜쥐었던 손이 찢어진 옷 사이로 보이는 가슴을 움켜쥐었다.

역시 여자가 주는 감촉은 언제나 그를 미치게 했다.

눈앞에 있는 것이 비비엔이 아니라 이젤이었다면 좋았을 것을.

하지만 우선은 자신의 몸 안에 이는 불길부터 잠재우는 것이 최선이었다.

"가만히 날 받아들이든지, 아니면 매음굴에 버려져서 몸이나 팔고 다니든지. 그 좋은 머리로 빨리 결정해."

비비엔의 가슴을 손으로 주무르며 바렌이 기분 나쁜 미소를 지었다. 그의 행동에 비비엔은 터진 입술을 깨물며 그를 노려보았다. 그녀의 시선에 바렌이 웃음을 터트렸다.

자신의 아래에 누워 있는 것은 겨우 욕구나 풀어 줄 계집이었다. 피부거죽이나 반지르르하며 만지고 삼키는 쾌락만 충족시킬 수 있는 계집 따위 무서울 것이 하나도 없었다.

"어차피 네년이 나한테 줄 것도 이런 것밖에 없고 말이야."

바렌의 말에 비비엔의 몸이 굳었다. 반항하던 그녀의 몸에서 힘이 빠져나갔다. 그녀가 반항을 멈추자 바렌이 기다렸다는 듯 달려들었다. 굳게 닫혀 있는 입술을 강제로 열어 혀를 집어넣었다. 갑작스러운 침입에 딱딱하게 굳은 혀를 거칠게 탐하며 움켜잡고 있던 가슴 끝의 유두를 손가락으로 굴렸다.

"하아. 하아. 미칠 거 같아."

바렌이 거칠게 내쉬는 소리가 굳어 있는 비비엔의 귀를 파고들었다.

인정하고 싶지 않지만 그의 말은 맞았다.

아직 그녀에게는 바렌이 필요하다. 끔찍하고 치욕스럽지만 현재 바렌을 붙잡으려면 비비엔이 그에게 줄 수 있는 것은 몸뿐이었다.

촉촉하게 눈물이 맺혀 있던 비비엔의 눈가에 독기가 스민 것도 바로 그때였다.

굳어 있던 비비엔의 손이 바렌의 뺨을 쓸었다. 그리고 그녀의 허락에 바렌의 광기가 풀렸다.

"기다려 봐. 너도 좋아질 거야."

물어뜯듯 어깨를 깨문 바렌이 비비엔의 몸에 남아 있는 옷가지를 마저 뜯어냈다.

거친 바렌의 손길에 같이 움직이는 비비엔의 가슴을 그가 힘껏 빨았다. 붉은 기가 돌도록 빨고 핥은 바렌이 거친 숨을 내쉬었다.

허리를 어루만지던 손이 오므리고 있는 허벅지를 강제로 벌리고 비비엔의 여성에 손가락을 집어넣었다. 거칠지만 열정적인 애무에 비비엔의 숨이 뜨거워졌다. 하나였던 손가락이 한 개가 더 들어가고 마치 제 것을 만지는 것처럼 비비엔의 여성을 헤집고 훑어내렸다.

"흐읍."

비비엔의 반응에 게걸스럽게 그녀를 탐하던 바렌이 몸을 일으켰다. 비비엔의 하얀 둔부를 움켜잡은 바렌이 그녀의 다리를 몸 위로 올렸다.

"아악!"

위로 올라간 다리가 가슴을 누르자 비비엔이 비명을 질렀다. 눈에 보이는 여성에 반쯤 정신이 나간 바렌이 얼굴을 묻고 예민한 부분을 핥기 시작했다. 몸을 울리는 감각에 비비엔이 몸을 떨었다. 촉촉해진 여성에서 바렌을 미치게 하는 액이 하얗게 흘러내렸다.

레너드와의 정사는 감정이 들어 있는 것은 아니었지만 찍어 내리는 기분을 느끼진 않았었다. 차가운 얼음을 품에 아는 서늘함은 있었지만, 적어도 레너드는 비비엔을 배려하며 움직였었다.

하지만 바렌은 아니다. 절대적 우위인 위치에서 바렌은 비비엔을 찍고 압박하였다.

"너 진짜 사람 미치게 한다."

비비엔의 여성을 멋대로 핥던 그가 떨리는 숨을 내쉬었다. 팽팽해질 대로 팽팽해진 남성이 바렌을 재촉했다. 비비엔의 다리를 내리고 허벅지를 누른 바렌이 조금의 배려도 없이 그녀의 여성에 남성을 욱여넣었다.

몸의 고통에 비비엔이 비명을 질렀다. 바렌의 어깨를 붙잡고 있던 비비엔의 손이 등을 타고 내렸다. 비비엔의 손톱에 긁힌 등에서 주룩 가는 피가 흘러내렸다.

등의 고통조차 짜릿한 바렌이 비비엔을 집어삼키듯 허리를 움직였다.

"하아. 하아!"

고통과 쾌락이 엉망으로 뒤섞인 상태에서 비비엔의 신음이 방을 울렸다. 바렌이 있는 힘껏 그녀를 파고들수록, 비비엔의 손톱이 바렌을 찍었다. 피가 등을 타고 흘러내릴수록 바렌의 허리가 더 격하게 흔들렸다.

"더, 더 소리 질러! 소리 지르라고!"

"하아. 하아."

비비엔의 신음에 바렌이 흥분되는지 방이 떠나가라 소리를 질렀다. 그의 소리를 한 귀로 흘리며 비비엔의 머리가 뒤로 들렸다. 정신없이 움직이던 바렌이 비비엔의 안에 묻었던 남성을 빼고 그녀의 몸을 들어 올렸다.

"갑자기 왜…… 악!"

비비엔의 허리를 돌려 바닥에 엎드린 자세로 만든 바렌이 둔부를 억지로 들어 올린 후, 다시 남성을 묻었다. 좀 전과는 비교할 수 없는 크기로 다가오는 그에 비비엔이 비명을 질렀다.

이불을 입에 물며 비비엔이 침대시트에 얼굴을 묻었다. 이불을 무느라 신음이 사라진 비비엔에 얼굴을 찌푸린 바렌이 그녀가 잡고 있던 이불을 걷어 냈다.

"소리 지르라고! 좋잖아! 너도 좋잖아!"

"하악!"

바렌의 음담패설에 대답할 기운조차 없었다. 마치 지푸라기를 잡듯 비비엔이 침대를 덮은 시트를 움켜잡았다. 제멋대로에 거칠고 배려조차 없었다.

거친 정사였으나 마음으로 이어진 관계가 아닌 그저 욕구를 분출하기 위한 행위일 뿐이었다. 그럼에도 온몸이 밧줄에 묶인 것처럼 바렌에게서 벗어날 수 없었다.

그리고 그때, 비비엔의 귀에 거슬리는 이름이 들려왔다.

"이젤. 이젤. 이젤. 이젤."

"바렌…… 무슨…… 누구를 부르고 있는…… 악."

침대가 놓여 있는 벽으로 비비엔을 누른 바렌이 거칠게 움직이는 비비엔의 가슴을 힘껏 움켜잡았다.

그녀에게서 누구를 보고 있는지 깨달은 비비엔이 비명을 질렀지만, 이미 바렌은 절정의 끝까지 온 뒤였다. 도망가려는 몸을 손으로 찍으며 바렌이 제 욕심껏 비비엔의 안에 자신을 풀었다.

"이젤. 이젤."

"닥쳐! 난 그녀가 아니야!"

"미칠 거 같아. 또 하자. 이젤 또 하자."

"그녀가 아니라고! 난! 아악!"

밀어내려다 바렌에게 되레 잡힌 비비엔이 거칠게 침대에 다시 던져졌다. 손가락 하나 까딱할 수 없을 정도로 거친 정사가 끝난 직후였다. 기어서라도 도망가려는 비비엔을 다시 끌고 온 바렌이 피가 배어 나오도록 등을 깨물었다.

"이젤. 미칠 거 같아. 한 번 가지고 안 되겠어. 또 하자."

"하지…… 마! 난 비비엔이…… 아아악!"

질척이는 소리가 비비엔의 비명과 함께 밤을 물들었다.

고통스러운 정사에 비비엔이 스스로 정신을 놓을 때까지 바렌은 그녀를 놔주지 않았다.

아이의 존재에 전처럼 사랑을 나눌 수는 없었지만 대신 잠이 들 때까지 둘은 소소한 대화를 하였다. 잠자기 전 짧게 나누는 둘만의 대화. 특별한 주제도, 새로운 내용도 없었지만 그 안에서 이젤과 레너드는 상대에게 자신을 열고 교감하였다.

빠르게 흐르는 시간, 카델 전체에 흐르는 전운만큼이나 이젤의 출산 준비도 부지런히 진행되었다.

"시간이 금방 지나가는 거 같아요. 아이가 생겼을 때만 해도 한참이나 걸릴 줄 알았는데."

"음."

하얀 이마에 입술을 맞추며 레너드가 눈을 감았다. 이제는 아이를 보며 막연히 느끼던 불안은 많이 가라앉았지만, 하루하루가 지나갈수록 아이의 존재로 힘들어하는 이젤을 보는 것은 힘들었다.

"한 달은 남았다고 했던가?"

"네."

"하아. 한 달이나 더 힘들어해야 한다는 거군."

첫 아이라 그런 것인지, 아니면 그의 아이를 가져서 이젤이 힘든 것인지 알 수 없었다. 다만 시종에게 물어보니, 아이를 가진 여인들이 만삭일 때는 다 그렇게 힘들어한다고 하였다.

하지만 다른 여인은 다른 여인일 뿐이고, 이젤은 그에게 누구와도 비교할 수 없는 존재였다. 이젤에게는 서운하게 들릴 수 있으나 레너드는 그녀의 안에 있는 아이보다도 그녀가 더 소중했다.

아이 때문에 혹여나 이젤이 잘못되지는 않을까 레너드는 걱정되었다.

"그렇게까지 안 힘든걸요. 대신 좀 두근거려요."

아이에 대한 이야기할 때마다 홍조를 띠는 이젤을 보면 언제나 두근거렸다. 그렇기에 아이의 존재가 그녀를 힘들게 하더라도 참을 수 있었다. 침대에 누운 채로 레너드를 바라보던 이젤이 조용히 그의 품에 파고들었다.

품에 얼굴을 묻은 채 그의 체향을 맡고 있던 이젤이 나지막이 속삭였다.

"태어날 아이가 사내아이였으면 좋겠어요."

"왜지?"

레너드의 물음에 품 안의 이젤이 고개를 배꼼 내밀었다.

"여인으로 살기는 힘들잖아요."

"흐음."

"사내로 태어나서 자신이 하고 싶은 걸 하면서 살아갔으면 좋겠어요."

"사내여도 황제의 아들. 결국 끝은 정해져 있다."

"그래도요. 그래도 여인보다는 뜻을 펼칠 수 있잖아요."

이젤의 말을 듣던 레너드가 그녀의 정수리에 얼굴을 기댔다.

그녀의 인생은 주변의 강요로 얼룩져 있었다. 자신의 선택으로, 스스로의 삶을 살게 된 것이 이제 겨우 일 년 반, 레너드의 곁에 머물면서부터였다. 얇은 잠옷으로 느껴지는 이젤의 등을 손으로 쓸어내렸다.

"난 사내아이든 여자아이든 상관없다."

"전하."

"어차피 내 자식이니 선택지는 정해져 있을 테지. 하지만 그 틀 안에서 스스로 마음껏 선택할 수 있게 만들어 주면 그만이다. 나머지는 태어난 녀석들이 알아서 하겠지."

레너드의 말에 이젤의 눈이 커졌다. 정수리에 턱을 기대고 있던 레너드가 시선을 내려 이젤을 바라보았다. 어두운 달빛 아래로 보이는 이젤의 얼굴에 새삼 심장이 떨렸다.

그의 삶에서 가장 축복인 존재.

누구에게서도 얻지 못했던 것을 그녀와 함께 있으면서 하나씩 얻어 갔다.

"지금까지 꿈꿔 온 것들을 단 하나도 놓친 적이 없는 나다. 너와 나의 아이가 그렇게 살기를 소망한다면 그런 환경을 만들어 주면 그뿐이지. 그러니까 사내아이가 태어나든 여자아이가 태어나든 문제가 되지 않는다."

"레너드."

"그리고 너의 몸에서 태어나는 내 아이다. 굳이 걱정하지 않아도 원하는 것 정도는 이룰 능력은 얼마든지 가지고 있을 거다."

울컥 치미는 감정에 이젤의 눈가가 촉촉해졌다. 고맙다는 말도, 감사하다는 말도 할 수 없을 정도로 벅찼다.

레너드와의 시작은 악연이었을지 몰라도, 이제는 그가 없는 삶은 생각하고 싶지 않았다.

조용히 다독이는 그의 품에서 이젤이 눈을 감았다.

시간이 흐르고, 카델의 풍경이 바뀌었다.

황제와 레너드 사이에서 팽팽한 긴장감이 감도는 가운데 이젤이 아이를 순산하였다.

이젤의 백금발과 레너드의 갈색 눈동자를 가진 여자아이는 주변 사람들의 축복과 애정을 받으며 모습을 드러냈다.

이젤의 이목구비를 닮은 딸의 존재에 레너드는 만족해하며 카델의 은혜로운 존재가 되라는 의미의 이름을 지어 주었다.

아나이스 로즈.

레너드와 이젤의 첫아이의 이름이었다.

하얀 드레스를 입은 아이가 연신 알 수 없는 옹알이를 하였다.

아직 백일이 안 된 아나이스를 밖에 데리고 나와도 괜찮을지 걱정했지만 다행히 잔바람조차 없었다.

"날이 좋다."

"나오길 잘하셨죠?"

줄리의 물음에 이젤이 고개를 끄덕였다. 처음 나온 밖이 좋은지 이젤의 품에 안겨 있는 아나이스도 부지런히 팔다리를 움직였다. 주변을 둘러보던 이젤이 아나이스의 움직임에 시선을 아래로 내렸다. 이젤의 시선을 느꼈던 것일까? 품 안의 아나이스가 그녀에게 환한 미소를 지었다.

생각지 못한 미소에 이젤의 입가에도 고운 곡선이 만들어졌다.

아나이스와 이젤을 보고 있던 줄리가 부드러운 미소로 나지막이 말했다.

"황녀 저하께서는 비전하와 정말로 똑같으세요."

"그런가?"

줄리의 말을 들은 이젤의 시선이 안고 있는 아나이스를 향했다. 머리카락 색이야 그녀와 같은 백금발이더라도 눈은 그래도 레너드를 닮아 진갈색이었다. 이제는 지나간 바람일 뿐이었지만, 이젤은 아나이스가 자신보다는 레너드를 닮기를 바랐다.

"그래도 레너드 전하를 닮기를 바랐는데…… 그래도 보다 보면……."

작은 바람을 담아 보는 이젤의 시선에 줄리가 고개를 저었다.

"송구스럽지만 제 눈에 보이는 황녀 저하는 비전하를 더 닮으셨어요."

"그래?"

따뜻한 햇볕이 이젤을 넘어 아나이스를 포근하게 비추었다. 이젤의 다독임에 편안한지 아나이스가 길게 하품을 하였다. 하루가 다르게 커 가는 아나이스의 존재가 신기했다. 짧은 팔로 부지런히 움직이는 아나이스를 다시 품 안에 안으며 이젤이 미소 지었다.

"앤, 벌써 졸려? 좀 전에도 잤잖아."

시종들이나, 심지어 레너드조차 아나이스라는 이름을 불렀으나 이젤은 종종 앤이라는 애칭으로 그녀를 불렀다. 이름조차 없이 살아온 자신과는 다르게, 자신의 아이는 애정 담뿍 담긴 애칭으로 불려지길 원했다.

이젤의 물음에 줄리가 작게 웃음을 터트렸다.

"볕이 좋으니 졸리신가 봐요. 좀 전에 모유도 많이 드셨잖아요."

"그래도 나오자마자 졸려 하면…… 자려고 나온 게 아니지 않은가."

꾸벅꾸벅 조는 아나이스의 모습에 이젤이 서운한 듯 눈 끝이 아래로 내려갔다. 그 모습을 보고 있던 줄리가 뒤에 있던 시녀에게서 얇은 이불을 가져와 잠이 들려는 아나이스의 위에 덮었다.

작은 갈색 눈동자로 어머니인 이젤을 보며 다시 길게 하품하였다. 아쉬워해도 졸린 아이에게 뭐라고 할 수는 없는 법, 이젤의 손이 아이를 부드럽게 토닥였다.

검을 잡을 때의 이젤은 누구보다도 매섭고 날카로웠지만, 딸의 앞에서 그녀는 검사도 황태자비도 아니었다. 자신이 낳은 아이에게 애정을 쏟는 어머니일 뿐. 그녀의 부드러운 손길에 아나이스의 눈이 천천히 감겼다.

잠든 아나이스를 보고 있던 이젤이 무언가를 느낀 듯 시선을 먼 곳으로 돌렸다. 아나이스에게 지어 주던 미소와는 또 다른 미소가 이젤의 얼굴에 생겼다. 이젤의 시선에 같이 고개를 돌린 줄리가 놀라 고개를 숙였다.

"황태자 전하!"

언제부터 와 있었던 것인지 레너드가 둘을 바라보고 있었다. 아나이스를 안은 채로 일어나려는 이젤을 말리며 그가 다가왔다. 언제나 그렇듯 이젤의 눈 끝에 살짝 입술을 맞춘 레너드가 고개를 숙였다.

"아나이스는 또 자는 건가?"

"조금 전까지는 깨어 있었는데…… 볕이 따뜻하니 금방 잠들었어요."

"순하군."

"그래도 너무 잠만 자는 거 같아서."

태중에서도 조용했던 아이는 나온 후에도 유난스럽지 않았다. 어디가 아파서 그런 건 아닌지 치료사에게도 보여 줬지만 들은 대답은 아나이스가 순해서 그런 것이라는 대답뿐이었다.

"억지로 자라고 할 필요도 없고, 비를 힘들게 하지도 않으니 걱정할 필요는 없다."

"그래도 깨어 있을 때 전하를 봤으면 좋았을 것을요. 요즘 바쁘셔서 깨어 있는 앨 거의 못 보셨잖아요."

안타까워하는 이젤에게 괜찮다는 미소를 지은 레너드의 손이 아나이스의 작은 뺨을 쓸었다. 레너드의 손길에 간지러운지 아이의 고개가 옆으로 움직였다.

아이에게 눈에 보이는 애정을 쏟지는 않아도, 그는 나름대로 아이를 아꼈다.

내심 후계를 기대했던 귀족들은 황녀인 아나이스의 존재를 아쉬워했으나 레너드는 신경 쓰지 않았다. 도리어 이젤을 닮은 여자아이였기에 아이를 두려워했던 레너드는 안심하기까지 하였다.

세상에서 가장 귀하게 여기는 여인과 똑같은 외모의 딸.

권력과 힘이 전부였던 그의 세상에 새로운 것들이 채워졌다.

이젤에게서 아나이스를 안아 든 레너드가 말없이 딸의 모습을 바라보았다. 그리고는 줄리에게 아나이스를 넘긴 레너드가 짧게 말하였다.

"아나이스를 데리고 방에 가 있어라. 비와 둘이서 할 이야기가 있다."

레너드의 말에 아나이스를 안아 든 줄리가 시종과 함께 사라졌다. 넓은 정원에 둘만이 남자 그의 손이 이젤을 끌었다. 레너드의 행동에 이젤이 조용히 품에 안겨 들었다. 정수리에 턱을 기댄 레너드가 이젤의 등을 쓸었다.

"지금의 모습을 깨트리고 싶지 않다."

품에 안겨 있던 이젤이 고개를 들어 레너드를 바라보았다. 그가 무엇을 말하고자 하는지 묻지 않아도 알 수 있었다.

이젤에게도 지금의 평화가 소중했다. 하지만 아직 레너드와 이젤에게는 해결해야 할 일이 있었다. 황제가 자신의 자리를 찾겠다며 전쟁을 선포했다. 심지어 황궁 내에 황제의 첩자에 의해 암살자들이 들어올 뻔한 적도 있었다.

"한 번은 해야 할 일이라면 미루지 마세요."

"너를 전쟁 속에 두고 싶지 않다. 바렌이 노리는 것이 너라면…… 너만큼은 잃고 싶지 않다. 그러니 아나이스와 잠시 몸을 피해 있는 편이……."

"레너드, 싫어요."

떨리는 시선이 이젤을 향했다. 품에 안겨 있던 이젤이 팔을 들어 그를 껴안았다.

"앤을 낳느라 미뤄 왔던 전쟁이잖아요. 지난번에는 어쩔 수 없었지만 이번에는 아니에요. 전하의 곁에 있을 거예요."

"이젤."

"그리고 자꾸 잊어버리시는 것 같은데 살아 있는 두 명의 검성 중 하나가 저랍니다. 비록 전하에게 몇 번 지기는 했지만 제 몫은 얼마든지 할 수 있어요. 이런 고급 기사를 그냥 내버려 두시겠다고요? 전하다운 선택이 아니세요."

조곤조곤 나오는 말에서 물러나지 않겠다는 고집이 엿보였다. 절대 양보하지 않겠다는 시선을 보고 있던 레너드가 결국 손을 들었다.

"예전에도 그랬지만, 지금도 그 고집은 여전하군."

"이 고집이 마음에 드셔서 곁에 두신 거잖아요."

"여전히 한 마디도 지지 않는군."

말은 짧았지만 이젤의 보는 레너드의 시선에는 애정이 가득했다. 그의 시선에 이젤이 까르르 간지러운 웃음을 지었다. 어깨에 머리를 기대는 이젤의 등을 쓸며 레너드가 눈을 감았다.

지킬 것이 있고, 그것을 위해서 해야 하는 전쟁이라면 피할 생각도 없었다.

마음 같아서는 이젤을 딸과 함께 안전한 곳으로 보내고 싶었다. 하지만 한 명이라도 아쉬운 이런 때에 이젤의 존재를 무시할 수 없다. 무엇보다도 그녀는 레너드의 말대로 순순히 물러날 생각도 없는 듯했다.

지금의 모습을 지키기 위한 전쟁이라면 주저하지 않을 것이다.

어차피 한 번은 해야 할 일, 드디어 시작이었다.

제12장
전쟁

　이젤이 훈련장에 갔다는 시종의 말을 들으며 레너드가 주인 없는 방문을 열었다. 이젤의 방에서 아나이스를 돌보던 보모가 레너드의 모습에 몸을 일으켰다.

　"내가 돌보고 있겠다. 나가 있어라."

　그의 말에 고개를 숙인 보모가 아이 침대 위에 아나이스를 내려놓고 뒷걸음질로 방을 나갔다. 이젤의 향이 남아 있는 방에서 레너드가 길게 숨을 내쉬었다.

　하루 종일 긴장해 있던 몸이 긴 숨과 함께 이완되었다.

　겉으로는 평온했지만 카델은 일촉즉발의 상황이었다.

　레너드의 명령 하나면 대기하고 있던 병력들은 황제와 바렌이 있는 북쪽을 향해 진격할 것이다.

　아버지와 형제를 죽인 황태자.

세간의 수군거림도, 그를 적대하는 이들의 이목도 신경 쓰지 않았다. 아버지인 황제에게 검을 들었을 때부터 각오했던 일이었다. 예전의 레너드였다면 이미 명령을 내려 군대를 움직였을 것이다.

하지만 당연하게 했을 일을 레너드는 주저하고 있었다.

레너드의 행동 하나에 이제는 이젤과 아나이스까지 영향을 받는다. 어떤 독한 소리도 얼마든지 들을 수 있다. 하지만 둘에게만큼은 그런 오명을 씌워 주고 싶지 않았다.

말없이 방을 훑어보는 레너드의 귀에 아이의 옹알이가 들려왔다. 그의 시선이 소리가 들려오는 쪽으로 향했다. 아버지임을 아는 듯 아나이스가 그를 보며 방긋 미소 지었다.

"아나이스."

레너드의 목소리에 아나이스가 알 수 없는 말을 내며 작은 팔을 움직였다. 말없이 그녀를 보던 레너드가 의자를 가져와 침대 옆에 앉았다.

안아 달라는 듯 아나이스가 끊임없이 보챘지만 레너드는 아이를 보기만 할 뿐 선뜻 움직이지 못했다.

앤이라는 애칭으로 부르며 아이를 안아 주는 이젤과는 달리 레너드는 아나이스에게 가까이 다가가지 못했다.

백지 같은 아나이스에게 자신의 광기가 물드는 것은 아닐까? 레너드의 존재가 아무것도 모르는 아이에게 악영향을 주지 않을까 걱정되었다. 그렇기에 마음껏 감정을 보여 주는 이젤과는 다르게 딸에게는 그런 표현이 쉽지 않았다.

계속 안아 달라는 아나이스를 보다 못한 레너드가 침대에 누워 있는 아이를 품에 안았다.

똑같은 갈색의 눈이 미소를 담아 아버지인 레너드를 바라보았다.

"눈까지 이젤을 닮았다면 좋았을 것을."

레너드의 말을 알아들은 것인지, 아니면 단순히 기분이 나빠진 것인지 그의 품에서 연신 웃고 있던 아나이스가 갑자기 칭얼거렸다. 딸의 급격한 반응에 눈썹을 꿈틀댄 레너드가 조심스러운 손길로 아나이스를 토닥였다.

사과하는 듯한 그의 다독임에 칭얼거리던 아나이스가 환한 미소를 지었다. 그 미소가 흡사 어머니인 이젤을 떠올리게 했다. 손가락을 들어 아나이스의 콧등을 살짝 쓸었다.

그때, 아나이스의 손이 레너드의 손가락을 움켜잡았다.

레너드의 눈이 커지고 내쉬던 숨이 멈췄다. 마치 자신의 손을 절대 놓지 말라는 것같이 아나이스는 있는 힘껏 레너드의 손가락을 잡고 있었다.

"아나이스 로즈."

레너드의 부름에 아나이스가 빙긋 웃었다. 레너드와 이젤의 첫 아이는 순하면서도 잘 웃었다.

움켜잡은 아나이스의 손에서 힘이 느껴졌다.

예전의 레너드도 아버지였던 황제를 이렇게 잡았을 것이다. 자신을 놓지 말라며, 부정하지 말아 달라며 황제의 손을 붙잡았을 것이다.

하지만 황제는 레너드의 손을 잡아 주는 대신 부정하였다. 자신의 아들이 아니라며, 받아들일 수 없다며 죽이려 하였다.

말없이 아나이스를 보던 레너드가 작은 아이의 손을 감쌌다.

"나는 네 할아버지와는 다르다."

아나이스의 갈색 눈이 레너드에게 고정되었다. 아나이스의 눈을 보며 레너드가 나지막이 선언하였다.

"나는 절대 네가 잡은 손을 놓지 않겠다."

레너드의 말이 끝나자 아이는 환한 미소를 아버지에게 보여 주었다.

아나이스의 미소에 레너드가 옅은 미소를 지어 보였다.

조용한 방 안, 이젤이 돌아올 때까지 부녀는 둘만의 시간을 조용히 보냈다.

밤이 늦도록 집무실의 불은 꺼지지 않았다. 낮에는 군대를 점검하고, 밤에는 산처럼 쌓인 서류 처리를 하느라 제대로 잠을 이루지 못했다.

서류를 마무리한 레너드가 처리를 끝낸 서류 더미 위에 방금 본 것을 올리며 쓰고 있던 안경을 내렸다. 그리고는 손가락으로 미간을 눌러 지친 눈을 풀었다.

결국 레너드는 출군 명령을 내리는 대신 미끼를 놓는 것을 선택했다.

치졸하고 비열했지만 그만큼 효과는 빠를 것이다.

"전하, 비전하께서 오셨습니다."

시종의 목소리에 레너드가 고개를 들었다. 안으로 들어오던 이젤이 레너드의 모습에 눈 끝을 내렸다. 그녀의 모습에 괜찮다는 시선으로 손을 내밀었다.

레너드의 손을 잡은 이젤이 말없이 자신의 품에 그를 안았다. 이젤의 가슴에 얼굴을 묻은 레너드가 긴 숨을 내쉬었다.

"먼저 쉬지 왜 여기까지 왔느냐고 말해야 하는데, 그러고 싶지 않다."

레너드의 머리카락을 손으로 쓸며 이젤이 그를 안았다.

"아나이스는?"

"잠들었어요."

"아나이스도 자는데 왜 안 쉬고 있는 거지?"

"전하께서 계시지 않으니 잠이 안 와서요."

"그렇게 오지 말라고 할 때는 언제고 이제는 안 온다며 서운해하는 것인가?"

"그런 게 아니라 며칠 동안 제대로 쉬지 못하셔서…… 아앗! 전하!"

레너드의 굵은 팔이 허리를 잡고 들어 올리자 이젤이 비명을 질렀다. 책상에 쌓여 있던 서류가 이젤의 드레스에 밀려 떨어졌다. 다급한 손길이 이젤의 몸을 가리고 있는 드레스를 벗겨 내렸다.

"전하! 서류가…… 읍."

예전이나 지금이나 종알대는 것은 여전했다. 턱을 잡고 입술을 막았다. 말을 막았다며 주먹으로 가슴을 치는 이젤의 허리를 팔로 감았다. 목이 말랐던 이가 급히 물을 마시는 것처럼 이젤의 뒤통수를 잡고, 욕심껏 이젤의 숨을 삼켰다.

"읍, 읍!"

책상 위에서 이러는 것은 처음이었기에 당황한 이젤이 계속 레너드를 밀어냈다. 하지만 그녀의 말대로 며칠 내내 제대로 쉬지 못했다.

"서류가……."

"신경 쓰지 마."

안 된다는 소리가 사뭇 애처로웠지만 레너드에게는 그 소리조차 벗어날 수 없는 유혹이었다. 밀어내는 팔을 잡고 책상에 이젤을 눕혔다. 단정하게 틀어 올렸던 머리장식이 떨어지고, 긴 금발이 벗겨진 드레스 대신 몸을 가렸다.

씹히고 삼켜져 붉게 부은 입술에서 더운 연기가 흘러나왔다. 더운 숨을 내쉬는 입술에서 아래로 내려온 레너드의 얼굴이 가늘고 하얀 목덜미에 머물렀다. 얼굴을 묻고 입술로 누르니 그녀의 맥이 느껴졌다.

"하아. 레너드."

달아오르는 열을 주체하지 못한 이젤이 레너드를 껴안았다. 레너드만이 볼 수 있는 이젤의 모습에 입꼬리가 올라갔다. 목의 맥을 느끼며 레너드의 손이 거칠게 뛰는 이젤의 가슴을 움켜잡았다. 레너드의 어깨를 잡은 이젤에게서 낮은 신음이 흘러나왔다.

손가락 끝에 잡히는 가슴의 작은 꽃이 그의 욕정에 불을 피웠다. 안고 있는 이젤의 팔을 떼어 낸 레너드가 입고 있던 옷을 벗어 던졌다. 그가 옷을 벗는 짧은 틈, 서류가 망가진다며 이젤이 책상에서 내려오려 했다.

"어딜 자꾸 도망가려 하지?"

다리가 땅에 닿기 직전, 레너드에게 잡힌 이젤이 다시 책상 위에 올려졌다. 달빛에 비치는 레너드의 나신이 유혹하듯 이젤의 시선을 끌었다. 언제나 당당하고 강한 그에게 설레었다.

"전하, 여기서는…… 그러니까 중요한 서류는…… 아악."

자꾸 서류를 찾는 이젤의 행동에 레너드의 미간이 좁아졌다. 이젤을 안은 레너드가 자유로운 손으로 책상의 서류를 전부 바닥에 밀어 버렸다.

"전하! 나중에 어쩌시려고!"

"우선은."

우선이라는 말에 나신의 이젤이 고개를 갸웃했다. 이젤을 보는 레너드의 시선에 짙은 소유욕이 자리 잡았다. 그가 이런 눈으로 바라보면 쉽게 놔주지 않는다는 것을 알고 있었기에 이젤이 숨을 들이마셨다.

책상에 이젤을 눕힌 레너드가 미소를 지었다. 도대체 무슨 짓을 어찌하려는지 감조차 잡을 수 없을 때, 그녀의 허벅지를 잡고 누른 레너드의 얼굴이 이젤의 여성에 향했다. 경악한 이젤이 고개를 저었다.

"레너드! 안 돼요!"

"우선은 너를 먼저 맛본 뒤에 생각하겠다. 못 도망가. 알지?"

"그게 아니라 거기는…… 흐읍."

입술을 깨문 이젤의 몸이 흔들렸다. 가장 여린 살을 레너드의 혀가 거침없이 휘저었다. 남성이 들어올 때와는 다른 감각에 정신을 차릴 수 없었다. 고개를 뒤로 젖힌 이젤의 숨이 가빠졌다.

머릿속에 하얘지고 본능이 이성을 삼켜 갔다.

"제발⋯⋯ 레너드, 제발."

"물 흐르듯 맡겨 봐."

열기가 가득 찬 혀가 여성을 빨아들이고 쓸어내렸다. 이젤의 하얀 피부가 부끄러움과 흥분에 점점 붉어졌다. 가쁜 숨을 내쉬던 이젤이 손으로 입을 막았다.

촉촉하던 여성이 한계까지 오르자 이젤이 다리를 오므렸다. 몸을 비틀어 피하려는 이젤을 팔로 누른 레너드가 이젤의 평평한 배에 자잘한 키스를 남겼다. 젖은 여성만큼이나 촉촉한 이젤의 눈이 열기에 가득 찬 채로 레너드를 바라봤다.

사내의 껍질을 뒤집어썼던 이젤은 이제 없다. 어느 여인보다도 매력적이었고, 세상의 누구보다도 그를 흔들었다. 그와의 전희에 단단하게 솟은 유두를 혀로 쓸었다. 오므린 다리를 벌린 그가 안으로 들어왔다.

"흡."

손으로 입을 가린 이젤에게서 짧은 신음이 들려왔다.

입을 가린 손을 떼어 낸 레너드의 입술이 가쁘게 내쉬는 숨을 전부 삼켰다. 팔을 들어 머리 위로 올린 레너드가 허리를 움직였다.

부드럽고 느리게 시작했던 전희와는 다르게 그녀 안에서 움직이는 레너드는 처음부터 거칠었다. 활처럼 허리가 휜 이젤이 레너드의 허리를 다리로 휘감았다. 소유욕을 보이는 레너드는 감당하기 힘들었지만 그만큼 만족이 그녀를 채웠다.

그가 이렇게까지 소유욕을 보이는 사람은 자신밖에 없다.

허리를 다리로 감은 이젤이 팔로 레너드를 안았다. 한계의 한계까지 온 듯 이젤의 허리를 감은 레너드가 그녀의 몸을 자신에게 밀착시켰다.

몸 안을 가득 채우는 레너드의 존재에 이젤이 몸을 떨었다. 이젤이 레너드의 어깨에 얼굴을 묻으며 가쁜 숨을 내쉬었다. 긴 정사의 끝, 그를 받아들이느라 기진한 이젤에게 길게 키스하였다.

아직 몸 안에 있는 그의 남성을 느끼며 이젤이 환한 미소를 지었다. 그녀의 유혹에 레너드가 탐욕스러운 시선으로 내려다보았다.

품에 안은 것이 조금 전이었건만, 몸 안의 남성이 다시 팽창하는 것이 느껴졌다.

자신이 사랑하는 사람.

그래서 누구에게도 빼앗길 수 없다.

허락을 구하듯 레너드의 입술이 그녀의 입술에 길게 머물렀다.

그의 물음에 대한 답은 필요 없다.

자신은 레너드의 것. 레너드는 이젤의 것이었다.

환한 미소를 지은 이젤의 팔이 레너드를 안았다.

지금까지 숨겨 왔던 황제의 폭정이 황태자인 레너드에 의해 터졌다.

연이은 전쟁과 과도한 세금에 지쳐 있던 평민들은 순식간에 황태자의 편으로 돌아서 레너드의 정당성에 목소리를 높였다. 동시에 레너드는 황제의 편에 있던 귀족들을 조용히 설득해 가기 시작했다.

온갖 명목으로 영주들에게 세금을 뜯어냈던 황제였다. 그걸 몇 개 없애 주는 것으로 귀족들은 레너드의 손에 들어왔다.

그리고 모든 일이 끝나자 레너드는 스스로 자신이 카델의 하나뿐인 황제임을 선포하였다.

문제는 즉위식을 치르는 장소인 셀마였다.

특별한 것이 없는 중소도시였지만, 그곳은 카델의 황제가 태어난 곳이자 즉위식을 치른 곳이었다.

'일주일 안에는 군대를 일으키겠지.'

셀마에서 즉위식을 치르겠다는 레너드의 말에 루칸조차 한동안 믿을 수 없다는 표정으로 그를 봤었다. 레너드의 치세에 카델의 대부분이 호의적인 시선을 보내도, 셀마만큼은 그래도 황제의 편에 서 있던 곳이었다.

황제의 상징인 곳이었다. 그곳에서 즉위식을 하겠다는 것은 황제의 터전을 강제로 빼앗겠다는 것과 같은 소리였다.

위험하다며 반대하는 귀족에게 레너드가 내민 것은 셀마 영주의 서한이었다.

영주가 제시하는 조건을 허락하면 그 또한 레너드의 즉위에 최선을 다하겠다는 서한에 즉위식은 일사천리로 진행되었다.

함정일지도 모른다는 루칸의 말에 레너드는 담담히 말했다.

"황제는 자신의 세력을 너무 방치하였다. 더 이상 나올 것이 없는 빈 주머니보다는 원하는 것이 나오는 새 주머니를 택하는 것이 영주로서는 당연한 일이겠지."

귀족도, 심지어 측근인 루칸도 모르는 사이 셀마의 영주와 거래가 있었던 듯 레너드는 담담했다. 아니 도리어 알 수 없는 시선으로 창문 밖, 수도를 떠나는 영주의 마차를 보았다.

자신의 상징인 셀마를 레너드에게 빼앗기지 않기 위해서라도 황제는 군대를 일으킬 것이다. 가해자로 황제와 바렌을 죽이려 했던 레너드는 반대로 피해자가 되어 황제와 바렌의 공격을 받게 될 것이다.

그리고 레너드는 최선을 다해 그들을 막아 내고, 황제의 자리에 오를 것이다.

아들이 아버지를 죽이려 했다는 오명 대신, 자신을 죽이려는 아버지를 이겨 내고 황제가 된 이로 남게 될 것이다. 황제를 먼저 공격하려 했던 자신의 바람은 사라지겠지만 대신 이젤과 아나이스가 듣게 될 악명은 없어질 것이다.

떠나는 마차를 보는 레너드의 입가에 미소가 감돌았다.

황제는 레너드의 의도를 알면서도 움직일 수밖에 없을 것이다.

그를 상대할 준비는 끝냈다.

그리고 이제 시작이었다.

❖

몸에 나 있는 울긋불긋한 흔적들이 분으로 지워도 지워지지 않았다.

결국 비비엔은 손에 들고 있던 분첩을 화장대에 내려놓았다.

감정을 알 수 없는 비비엔의 눈이 거울을 향했다. 물리고 빨린 흔적들이 목 밑에서부터 가득했다.

자신의 모습이 역겨웠다. 여전히 그녀는 아름다웠지만 예전처럼 빛나지 않았다.

구역질 난다. 자신의 모습 따위 꼴도 보기 싫었다.

그 모습을 보던 비비엔이 화장품을 들어 거울에 집어 던졌다.

거울이 깨지는 소음이 방을 울렸다.

방에서 들려오는 소리에 문을 열고 시종이 안으로 들어왔다.

"나가."

신경질적인 비비엔의 목소리에 들어왔던 시종이 서둘러 밖으로 나갔다. 대신 이 궁에서 누구도 막을 수 없는 사람이 방으로 들어왔다.

그의 모습에 비비엔의 눈썹이 꿈틀댔다. 오지 말라며 채 반항하기도 전에 안긴 비비엔이 침대에 내동댕이쳐졌다. 자연스럽게 그 위에 올라탄 이가 침대에 눕혀진 비비엔을 욕정에 가득 찬 눈으로 보았다.

"비비엔, 레너드가 내일모레 셀마에서 즉위식을 치른대. 그것 때문에 영감의 꼭지가 완전히 열려 버렸어."

자신의 것을 만지듯 바렌의 손가락이 부지런히 비비엔의 드레스를 벗겨 내고 몸을 주물렀다. 분으로 가려져 있던 붉은 흔적들이 거친 바렌의 손이 지나갈 때마다 나타났다.

몸을 덥히는 애무에도 비비엔의 표정은 차가웠다.

"그곳은 폐하께서 즉위식을 치른 곳이잖아요."

"음. 일부러 늙은이를 자극하는 거야. 킥킥. 역시 미친놈답다니까. 그런데 집중 안 할 거야? 인형을 안는 취미는 없어."

그의 자극에도 움직이지 않는 비비엔이 마음에 들지 않는지 바렌이 눈을 찌푸렸다. 그의 말에 비비엔이 가는 손을 들어 그의 뺨을 쓸었다.

레너드와 비슷한 얼굴. 하지만 그는 레너드가 아니었다.

감정을 절제하지도 못했고, 원하는 것을 갖기 위해 참고 기다릴 줄도 몰랐다.

그리고 여자의 마음을 전혀 이해하지 않았다.

"넌 역시 사람을 미치게 해."

풍만한 가슴을 바렌이 혀로 핥았다. 그의 애무에 날이 선 유두를 혀로 굴리며 몸에 걸려 있는 드레스를 손으로 찢었다. 오므리고 있던 다리를 억지로 벌려 손가락을 쑤셔 넣었다. 밤새도록 안겼던 터라 지친 몸에 다시 열기가 피어올랐다.

"레너드가 먼저 공격하기 전까지는…… 음…… 움직이지 않기로 하지 않았나요?"

"하아. 늙은이의 눈이 돌았다니까. 오늘 밤이라도 공격하라고 난리야."

바렌의 손가락이 비비엔의 예민한 곳을 파고들자 낮은 신음이 입가에서 흘러나왔다. 그녀의 반응에 바렌의 몸이 희열로 물들었다.

"결국 레너드에게…… 명분을 주겠다는…… 건가요? 그가 먼저 공격을 해야……."

"몰라. 귀찮아. 그런 것 따위 늙은이가 계산하라고 해. 넌 나한 테 집중만 하면 돼."

하지만 고개를 옆으로 돌리고 있는 비비엔은 몸의 반응과는 다르게 밀려오는 치욕에 입술을 깨물었다. 침이 흘러내릴 정도로 가슴을 탐하던 바렌의 얼굴이 다시 위로 올라왔다. 힘껏 깨문 입술이 마음에 들지 않는 듯 턱을 잡고 내렸다.

열린 틈으로 들어온 바렌의 혀가 비비엔의 혀를 휘감았다. 다리를 벌린 바렌이 준비되지 않은 비비엔의 안으로 거칠게 들어왔다.

"허억. 아파!"

"참아. 곧 좋아할 거면서 웬 앙탈이야?"

밀어내는 비비엔의 팔을 머리 위로 올린 바렌이 정신없이 허리를 넣었다가 뺐다. 몸 위에 올라탄 바렌을 보고 싶지 않은 비비엔이 고개를 돌려 베개에 얼굴을 묻었다.

"하악. 하악."

바렌이 내쉬는 신음 소리에 비비엔의 것이 겹쳐졌다. 하지만 달아오른 몸과 비례하여 정신은 점점 황폐해졌다. 원하지 않는 사내에 몸을 맞춰 가는 자신의 모습이 싫다.

무엇보다도 바렌이 비비엔의 의사와는 달리 거칠게 자신의 욕심을 채울 때는 다 이유가 있었다.

"이젤…… 하아. 진짜 안고 싶어. 이젤."

욕구를 풀고 있는 대상은 비비엔이었으나 바렌이 원하는 대상은 이젤이었다. 언제나 삽입의 중간에서 나오는 이젤의 이름을 들을 때마다 비비엔은 소름 끼쳤다.

"미칠 거 같아. 이젤 미쳐 버릴 거 같아."

바렌의 움직이는 대로 움직이는 비비엔의 눈가에 독기어린 눈물이 고였다.

그는 신경 쓸 일이 아니라 했지만 머릿속에서 레너드의 모습이 겹쳤다. 그녀가 아는 레너드라면 셀마에서 즉위식을 할 거라며 황제를 충동질하는 대신 곧바로 공격했을 것이다.

비비엔이 알던 레너드가 아니다.

그는 주변의 평판에 흔들리고, 움직이는 사내가 아니다.

'망할 년.'

셀마에서의 즉위식은 레너드의 입장에서는 쓸데없는 짓이었다. 그런 일을 하는 이유는 단 한 가지, 황제가 먼저 그를 공격하게 해 가해자가 아니라 공격을 당한 피해자가 되겠다는 것이었다.

그렇게 되면 아버지를 죽이려는 아들이 아니라 아버지에게 공격당한 아들이 된다.

레너드의 평가가 달라지면 이젤의 평가도 달라진다.

그녀를 그렇게까지 아낀다는 것인가? 그녀 하나 때문에 천하의 레너드가 바뀌었다는 것인가?

가슴을 깨무는 바렌의 행동에 비비엔이 생각을 접고 소리를 질렀다. 인형처럼 받아들이기만 하던 비비엔이 소리를 지르자 바렌이 더 깊이 그녀 안에 자신을 박았다.

몸 안에 들어오는 끔찍한 바렌의 정에 비비엔의 몸이 떨렸다.

바렌도, 이젤도, 그리고 그녀가 낳았다는 딸도 전부 꼴도 보기
싫었다.

'죽일 거야.'

하지만 쉽게 죽일 수는 없다.

그녀가 당한 치욕만큼이나 이젤도 당해야 한다.

이 끔찍한 바렌에게 그녀 또한 당하고 짓밟혀야 한다.

자신의 몸에 쓰러진 바렌을 안으며 그녀가 물었다.

"폐하가 군대를 일으킨다면 당신도 가는 거야?"

"응? 아직도 그 생각이야? 나한테 집중하라니까."

"대답해 줘. 그럼 집중할게."

"쳇. 당연히 가야지. 궁에 심어 놓은 시종에게 들으니 이젤도 출
전한다더군. 데려올 수 있는 기회야. 데려오면 마음껏 안을 거야.
아! 또 생각나잖아. 너 때문이야!"

바렌의 남성이 발기하는 것이 피부로 느껴졌다. 그의 반응에 비
비엔의 눈에 잔인한 빛이 감돌았다.

언제나 한 번에 끝내는 바렌이 아니다. 하지만 처음 안겼을 때와
는 다르게 그는 욕심을 낼 뿐 정사를 길게 유지할 체력이 없어져
갔다.

레너드에 의해 다친 팔은 시간이 갈수록 근력이 떨어졌다. 활 대
신 검을 썼으나 주 무기가 아니었던 만큼 위력이 없었다. 이젤을
생각하며 비비엔을 안을수록 바렌은 힘을 잃어 갈 것이다.

얻는 것이 있다면 잃는 것도 있어야 한다.

비비엔을 얻는 대신 그도 잃어야 할 것이다.

대신, 완전히 잃기 전에 이젤이 바렌의 손에 들어와야 한다.

어린아이처럼 가슴을 빨아 대는 바렌의 머리카락을 붙잡으며 비비엔이 말했다.

"반드시 이젤을 데려와. 그리고 품에 안아."

비비엔의 속삭임에 바렌의 입가에 잔인한 미소가 감돌았다.

이튿날, 황제의 명령을 받은 바렌의 군대가 셀마로 출발하였다.

「황태자에게는 협조하는 척하며 길을 열어 드리겠다.」

북쪽에 있는 황제에게 셀마의 영주가 보낸 서한이었다. 레너드의 손을 들어 줬다는 소문에 황제는 쉽게 믿지 않았지만, 그런 황제에게 믿음을 주듯 영주는 셀마 안에서 일어나는 상황을 실시간으로 보내왔다.

한 명의 측근도 아까운 황제가 바렌을 선봉으로 군대를 보내왔다.

하지만 그들을 맞이한 것은 레너드의 군대, 함정이라는 것을 안 바렌이 방향을 돌렸지만 그곳에서 기다리고 있었던 것은 이젤의 군대였다.

치열한 전투 후, 결국 병사들이 억지로 열어 놓은 길로 바렌이 몸을 피하였다.

황제의 선전포고 후, 처음으로 얻은 승리에 병사들의 사기는 단숨에 올라갔다.

환호하는 그들을 바라보며 이젤이 몸의 긴장을 풀듯 깊은 숨을 내쉬었다.

오늘 전투로 전쟁의 분위기가 당장 바뀌는 것은 아니었지만 그래도 피해 없이 이루어 낸 첫 승 덕분에 병사들의 사기는 좋았다. 주변을 둘러보는 이젤의 뒤로 클라우가 다가왔다.

"비전하, 부상자들을 마련된 장소로 모두 옮겼습니다."

"민가의 피해는 어떠한가?"

"이미 적이 오기 전에 대비를 한 터라 큰 피해는 없었습니다. 인명이나 물적인 면에서도 미미한 수준입니다."

클라우의 말에 다행이라는 듯 이젤이 고개를 끄덕였다. 부지런히 움직이는 사람을 한참을 보던 이젤이 들고 있던 검을 허리의 검집에 넣으며 말했다.

"레너드 전하께서는 어디 계신가?"

"셀마의 영주님과 대화 중이신 것으로 알고 있……."

클라우의 보고 너머로 웅성거리는 소리가 들려왔다. 클라우의 말을 막은 이젤이 소리가 들려오는 방향으로 고개를 돌렸다. 클라우에게 따라오라는 명령을 한 이젤이 소리가 들려오는 쪽으로 달려갔다.

무기가 마주하는 소리, 고함과 비명이 엉켜 있는 전투가 이젤의 눈에 들어왔다.

이젤의 등장에 바렌과 대치하고 있던 병사들의 얼굴에 화색이 감돌았다. 그리고 무기를 맞대던 바렌과 레너드의 병사가 각자의 방향으로 한 걸음씩 물러났다.

생각지 못한 사람의 모습에 이젤의 눈이 커졌다.

"이젤!"

조금 전에 꽁지가 빠져라 도망갔던 그였다. 그랬는데 왜 다시 이곳에 나타난 것인가? 방금 전, 패전한 자의 모습이라고 하기에 바렌은 지나치게 해맑았다.

"못 본 사이에 더 예뻐졌네! 늙은이에게 들었는데 딸 낳았다며?"

아나이스를 언급하는 그의 말에 이젤의 눈이 날카로워졌다.

"어떻게 들어오신 것입니까?"

"영주 아들이 비밀통로를 알려 줬어!"

차가워진 이젤의 말투에도 바렌은 연신 싱글벙글이었다.

약 올리는 것 같은 그의 표정에 이젤의 눈이 한층 가라앉았다.

"진짜 오랜만이다."

"항복하러 오신 것입니까?"

"킥킥. 그럴 리가 없지. 오늘은 운이 안 좋았을 뿐이야. 부하들은 그냥 가자는데 어떻게 그냥 갈 수 있어. 보러 왔지!"

"운이 좋은 게 아니라 실력이 그 정도밖에 안 되는 것이겠지요."

황태자의 비답게 이젤은 바렌의 앞에서도 당당했다. 사내의 껍질에서 벗어난 이젤은 여성스러웠지만, 그를 바라보는 시선은 기사와 똑같았다.

어울리지 않을 것 같은 모습이 바렌에게는 묘한 매력으로 다가왔다.

팔을 끌어 품에 안고 싶다.

비비엔이 저런 눈으로 자신을 보았다면 당장 뺨을 후려쳤을 것이다. 하지만 이젤은 저 모습조차도 유혹적이었다.

이젤이 낳은 딸은 어떻게 생겼을까?

바렌의 입가에 잔인한 미소가 감돌았다.

"너랑 좀 더 있고 싶지만 슬슬 가 봐야겠다. 아! 그전에 하나 물어봐도 돼?"

바렌의 말에 이젤의 눈이 가늘어졌다.

"이젤, 나한테 온다면 내 아이도 낳아 줄 거야?"

바렌의 물음이 주변에 파란을 일으켰다. 이젤조차 당황했는지 말문이 막혀 버렸다.

모시는 군주를 모욕했다며 당장에라도 튀어 나가려는 기사를 클라우가 호통으로 막았다. 하지만 클라우의 주먹에도 힘이 잔뜩 들어가 있었다.

경직된 상태로 바렌을 노려보던 이젤이 차갑게 일갈했다.

"뚫린 입이라고 아무 말이나 쏟아 내면 안 되는 것입니다."

"화났어? 난 진심으로 한 말인데? 너라면 아이라는 거 가져도 괜찮을 거 같아."

굳어 있는 이젤의 모습에 바렌이 빙긋 미소를 지었다. 그의 말에 처음으로 이젤이 반응하였다. 지금은 잔뜩 굳어 있었지만 그의 손에서 점점 다른 모습을 보여 줄 것이다.

그 생각만으로도 바렌은 하복부에서 열기가 차오르는 걸 느꼈다.

이젤을 보며 딴생각을 하는 바람에 바렌은 목으로 날아오는 화살을 미처 확인하지 못하였다. 하지만 바렌의 옆에 있던 기사가 몸을 날린 덕분에 바렌의 목을 스친 화살이 뒤의 나무에 박혔다.

그리고 이젤의 시선이 화살이 날아온 방향으로 향했다.

반박조차 못 할 정도로 굳어 있는 이젤의 입가가 그제야 풀렸다. 웅성거리며 방황하던 기사들이 들고 있던 활을 내리며 걸어오는 이의 모습에 일사불란하게 자리를 잡았다.

기사들과 병사들이 열어 주는 길을 따라 레너드가 이젤의 뒤로 다가왔다.

괜찮으냐는 레너드의 시선에 이젤이 고개를 끄덕였다. 들고 있던 활을 루칸에게 건넨 레너드가 살기 어린 눈으로 바렌을 노려보았다.

"여어! 우리 운 좋은 형님이 오셨네. 형님이 오기 전에 꺼지려고 했는데 말이야. 내 이젤이 무척이나 예뻐져서 발을 뗄 수가 없더라고."

내 이젤이라는 단어에 레너드의 눈썹이 꿈틀댔다. 용납할 수 없는 말이었지만 저 말에 넘어가면 말리는 것은 레너드였다. 같은 핏줄인 형제, 각자 다른 모습으로 부서지고 망가진 이들이었기에 서로가 어떤지는 굳이 묻지 않아도 알 수 있었다.

몸 안에서는 분노가 치밀었지만 겉으로는 태연한 표정인 레너드가 바렌을 보았다.

"나의 이젤이…… 가질 수 없는 것에 욕심을 내면 그 끝은 뻔하지. 쓸데없는 소모를 하느니 지금이라도 알아서 죽어라. 그럼 그에 맞는 배려는 해 주마."

"형님, 포기할 거였다면 시작도 안 했어. 그리고 형님보다는 내가 더 이젤을 만족시킬 수 있을 거 같은데? 이참에 나한테 이젤도 주고, 형님도 그 자리에서 내려오는 거 어때? 저주받은 자식이 무슨 황제야? 말도 안 되는 소리지."

갈수록 가관인 말에 발끈한 이젤이 한 걸음 앞으로 나갔다. 하지만 그러했던 그녀의 움직임은 레너드에게 저지되었다. 이젤을 말린 레너드가 바렌을 향해 입꼬리를 올렸다.

언제나 보아 왔던 바렌과는 무언가가 달랐다.

"나의 비는 누구와도 나눌 수 없는 귀한 사람이라서 말이다. 툭 하면 망가뜨리고 부수는 너에게 뭘 믿고 주겠는가?"

"왜? 맡겨 봐. 이젤에게 지금까지 맛보지 못한 세상을 보여 줄 수 있다니까. 내가 비비엔 가지고 연습 많이 했다고. 비비엔은 놀고 버릴 장난감이지만 이젤은 아니야. 잘할 수 있어."

환한 미소를 짓는 바렌과는 달리 레너드의 눈가는 점점 고요해졌다.

들으면 들을수록 구역질 나는 대답이다. 전의 바렌은 광기를 숨기지 않았지만 그렇다고 저렇게 노골적으로 표출하지도 않았다.

생각할 수 있는 것은 한 가지.

황제의 힘으로 억눌러져 있던 바렌이 선을 넘었다. 황제가 알고 있는지는 알 수 없었지만, 이제 바렌을 제어할 수 있는 사람은 아무도 없다.

"망가지는 건 한순간이지."

"응? 무슨 소리야?"

들을 필요도 없는 물음에 신경 쓰고 싶지 않았다. 무엇보다도 이젤에게 바렌의 음담패설을 더는 듣게 할 생각이 없었다.

마음 같아서는 이대로 바렌을 쳐 버리고 싶지만 잘못 건드리면 가까이에 있는 이젤이 다칠 우려가 있었다. 이젤의 팔을 끌어 자신의 품에 안았다. 그리고는 레너드의 눈이 루칸에게 신호를 주었다. 레너드의 의도를 알아챈 그가 팔을 위로 올렸다.

그의 신호에 따라 뒤에 있던 궁수가 일렬로 바렌을 향해 활을 겨누었다.

"활로 머리를 뚫린 다음에나 그 터진 입이 다물어지겠지."

레너드의 말에 바렌이 으득 이를 갈았다. 하지만 이미 루칸의 팔은 아래로 내려갔고, 화살은 바렌이 향한 곳으로 날아간 후였다. 욕지거리를 내뱉으며 바렌이 왔던 길로 도망갔다.

서둘러 도망가는 바렌을 보던 레너드가 길게 숨을 내쉬었다. 추가로 활을 쏘려는 궁수를 말린 레너드가 이젤의 팔을 잡았다.

"루칸."

"네! 전하."

"바렌을 쫓을 필요는 없다. 대신 이곳의 정리와 병사들의 입단속은 확실히 해라. 바렌이 떠들어 댄 이야기가 사기에 영향을 주는 일은 없어야 한다."

레너드의 명에 루칸이 고개를 숙였다.

말을 끝낸 레너드가 이젤의 손을 잡은 채 몸을 돌렸다. 둘이 지나가는 자리, 병사와 기사가 몸을 숙였다.

레너드를 따라가면서 이젤이 입술을 깨물었다.

그녀 때문에 전쟁이 일어난 것 같아 마음이 무거웠다. 대화를 나누지는 않았지만 레너드의 감정이 잡고 있는 손에 느껴졌다. 그렇기에 더더욱 고개를 들 수 없다.

"네 잘못이 아니다."

앞에서 들려오는 레너드의 말에 이젤의 눈이 커졌다. 그가 이젤을 보지 않았기에 지금 어떤 표정인지는 알 수 없다. 조금 전보다는 속도가 줄어들었지만 여전히 레너드는 빨리 걸으며 말을 이었다.

"바렌이 원하는 건 황제의 자리이고, 너이고, 카렐이다. 그 멍청한 놈이 원인이고 문제지. 누구의 탓도, 잘못도 없다."

"레너드, 저는……."

걸음을 멈춘 레너드가 몸을 돌려 이젤을 보았다.

"미친놈이 제멋대로 주절거리는 것에 관심 가질 필요 없다. 언제나 저랬던 놈이야. 그러니 쓸데없는 신경은 이제 그만 접어라."

아무렇지도 않다는 듯 하는 말에 깃든 감정이 이젤을 달랬다. 울컥 치미는 눈물을 삼키며 이젤이 레너드의 품에 파고들었다. 갑옷을 입은 이젤의 등을 두드리며 레너드가 장난스럽게 말했다.

"이제 겨우 시작인데 이렇게 어리광이 늘어서 어쩌나."

"레너드! 그게 아니라!"

얼굴이 빨개진 이젤이 항의하려는 순간, 그의 입술이 덮쳐 왔다. 누가 볼지도 모른다며 걱정하던 것도 잠시, 이젤의 팔이 레너드의 목을 감쌌다.

갈증을 해소하듯 격정적으로 입술을 맞추던 둘이 숨을 쉬기 위해 잠시 떨어졌다. 마주 보는 시선에서 묻어 나오는 미소에 애정이 가득 들어 있었다. 간지러운 미소를 지으며 이젤이 먼저 레너드의 입술에 자신의 입술을 맞추었다.

예전에는 혼자서 참아 내고 이겨 내려 했을 것이다.

하지만 이제는 힘들다고 말하지 않아도 보듬어 주는 사람이 있었다.

신뢰하는 사내의 품에 얼굴을 묻으며 이젤이 안도의 숨을 내쉬었다.

언제 공격했느냐는 듯 팽팽하지만 고요한 시간이 흘러갔다.

황제의 움직임을 주시하며 레너드는 셀마에 머물렀다. 황제와 바렌이 있는 북쪽 지역에 군사를 배치해 놓았지만 카델의 이곳저곳에도 병사를 숨겨 놓은 황제였다. 언제 어디서 그 군대 튀어나올지는 알 수 없는 일이었다.

"전쟁이라기에는 너무 조용하네요."

먼저 선공을 해 놓고 황제는 이상할 정도로 조용했다. 하루 이틀이면 상관없지만 일주일째 그러니 아무래도 불안한 감이 있었다.

선공을 황제가 했으니 먼저 공격하자는 의견과 황제가 무슨 수를 썼을지도 모르니 기다려보자는 의견이 팽팽히 부딪쳤다. 오랜 시간 이어진 회의였지만 결국 아무것도 정하지 못하고 끝나 버렸다.

"방심을 유도하다가 급습하는 게 황제의 스타일이다. 그의 방식을 잘 알고 있긴 하지만, 움직이지 않으니 답답하긴 하군."

"하지만 선공을 하기에도 어려운 상황이잖아요. 자칫 잘못 움직이면 이쪽에서 힘들게 만들어 놓은 명분이 사라질 수 있어요."

전쟁이라면 어렵고 무섭다며 고개를 젓는 귀족 여인들과는 달리 이젤은 레너드의 말을 귀담아 들었다. 황태자비의 몸으로 작전회의에 나갈 수 없었지만 그녀는 레너드와의 자리에서 자신의 생각을 말했다.

여인이 사내의 일에 간섭을 한다며 싫어할 수 있으나 레너드는 그런 이젤의 모습이 좋았다. 더군다나 어쭙잖은 귀족들의 이야기보다 실전 경험이 있는 이젤의 조언이 생각을 정리하는 데 도움이 되었다.

앉아 있던 이젤의 팔을 끌자, 달콤한 미소로 레너드의 품에 안겨들었다.

"검성 이젤이었다면 이런 상황에서 어떻게 움직였지?"

"글쎄요. 검성 이젤은 저런 상황에 먼저 선공을 했겠죠. 물론 그러다가 완전히 패했지만요."

"뭐?"

모르겠다는 그의 표정에 이젤이 미소를 지었다. 손으로 레너드의 뺨을 감싸고 코에 짧게 키스한 이젤이 조곤조곤한 말투로 말했다.

"레너드와 처음 만난 날이요. 카텔의 군대가 하도 이곳저곳에서 나타났다가 사라지기에 호기롭게 선공을 했다가 전하에게 완전히 무너졌잖아요."

"아! 그때였던가?"

"그때는 정말 죽는 줄 알았어요. 레너드가 절 살릴 줄은 몰랐죠."

새롭게 다가오는 과거에 레너드의 입가에 미소가 감돌았다.

"그때 널 죽였다면 지금 난 없었겠지."

그때는 일시적인 충동과 호기심일 뿐이었다.

하지만 이제는 이젤이 없는 삶은 생각할 수 없다.

레너드의 미소에 얼굴이 붉어진 이젤이 시선을 옆으로 돌렸다.

"바람일 뿐이지만 빨리 전쟁이 끝나서 앤을 봤으면 좋겠어요."

"카일 형하고 같이 있으니 안전할 거다. 정신이 안정되지는 않았지만 아나이스를 예뻐하니 해를 끼치거나 하지는 않을 거야."

아직 황제의 잔재가 남아 있는 황궁에 아나이스를 혼자 둘 수 없었다. 하지만 그렇다고 전쟁터로 아이를 데려올 수도 없는 상황. 그래서 나온 대안이 카일의 영지로 이동하는 것이었다.

"걱정하지 않아요. 영지로 가실 때도 걱정하지 말라고 말씀해 주셨는걸요. 카일 저하께서 곁에 계시면 걱정하지 않아요."

카일이나 그가 가진 광기가 어떤 것인지 알면서도 이젤은 마주하고 받아들였다. 위태로웠던 카일도 언제부터인가 불안하게나마 자신을 붙잡고 있는 시간이 늘어갔다.

싫다며 외면해도 상관없는 일임에도 언제나 받아들이는 이젤이 고마웠다.

"선공을 했으면 싶지만 아직 황제의 패가 무엇인지 알 수가 없다. 답답해도 며칠만 더 기다려 보고 움직일 생각이다."

그의 말에 이젤이 고개를 끄덕였다.

하지만 레너드의 계획은 다음 날 황제의 군대가 움직이면서 틀어졌다.

황제의 기사들이 향한 곳은 카일의 영지.

약점을 잡고 수를 쓰는 황제답게, 그의 표적은 레너드의 아이인 아나이스가 되었다.

상당수의 병력이 이동했다는 정보에 레너드가 직접 나섰다.

이젤을 셀마에 혼자 두고 싶지 않았지만 한 곳으로 병력을 모두 집중시키기에는 위험이 컸다. 병력의 1/3은 이젤이 머무는 셀마에, 나머지 병력은 레너드가 데려가는 것으로 결정되었다.

레너드가 카일의 영지로 출전하고, 이젤이 셀마에 남았다.

거슬리는 기척을 느낀 카일의 입꼬리가 올라갔다.

이제 그만 자리에서 내려와 남은 생을 여유롭게 보내는 것도 좋으련만, 아버지인 황제는 그럴 생각이 없는 듯했다.

다리를 꼬고 앉아 있던 카일이 슬쩍 고개를 돌렸다. 황궁에서 나오며 데리고 온 유모의 품에 안겨 있는 아나이스가 카일의 시선에 방긋 미소를 지었다.

"아나이스는 진짜 잘 웃는구나."

카일의 말에 답을 하듯 팔다리가 부지런히 움직였다. 카일에게 안아 달라는 듯 아나이스에게서 작은 투정이 들려왔다. 평소였다면 투정을 부리기도 전에 달랬을 것이었지만 지금은 때가 아니었다.

"아나이스, 조금 이따 안아 줄게. 지금은 안 될 것 같구나."

카일의 말에 아나이스를 안고 있던 유모의 표정이 굳었다. 유모의 반응에 카일의 표정이 바뀌었다.

"아나이스가 놀란다. 그 자리에 그대로 있어라."

카일의 말에 유모가 겁에 질린 채 고개를 끄덕였다. 언제 투정을 했느냐는 듯 활짝 웃는 아나이스를 보던 카일이 그대로 검을 휘둘렀다.

그러자 흑의를 입은 사내가 피를 뿜었다. 갑작스럽게 일어난 전투에 유모가 아나이스의 눈을 가리며 억지로 비명을 참았다.

황궁에서 고르고 고른 사람답게 행동하는 유모를 보며 만족한 카일이 연이어 나타나는 암살자를 향해 몸을 돌렸다. 카일에 대한 정보를 들은 것인지 이들의 움직임은 신중하고 민첩했다.

옆에서 날아오는 무기를 막은 카일의 검이 순식간에 방향을 틀었다. 레너드보다는 힘에서 부족했지만 속도는 빠른 검이 인영의 검을 흘리며 단숨에 목을 꿰뚫었다. 동시에 인영의 옆에 있던 다른 흑의인을 벤 카일이 한 걸음 뒤로 물러났다.

검에 묻은 피를 털어 내며 카일이 주변을 빠르게 훑었다.

그의 검에 쓰러진 세 명을 제외하더라도 아직도 여덟의 인영이 아나이스와 카일을 에워싸고 있었다.

"황제 폐하가 이번에는 단단히 작정하고 보냈나 보네?"

"폐하의 전언이옵니다. 황녀만 넘겨주시면 카일 저하에게는 아무런 위해도 끼치지 않겠다고 하셨습니다."

"위해를 가하지 않는다?"

"카일 저하는 여전히 폐하께서 신임하시는 단 한 분의 아드님이라는 말씀도 전하라 하셨습니다."

자신이 황제의 약점이라는 것은 누구보다도 카일이 잘 알고 있

었다. 황제가 믿었던 장남, 그렇기에 황궁을 떠나기 직전까지 황제
는 제 속마음을 미쳐 버린 아들에게 끝도 없이 주절대었다.

"내가 제정신으로 돌아오면 황태자의 자리를 다시 준다고 했었
지."

카일의 말에 앞의 인영들이 고개를 갸웃댔다. 그들을 보며 카일
이 피식 조소를 터트렸다.

들을 가치도, 흔들릴 이유도 없는 말이었다. 황제는 자신 이외에
누구도 사랑하지 않았다.

그의 비틀린 광기로 얻은 것은 아무것도 없다. 도리어 가엽다며
손을 내밀기 시작한 레너드가 황제의 면모를 갖춰 갈수록 카일에게
는 새로운 세상이 열리기 시작했다.

답을 기다리는 인영에게 빙긋 미소를 지은 카일이 검을 휘둘렀
다.

순간의 공격에 비명조차 지르지 못한 인영이 바닥에 쓰러졌다.
갑작스러운 그의 행동에 흑의 인영이 검을 빼 들었다.

"아무런 위해를 끼치지 않았다? 그의 존재 자체가 카델에 위해
가 되고 있지 않은가?"

"카일 저하!"

"이제 황제에게 휘둘리는 것도 지긋지긋해. 협상은 결렬이다. 늙
은 황제를 택하느니 귀여운 아나이스를 택하겠어."

협상이 결렬되자 무기를 내려놓았던 인영들이 다시 무기를 앞으
로 세웠다. 검을 가로로 눕힌 카일이 손에 힘을 주었다.

"죽을 각오로 덤비도록 해. 어차피 아나이스의 머리카락 한 올

도 가져가지 못할 테지만."

카일의 말이 끝나자마자 인영들이 그에게 달려들었다.

상처 입은 자의 고함과 벽에 흩뿌려지는 피가 격렬해졌다. 방 안을 가득 메우는 혈향과 소란에 얌전한 아나이스가 울음을 터트렸다.

❖

달려드는 병사를 베며 이젤이 거친 숨을 내쉬었다.

레너드가 셀마를 나가자마자 들이닥친 황제의 군대는 막강하고 압도적이었다. 아무리 이젤이 검성이라도 지금의 상황은 어찌할 방법이 없었다.

급한 대로 아이와 여자들은 수도원에 피신시켰다. 병사를 있는 대로 끌어모아 막고 있었지만 상황은 좋지 않았다.

"이젤! 그냥 항복하는 게 어때?"

멀지 않은 곳에서 들려오는 바렌의 말에 이젤이 날카로운 시선으로 그를 노려봤다. 분하지만 좋은 상황이 아니다. 하지만 전쟁 중에 포기라는 말은 꺼내선 안 된다.

"비전하! 괜찮으십니까?"

클라우가 지르는 고함이 전쟁의 소음에 묻혀 갔다. 이젤의 몸에 묻은 피 못지않게 클라우 또한 온몸이 피투성이였다.

"나는 괜찮다!"

"안 되겠습니다, 비전하! 상대의 수가 너무 압도적입니다."

클라우의 말에 이젤이 입술을 깨물었다. 부지런히 움직이는 검에 황제의 병사들이 무수히 죽어 나갔지만, 적의 수는 좀처럼 줄지 않았다.

바렌이 데려온 군대가 셀마를 유린하는 모습을 볼 수 없다. 셀마가 뚫려 버리면 곧바로 황궁이었다. 이미 패색이 짙은 전투였지만 최소한 이곳에서 황제의 병력을 조금이라도 줄여야 했다.

"황태자비를 잡아라! 반드시 생포해야 한다!"

이젤을 잡으라는 적의 목소리가 주변을 메웠다. 달려드는 적을 베고 나면 다른 기사가 그녀에게 검을 휘둘렀다.

"이젤!"

코앞의 기사를 벤 이젤의 바로 옆으로 끔찍한 목소리가 들려왔다. 순간, 옆으로 몸을 돌린 이젤이 목소리의 주인을 향해 검을 휘둘렀다.

챙!

검과 검이 만나고 바렌의 힘에 이젤의 몸이 휘청거렸다.

"데리러 왔어! 같이 가자!"

바렌의 말에 입술을 깨문 이젤이 전력으로 검을 밀어냈다. 하지만 지칠 대로 지친 이젤과 달리 뒤늦게 전투에 참여한 바렌은 생생했다.

"반항하면 너만 힘들다니까."

거침없이 휘두르는 바렌의 검을 막는 이젤이 조금씩 뒷걸음을 쳤다. 기술 면에서 바렌은 뛰어나지 않았지만 힘만큼은 압도적이었다. 더군다나 그의 옆에 붙은 세 명의 기사들이 바렌의 부족한 틈을 메웠다.

아무리 이젤이어도 상당한 수준의 기사 네 명을 한꺼번에 상대하기는 힘들었다.

"크윽."

"그냥 포기해. 이길 수 없다고!"

"비전하!"

이젤이 수세에 몰리자 위험을 무릅쓰고 클라우가 곁으로 다가왔다.

그의 등장에 바렌이 인상을 찡그렸다.

"쓸데없이 끼어들지 말란 말이다."

클라우를 공격하는 바렌에게서 미약한 틈을 발견한 이젤이 발을 바꾸어 검을 휘둘렀다.

바렌의 곁을 지키던 기사조차 보지 못한 곳으로 들어간 이젤의 검이 바렌의 복부를 찔렀다.

"아악!"

바렌이 뒷걸음치며 쓰러지자 그를 호위하던 기사들이 이젤과 클라우의 앞을 막았다. 바렌을 노려보던 이젤이 고개를 들어 주변을 바라보았다.

원치 않던 모습이 눈앞에 펼쳐졌다.

패전.

레너드가 없는 동안 지켜 내리라 다짐했던 곳이었다.

하지만 황제의 병력에 당해 버렸다. 격렬히 저항한 만큼 어느 정도 병력에 피해를 주었지만, 그래도 살아남은 사람이 거의 없는 이쪽에 비해 황제의 병력은 여전히 많았다.

"비전하, 길을 뚫겠습니다."

"클라우."

"비전하만큼은 살아 나가셔야 합니다. 무슨 수를 써서라도 길을 뚫겠습니다. 피하십시오!"

클라우의 목소리가 전쟁터를 울렸다. 그리고 이젤의 머리가 빠르게 돌아가기 시작했다.

퇴각한다면 결국 살아남는 건 이젤을 포함하여 몇 명밖에 되지 않을 것이다. 그리고 그렇게 도망 나온들 무사히 셀마를 벗어난다는 확신도 없었다.

무엇보다도 이젤의 소식에 레너드가 군사를 되돌린다면 사태는 더욱 심각해질 것이다.

레너드는 전쟁의 피해를 최소화하기 위해 병력을 나눈 상태였다. 그에 비해 이곳에 있는 황제의 병력은 그야말로 전부에 가까운 수였다.

레너드의 병력으로는 황제를 이길 수 없다. 하지만 이곳의 이야기를 듣게 된다면 레너드는 주저 없이 셀마로 병력을 돌릴 것이다.

지금만큼은 절대 황제와 레너드가 부딪쳐서는 안 된다.

"레너드 전하가 셀마로 와서는 안 된다. 셀마가 아니라 황궁을 질러 갈 수 있는 파벨로 가져야 한다. 황궁을 잃으면 이 전쟁은 진다."

"비전하!"

이젤이 무슨 생각을 하고 있는지 깨달은 클라우가 절망스러운 어조로 그녀를 불렀다. 하지만 암담해하는 클라우와는 다르게 이젤의 머리는 차가웠다.

"레너드 전하께 내 뜻을 전해라. 무슨 수를 써서라도 셸마에서 나가야 한다."

"비전하, 그러지 마십시오! 여기서 비전하께서 잡히시면 안 되십니다!"

"지금 하는 말을 반드시 전하에게 전해라. 너만 믿겠다. 네가 하는 말이 곧 나의 말이다."

몸을 일으킨 바렌이 씩씩대며 이젤을 향해 검을 들었다. 온몸을 휘감는 공포만큼이나 오기가 샘솟았다. 피와 상처로 엉망인 모습과는 달리 이젤의 눈은 빛났다.

포로로 잡히면 어떻게 될지 알 수 없다. 어쩌면 그녀가 상상하는 이상의 능욕과 고문을 당할 수도 있었다.

죽고 싶지 않다.

하지만 그녀로 인해 레너드가 위험해지는 모습은 볼 수 없다.

그는 카델의 황제가 될 사람.

레너드가 황제로 만드는 것이 바로 자신의 소원이었다.

"카델의 황후는 누구나 될 수 있지만 카델의 황제는 하나다."

이젤의 고함에 클라우의 숨이 멈추었다. 남아 있는 힘을 추스르며 이젤이 검을 치켜세웠다.

"카델의 황제는 레너드 폐하다! 누구도 그 자리를 대신할 수 없다!"

말을 끝낸 이젤의 입가에 미소가 감돌았다. 그녀의 말에 숨을 멈추고 있던 클라우가 눈물 어린 눈으로 바라보았다. 패전에 지쳐 있던 병사와 기사들이 이젤의 말에 숙였던 고개를 들었다.

바뀐 눈에서 새로운 투지가 피어올랐다. 이미 결과는 정해진 전쟁, 하지만 포기하는 대신 무기를 들어 올렸다.

"가라."

이젤의 말에 입술을 깨물고 있던 클라우가 핏발 어린 눈으로 고개를 끄덕였다.

새로운 명령은 없었지만 모두가 알고 있는 것처럼 클라우의 길을 열어 주었다. 달려드는 바렌의 검을 비껴 낸 이젤이 곧바로 다가오는 네 명의 기사 중 하나의 목을 꿰뚫었다.

"한 명의 적이라도 더 베어야 한다!"

그녀의 명령에 살아남은 병사들이 있는 힘껏 고함을 질렀다.

이미 끝났음에도 저항하는 이젤에게 바렌이 짜증을 냈다. 빨리 제압하라는 그의 명에 적들이 일사불란하게 움직였다.

다시 시작된 난전, 사람이 흘리는 피가 하늘을 붉게 물들였다.

보고대로 카일의 영지로 향하던 병력의 규모는 상당했다. 하지만 달려드는 병사들을 베면 벨수록 레너드는 불길했다.

아나이스를 잡는 움직임치고 과도했다. 병사의 수는 레너드의 병력을 압도했지만, 그 안을 들여다보면 수만 많을 뿐 기사나 지휘관의 실력은 형편없었다.

'바렌도, 황제도 없다.'

호기롭지만 실력은 없는 기사의 목을 단숨에 꿰뚫으며 레너드가 머리를 굴렸다.

'함정인가?'

전쟁터에서 방심과 다른 생각은 금물이었지만, 현재 상황을 그대로 받아들이기에는 무언가 맞지 않았다.

그가 아는 황제라면 레너드의 약점인 아나이스를 잡기 위해서라도 직접 출전을 했거나 바렌을 보냈을 것이다. 하지만 그 어느 곳을 보아도 둘의 모습은 보이지 않았다.

'함정은 아니다.'

그렇다면 나올 수 있는 답은 하나였다.

이 정도의 병력을 그냥 보냈을 리 없다. 그렇다면 생각할 수 있는 것은 하나, 그의 눈을 속이고 카일과 아나이스가 있는 성에 진짜 병력을 보내는 것이었다. 카일의 성은 규모는 컸지만 아직 정비가 끝난 것이 아니었기에 방어가 허술했다.

'빨리 끝내야 한다.'

이건 쓸모없는 소모전일 뿐이었다. 그것을 증명하듯 대치한 지 얼마 되지 않아 황제의 군대는 빠르게 밀리기 시작했다. 아나이스가 황제의 손에 들어가면 안 된다. 황제는 타국의 피가 흐르는 딸을 절대로 인정하지 않을 것이다.

레너드의 마음이 초조해졌다.

"루칸, 길을 뚫는다."

"네! 전하!"

레너드의 눈이 적들 사이의 지휘관을 빠르게 찾았다. 병사와 기사의 보호를 받으며 고함만 지르는 지휘관을 발견한 레너드가 타고 있는 말을 채근하였다.

레너드가 움직이는 방향으로 기사와 병사들이 길을 만들어 냈다. 검제라 불리는 그의 모습을 보며 지휘관이 비명 아닌 비명을 질렀지만 이미 그의 목은 몸에서 떨어진 뒤였다.

지휘관이 허무하게 죽어 나가자 적들의 움직임이 둔해졌다.

이미 승기는 이쪽으로 넘어온 상황, 레너드의 검이 가차 없이 반항하는 적을 베었다. 쉽게 가라앉지 않는 적의 대항에 레너드가 이를 갈았다.

"무의미한 반항 따위 그만하란 말이다!"

레너드의 몸에서 나오는 살기에 주변의 적들이 무기를 떨어뜨리거나 주저앉았다. 그리고 그 틈에 기사와 병사들이 그들을 베었다.

레너드의 시선이 카일의 성으로 향했다. 그의 예상대로 성에서 연기가 흘러나오고 있었다.

절대 잡은 손을 놓지 않겠다는 맹세를 한 딸이었다. 처음이라 어색하고 다가가기 어려워했지만 그럼에도 귀한 그의 자식이었다.

황제의 손아귀에 들어갈 아나이스를 생각하는 것만으로 피가 거꾸로 솟았다.

무슨 일이 있어도 그 모습만큼은 보지 않을 것이다. 검을 잡은 손에 힘을 준 그가 거침없이 주변을 정리하였다.

그렇게 잠시 후, 무의미한 반항을 하던 병사들이 하나둘씩 무기를 내리고 몸을 숙였다.

압도적인 수의 적을 이겼다는 기쁨에 병사들이 승리의 고함을 질렀다.

  하지만 가장 기뻐해야 할 레너드의 얼굴은 하얗게 질려 있었다.

  "루칸, 기사들만 추려서 성으로 이동한다."

  레너드가 왜 그러는지 아는 루칸이 환호성을 지르는 기사들을 날카롭게 다그쳤다. 지금은 앞의 승리에 취해 있을 상황이 아니었다. 심상치 않은 분위기에 환호성을 지르던 병사들이 고함을 멈추고 기사의 명령에 따라 움직이기 시작했다.

  빠르게 재정비가 끝나고, 레너드가 카일의 성으로 움직이려 하였다.

  그 순간, 카일의 성에서 전령이, 그리고 전혀 다른 방향에서 말을 탄 클라우가 레너드를 향해 달려왔다. 거의 같은 시간대에 도착한 둘이 레너드의 앞에 무릎을 꿇었다.

  한 명은 밝은 어조로, 다른 한 명은 무릎을 꿇고 오열하였다.

  궁으로 가려던 그의 움직임이 멈추었다.

  창백한 표정의 레너드가 검을 힘없이 떨어뜨렸다.

  아나이스는 무사했다.

  하지만 이젤은 잃었다.

제13장

막연한 미래

전투가 끝난 후, 셀마가 황제군에 정복되었다는 것과 이젤의 생사를 알지 못한다는 보고를 들었음에도 레너드는 침착하고 냉정했다. 셀마로 돌아가야 한다는 기사들을 억누르며 레너드는 카일의 영지로 군대를 돌렸다.

병사에게 쉬라는 명령을 내린 뒤, 시작된 회의.

울분을 토하는 귀족과 당장에라도 셀마로 가서 이젤을 구해야 한다는 기사의 모습을 보며 레너드가 조용히 숨을 내쉬었다. 차가운 눈이 목소리를 높이는 이들을 고요히 바라보았다.

"전하! 지금 당장에라도 셀마로 가셔야 합니다! 가서 비전하를……."

"이미 바렌의 손에 넘어간 곳을 공격해서 무엇을 얻겠는가?"

"네?"

레너드의 물음에 찬물을 끼얹은 듯 분위기가 가라앉았다. 믿을 수 없다는 시선이 정면의 레너드를 향했다. 하지만 그의 시선은 귀족이 아니라 카델의 지도에 향해 있었다.

내쉬는 숨이나 흔들림 없는 눈동자가 부인을 잃은 사람으로 보이지 않았다. 손을 깍지 낀 채 냉정한 모습으로 주변을 둘러본 그가 담담히 명령했다.

"지금 급한 건 셀마가 아니라 다음 공격지인 파벨이다. 파벨을 잃으면 황궁을 잃는 것과 마찬가지다."

"전하!"

"지금 당장 병력을 정비한다. 바렌이 움직이기 전에 이쪽이 먼저 움직여야 한다."

"전하! 비전하가……."

"비를 찾은 후에 잃은 황궁은 어떻게 되찾을 생각인가?"

감정이라고는 전혀 느껴지지 않는 레너드의 물음에 목소리를 높이던 이들의 말문이 막혔다. 최근 황태자비를 맞이하면서 황태자가 바뀌었다는 소문이 돌았지만, 역시 소문은 소문일 뿐이었다.

비를 잃었음에도 레너드는 지극히 냉정했다.

"준비대로 출발할 것이다. 오늘 안으로 준비를 끝내 놓도록."

"명대로 처리하겠습니다, 전하."

"이만 끝내겠다. 나가 봐라."

이들의 앞에 있는 자는 그림자의 날에 태어난 광기 어린 황태자.

황제가 되기 위해 아버지와 동생에게 검을 겨눈 잔인한 레너드였다. 서둘러 준비하라는 그의 명에 앉아 있던 이들이 방 밖으로 나갔다.

말없이 한참을 걸어가던 귀족 중 하나가 한숨과 함께 걸음을 멈추었다.

"비전하께서 옆에 계신 후부터 전하께서 달라지셨다 생각했건만 그게 아니었군. 여전히 무서운 분일세."

"아무리 그러셔도 부인인데 어찌 저리 아무렇지도 않으신가?"

한 번 시작된 이야기는 꼬리에 꼬리를 물고 계속되었다. 이젤이 인질로 잡혔다는 소식에도 담담한 레너드의 모습에 두렵고 놀랍다는 대화는 끝도 없이 이어졌다.

"아무리 부정해도 그 황제의 피일세. 어쩌면 저 모습이 진짜 전하일지도……."

"여기서 무슨 이야기를 하고 계십니까?"

어느새 가까이 다가온 루칸의 모습에 모여 있던 사람들이 무안한 듯 헛기침을 터트렸다. 그리고는 언제 그랬느냐는 듯 부지런한 걸음으로 루칸의 시야에서 사라졌다. 빠르게 사라지는 그들을 보고 있던 루칸이 무거운 숨을 내쉬었다.

클라우가 이젤의 소식을 전했음에도 레너드는 전과 달라지지 않았다. 그토록 귀하게 여기는 이젤임에도 눈썹 하나 꿈틀대지 않았다.

비의 소식에 절규하는 병력을 추슬러 카일의 영지로 돌아왔다. 전혀 흔들리지 않는 모습으로 병사들에게 휴식을 취하라 명한 그는 기사와 귀족을 불렀다.

기사와 귀족의 반응에서 레너드가 무슨 명령을 내렸는지 루칸은 단번에 파악했다.

언제나 레너드는 최선의 방법을 택했다. 그리고도 이번에도 그답게 셀마로 가는 대신 파벨로 이동하는 것을 선택했을 것이다.

'괜찮으신 것입니까?'

지근에서 지켜본 루칸조차 혀를 내두를 정도로 그는 냉정했다.

레너드가 있을 회의장으로 무거운 걸음을 옮겼다.

황제에게 어떠한 위협이 있더라도 레너드는 분노할망정 스스로를 흐트러트리지 않았다. 그리고 그 냉정이 지금의 레너드를 만들어 냈다.

하지만 이번의 경우는 달랐다.

레너드에게 이젤이라는 존재는 유일한 것이었다.

괜찮은 것일까? 어쩌면 지금 이 순간이 레너드에게 가장 위태로운 것은 아닐까?

머릿속을 가득 채우는 초조함에 루칸이 서둘러 회의실로 걸음을 옮겼다.

굳게 닫힌 회의실 앞, 들어가겠다는 그를 대기하던 시종이 말렸다.

"카일 공께서 들어가 계십니다. 이야기가 끝나실 때까지 누구도 들이지 말라는 명이 있으셨습니다."

시종의 말에 루칸이 어쩔 수 없다는 듯 고개를 끄덕였다.

하지만 초조한 마음을 감출 수 없는지 그의 손에는 힘이 잔뜩 들어가 있었다.

"아나이스라도 볼래?"

지도를 보고 있는 레너드에게 카일이 물었다. 그러자 그가 말없이 고개를 저었다.

딸에게는 미안했지만 지금은 자신이 없었다. 황제의 음모였음에도, 그리고 그 수에 말려든 자신의 탓임에도 지금 아나이스를 본다면 죄 없는 딸에게 자신의 죄책감을 떠밀지도 몰랐다.

카일의 질문을 끝으로 둘 사이에 침묵이 흘렀다. 지도를 보던 레너드가 의자에 몸을 맡긴 채 눈을 감았다. 숨소리조차 들리지 않을 정도의 정적 속에서 레너드가 지금까지 억누르고 있던 살기를 터트렸다.

검에 대해 전혀 모르는 사람이라면 그 자리에서 정신을 잃었을 정도로 강렬한 살기를 카일은 입술을 깨무는 것으로 받아 냈다.

잠시 후, 긴 숨을 내쉬며 레너드가 자신의 살기를 거두었다. 그 모습을 바라보던 카일이 조심스럽게 말했다.

"차라리 셀마로 가지 그래?"

"가 봤자 굳게 닫힌 셀마를 보게 되겠지."

"그렇다고 이대로 이젤을 바렌에게 넘기자고?"

레너드의 눈이 카일을 향했다. 무표정한 시선이 레너드에게 답을 재촉했다.

하지만 말없이 쳐다보는 레너드의 시선에 카일이 먼저 고개를 돌렸다.

"미안하다. 너에게 뭐라 할 것이 아닌데."

그의 말에 레너드가 말없이 고개를 저었다.

"형 덕분에 아나이스는 지켰어. 이젤은 내 과실이야."

"무조건 네 탓이라고 하지는……."

"하지만 지금은 누구의 탓인지를 가릴 때가 아니니까."

살기를 거둔 레너드는 다시 냉정한 모습으로 돌아왔다. 가라앉은 시선으로 다시 지도에 눈을 돌린 레너드가 담담히 입을 열었다.

"지금 셀마를 가면 이쪽도 위험해져. 그걸 아니까 이젤도 클라우를 이쪽으로 보낸 거야. 내심 황제는 내가 오길 바라고 있겠지. 그러니까 안 돼."

카일이 악착같이 버티는 레너드를 안타까운 눈으로 보았다. 황제의 의도를 알기에 마음 가는 대로 움직일 수 없다. 하지만 현재 이젤을 잡고 있는 사람은 다른 사람도 아닌 바로 그 바렌이었다.

움켜잡고 있던 의자의 모서리가 레너드의 악력에 부서졌다.

그의 하나뿐인 빛.

누구에게도 줄 수 없는 빛을 빼앗겼다.

"머리카락 하나라도 건드리면 황제고, 바렌이고 쉽게 죽이지 않을 거야."

레너드의 말에 카일이 대답 없이 고개를 끄덕였다. 카일에게도 이젤은 특별한 여인이었다.

"황제가 아무리 무모해도 황태자비인 사람을 함부로 하지 못할 거야. 바렌 녀석이야……."

"구해 내면 돼. 구할 거야."

담담하게 나오는 말 어디에도 불안이나 공포는 느껴지지 않았다.

하지만 괜찮은 것은 말투뿐이었다. 도리어 터지지 않은 채, 속으로 견디어 내는 레너드의 모습이 카일의 눈에는 더 불안하게 보였다.

더 이상의 대화는 무의미해지자 카일이 회의실 밖으로 나갔다.

혼자 남은 회의실 안에서 레너드가 눈을 감았다.

당장에라도 병력을 이끌고 셀마로 향하고 싶었다. 이미 마음만큼은 셀마의 바로 앞이었다. 하지만 셀마로 향하게 되면 지금까지 지켜 왔던 모든 것이 물거품이 될 것이다.

아나이스도, 이젤도, 카렐도 모두 황제가 원하는 대로 사라질 것이다.

그것을 알고 있기에 움직이지 않는다.

그렇기에 레너드는 미칠 것 같았다.

절제하던 광기가 마음 가는 대로 하라며 그를 충동질했다. 지금이라도 병력을 움직이면 이젤을 구할 수 있다며 달콤하게 속삭였다.

이성을 집어삼키는 공포와 분노를 억누르며 레너드가 떨리는 손을 핏줄이 도드라지도록 힘껏 쥐었다.

하지만 힘이 잔뜩 들어갔음에도 주먹은 미세하게 떨리고 있었다.

"이제 정신이 들어?"

열리지 않는 눈꺼풀을 억지로 뜬 이젤이 흐릿하게 보이는 사내의 인영에 눈을 깜박였다. 하지만 이내 풀어져 있던 몸이 긴장에 딱딱하게 굳어졌다.

이젤의 상태를 아는지 모르는지 의자에 앉아 있던 바렌이 침대로 옮아앉았다.

"삼 일이나 못 깨어났었던 거 알아? 망할 아버지! 널 죽일 뻔했다고!"

어떻게 정신을 잃었는지 기억조차 없었다. 바렌의 목소리를 한 귀로 흘리며 이젤이 몸을 일으키려 했다. 하지만 온몸의 고통에 이젤이 짧게 비명을 질렀다.

"안 돼! 팔하고 어깨에 화살을 맞았단 말이야! 가만히 있어."

일어나려는 이젤을 바렌이 말렸다. 힘들어하는 눈이 천천히 방을 살폈다. 아직 맑은 정신은 아니었지만 누워 있는 곳은 이젤이 셀마에서 머물던 방이었다.

"여기서 일하던 시종을 닦달해서 네 방이 어딘지 찾아냈지! 나 잘했지?"

"……"

"아직 목소리가 안 나오는 거야? 말 좀 해 봐."

이젤의 시선이 바렌을 향했다. 목소리가 나오지 않는 것도 있지만 바렌과는 단 한 마디도 말을 섞고 싶지 않았다. 눈을 감은 이젤이 고개를 돌리자, 바렌의 손이 매섭게 이젤의 턱을 잡았다.

"내가 삼 일이나 네 옆에서 지키고 있었단 말이야. 그럼 적어도 고마워한다거나 날 봐 줘야 하는 거 아니야?"

바렌에게 잡힌 턱이 아팠다. 눈썹을 찌푸리며 이젤이 눈을 뜨자 그제야 바렌의 입가에 미소가 감돌았다.

"날 봐, 이젤. 이제 나만 보라고."

그의 말에도 이젤은 다시 눈을 감았다. 그녀의 거부에 바렌이 이젤을 일으켰다.

몸의 고통에 비명을 지르는 이젤을 침대헤드에 앉힌 바렌이 가는 팔을 움켜잡았다. 고통스러운 기침을 한 이젤이 정면의 바렌을 노려보았다.

"내가 널 살렸단 말이야! 아버지가 약속을 어기고 너한테 화살을 쐈단 말이야. 내가 구하지 않았다면 넌 죽었어."

"그럴듯한 말로 속이려 하지 마. 죽일 생각이었다면…… 어깨가 아니라 심장을 노렸겠지."

이젤의 말에 바렌의 눈이 커졌다. 하지만 눈매가 부드러워진 바렌이 이젤을 향해 보기 좋은 미소를 지었다.

"안 속네?"

"……황제라면 날 죽이려 했을 테니까."

"킥킥. 맞아. 지금 그 늙은이는 셀마로 오고 있어. 킥킥. 네가 너무 반항이 심해서 말이야. 죽지 않을 정도로만 맞추라고 했는데 멍청한 것들이 힘 조절을 못 해서 말이야."

"……."

"그래도 죽을 뻔했던 건 사실이야. 모르는 척 내 거짓말에 속아주지 그랬어."

앉아 있는 것이 힘든지 이젤의 숨이 가빠졌다. 그러거나 말거나 바렌의 눈이 이젤을 훑었다.

위태롭기는 했지만 그 모습조차 유혹이었다. 팔을 잡아끌면 품에 쏙 안길 것 같은 여린 체구, 얼굴을 살짝 가리는 백금발도, 그를 노려보는 푸른 눈도 바렌의 이성을 흔들었다.

"왜 형님이 너에게 미쳐 있는지 알 것 같아. 아! 맞다. 킥킥. 레너드 형님 말이야. 셀마에서 패하고서 제대로 미친 거 알아?"

레너드의 소식에 외면하던 이젤의 시선이 다시 바렌을 향했다. 자신에게 관심을 가지는 이젤을 보며 미소를 지었다.

"파벨에서 늙은이의 군대와 싸우고 있어. 늙은이의 편을 들면 누구라도 죽인다고 으르렁댄다 하더라고. 킥킥. 그게 진짜 그 형님의 모습이야."

무엇이 그렇게 좋은지 바렌은 연신 킥킥거렸다. 하지만 바렌을 보는 이젤의 눈은 흔들리지 않았다. 한참을 웃어 대던 그의 눈이 이젤을 향했다.

쉽게 흔들리지도, 그렇다고 두려움에 떨어 몸을 낮추지도 않았다.

상대하면 상대할수록 바렌에게 이젤은 매력적이었다.

"안고 싶다. 아…… 진짜 데려오자마자 안을 생각이었는데 말이야."

안는다는 말에 이젤의 몸에 힘이 들어갔다. 하지만 아무리 이젤이 반항한들 바렌의 힘에는 이길 수 없었다. 바렌의 얼굴이 이젤의 목에 닿았다. 몸을 비틀고 밀어내려 했지만 바렌은 꿈쩍도 하지 않았다.

약 냄새가 섞이긴 했지만 이젤에게서는 다른 여인들과는 다른 향이 났다. 침대의 헤드에 이젤을 밀어붙인 바렌이 얼굴을 묻었다.

"아. 힘들어. 요즘에는 왜 자꾸 힘이 빠지는지 모르겠어."

"하지 마!"

"반항해도 소용없는 거 알잖아. 치료사가 지금 안으면 죽는대서 참고 있는 거야. 하지만 조금 맛보는 건 괜찮겠지?"

말이 끝남과 동시에 억지로 벌려진 입 안으로 바렌의 혀가 밀고 들어왔다. 밀어내려는 팔을 한 손에 움켜잡고 다른 손으로 이젤의 뒤통수를 감쌌다.

숨조차 쉴 틈도 없이 밀착시킨 바렌의 혀가 이젤의 혀를 휘감고 숨을 삼켰다. 혀뿌리를 뽑을 기세로 이젤에게 입을 맞추던 바렌이 입술에서 느껴지는 고통에 얼굴을 들었다. 동시에 바렌에게서 손을 빼낸 이젤이 있는 힘껏 그를 밀어냈다.

침대에서 떨어진 바렌이 손끝으로 입술을 훑었다. 비릿한 피가 입 안으로 흘러 들어왔다. 손끝에 묻은 피를 한동안 보던 바렌이 이젤의 반항에 씩 미소를 지었다.

바렌의 입술을 깨문 이젤이 성치 않은 몸으로 침대 끝으로 옮겨 갔다. 그 모습이 바렌을 충동질하였다.

"도망갈 데도 없으면서 무슨 반항이야? 이리 오라고!"

"놔!"

몸을 일으킨 바렌이 이젤의 팔을 잡고 끌었다. 몸의 고통에 이젤이 비명을 질러도 상관없는 듯 침대에 강제로 눕혔다. 흐트러진 잠옷 사이로 보이는 하얀 어깨에 바렌이 얼굴을 묻었다.

입술로 목을 깊게 누르자 팔딱이는 맥이 느껴졌다.

"바렌 공! 그러시면 안 됩니다!"

문이 열리고 안으로 들어온 치료사가 바렌을 억지로 떼어 냈다.

"이거 놔! 너 따위가 감히!"

"상처가 심하신 분입니다. 잘못 안으시면 정말로 위험해지십니다. 중간에 시체를 안으실 생각이십니까?"

시체라는 말에 바렌의 움직임이 멈추었다. 믿을 수 없다는 듯 시선이 치료사에서 이젤로 향했다. 가쁜 숨을 내쉬며 널브러져 있는 이젤을 보던 바렌이 서둘러 몸을 일으켰다.

"이젤, 괜찮아?"

"공께서는 비켜 보십시오."

멀뚱히 서 있는 바렌을 밀어낸 치료사가 쓰러져 있는 이젤을 침대에 제대로 눕혔다. 자신이 그렇게 만든 주제에 당황한 바렌이 그녀의 주변에 머물렀다. 하지만 머리가 아픈지 인상을 찌푸리며 바렌이 자신의 머리를 붙잡았다.

"아씨. 머리가 또 아파. 야! 이젤은 괜찮은 거지?"

"당분간은 절대 안정을 취하셔야 합니다! 그러니 나가 계십시오. 공께서 계시면 안정을 취하지 못하신단 말입니다."

"아! 시끄러워! 나가! 나간다고! 이젤, 난 나가 볼게. 이제 넌 내 거니까 낫고서 같이 자자!"

치료사가 있든 없든 상관이 없는지 낯부끄러운 말을 꺼내 놓고는 바렌이 방을 나갔다.

바렌의 기척이 완전히 사라진 다음에나 이젤이 안도의 숨을 내쉬었다. 축 늘어진 이젤을 안정시킨 치료사가 가져온 가방에 도구를 넣으며 고개를 숙였다.

"이런 식으로밖에 도움을 드리지 못해 죄송합니다, 비전하."

바렌이 셀마를 손에 넣었다고는 하지만 성에서 일하고 있는 사람들은 레너드가 있었을 때부터 있었던 사람들이다. 나오지 않는 목소리를 억지로 쥐어짜며 이젤이 힘겹게 입을 열었다.

"미안하다."

"비전하께서 수도원에 아이들과 부인들을 피신시켜 주신 덕분에 제 가족은 살아남았습니다. 병사와 기사의 피해는 크지만 수도원까지 건드리는 것은 귀찮았는지…… 다행히 피신해 있던 이들은 무사합니다."

아이와 부인이 무사하다는 말에 이젤이 안도의 숨을 내쉬었다.

"사나흘 정도면 몸이 나아지실 것입니다. 그래도 제가 최대한 시간을 벌어 보겠습니다. 길게는 어렵지만 2주 정도는…… 죄송합니다, 비전하."

"괜찮다. 그리고 신경 써 줘서 고맙다."

상황이 좋지 않음에도 괜찮다며 웃어 주는 이젤에 치료사가 눈을 붉혔다. 치료가방을 들고 몸을 일으킨 치료사가 잠시 방 밖을 보고는 이젤에게 몸을 숙였다.

"도움이 되실 일인지는 모르겠으나, 바렌 공께서는 중독되신 상태입니다. 심각한 상태는 아니지만 그래도 음독한 양이 상당합니다. 얼마나 심각한지는 파악하기 어렵지만 점점 몸의 능력이 저하될 것입니다."

치료사의 말에 이젤이 미간을 좁혔다. 하지만 말을 끝낸 치료사는 몸을 숙여 방 밖으로 나간 뒤였다. 엉망인 몸을 추스르며 이젤이 눈을 감았다.

조금 전의 공포가 몸에 남았는지 깍지를 끼고 있는 손이 떨렸다. 치료사가 오지 않았으면 겪었을 끔찍한 일이 떠오르자 이젤은 눈을 질끈 감았다.

바렌에게 안기느니 죽음을 택할 것이다.

하지만 그건 가장 마지막에 선택할 일이었다.

그녀에게는 레너드가 있고, 지켜야 할 딸이 있었다.

허락된 시간은 2주, 그 안에 어떻게든 방법을 생각해야 했다.

초조한 마음에 비례하여 시간은 빠르게 흘러갔다.

미쳐 있어도 바렌은 쉽지 않았다. 치료사가 절대 건드리면 안 된다는 엄포를 놓았기에 바렌은 이젤에게 손 하나 까닥하지 않았지만, 동시에 이젤 또한 방에서 나갈 수 없었다.

시중을 드는 시녀 외에는 누구와도 이야기를 나눌 수도 없었다. 철저히 격리되어 있는 공간, 이젤은 그 안에서 어떤 정보도 알아내지 못했다.

유일하게 알 수 있는 것은 불쑥 나타나는 바렌이 떠들어 대는 말뿐, 진실일지 거짓일지 알지 못하는 정보를 마냥 믿을 수 없었다.

"상처도 빨리 회복되나 보네. 바렌은 다 죽어 간다고 기다리느라 답답하다고 하던데. 이제 보니 너도 꾀병이었던 거잖아?"

안 된다는 시종의 뺨을 때린 후, 막무가내로 방으로 들어온 비비엔은 침대에 앉아 있는 이젤을 보며 비아냥거렸다. 바렌을 상대하는 것만으로도 버거웠지만, 갇혀 있는 이젤에게는 대안이 없었다.

"비비엔."

"오랜만이야. 설마 여기서까지 내가 비로 너에게 예의를 갖출 거라 생각한 건 아니겠지?"

비비엔의 조롱에 이젤이 조용히 응시했다. 하지만 상관없다는 듯 가까이 다가온 비비엔이 이젤과 시선을 맞대었다. 도발적인 비비엔의 시선을 이젤은 말없이 받아들였다.

"바렌이 안 오니 당신이 오는군."

"기분 나빠? 내 딴에는 좋은 소식을 알려 주러 왔는데 말이야."

"……."

"내가 독을 너무 먹였나 봐. 오늘은 널 안을 거라고 호기롭게 말하더니만 발작으로 쓰러졌어. 난 해독을 하고 있지만 그 멍청이는 지가 뭘 먹고 있는지도 모르더라고. 하긴…… 내 몸을 핥을 때마다 독을 먹은 거니 전혀 모를 테지만 말이야."

비비엔의 말에 이젤이 미간을 좁혔다. 바렌이 중독되고 있다는 이야기는 치료사에게 들었다. 하지만 그 상대가 비비엔, 그것도 몸에 묻혀 그를 중독시키고 있을 것이라고는 생각지 못했다.

"바렌과 함께하는 거 아니었나?"

"뭐? 함께해? 오호호호."

이젤의 말에 앉아 있던 비비엔이 허리를 숙이며 웃음을 터트렸다. 눈물까지 흘려 가며 웃음을 터트리던 비비엔이 손으로 눈물을 닦아 냈다.

"바렌을 도구일 뿐이야. 너에게서 레너드를 되찾기 위한 도구.

그 이상, 이하도 아닌 존재야."

비비엔의 눈에 비친 감정은 분노, 그리고 지독한 소유욕이었다.
비비엔의 가늘고 하얀 손이 이젤의 뺨을 쓸었다.

"내가 먼저 그를 사랑했어. 내가 먼저 곁에 있었고, 그 옆을 지
키기 위해 난 내 동생도 직접 죽였어. 이제 조금만 기다리면 황태
자비가 되는 것은 나였어. 너만 아니었으면 난 전부를 가질 수 있
었어."

뺨을 쓸던 손이 이젤의 목을 향했다. 목으로 오는 비비엔의 손을
이젤이 움켜잡았다.

두 시선이 팽팽히 부딪쳤다. 상처가 완전히 회복된 것은 아니었
기에 거동이 쉬운 것은 아니었지만 비비엔의 말도 안 되는 패악을
받아 줄 생각은 없었다.

"당신은 나 때문에 바렌의 옆에 있다고는 했지만 내가 보기에는
아니야. 당신은 레너드가 아니라 당신 자신을 위해 바렌의 곁에 있
었던 거야."

"뭐?"

"당신이 먼저였다는 것은 부정하지 않아. 당신이 레너드의 곁에
있기 위해 노력했다는 것도 알아. 하지만 당신이 레너드를 위해 무
엇을 했는지는 모르겠어."

소유욕만이 가득했던 비비엔의 눈동자가 격하게 떨렸다. 하지만
이젤은 말을 멈추지 않았다.

"바렌을 이용해서 레너드 전하를 벼랑으로 몰고 있는 것도 결국
당신을 위해서잖아. 그를 사랑한다면 이렇게까지 망가져 가며 일을

꾸미지는 않았어야지."

"너 때문에! 너 때문이었잖아! 네가 내 전부를 가져갔으니까! 레너드가 내가 아닌 너 따위를 보고 있으니까! 그러니까 알려 줘야지! 널 선택한 게 얼마나 무모하고 멍청한 짓이었는지 내가 알려줄 거야!"

비비엔의 고함에 이젤이 눈을 감았다. 결국은 아무런 답이 나오지 않는 쳇바퀴 대화일 뿐이었다. 이젤에게 레너드가 하나이듯 비비엔에게도 그는 유일한 존재였다.

이젤이 붙잡고 있던 비비엔의 손을 풀었다. 쓸데없는 말싸움으로 체력을 소모해서는 안 되었다. 어떻게든 이곳을 빠져나갈 궁리를 해야 했다.

"그럼 더 이상의 대화는 무의미하군."

대화를 거부하듯 이젤이 시선을 외면하자 비비엔이 이를 갈았다.

볼수록 죽이고 싶은 계집이었다. 그녀가 가지고 있는 가장 독한 독으로 고통스럽게 죽는 모습을 보고 싶었다.

하지만 비비엔은 그러지 않았다. 그렇게 쉽게 이젤을 죽일 수 없다.

망가질 대로 망가져서 절망 외에는 아무것도 느끼지 못할 때, 가장 고통스럽고 끔찍하게 죽일 것이다.

그리고 지금부터 이젤에게 알려 주는 소식이 그 시작이 될 것이었다.

"널 당장에라도 찢어 죽이고 싶지만 참을 거야. 파벨에서 황제의 군대를 막은 레너드가 브란으로 군대를 옮겼어. 브란의 영주가 레너드를 배신하고 황제의 편을 든다고 했거든."

브란으로 레너드가 이동했다는 말에 이젤의 놀란 시선이 비비엔을 향했다. 브란은 셀마의 반대 방향에 있는 영지였다. 바로 셀마로 와 이젤을 구할 것이라는 예상과는 다르게 레너드는 곳곳에서 일어나는 황제군을 제압하는 것을 먼저 선택했다.

충격을 받은 이젤의 시선에 비비엔이 만족의 미소를 지었다.

"널 아낀다느니 총애하는 황태자비니 해도 결국 레너드에게 최우선은 황제의 자리야. 버려진 기분이 어때?"

"……."

"너의 잘난 자존심도 얼마 가지 않아 무너질 거야. 바렌에게 짓밟히고 부서져 버려. 바렌에게 안긴 너를 레너드는 절대 받아들이지 않을 거야. 레너드가 널 구하러 올 거라 생각하지?"

레너드가 브란으로 향했다는 소식이 충격이었는지 이젤의 입은 굳게 다물어져 있었다. 그 모습이 마음에 든 비비엔이 턱을 세워 이젤을 오만하게 내려 봤다.

"네 희망이 절망으로 바뀌어 바닥에 내려앉았을 때 내가 널 죽일 거야. 그때까지 엉망이 된 너를 즐겁게 보고 있을 거야. 바렌은 널 안을 정도로만 해독시켜 놓을게."

말을 끝낸 비비엔이 즐거운 미소를 지으며 방 밖으로 나갔다. 문이 닫히고 그녀만이 있는 방 안에서 이젤이 긴 숨을 내쉬었다. 비비엔을 상대하는 것은 어렵지 않았으나 레너드가 브란으로 향했다는 소식에는 심장이 무너져 내렸다.

레너드가 이젤을 포기했다? 그게 아니었다.

위태로울 정도로 무모하게 움직이는 그가 안타까웠다.

"레너드."

눈을 감고 이름을 부르는 것만으로도 안정이 되었다.

이젤에게는 세상에서 단 하나뿐인 존재, 그가 자신을 위해 움직이고 있다는 사실만으로도 가슴이 벅차올랐다.

단순히 이곳에서 도망갈 계획만 세우고 있던 이젤은 자신의 생각을 접었다.

지쳐 있던 이젤은 새롭게 떠오른 생각에 눈을 빛냈다.

파벨에서 승리를 거둔 레너드는 브란을 비롯하여 총 세 군데의 영지를 힘으로 제압하였다. 연이은 승리에 레너드의 군대의 사기는 월등했다.

패전한 지역의 영주는 자비와 관용으로 목숨만은 살려 달라며 몸을 숙였지만 레너드는 단 한 명의 예외 없이 목을 베어 성 앞에 효수하였다.

세간에는 황태자비를 잃은 황태자가 본래의 모습으로 돌아왔다는 소문이 돌았지만, 레너드와 병사들 앞에서 그런 말을 꺼내는 사람은 없었다.

혀를 잘못 놀려 유언비어를 퍼트리다가 잡혀도 엄벌에 처해졌다. 최상의 사기만큼이나 내부는 살얼음판이었다.

곁을 지키던 루칸을 내보낸 레너드가 책상에 놓인 지도를 쳐다보았다.

"이젤."

이름을 부르는 것만으로도 감정이 울컥 치밀어 올랐다. 이젤이 잡힌 후부터 시작된 소문은 언제부터인가 그녀가 바렌의 여자가 되었다는 것으로 바뀌어 있었다. 그녀를 모르는 인간들이 떠드는 말이야 애초에 믿지 않았다. 하지만 그녀를 모욕하는 말은 귀에 담고 싶지 않았다.

"조금만 더 버텨라."

레너드의 손가락이 최근에 점령한 지역을 쓸어내렸다.

셀마에 있는 바렌과 아직 북쪽에 머무는 황제.

바렌이 셀마를 점령해 이젤을 얻은 대신 레너드는 황제가 북쪽에서 셀마로 내려오는 위치에 있는 브란을 손아귀에 넣었다.

"북쪽에서 나올 길은 이제 하나뿐이니 초조하겠지."

바렌과의 연락이 끊겨 버리면 황제는 고립된다. 그것을 우려한 황제는 마지막 전투에서 자신의 주 병력과 최측근인 기사를 보냈었다. 치열한 전투 속 승자는 일격에 기사를 베어 버린 레너드였다.

이제 황제가 북쪽에서 셀마로 내려올 수 있는 길은 단 한 곳뿐이었다.

그곳까지 점령하여 황제와 바렌을 완전히 단절시켜야 한다는 의견이 대부분이었지만 레너드는 일부러 그곳을 남겨 놓았다.

그리고 두 시간 전, 황제가 보낸 전령이 셀마로 향했다는 보고가 있었다.

"이젤을 건드리지 말라는 명이겠지."

감정에 충실한 바렌은 몰라도, 황제는 레너드가 하고자 하는 경고를 단번에 알아차렸을 것이다. 아직까지는 황제의 손아귀에 있는 바렌이다. 아무리 욕구에 충실해도 황제의 명을 어기지는 못할 것이다. 비겁하게나마 레너드는 이런 식으로 시간을 마련하였다.

　"후우."

　몸을 짓누르는 피곤함에 레너드가 긴 한숨을 내쉬었다. 마지막으로 잠을 잔 것이 언제인지 기억조차 나지 않았다. 더불어 아나이스를 보지 않은 것이 얼마나 되었는지도 알 수 없었다.

　이젤이 사로잡힌 순간부터 레너드의 시간은 멈추었다.

　"전하."

　루칸의 목소리에 상념에 빠져 있던 레너드가 고개를 들었다.

　바늘 하나도 제대로 들어가지 않을 것 같은 차가운 시선에 루칸이 자신도 모르게 고개를 숙였다.

　"비전하의 일로 말을 퍼트리고 있는 자들을 잡아들였습니다."

　"죽여서 영주 옆에 효수해라."

　일 초의 주저도 없이 말하는 레너드에 루칸이 숙였던 고개를 들었다.

　"저, 전하?"

　"죽여라."

　"전하, 단순히 소문을 낸 사람일지도 모릅니다."

　"바렌의 첩자일지도 모르는 그들을 살려 놓을 생각은 없다."

　더 이상의 말은 듣지 않겠다는 듯 명령을 마친 레너드가 책상 위의 서류를 집어 들었다. 그의 태연한 모습에 루칸이 몸을 떨었다.

단 하나의 실수도 용납하지 않는 냉정함과 전쟁에 영향을 준다면 목을 베어 버리는 방식.

모든 것이 이젤을 만나기 전의 레너드를 보는 것 같았다.

이젤이 사라져 버림으로써 레너드는 자신이 가지고 있던 절제를 잃어 가고 있었다.

"명령을 받들겠습니다, 전하."

루칸이 결국 깊게 고개를 숙였다. 레너드의 명령을 수행하기 위해 밖으로 나가려는 순간, 병사가 급히 안으로 들어왔다.

"파벨가의 여식인 비비엔이 전하를 뵙고자 한다며 영지 앞에서 기다리고 있습니다."

"내가 돌아가지 않으면 그녀는 죽어요."

한 달 만에 본 비비엔은 마지막으로 봤을 때와는 달라져 있었다.

"달라졌군. 들어와라."

그의 목소리에 비비엔의 입가에 미소가 감돌았다. 당장에라도 앞으로 나오려는 파벨 후작을 시선으로 말린 레너드가 비비엔을 데리고 집무실로 들어갔다.

의자에 우아하게 앉은 비비엔이 도발적인 시선으로 레너드를 바라보았다.

"당신은 지쳐 보이네요."

"용건이 뭐지?"

"예전이나 지금이나 당신은 참 차갑네요. 이젤에게도 그렇게 대했나요?"

자연스럽게 나오는 이젤의 이름에 레너드의 눈에 냉기가 서렸다. 레너드의 분위기가 바뀌자 비비엔의 눈에도 진한 질투가 서려졌다. 이젤보다도 몇 년이나 더 그의 곁에 머물렀던 비비엔은 레너드의 저런 감정을 받아 보지 못했다.

그녀는 받지 못한 걸 받는 이젤이 미웠다.

"이젤은?"

"바렌하고 재미있게 지내고 있어요. 그토록 가지고 싶었던 이젤이잖아요. 한시도 안 떨어지지 않으려고 해서 시종들이 힘들어하더군요. 이미 바렌의 여자라고 소문이 파다하잖아요."

말을 끝낸 비비엔의 시선이 레너드를 파악하듯 훑었다. 하지만 흔들렸던 것은 처음 말을 들었을 때뿐, 다시 본래의 차가운 분위기의 그로 돌아와 있었다.

자신을 보지 않는 레너드도 미웠다. 하지만 모든 상황을 접어 두고 다시 그를 보니 식이었던 심장이 떨렸다.

"레너드, 이젤은 포기해요."

비비엔의 말에 레너드의 눈이 좁아졌다. 하지만 그녀는 말을 멈추지 않았다.

"그럼 바렌도, 황제의 계획도 전부 말해 줄게요."

자리에서 일어난 비비엔이 서 있는 레너드를 향해 가까이 걸어갔다. 떨리기 시작한 심장이 걷잡을 수 없이 두근거렸다. 가는 팔을 들어 서 있는 레너드를 껴안았다. 밀어낼 거라는 생각과는 달리 레너드는 안겨 있는 비비엔을 가만히 놔두었다.

"레너드, 이젤만 포기하면 전부 당신 손에 들어와요. 하나만 놓으면 힘들이지 않고 전부 당신의 것이 된다고요."

"널 포함해서?"

"난 처음부터 당신밖에 없었어요. 내가 당신을 위해 무슨 짓까지 저질렀는지 알고 있잖아요."

안고 있던 팔을 푼 비비엔이 레너드의 **뺨**을 손으로 쓸었다. 오랜만에 닿는 그의 체온이 그녀를 끊임없이 흔들었다. 꿰뚫어보는 날카로운 시선도, 숨을 조이는 차가운 분위기도 모두 레너드에게서만 느낄 수 있었다.

레너드의 단단한 가슴에 비비엔이 얼굴을 기댔다.

"이젤을 포기하면 전부를 얻는다라……."

말을 끝낸 레너드가 순간, 비비엔을 안아 집무실 책상 위에 올렸다. 그의 반응에 비비엔의 입가에 미소가 감돌았다.

레너드는 변하지 않았다.

그에게 가장 중요한 건 힘이었다.

책상에 누운 비비엔이 레너드의 입술을 손가락으로 쓸었다. 달아오른 숨이 마주 보는 레너드의 얼굴에 닿았다. 비비엔을 보고 있던 레너드가 고개를 숙였다.

레너드의 손이 비비엔의 **뺨**을 쓸어내렸다.

"레너드, 날 선택해요. 그럼 황제가 될 수 있어요."

"그리고 망가지겠지."

말이 끝남과 동시에 레너드의 손이 비비엔의 목을 움켜잡았다. 놀란 비비엔이 레너드의 손을 붙잡았다. 담담한 표정으로 비비엔의 목에 힘을 준 레너드가 말했다.

"이대로 죽이는 것도 나쁘지 않지만 널 그렇게 쉽게 죽이고 싶진 않다."

"레…… 레너드."

"네 눈앞에서 이젤이 황후의 자리에 오르는 모습을 직접 보여 줄 생각이다."

"이젤은…… 이미 바렌의……."

"상관없어. 바렌의 여자가 되었다? 이젤이 어떤 여자인지 모르는 상태에서 멋대로 주절대는 말에 속을 정도로 내가 바보로 보였나 보군."

"커억."

숨을 쉬기 어려워지자 비비엔이 발버둥 쳤다. 그 모습을 차갑게 보던 레너드가 손을 풀었다. 책상에서 떨어진 비비엔이 숨을 들이마셨다. 빠르게 숨을 마시던 비비엔이 표독스러운 눈으로 레너드를 노려봤다.

"바렌이 어떤 인간이 모르면서 잘도 안심하는군요."

"자기가 원하는 건 강제로라도 가지는 놈이지. 네가 무엇을 말하는지 듣지 않아도 뻔해."

"그런데도 상관없다고? 거짓말하지 마. 레너드 로즈, 당신은 누군가에게 엉망이 된 물건을 가지는 사람이 아니야!"

"물건이 아니야. 하늘 아래 유일하게 함께하기로 한 내 부인이다."

레너드의 말에 비비엔의 말문이 막혔다. 바닥에 쓰러져 있는 비비엔을 레너드가 차갑게 노려보았다.

"바렌이 이젤에게 무슨 짓을 했던지 관심 없어. 살아만 있으면 돼. 살아만 있으면 상처는 치료하면 그만이야."

"그걸 당신이 하겠다고? 당신 자신밖에 모르는 사람이 엉망이 된 이젤을 품겠단 말이야?"

비비엔의 물음에 레너드가 조용히 입꼬리를 올렸다.

그녀의 말은 맞다.

레너드는 자신밖에 모르는 사람이었다.

하지만 그에게 있어서 살 수 있는 길은 이젤이 곁에 있는 것뿐이었다.

그것을 위해서라면 당장 죽이고 싶은 비비엔일지라도 살려서 보내야 했다.

"네가 돌아가야 그녀가 산다고 했지? 돌아가."

"후회할 거예요."

"아니. 네가 후회할 일을 만들기 전에 내가 먼저 움직일 거야."

작은 틈조차 보이지 않는 레너드의 모습에 비비엔이 자리서 일어났다. 비비엔을 잡으려는 루칸을 막은 레너드가 창밖으로 시선을 돌렸다.

아슬아슬하게 절제하던 광기가 다시 모습을 드러낸다. 비비엔을 죽이고 셀마로 향하라며 왜 자꾸 주저하느냐고 그를 충동질하였다. 창을 보던 눈을 감으며 레너드가 무거운 숨을 내쉬었다.

얼마 남지 않았다.

그때가 되면 단 한 명도 예외 없이 레너드와 이젤에게 검을 겨눈 대가를 치르게 될 것이다.

몸은 어느 정도 나았지만 바렌 앞에서 이젤은 아직 환자인 척하고 있었다.

　　"아. 늙은이. 쫑알쫑알 지시야."

　　황제가 보내왔다는 편지를 보고 있던 바렌이 기분 나쁘다는 듯 편지를 구겼다.

　　일이 어떻게 돌아가고 있는 것인지 알 수 없었지만, 치료사의 만류와 황제의 편지를 받은 이후부터 바렌은 이젤에게 손을 대지 않았다. 하지만 안으려는 시도만 없을 뿐, 시도 때도 없이 방으로 들어와 그녀의 옆에서 잠을 자거나 실없는 농담하며 시간을 보냈다.

　　구긴 편지를 적당히 던진 바렌이 이젤의 침대로 다가왔다.

　　피하려는 이젤의 허리를 팔로 감싼 바렌이 그녀의 어깨에 머리를 기댔다.

　　"아. 편하다. 그런데 넌 왜 나 안 밀어내? 싫어하는 거 아니야?"

　　"싫어해. 하지만 밀어내면 넌 더 자극을 받으니까."

　　이젤의 말에 어깨에 기대고 있던 바렌이 고개를 들었다. 볼수록 이젤의 새파란 눈이 바렌을 설레게 했다. 바렌이 쳐다보는 것이 부담스러웠는지 이젤이 고개를 돌렸다.

　　그녀의 행동에 화가 치민 바렌이 턱을 잡고 자신과 시선을 맞추었다.

　　"날 봐, 이젤. 이제 넌 내 거잖아. 형님을 보듯이 날 봐 달란 말이야."

"난 네 소유가 아니야."

"이제 곧 내가 황궁을 치면 형님은 끝나. 내가 황위에 오르면 형님은 죽어."

"……황궁을 치다니 무슨 소리야?"

이젤의 물음에 바렌이 미소를 지었다. 누구에게도 황제의 지시를 말하지는 않았지만 이젤은 갇혀 있었다. 계획을 말해 줘도 문제될 것은 없었다. 더군다나 딱딱하기는 했지만 며칠 동안 곁에 있으면서 이젤은 제법 바렌을 상대하였다.

눈치를 보며 피하거나 사탕발림이나 늘어놓는 사람들만 봐 왔던 바렌에게 담담한 어조의 이젤과의 대화는 새로웠다.

"북쪽에서 엉덩이 무겁게 앉아 있던 늙은이가 출전한다며 소문을 냈나 봐. 형님은 늙은이를 잡으려고 안달이 나 있으니까 당연히 늙은이를 향해 움직일 테고 말이지. 그사이에 나보고 셀마에서 나와 황궁을 치래."

"……."

"그냥 너랑 이러고 있으면 좋을 텐데. 아. 귀찮아. 요즘에는 내내 피곤해."

이젤의 다리에 머리를 기대며 바렌이 길게 하품하였다. 하지만 느긋한 바렌과는 달리 이젤의 머리는 복잡했다. 어두운 표정의 이젤을 말없이 보고 있던 바렌이 씩 미소 지었다.

"이젤."

바렌의 부름에 이젤의 시선이 아래로 향했다.

"나름대로 생각해 봤는데 말이야. 너는 좀 특별한 거 같아."

바렌의 말에 이젤이 미간을 좁혔다. 몸을 일으킨 바렌이 피하는 이젤의 목에 얼굴을 묻었다. 원치 않는 접촉에 이젤이 고개를 돌렸다.

그녀의 거부가 마음에 들지 않는다. 하지만 당분간은 절대 건드리지 말라는 황제의 지시가 있었다. 참는 것은 힘들었지만 어쩔 수 없었다.

"이젤은 왜 형님을 좋아해?"

반항해도 바렌의 힘에는 이길 수 없다. 섣부른 반항은 도리어 바렌을 충동질시키기만 했다.

그렇기에 목에 닿는 끔찍한 느낌에도 이젤은 견디었다.

무엇보다도 현재 이젤이 생각하는 것을 이루기 위해서는 바렌을 방심하게 만들어야 했다.

"잘 보면 형님하고 난 비슷하게 생겼어. 더군다나 성격도 비슷할걸? 검을 쓰는 면에서는 차이가 있지만 그래도 난 레너드 형님과 별 차이가 없는 거 같아. 그런데 왜 레너드 형님은 좋아하고 난 거부하지?"

며칠 내내 원치 않는 상황 속에서 버티던 이젤에게 기회가 왔다. 감정을 애써 감추며 이젤이 바렌에게 말했다.

"적어도 레너드는 자신의 선택으로 나아가는 사람이지만 당신은 아니잖아."

이젤의 말에 목에 얼굴을 묻고 있던 바렌이 고개를 들었다. 자신은 거짓말을 잘하지 못한다. 그리고 어설픈 거짓말은 도리어 역효과를 낼 뿐이었다.

진실이 때로는 생각지 못한 효과를 낼 때가 있다.

"내가 제대로 선택하지 못한다고?"

"당신은 황제의 말만 들을 뿐, 스스로 결정하는 건 없었어."

"그럼 늙은이의 말을 어기고 널 안아도 되겠네? 그것도 선택이잖아."

바렌에게서 나올 것이라 예상했던 질문이 나오자 이젤이 소리 없이 숨을 삼켰다.

어떻게든 이곳을 빠져나갈 것이다. 하지만 만약 이곳에서 나갈 수 없다면 최소한 바렌과 황제의 사이라도 갈라놓을 생각이었다.

"날 안는 것이 당신의 선택이라면 난 반항할 수밖에 없겠지. 난 당신의 여자가 되고 싶지는 않으니까. 하지만 당신은? 당신의 말대로 레너드를 죽이고 황제가 된다면 지금의 황제에게서 자유로워질 수 있어?"

이젤의 물음에 바렌의 눈이 커졌다.

비비엔은 바렌이 레너드를 되찾기 위한 도구라고 하였다.

그렇다면 황제는?

자신만을 사랑하는 황제가 바렌에게 무언가를 약속했을 리가 없었다.

바렌과 황제는 서로의 이득으로 손을 잡은 사이다. 그 틈을 노릴 생각이었다.

"당신은 황제의 꼭두각시로밖에 보이지 않아. 그래서 끌리지 않아."

말을 끝낸 이젤이 조용히 바렌을 살폈다. 한동안 말이 없던 바렌이 뜬금없이 이젤을 보며 진한 미소를 지었다. 침대에 기대고 있는 이젤에게 가까이 다가온 바렌이 손을 들어 뺨을 쓸었다.

"역시 넌 다른 거 같아. 데리고 오면 안을 생각만 하고 있었는데 그러기에는 아까워."

"무슨 이야기를 하는 거야."

"그냥 지금부터 쓸데없는 반항하지 말라고. 수틀리면 끝까지 갈 거니까."

바렌의 말이 이해가 안 된 이젤이 다시 물으려는 순간, 그가 입술에 자신의 입술을 맞추었다. 고개를 돌려 거부하려는 이젤의 뒤통수를 잡은 바렌이 입술을 떼며 말했다.

"반항하면 끝까지 갈 거라고 했어."

바렌의 엄포에 이젤의 눈썹이 꿈틀댔다. 거부하려던 움직임이 멈추자 바렌이 다시 느긋하게 이젤의 입 안으로 혀를 밀어 넣었다. 음미하듯 오랫동안 입 안을 누비던 바렌이 부어오른 입술을 지나 턱을 타고 하얀 목으로 내려왔다.

분 냄새가 없는 순수한 이젤만의 체향이 바렌을 흥분시켰다. 뛰는 맥을 입술로 깊게 눌러 보기도 하고 부드러운 목을 혀로 천천히 핥기도 했다.

"하아."

뜨거운 숨이 이젤의 목에 닿았다. 목석처럼 굳어 있는 이젤의 어깨를 붙잡고 있던 손이 가는 팔을 어루만진 후, 봉긋하게 올라온 가슴을 부드럽게 쓸었다.

"싫어. 하지 마."

결국 참다못한 이젤의 손이 바렌의 손을 잡았다. 그녀의 거부에 바렌이 밀착시켰던 몸을 일으켰다.

"이젤. 난 레너드 형님을 죽이고, 늙은이도 처리한 뒤에 황제가 될 거야. 꼭두각시 따위가 아니라 진짜 황제가 될 거야."

"……"

"그리고 하나 고칠 게 있는데, 지금도 난 황제에게 멋대로 휘둘리지 않아. 그냥 귀찮아서 장단을 맞춰 줄 뿐이지. 이제부터 보여 줄게."

원하는 대로 일이 진행되는지는 알 수 없었지만, 환하게 웃는 바렌에게서 조금 전과는 다른 불편한 심기가 느껴졌다. 굳어 있는 이젤을 보던 바렌이 마치 제자리인 것마냥 그녀의 옆에 누웠다. 오늘도 옆에서 자려는 바렌의 모습에 이젤이 고개를 숙였다.

"피곤해. 당신 방으로 가."

"싫어. 네가 옆에 있으면 잠이 잘 와. 그냥 잘 거야."

시끄럽다는 듯 고개를 찡그린 바렌이 눈을 감았다. 그와 같이 있는 것만으로도 상당한 인내가 필요했던 이젤이 결국 침대에서 내려오기 위해 몸을 일으켰다. 하지만 그러한 움직임은 이젤의 손을 잡는 바렌에 의해 저지되었다.

"……가지 마."

잠결이라지만 이젤을 움켜잡는 바렌의 힘은 상당했다.

"잠만 자는 거잖아. 가지 마."

어린아이가 투정하듯 바렌이 이젤에게 매달렸다. 결국 손을 잡힌 이젤이 작은 한숨을 쉬며 침대에 앉았다. 그러자 기다렸다는 듯 이젤의 허리를 바렌이 안았다.

"이젤, 머리 쓰다듬어 줘."

"⋯⋯."

"해 주지 않으면 안아 버릴 거야. 널 안고 싶은 걸 정말 간신히 참고 있거든."

그의 말에 할 수 없이 이젤이 바렌의 머리를 쓰다듬었다. 바렌이 언제 그녀를 덮칠지 두려웠지만 아직은 그에게 호감을 얻고 있어야 했다.

황제와 바렌 사이를 이간질하려는 계획으로 하는 짓이었지만 그녀에게 이 순간은 참기 힘든 고통이었다.

"당신이 꼭두각시가 아닌 걸 보여줘. 그럼 원하는 걸 줄게."

허리에 얼굴을 묻고 있던 바렌이 고개를 들어 이젤을 바라보았다.

"진짜?"

혹여 거짓은 아닐까? 바렌은 이젤의 눈을 날카롭게 쳐다보았다. 하지만 몸의 분위기나 고정된 시선이 거짓을 말하고 있는 것 같진 않았다.

한참을 이젤을 바라보던 바렌이 이젤의 허리에 얼굴을 묻었다.

"오래 기다리게 안 할게. 보여 줄 테니까 기다리고 있어."

말을 끝낸 바렌은 빠르게 잠에 빠져들었다. 그를 보고 있는 이젤이 무거운 한숨을 내쉬었다.

견딜 수 있다고 생각했음에도, 시간이 지날수록 힘들었다. 그녀가 안기고 싶은 건 바렌의 품의 아니라 레너드의 품이었다. 그녀가 보고 싶은 것은 어린애처럼 매달리는 바렌이 아니라 앤이었다.

무거운 숨을 내쉬며 이젤이 침대헤드에 몸을 맡긴 채 눈을 감았
다.

❖

광기가 풀린 레너드의 행동을 더 이상 좌시할 수 없다는 선언과
함께 황제가 출전했다. 황제가 움직이자 레너드 또한 병력을 일으
켰다.

비를 잃은 황태자가 절제를 잃고 미쳐 간다는 소문이 돌자, 기다
렸다는 듯 황제는 레너드와 손을 잡은 귀족에게 지금에야말로 마음
을 돌리면 모든 걸 용서해 주겠다는 조건을 내걸었다. 그리고 황제
의 선언에 어설프게 레너드의 곁에 머물던 몇몇 귀족이 황제를 향
해 움직였다.

"예상보다 많은 인원이 빠져나간 거 아니야?"

카일의 물음에 서류를 보던 레너드가 고개를 들었다. 손으로 턱
을 괴고 있는 카일을 보던 시선이 다시 서류로 옮겨 가며 레너드가
심드렁하게 말했다.

"어차피 이리저리 붙을 놈들은 신경 쓰지 않았어. 차라리 이 기
회에 확실히 정리하는 편이 나을지도 모르지."

"하긴 정리할 때 확실히 하는 게 좋겠지. 그런데 생각보다 잘하
던데?"

"뭐가?"

"절제와 자비를 잃어버린 미친 황태자 연기 말이야."

카일의 말에 서류를 보던 레너드의 입꼬리가 올라갔다.

황제의 편에 섰다가 잡힌 영주의 목을 전부 베었다. 또한 이젤에 대한 소문을 퍼트리는 자들 또한 모든 이들이 보는 앞에서 죽였다. 레너드의 군대가 지나간 지역마다 영주의 목이 효수되었다.

레너드의 행동에 귀족들은 그림자 황태자가 이성을 잃고 미치기 시작했다고 생각했다.

"어차피 전쟁이 일어나기 전부터 폭정을 일삼던 놈들이야. 그놈들이 비공식적으로 착취한 세금만 모아도 재정의 1/5은 채우고도 남았어. 이 기회에 깔끔하게 정리하는 편이 나아."

"청소를 하는 김에 미쳤다는 소문도 내고 말인가?"

"황제가 심어 놓았던 첩자들도 제거했으니 이쪽은 손해가 아니야."

미소를 짓는 레너드를 보며 카일이 고개를 저었다.

황제의 위협에 속수무책으로 당하던 레너드는 이제 없다.

레너드가 짜 놓은 판에 황제가 걸려들었다. 그게 함정인지도 모른 채 황제는 북쪽에서 움직일 것이다.

"카일 형, 괜찮겠어?"

상념에 잡혀 있던 카일이 레너드의 물음에 고개를 갸웃했다. 하지만 이내 레너드의 물음이 무엇을 의미하는지 안 카일이 씩 미소를 지었다.

"그다지 어려운 일도 아닌 것을…… 그리고 시늉만이잖아. 신경 쓰지 마."

카일의 존재가 아니었다면 시도하기 어려운 계획이었다. 여전히 불안한 정신이었지만 레너드에게는 그를 대신할 만한 사람이 없었다.

의자에 몸을 기대며 레너드가 두 손의 깍지를 꼈다.

일주일 후, 셀마로 향하는 황제와 그것을 제지하려는 레너드의 병력이 부딪쳤다.

전쟁이 끝난 후의 자신을 황제로 만들어달라는 바렌의 요구가 있었지만 그건 그때 이야기하자는 말로 상황을 무마시켰다. 그리고 만약의 상황에 대비하며 바렌에게 지원군을 이쪽으로 보내라는 편지를 보냈다.

하지만 바렌은 지원군을 보내지 않았다.

'멍청한 놈!'

상황이 어느 때인데 전쟁 후를 이야기한단 말인가. 말을 듣지 않는 바렌이 한심했으나 어차피 그가 황궁만 제대로 제압하면 일은 수월했기에 황제는 자신이 데려온 군대만으로 싸우고 있었다.

상황은 막상막하. 비슷한 병력끼리 부딪친 상태에서 난전이 시작되었다.

병장기가 부딪치는 소리를 들으며 황제가 미간을 좁혔다.

무언가 이상했다.

"있어야 할 녀석이 안 보인다."

상황을 지켜보며 움직이는 황제와는 달리 레너드는 전선에서 직접 싸우는 스타일이었다. 그런데 아무리 둘러봐도 레너드는 보이지 않았다. 그리고 그 와중에 팽팽히 유지되던 균형은 점점 레너드에게로 기울기 시작했다.

"폐하, 전세가 기울고 있습니다!"

뒤에 있던 기사의 말은 들리지 않았다. 놀란 황제의 시선이 전쟁터의 한복판을 누비는 이에게 고정되었다.

세 명의 아들 중 유일하게 믿고 의지했던 장남.

어떻게 된 것인지는 알 수 없었으나 점점 이성을 찾기 시작했다는 보고를 받았던 카일이 전쟁터의 가운데에 있었다.

"어떻게?"

황제 대신 전선을 지키고 있던 기사의 목이 하늘을 날아 바닥에 떨어졌다. 얼굴에 묻은 피를 닦아 낸 카일이 떨어진 목을 높이 들어 올렸다.

사기가 한쪽으로 기울어졌다. 환희의 고함을 지른 황태자의 군대가 위축된 적을 향해 매서운 공격을 퍼부었다.

실로 오랜만에 맡는 혈향을 느끼며 카일이 검을 휘둘렀다.

언제 다시 미칠지는 몰랐다. 최근에 정신이 아슬아슬하게 유지되는 것만을 생각하고 나온 출전이었다. 자신은 위험하니 다른 사람에게 전선을 맡기라는 카일에게 레너드는 고개를 저었다.

레너드는 이번이 황제의 그림자에서 빠져나올 수 있는 기회라고 하였다.

그것을 위해서라면 카일조차 이용할 생각이라는 말을 하였다.

'맹랑한 녀석.'

어리다고 생각했던 동생은 이제 없다.

카델을 맡길 수 있는 황제.

그 하나만을 위해서라면 카일은 자신의 일을 완수할 것이다.

"단 한 명의 적도 이곳을 나가게 해서는 안 된다!"

카일의 외침에 황제가 눈을 감았다.

레너드만큼이나 검에 재능이 있던 카일이다. 더군다나 수장을 잃은 지금, 황제에게는 대안이 없다.

피해야 한다는 기사의 외침을 무시하며 황제가 머리를 굴렸다.

레너드는 이곳에 없다.

그렇다면 그가 향한 곳은 셀마, 바렌이 있는 곳이었다.

황제의 명령을 듣지 않는 바렌은 고삐 풀린 망아지, 전략이나 병사를 운용하는 것은 레너드와는 비교조차 못 할 그였다.

억지로라도 길을 뚫고 셀마로 가거나 아니면 다시 북쪽으로 돌아가는 길밖에 없다.

하지만 그 어느 선택지도 황제에게는 치명적이었다.

'차라리 바렌이 지원군을 보냈다면 나았을 것을.'

인정하고 싶지 않은 결과가 피부로 다가온다.

바렌을 살려 셀마의 병력을 기반으로 다시 일어날 것일까. 아니면 바렌을 버리고 남아 있는 병력만이라도 지켜야 하는 것일까.

고민은 짧았고 선택은 빨랐다.

"퇴각한다."

황제의 명령이 끝나자 퇴각을 알리는 뿔피리의 소리가 크게 울렸다.

같은 시각, 레너드가 직접 선두에 선 군대가 셀마에 진입하고 있었다.

❖

황제에게 지원군을 보낼 것이라 예상했던 것과 달리 셸마에 있는 바렌은 움직이지 않았다. 그리고 보고를 들은 레너드는 카일에게 황제를 맡긴 후, 주저 없이 셸마를 향해 병력을 움직였다.

계략이 있을지도 모른다는 우려가 있었지만, 레너드는 형제인 바렌을 누구보다도 잘 알았다.

'바렌이 황제를 거부했다.'

지금까지 황제의 계획대로 움직였기에 상대하기 힘들었다. 황제는 남에게 자신의 생각을 말하는 사람이 아니었다. 바렌이 황제의 말을 거부한 이상, 새로운 전략 따위는 없을 것이다.

병력 면에서 바렌이 우세했지만 황제에게로 군대를 돌린 줄 알았던 레너드의 기습에 속수무책으로 당하였다. 더군다나 성을 방치하는 바렌에 의해 셸마의 내부는 엉망이었다. 영지의 평민은 물론이고, 병사들 사이에서도 이미 바렌의 신임은 떨어진 상태였다.

별다른 어려움 없이 닫혀 있던 셸마의 문이 열리고, 레너드의 군대가 안으로 들어왔다.

"바렌과 황태자비를 찾는다!"

길을 막는 병사의 목을 베며 레너드가 소리쳤다.

셸마에 피해 없이 들어왔다는 사실에 병사와 기사들의 사기는 최고조였다.

사기를 올리듯 힘껏 고함을 지른 병사들이 굳게 닫힌 성의 문을 부수고 파죽지세로 안으로 들어갔다.

별다른 저항 없이 레너드가 들어왔다는 소식에 공황 상태에 빠진 바렌이 고함을 질렀다.

"이 망할 자식들아! 그것도 못 막아!"

"어서 명령을 내리셔야 합니다!"

"명령은 무슨 명령! 늙은이는! 도대체 그 늙은이가 막는다면서…… 컥."

소리를 지르던 바렌이 한 움큼 피를 토해 냈다. 바렌의 갑작스러운 반응에 보고를 올리던 기사가 다가왔다. 피를 닦아 낸 바렌이 몸을 일으키려는 찰나, 다시 걸쭉한 피를 쏟아 냈다.

그때 문이 열리고 창백한 얼굴의 비비엔이 안으로 들어왔다.

"바렌! 레너드가!"

"망할. 시끄러워."

피를 쏟은 바렌의 모습에 비비엔의 말문이 닫혔다. 자신도 모르게 뒷걸음질을 쳤다. 셀마로 들어온 레너드의 군대는 별다른 제재 없이 성으로 밀려오고 있었다.

"왜, 왜 지금 그 독이 효과가 나는 거야? 왜 하필 지금!"

비비엔의 말에 모두의 시선이 그녀를 향했다. 입가에 흐르는 피를 손으로 닦아 내며 바렌이 눈을 번뜩였다.

"망할 년. 역시 살리는 게 아니었는데."

바렌의 살기에 뒷걸음질치던 비비엔이 몸을 돌려 도망갔다. 뒤에서 바렌의 고함이 들렸지만 뒤도 돌아보지 않은 채 달렸다. 힘겹게 몸을 일으킨 바렌이 앞에 서 있는 기사에게 말했다.

"기사들에게 막으라고 해. 여길 빠져나간다."

"바, 바렌 공. 하지만 황태자의 군대가……."

말을 하던 기사가 복부에서 느껴지는 고통에 숨을 삼켰다. 언제 그랬는지 바렌의 검이 기사의 배를 꿰뚫었다. 피를 흘리며 기사가 쓰러지고, 다시 치밀어 오르는 피를 억지로 삼키며 바렌이 이를 갈았다.

"시끄러워, 다들. 왜 이렇게 시끄러운 거야."

지끈거리는 머리를 붙잡으며 바렌이 검을 집었다.

"이젤하고 떠날 거야."

황제의 꼭두각시 따위 절대로 되지 않을 생각이었다. 그런데 그 생각을 하자마자 레너드가 셀마로 들어왔다. 이대로라면 이젤을 레너드에게 빼앗긴다.

"다 필요 없어. 이젤만 있으면 돼."

그에게 남은 유일한 존재. 이젤의 곁이라면 지끈거리는 머리도 잠잠해질 것이다. 머리를 쓰다듬는 이젤의 손길이 떠오르자 바렌의 입가에 절로 미소가 감돌았다.

카델도, 황제도 다 필요 없다. 이젤을 데리고 사라질 것이다.

바렌이 밖으로 나오자 상황을 수습하던 기사들이 달려왔다.

"망할! 왜 다 여기에 있는 거야! 막으란 말이다!"

밖의 분위기가 심상치 않자 이젤이 굳게 잠긴 창으로 다가갔다.

"레너드!"

긴장과 두려움으로 힘겹게 버티던 이젤의 얼굴에 희망이 비쳤다. 동시에 잠겨 있던 문이 열렸다.

문이 열리며 보이는 모습에 이젤이 숨을 삼켰다.

"이젤, 데리러 왔어."

입가에서 흐르는 피가 바닥을 적셨다. 흐트러진 모습이었으나 검을 쥐고 있는 손에는 힘이 들어가 있었다.

검으로 땅을 짚으며 몸을 일으킨 바렌이 이젤을 보며 미소 지었다. 그리고 한 무리의 병사들이 바렌의 뒤에 서 있었다.

"빨리 가자."

"난 안 가."

"고집 피우지 마! 시간 없어."

이젤의 거부에 바렌이 미간을 좁혔다. 어디가 아픈지 눈썹을 찡그린 바렌이 검을 든 채 거부하는 이젤의 팔을 잡았다. 바렌의 손을 떼어 내려 이젤이 몸부림쳤다.

이젤의 거부에 바렌이 뒤에 있는 기사에게 눈짓을 했다. 두세 명의 기사들이 바렌 대신 이젤을 잡으려 했다. 순간, 기사의 허리에 차 있는 검을 이젤이 잡았다.

"악!"

그녀를 잡으려던 기사 중 하나가 피를 흘리며 쓰러졌다. 그녀의 저항에 가까이 다가갔던 기사들이 몇 걸음 뒤로 물러났다. 기사들과 거리를 늘린 이젤이 검을 다잡았다.

"죽기 싫으면 물러나라."

"이젤! 시간 없단 말이야!"

바렌의 고함에 이젤이 입술을 깨물었다.

이대로 끌려가면 다시는 레너드와 만날 수 없을지도 모른다.

조금만 버티면 그가 올 것이다.

"너하고는 안 가."

이젤의 반항에 바렌이 이를 갈았다. 이런 쓸데없는 대치 상황을 계속할 여유가 없다.

눈치를 보던 바렌이 앞에 서 있는 기사를 이젤에게 밀었다. 앞으로 다가오는 기사를 반사적으로 이젤이 검으로 베었다. 흩뿌려지는 피의 사이, 어느새 다가온 바렌이 그녀의 팔을 잡았다.

그와 동시에 기사를 베던 검이 방향을 바꿔 다가오는 바렌의 팔을 향해 움직였다.

"아악! 내 팔!"

허공을 뜬 바렌의 팔이 바닥에 떨어졌다. 잘린 팔에서 피를 뿜으며 바렌이 바닥에 몸을 굴렀다. 바렌의 비명으로 분위기가 흐트러진 사이, 이젤이 문에 있는 기사를 향해 검을 휘둘렀다. 도망가려는 그녀를 막으라는 고함과 흩뿌려지는 피가 방을 가득 메웠다.

'조금만 더!'

입술을 깨문 이젤이 그녀가 할 수 있는 최선으로 검을 휘둘렀다. 맨손으로 검을 휘둘러서인지 손바닥이 쓸리면서 상처가 났다. 하지만 그러한 고통조차 제대로 느껴지지 않았다.

이제 이곳을 나가기만 하면 그를 볼 수 있다.

그 생각만이 이젤을 사로잡았다.

앞을 막는 기사를 베려는 찰나, 기회를 보던 기사 하나가 뒤에서 이젤을 안았다. 그사이 다른 기사가 이젤이 잡고 있던 검을 억지로 빼앗았다.

"안 돼."

짙은 절망이 이젤의 눈에 드리워졌다. 입구가 바로 앞이었다. 기사에게서 빠져나오기 위해 이젤이 몸부림쳤다. 하지만 그러한 노력도 물거품이 된 채, 이젤이 바렌의 앞으로 다시 끌려왔다.

"망할 년! 내가 얼마나 아꼈는데 이럴 수 있어?"

기사의 부축을 받은 바렌이 검을 들고 이젤의 앞으로 다가왔다. 독에 팔까지 잃은 바렌의 눈에 더는 이젤이 귀하게 보이지 않았다.

"죽여 버릴 거야. 망할 년. 죽일 거야."

바렌을 노려보던 이젤이 그의 얼굴에 침을 뱉었다. 그녀의 행동에 이성을 잃은 바렌이 남은 팔로 검을 위로 올렸다.

자신을 향해 떨어지는 검을 보며 이젤이 입술을 질끈 깨물었다.

곧 레너드를 만날 수 있을 것이라 생각했다. 아니, 이미 성안에 그는 들어와 있었다.

이렇게 죽고 싶지 않다. 살아서 그를 만나야 했다.

하지만 아무리 저항해도 그녀를 껴안고 있는 기사는 꿈쩍도 하지 않았다.

코앞까지 다가온 죽음에 이젤이 질끈 눈을 감았다.

"컥!"

이젤을 안고 있던 기사가 울컥 피를 토해 냈다. 머리 위로 떨어지는 피에 감았던 눈을 뜨려는 순간, 다른 힘에 의해 이젤이 뒤로 끌려갔다.

이젤이 있던 자리, 바렌의 검이 허공을 찍어 내렸다. 검에 닿은 바닥이 움푹 패었다.

바렌의 시선이 이젤의 너머에 있는 사내에게 향했다. 경악과 분노에 하얗게 질린 바렌이 자신도 모르게 사내의 이름을 불렀다.

방을 채우는 이름에 눈을 질끈 감고 있던 이젤의 눈이 떠졌다. 밝은 햇빛에 반사되는 사내의 검이 방을 채웠다. 순식간에 들어온 공격에 고함조차 지르지 못하고 기사들이 바닥에 쓰러졌다.

지독한 혈향이 방을 채웠다. 이럴 수 없다며 지르는 바렌의 고함이 귀를 얼얼하게 했다.

공격하는 바렌의 남은 팔을 사내의 검이 단번에 베어 버렸다.

"아……."

이젤의 시야가 흐릿해졌다.

가슴속 깊이 참아 왔던 감정이 물밀 듯이 밀려왔다. 다급히 온 것인지 거친 숨을 내쉬는 그가 고통에 비명을 지르는 바렌의 입을 발로 찼다.

루칸의 목소리가 허공에 맴돌았다. 사내를 따라 들어온 기사들이 빠르게 방을 정리했다. 바렌을 노려보던 사내의 시선이 뒤에 있는 그녀에게 향했다.

"이젤!"

피투성이인 그가 떨고 있는 이젤을 붙잡았다.

그가 왔다.

간신히 참고 있던 눈물이 얼굴을 타고 흘러내렸다.

내내 긴장하고 있던 몸이 그를 만나자 힘없이 무너졌다.

"이젤, 괜찮은가?"

무엇에 단단히 막혔는지 그의 물음에도 말문은 쉽게 열리지 않았다. 괜찮다며, 아무 일도 없었다며 말을 꺼내야 하는데 목소리가 나오지 않았다.

대신 떨리는 손이 피가 묻어 있는 사내의 뺨을 조용히 쓸어내렸다.

위아래로 정신없이 이젤을 보고 있던 사내가 숨을 쉴 수 없을 정도로 힘껏 품에 안았다.

"레너드."

막혔던 말문이 사내의 체온을 느끼자 속삭이듯 흘러나왔다. 이젤의 목소리에 어깨에 얼굴을 묻고 있던 레너드가 안도의 한숨을 내쉬었다.

굳어 있던 이젤의 입가에 그제야 미소가 생겨났다.

하늘 아래 유일하게 안심하는 사내의 품에서 이젤이 얼굴을 묻었다.

입으로 뱉어 내는 피가 양을 더해 갔다.

양팔을 잃었음에도 숨이 붙어 있는 바렌이 방에 혼자 남은 레너드를 노려봤다.

"쿨럭. 이젤이랑 킥킥 잤어. 쿨럭. 크크크."

"……."

"크크. 내 품에서…… 컥컥. 행복하다면서 신음을 냈…… 컥.

큭큭큭."

벽에 기댄 채, 바렌이 힘겹게 피를 토했다. 그런 바렌의 모습을 레너드가 말없이 내려 봤다.

연이어 피를 토해 내던 바렌이 킥킥 웃음을 터트렸다.

"아니라고 생각하지? 킥킥…… 쿨럭. 이젤이…… 쿨럭. 그럴 리가 없다고 생각할 거야. 킥킥."

바렌의 조롱에도 레너드의 표정은 그대로였다. 무표정한 레너드의 모습에 바렌이 피를 토하며 연신 웃음을 터트렸다.

황제의 피는 변하지 않는다.

지금은 이젤이 그럴 리가 없다며 부정하겠지만 시간이 지날수록 의심은 커질 것이고, 감당하기 어려운 감정 때문에 스스로를 파멸시킬 것이다.

"킥킥. 이젤은 날 절대 잊지 못…… 커억."

주절거리는 바렌의 심장에 레너드의 검이 꽂혔다. 그가 뿜은 피가 레너드의 뺨에 닿았다.

피로 이어졌음에도 바렌에 대한 감정은 아무것도 없다. 형제로 태어났음에도 황제는 철저히 그들을 나누고 고립시켰다. 그리고 그때부터 그들은 서로를 형제라기보다는 적으로 인식했다.

동생을 죽인 형.

아버지를 끌어내리는 아들.

이젤을 구하고 아나이스를 지키는 대신 레너드가 짊어지게 될 짐이었다.

"네 기대를 부응할 정도로 난 여유롭지 않다."

"쿨럭."

"마지막까지 충동질하고 싶었나 본데, 이제 그 장단에 놀아 주기도 귀찮다. 이제 그만, 이 지긋지긋한 관계를 끊자."

레너드의 말에 분노한 바렌이 입을 열려는 찰나, 심장에 박힌 검이 등을 꿰뚫었다.

노려보던 시선 그대로 꿈틀대던 몸이 멈추었다. 피로 이어졌음에도 누구보다도 멀었던 동생의 모습을 오랫동안 보던 레너드가 몸에 꽂았던 검을 뽑았다.

알 수 없는 시선이 바렌에 머물렀다.

잠시 후, 결심을 굳힌 레너드의 검이 바렌의 목을 베었다.

바렌의 목이 셀마의 성 앞에 효수되었다. 항복한 병사들은 살렸으나 바렌의 힘이 되었던 귀족들은 일말의 자비도 없이 처형되었다. 셀마를 몰래 빠져나오려던 비비엔은 병사들에게 잡혀 왔다.

억울하다는 그녀를 레너드는 지하 감옥에 가두었다.

바렌의 방치에 엉망이 된 셀마의 후처리를 해결하고 나니 어느덧 밤이었다. 해결할 일이 산더미였지만 잠시라도 쉬시라는 루칸의 충고에 레너드가 방으로 걸음을 옮겼다.

시종이 방문을 열자 이젤의 손을 치료하던 치료사가 몸을 일으켰다.

"내가 하겠다. 모두 나가 있어라."

그의 말에 고개를 숙인 치료사와 시종이 뒷걸음질로 방을 나갔다. 레너드가 들어오자 이젤이 자리에서 일어났다. 다가오려는 이젤을 말린 레너드가 침대에 다시 앉혔다.

맨손으로 무리하게 검을 잡고 휘두르는 바람에 이젤의 손바닥에는 쓸린 상처가 남아 있었다. 조용히 이젤의 상처를 보던 레너드가 치료사가 옆에 놓아둔 약과 붕대를 집어 들었다.

"레너드, 제가 해도 돼요."

이젤의 만류에도 레너드의 손이 조심스럽게 상처를 치료하기 시작했다. 그의 눈치를 보던 이젤이 조용히 그에게 상처를 맡겼다. 손의 상처에 시선이 가 있는 레너드를 이젤이 오랫동안 말없이 바라보았다.

약을 바르고 붕대를 감은 레너드의 시선이 이젤의 손에 머물렀다.

"널 잃어버릴까 두려웠다."

그의 말에 이젤이 숨을 삼켰다. 이젤의 손을 천천히 어루만지던 레너드가 붕대에 감긴 손등에 짧게 입술을 맞추었다.

이젤의 눈에 맑은 물이 고였다. 레너드에게서 손을 뺀 이젤이 가까이 다가왔다.

차마 바라보지 못하는 레너드의 품을 이젤이 파고들었다.

"전 레너드가 올 줄 알아서 무섭지 않았어요. 바렌과 황제 사이를 이간질하다 보면 전하께서 반드시 와 주실 거라 생각했어요. 하지만……."

품을 파고든 이젤의 등을 쓸어내리며 레너드가 정수리에 턱을 기댔다. 상대의 체온을 느끼자 그제야 살아서 다시 만났다는 실감이 났다. 이젤이 얼굴을 묻은 곳이 촉촉이 젖어 들었다.

"바렌에게 끔찍한 일을 당할까 봐 그건 무서웠어요."

"이젤."

"건드리지 않을 거라고 말하면서도 언제 또 행동이 바뀔지 모르는 사람이어서…… 웃으면서 어떻게 할지 모르는 사람이라서……."

자신은 괜찮다며 태연했던 이젤이었다. 하지만 단둘이 남자 깊이 숨겨 놓았던 이젤의 속마음이 드러났다. 소리를 삼키며 울음을 터트리는 이젤을 레너드가 나지막이 다독였다.

"괜찮아."

달래듯 등을 두드리며 레너드가 이젤의 귀에 속삭였다.

"다시는 헤어지지 않아. 이젠 절대 널 놓지 않을 거다."

짧고 간결했지만 레너드의 위로에 이젤이 마음의 안정을 얻었다. 몸을 일으켜 눈물을 손가락으로 닦아 낸 이젤이 무안한 듯 미소를 지어 보였다.

예전이나 지금이나 달라지지 않은 이젤의 미소에 레너드가 진심으로 안도했다. 눈에 맺혀 있는 눈물에 짧게 입을 맞춘 그가 이젤을 안아 침대에 눕혔다.

그 옆에 몸을 누인 레너드가 품에 가두듯 이젤을 안았다.

"이제야 안심이 된다."

레너드의 가슴에 얼굴을 기대고 있던 이젤이 수줍게 고개를 끄덕였다. 말없이 이젤의 등을 쓸어내리던 레너드가 눈을 감았다. 함께하는 이 순간이 얼마나 소중한지 이젤을 잃을 뻔한 뒤에나 깨달았다.

안겨 있는 팔에 힘을 주며 레너드가 나지막이 말했다.

"사랑한다."

품에 있던 이젤이 놀라 몸을 일으켰다. 바렌에게 잡혀 있느라 말라 버린 뺨을 손으로 쓸어내리며 레너드가 다시 말했다.

"사랑해."

간신히 참고 있던 눈물이 다시 떨어졌다. 뺨을 쓸던 레너드의 손이 자연스럽게 글썽이는 눈물을 닦아 냈다. 그의 고백에 이젤이 환한 미소를 지었다.

"저도 사랑해요."

이젤의 수줍은 고백에 레너드의 옅은 미소가 진해졌다.

세상 아래 단 하나뿐인 자신의 사내.

그와 함께 있는 지금이 이젤에게는 어느 때보다도 소중했다.

화려하고 아름다웠던 자신은 이제 없다.

기사에게 끌려오자마자 비비엔의 눈에 보인 건 효수되어 있는 바렌과 이젤을 안고 있는 레너드였다. 비비엔이 보고 있다는 것을 알면서도 레너드는 단 한 번의 시선도 주지 않았다.

비비엔을 감옥에 가두라는 레너드의 목소리가 머릿속에 울렸다. 벽에 기대앉아 있던 비비엔이 귀를 틀어막았다.

그때, 그녀의 위에 긴 그림자가 드리워졌다. 놀란 비비엔의 고개가 옆으로 돌아갔다.

"너……"

망토를 두른 이젤의 모습에 비비엔이 몸을 일으켰다. 비비엔을 조용히 보던 시선이 뒤를 향하자 간수가 감옥의 문을 열었다.

"내가 나올 때까지 아무도 들이지 마라."

이젤의 말에 고개를 숙인 간수가 시종과 함께 사라졌다.

감옥으로 들어온 이젤이 앉아 있는 비비엔을 차분히 내려 보았다. 아랫사람을 보듯 보는 이젤의 시선에 비비엔이 이를 갈았다.

"비웃어 주러 왔어?"

"……레너드 전하께서는 널 만나러 가지 말라 하셨지. 내일 아침 바로 처리할 테니 모르는 척 외면하라 하셨다. 하지만 이 당신 하고의 악연을 잘라야 하는 건 그분이 아니라 나니까."

레너드라는 말에 비비엔이 이젤을 노려보았다. 파르르 떨리는 손에 핏줄이 도드라지도록 주먹을 쥐었다. 이 모든 일은 이젤이 나타나서부터 엉켜 버렸다.

"너 때문에……."

"언제나 똑같은 변명을 더는 듣지 않겠어. 나 때문이 아니라 네 스스로가 널 무너뜨린 거다."

비비엔의 말을 자르며 이젤이 몸을 굽혀 그녀와 시선을 맞추었다.

반복되는 변명과 억지로 내미는 책임을 받아들일 생각은 없었다. 레너드는 바렌을 죽이면서까지 앞으로 나아가려 하고 있었다.

그에게 모든 처리를 넘길 생각은 없다.

고요한 이젤의 눈이 비비엔을 향했다.

"나도 당신이 죽었으면 좋겠어."

이젤의 말에 비비엔의 눈이 커졌다. 처음 보는 이젤의 시선이 낯설고 이질적이었다.

유일하게 레너드만이 보았던 집착 어린 시선, 그를 욕심낼 때마다 이젤이 보여 줬던 시선이 처음으로 비비엔을 향했다.

"시작이 먼저였다며 레너드가 당신의 사내라고 말하는 당신을 죽이고 싶어. 바렌에게 짓밟히라며 미소를 지었던 네 모습을 생각하면 아직도 이가 갈려. 너라는 존재를 난 절대 이해하지 못해."

이젤의 몸에서 나오는 살기가 비비엔을 옥죄었다. 손가락 하나까딱할 수 없는 상황에서 비비엔이 비틀린 미소를 지었다.

순수한 척, 착한 척하더니만 지금의 이젤이 바로 본모습이었다.

가증스럽고, 끔찍한 계집.

살기를 억지로 이겨 내며 비비엔이 힘겹게 입을 열었다.

"그게 네 원래 모습이었어."

그녀의 말에 이젤이 옅은 미소를 지었다.

하나도 얻지 못했을 과거와 지금은 다르다.

지금도, 앞으로도 이젤은 그 누구와도 레너드를 나누지 않을 것이다.

"파벨 후작과 말을 끝냈다."

아버지의 이름이 나오자 비비엔의 눈이 좁아졌다. 비비엔과 시선을 같이하던 이젤이 몸을 일으켰다.

"내일 공개처형이 있을 것이다. 그곳에 전하는 오지 않으신다."

"이젤!"

"너의 마지막 모습을 전하께 보여 드리고 싶지 않다. 네가 죄를 스스로 뉘우칠 거라고는 기대하지 않았다만, 그런 시늉이라도 보였다면 결과는 달라졌을지도 모르지."

"망할 년! 저주할 테다!"

분노한 비비엔이 달려들자 이젤은 몸을 틀어 그녀를 가볍게 피하였다. 헛짓을 한 비비엔이 감옥 바닥에 처박혔다.

"난 절대 가진 것을 빼앗기지도 잃어버리지도 않을 거야. 난 비비엔 너와 다르다."

"죽일 거야! 죽일 거야!"

발악하는 비비엔을 내려다보던 이젤이 감옥 문을 열고 나왔다. 이젤이 나가자 기다리던 간수들이 곧바로 문을 잠갔다.

감옥에서 발악하는 비비엔을 보던 이젤이 밖으로 걸음을 옮겼다.

병사들에게 끌려가는 비비엔에게 험한 욕설과 함께 돌이 날아들었다. 주변의 병사들이 고함을 지르며 그들을 말렸지만 이미 전쟁으로 핍박을 받아 온 이들의 눈에는 아무것도 보이지 않았다.

"죽여라!"

"죽여! 죽여!"

분노를 넘어선 광기를 보이는 사람들을 보며 비비엔이 비틀린 미소를 지었다.

자신을 아무도 모르는 주제에 분위기에 취해 목소리를 높이는 꼴이 우스웠다.

그녀는 아무 잘못도 하지 않았다. 다만 이젤과의 대립에서 졌을 뿐이었다.

하지만 비비엔의 미소에 사람들은 더 분노하여 그녀에게 잡히는 대로 물건을 던졌다. 그러던 중 날아온 돌이 비비엔의 이마를 찍었다. 터진 이마에서 흐르는 피가 얼굴을 적셨다.

과격해지는 행동에 추가로 투입된 병사들이 앞으로 나오려는 평민들을 막았다.

그사이 비비엔을 단상에 올린 병사들이 그녀의 목에 줄을 걸었다.

"비비엔 파벨은 반역을 저지르고 비전하를 음해하였다. 또한 대역죄인 바렌 로즈와……."

죄는 한, 두 개가 아니어서 끊임없이 흘러나왔다. 비비엔의 죄 중에는 오래전에 그녀가 죽인 동생의 것도 들어가 있었다. 그녀의 죄가 흘러나올수록 죽여야 한다는 목소리도 같이 커졌다.

길고 긴 죄명이 끝난 후, 교수형에 처한다는 말로 마무리되었다.

뒤에서 대기하던 이들이 다가오자 비비엔이 떨리는 숨을 쉬며 주변을 부지런히 돌아보았다.

하지만 부모인 파벨도, 레너드도 보이지 않았다.

그 순간, 사람들에게서 한 걸음 벗어난 곳에 서 있는 여자를 발견한 비비엔의 눈이 커졌다. 바로 앞에 있는 것처럼 비비엔이 앞으로 달려가려 했다.

"이젤!"

그녀의 돌발행동에 뒤에 있던 처형관이 양쪽에서 붙잡았다.

"너도, 네 자식들도 모두 저주할 테다! 단 한 명도 제대로 된 삶을 살지 못할 것이고 서로가 서로에게 검을 겨누며 피를 흘리게 될 것이…… 커억."

이젤을 발견한 이가 양쪽의 처형관에게 빨리 처리하라며 눈짓을
주자 그녀를 붙잡고 있던 이들이 손을 놓았다.

몸부림치느라 지지대가 미끄러지고 목을 조이는 고통에 비비엔
이 발버둥 쳤다.

이대로 죽을 수 없다. 레너드도, 황후의 자리도 아직 얻지 못했다.

목의 줄을 붙잡고 있던 손이 사람들 너머의 이젤에게 향했다. 줄이
풀어지기만 하면, 어떻게든 여기서 빠져나갈 수만 있다면……

하지만 바람과는 다르게 줄은 점점 비비엔의 목을 파고들었다.

잠시 후, 발버둥 치던 움직임이 멈추었다.

비비엔의 처형에 지켜보던 이들이 환호하였다.

"성으로 돌아가자."

떨어진 곳에서 비비엔의 처형을 지켜보던 이젤이 망토의 모자를
올렸다. 그녀의 말에 따라온 시종이 고개를 숙였다.

남은 사람은 황제뿐.

비비엔의 처형이 끝난 후, 레너드는 곧바로 군사를 정비해 황제
가 있는 북쪽으로 향하였다.

바렌이 무너지면서 상황은 레너드에게로 기울기 시작했다.

항복하고 복종하면 지금의 지위를 유지해 주겠다는 레너드의 제
안에 황제에게 충성했던 귀족들이 그에게 몸을 숙였다.

일사천리로 뚫리는 지역을 통해 황제가 머무는 성안까지 도착하
였다.

서로에게 더 이상의 양보는 없었다.

목숨을 걸고 처절하게 상대의 목을 베었다. 하지만 이미 승기를 잡은 황태자의 군대를 패색이 짙은 황제군이 막을 수 있을 리 없었다.

막으려는 병사와 기사를 베며 레너드가 성 안으로 진입하였다.

그리고 만나게 된 부자, 상석에 앉아 있던 황제가 검을 뽑으며 자리에서 일어났다.

"네 나이 때의 나도 패기가 넘쳤지. 모든 것을 다 이루고 세상 전부가 내 것이 될 줄 알았다."

기분 탓이었을까? 황제는 지쳐 보였다.

하지만 상대는 황제, 방심은 금물이었다.

넓은 홀을 가로지르며 레너드가 황제에게 걸어갔다. 다가오는 레너드를 보며 황제가 말을 계속했다.

"내 아버지를 죽이고, 형제를 죽이고 이 자리에 올랐다. 당연히 내가 가져야 할 자리였고, 마지막까지 내가 누려야 할 권리였지. 그러던 중 네가 저주받은 그림자 날에 태어났다."

황제의 코앞에서 레너드의 걸음이 멈추었다.

그의 실체를 알기 직전까지는 그래도 아버지로서 존경하였다.

만인이 몸을 숙이고 떠받드는 황제, 어린 레너드의 눈에는 아버지의 모습이 세상의 누구보다도 빛날 때가 있었다.

"그때 죽이셨으면 이런 날도 오지 않았겠지요."

"그러게 말이다. 이렇게 고생할 필요도 없고 말이지."

말을 끝낸 황제가 순간 레너드에게 검을 찔렀다. 나이가 들었지만 황제의 검은 매섭고 날카로웠다. 하지만 아무리 황제의 검이 대단해도 레너드의 상대는 되지 않았다.

황제의 검을 막자마자 레너드가 검의 방향을 돌렸다. 황제의 검이 원을 그리며 바닥에 떨어졌다. 레너드의 힘에 황제가 바닥에 주저앉았다.

"큭큭큭. 이 카델이 나의 부주의로 망하는구나. 하하하핫."

목에 닿는 검의 감촉을 느끼며 황제가 박장대소하였다. 황제의 미소에도 레너드의 표정은 풀어지지 않았다. 한참을 웃음을 터트리던 황제가 긴 숨을 내쉬었다.

"죽여라."

"……."

"그토록 바라던 순간이 아니냐. 자, 어서 죽여라. 지금이 아니면 언제 이런 날이 또 오겠느냐? 큭큭."

상황이 마무리되었는지 밖에서 환호성이 울려 퍼졌다.

누가 이겼는지 보지 않아도 알 수 있었다.

황제만 죽이면 끝이다. 원흉인 황제만 사라진다면 지금까지 겪었던 모든 고통이 사라진다.

웃음을 터트리며 황제가 자신을 베라는 듯 목을 길게 뺐다.

검을 움직여서 목을 베면 끝이다.

레너드가 검을 위로 들어 올렸다.

"큭큭큭. 베어라. 어서…… 어서 베란 말이다."

황제의 목소리는 치명적인 유혹이었다.

미쳐 버린 카일. 황제의 손아귀에서 죽어 간 레너드의 사람들.

황제에게 위협당한 이젤. 그리고 납치당할 뻔했던 아나이스.

한 명만 죽어 버리면 끝날 것이다.

앞으로 오는 검을 보며 황제가 비릿한 미소를 지었다.

"음?"

목이 아니라 뺨으로 오는 고통에 황제가 미간을 좁혔다. 날카로운 검에 베인 뺨에서 붉은 피가 흘러내렸다. 경악한 황제가 놀란 눈으로 레너드를 보았다.

목이 아닌 뺨을 벤 레너드가 차분하게 말했다.

"당신을 그렇게 쉽게 죽일 수는 없지."

"레너드!"

"동생과 아버지를 죽였다는 악명을 나에게도 짊어지게 하실 생각이었던 것 같습니다만, 당신 생각보다도 난 더 영악합니다."

황제의 뺨을 벤 검을 검집에 넣으며 레너드가 담담하게 말을 이었다.

"난 당신에게만큼은 내가 황제의 자리에 오르는 걸 보여 드릴 것입니다. 당장에라도 당신을 죽여 벗어나고 싶기도 하지만, 그건 너무 싱거운 결말이니까요. 황궁의 탑에서 제가 즉위하는 모습을 보시지요."

"이 망할 것! 지금 죽이란 말이다!"

몸을 일으킨 황제가 레너드의 멱살을 붙잡았다. 자신의 생각처럼 레너드가 움직이지 않자 황제의 광기가 폭발하였다. 나이를 먹었으나 황제의 힘은 일반 장정만큼이나 정정했다.

"너는 변하지 않을 거라 생각하는 것이냐? 큭큭큭. 너도 변할 것이다! 너도 나처럼 변해 네 자식에게 검을 겨누고 제발 죽으라며 저주를 할 것이다. 킥킥킥."

"……."

"큭큭. 지금 죽어야 후환이 없을 것이다. 내 반드시 다시 일어나 널 없앨 것이니……. 지금은 보이는 것이 없으니 두려운 것도 없겠지. 하지만 곧 두려움에 떨게 될 것이다. 날 죽이지 않은 것을 후회하게 될 것이란 말이다!"

바렌도, 비비엔도, 황제도 마지막까지 자신의 잘못을 뉘우치지 않았다. 모두 레너드가 잘못했다며, 자신의 저주를 받으라는 폭언만을 쏟아 냈다.

멱살을 잡고 있는 손을 뗀 레너드가 황제를 밀었다. 다시 일어난 황제가 레너드에게 달려들려는 찰나, 홀의 문이 열리며 들어온 기사들이 황제를 붙잡았다.

놓으라며 몸부림을 치는 황제를 물끄러미 보던 레너드가 차갑게 말했다.

"당신이 굳이 저주를 하지 않아도 나 또한 바뀌겠죠. 당신 덕분에 여기까지 온 나이니 절대로 당신처럼은 변하지 않습니다."

"이 망할 놈 같으니라고!"

"언제까지 살아 계실지는 모르겠지만 보여 드리겠습니다. 당신과 내 길이 다르다는 것을 말이지요."

말을 끝낸 레너드가 몸을 돌렸다. 명예와는 상관없이 추하게 일그러진 황제가 그에게 끊임없이 욕설과 저주의 말을 내뱉었다. 어느새 다가온 루칸이 레너드의 앞에 고개를 숙였다.

"황제를…… 아니다. 죄인을 수도로 이송한다. 동쪽 탑에 연금하겠다."

"네. 전…… 폐하."

말을 끝낸 루칸이 무릎을 꿇으며 고개를 숙였다. 황제를 이송할 병사 외의 이들이 레너드의 앞에 무릎을 꿇었다.

"황제 폐하."

황제의 자리를 얻으면 기쁠 것이라 생각했다. 하지만 예상과는 달리 아무런 감흥도 들지 않았다.

오늘 청산한 것은 과거의 잔재일 뿐이다. 레너드에게 있어서 이제부터가 진짜 시작이었다.

성 밖을 나오자 서 있던 병사들이 새로운 황제에게 환호성을 질렀다. 그들의 앞, 전투로 피범벅인 이젤이 레너드에게 달려왔다.

품에 안긴 이젤에게 얼굴을 묻으며 비로소 레너드가 안도의 숨을 내쉬었다.

전쟁이 끝났다.

종장
그들이 만들어 가는 자리

　전쟁이 끝나자 후처리를 위한 일로 황궁은 정신이 없었다. 연이은 회의와 처리에 레너드는 좀처럼 이젤을 찾아오지 못했다.

　"앤, 아바마마께서는 오늘도 못 오실 것 같구나."

　이젤의 말을 알아듣듯 아나이스가 방긋 미소를 지었다.

　전쟁에 집중하느라 귀한 딸을 방치하였다. 다행히 혼란스러운 시기를 대견스럽게 이겨 낸 딸은 못 본 사이에 훌쩍 커 있었다.

　행여나 오랫동안 떨어져 있던 자신을 딸아이가 잊지 않았을까 걱정했던 것도 잠시, 아이는 기다렸다는 듯 방긋 웃으며 이젤의 품에 안겼다.

　길게 하품하는 아나이스를 안은 이젤이 창가로 걸어갔다. 닫힌 창가에 앉은 이젤이 아나이스를 토닥이며 밖을 보았다.

　언제 전쟁이 일어났느냐는 듯 돌아온 황궁은 조용했다. 비록 후

처리는 평온한 것이 아니었으나 하루하루가 팽팽했던 예전에 비하면 지금은 평화였다.

"아나이스는 자는 건가?"

"레너드, 언제 오셨어요?"

기척 없이 들어온 그의 모습을 보는 이젤의 입가에 미소가 감돌았다. 전쟁이 끝나고 마음이 편해져서인지 이젤의 안색은 전보다 나아 있었다. 새하얀 이마에 짧게 키스한 레너드의 시선이 그새 잠든 아나이스에게 향했다.

레너드의 손가락이 통통한 아이의 볼에 향했다. 레너드의 손길에 간지러웠는지 아이가 몸을 떨었다. 아이의 모습이 신기한 듯 이젤의 옆에 앉은 레너드가 조심스럽게 아나이스의 작은 손을 붙잡았다. 그러자 아이의 손이 레너드의 손가락을 단단하게 붙잡았다.

놀란 레너드를 보던 이젤이 까르르 간지러운 웃음을 지었다.

"몰라보게 컸죠?"

"그렇군."

"줄리의 말로는 이제 슬슬 뒤집기도 하고 기어 다니기도 해야 한다는데, 앤은 그런 조짐이 보이지 않아요. 괜찮겠죠?"

첫아이라 걱정이 되는지 이젤이 레너드에게 조심스럽게 물었다. 이젤의 얼굴에 흘러내리는 머리카락을 귀 뒤로 넘기며 레너드가 아나이스를 바라보았다.

"다른 아이들과 똑같이 해야 할 필요는 없지. 조금 늦는다고 잘못되는 것도 아니지 않은가? 너무 신경 쓰지 마라. 그리고 이젤, 아직도 네 눈에는 아나이스만 보이는 건가?"

"네? 무슨 말씀을?"

레너드의 뜻을 알아차린 이젤의 얼굴에 홍조가 띠었다. 밖의 줄리를 불러 아나이스를 내보낸 레너드가 다가온 이젤을 안아 들었다.

전쟁의 뒤처리 때문에 함께 있을 시간조차 없었다. 아직도 해야 할 일은 산더미였지만 레너드도 이제는 한계였다. 숨을 빼앗듯 입술을 연 레너드가 이젤의 혀를 감았다.

레너드를 받아들이며 이젤의 손이 부지런히 셔츠의 단추를 풀었다. 열린 셔츠 안으로 들어온 이젤의 손이 부드럽게 레너드의 몸을 쓸었다. 뺨을 감싸던 손이 목에서 어깨로, 팔에서 가슴으로 옮겨갔다.

이젤의 애무에 아찔해진 레너드가 숙였던 몸을 들어 입고 있던 옷을 벗었다. 그리고는 누워 있는 이젤의 옷을 벗겼다. 침대 아래로 드레스를 던진 레너드가 욕망에 찬 시선으로 이젤을 내려다보았다.

"레너드."

몸을 데우듯 나신을 보는 레너드의 시선에 이젤이 달콤한 미소를 지어 보였다. 조심스러운 손길로 이젤이 레너드의 가슴을 감쌌다. 그의 심장이 뛰는 것이 손에서 느껴졌다. 이젤의 애무에 레너드가 다시 깊게 키스하였다.

작은 호흡조차 놓치지 않을 기세로 키스하던 레너드가 뺨을 지나 하얀 목에 얼굴을 묻었다.

"하아."

오랜만에 느끼는 그의 감촉에 이젤이 몸을 떨었다. 허리를 감싸던 이젤의 손이 천천히 아래로 내려가 레너드의 분신을 천천히 어루만졌다. 단단한 분신을 손으로 감싸자 레너드의 눈썹이 꿈틀댔다.

레너드의 모습에 이젤이 달콤한 미소로 턱과 목에 입술을 맞추었다.

"점점 대담해지는군."

"어느 분 옆에 있으니 나날이 대담해지더라고요."

"어느 분이 나라면 아직 배워야 할 게 더 있을 거 같은데?"

"또 뭘…… 아앗!"

물어보려는 이젤을 들어 자신의 다리 위에 앉힌 레너드가 짓궂은 미소를 지었다. 땀이 살짝 맺혀 있는 이마에, 오뚝하게 솟은 코에, 거듭 씹고 빨아들여 붉게 부은 입술에 자잘하게 키스를 하던 레너드가 이젤의 몸을 세웠다.

이젤의 떨리는 손이 레너드의 머리를 쓸어내렸다. 떨리는 숨을 내쉴 때마다 오르내리는 볼륨 있는 가슴을 열망에 찬 시선으로 보던 그가 가슴의 정점을 혀로 희롱하였다.

허리를 감싸지 않은 나머지 손이 가슴의 다른 부분을 힘껏 움켜잡았다. 가슴골 사이에 얼굴을 묻고 숨을 들이마시니 이젤의 체향이 레너드를 흔들었다. 손가락으로 단단하게 솟은 유두를 잡아 이젤이 더운 숨을 내쉬었다.

"레너드. 하아."

척추를 따라 쓸어내리는 손에 열기가 느껴졌다. 갈급을 해소하듯 서로를 탐해도 해소되기는커녕 더 갈급이 났다. 이젤의 허리를 내려 시선을 맞춘 레너드가 파인 쇄골에 입술을 맞추었다. 동시에 팽팽히 발기한 분신을 이젤의 안에 묻었다.

"하악."

안을 가득 채우는 레너드의 분신에 이젤이 숨을 들이마셨다. 들어올 때부터 버거웠던 레너드는 이젤의 안에 묻자 한층 더 팽팽해졌다.

힘겹게 숨을 내쉰 이젤이 레너드에게 달콤한 미소를 지었다. 가는 손가락이 뺨을 어루만지고, 열기에 가득 찬 입술이 레너드의 눈과 미간에 짧게 입을 맞췄다. 이젤의 입맞춤을 시작으로 레너드가 천천히 허리를 움직였다.

단단한 어깨를 잡은 이젤이 그의 움직임에 자신을 맞춰 갔다.

이젤의 허리를 팔로 감으며 레너드가 자신의 몸에 밀착시키자 이젤이 레너드를 힘껏 안았다. 이젤을 품에 가둔 레너드가 짧은 신음과 함께 파정하였다.

정사의 여운이 남은 이젤의 몸이 레너드의 품에서 작게 떨렸다. 레너드의 품에 지친 몸을 기대며 이젤이 눈을 감았다.

"이젤."

나지막이 부르는 목소리에 이젤이 눈을 떴다. 정사의 여운에 상기되어 있는 뺨을 손으로 어루만지며 레너드가 입을 열었다.

"즉위식 날짜가 잡혔다."

"벌써요?"

황궁에 돌아온 지 이제 일주일이었다. 두 달 후에나 날이 잡힐 것이라 생각했던 일이 곧바로 진행되자 이젤이 믿을 수 없다는 눈으로 레너드를 바라보았다.

"상황이 상황인 만큼 간소하게 치르는 대신 삼 주 후에 하기로 하였다."

레너드의 말을 조용히 생각하던 이젤이 다시 그의 품에 몸을 기댔다. 레너드의 목에 얼굴을 묻은 이젤이 눈을 감았다.

"공석으로 오래 비워 놓을 수가 없는 자리니까요."

"음."

부드러운 이젤의 몸을 쓸어내리며 레너드가 눈을 감았다. 지금은 황제의 무거운 짐보다도 이젤의 품에서 지친 심신을 달래고 싶었다. 침대에 눕힌 이젤을 품에 안으며 레너드가 긴 숨을 내쉬었다.

레너드의 품에 안겨 있던 이젤이 환한 미소로 입을 열었다.

"레너드."

"음?"

"나의 폐하."

그녀의 말에 레너드의 눈이 커졌다. 하지만 곧 커진 눈이 부드럽게 휘었다.

만인이 불러 주는 폐하라는 말보다도 이젤이 불러 주는 폐하라는 말이 주는 의미가 더 와 닿았다.

"나의 황후."

레너드의 품을 이젤이 말없이 파고들었다. 마음 편히 쉴 수 있는 이젤의 품에서 레너드가 피곤한 눈을 감았다.

❖

깨끗하게 올린 머리에 백금 장식이 달린 헤어네트가 길게 내려왔다. 금색 실로 수놓아진 붉은색 드레스가 평소보다도 길게 늘여졌다. 치마만큼이나 폭이 넓은 소매에 보라색 장미가 수놓아진 하얀 장갑을 낀 이젤이 상기된 모습으로 거울을 보았다.

"후우."

"폐하, 옆에서 시녀들이 도와 드릴 것입니다. 긴장하지 마세요."

상기된 이젤의 모습에 줄리가 미소 지었다. 하지만 줄리의 위로에도 긴장한 이젤의 표정은 쉽게 펴지지 않았다.

언제나 결정적인 순간에 실수를 하는 이젤이었다. 혹여나 이번에도 그러는 것이 아닐까? 예전에 레너드의 앞에서 수프를 먹다 숟가락을 떨어뜨렸던 일이 생각나자 이젤이 자신도 모르게 눈을 질끈 감았다.

"실수할 것 같구나."

"황후 폐하, 걱정하지 마십시오. 폐하시라면 잘 해내실 것입니다."

"줄리가 날 잘 몰라서 그런다. 언제나 꼭 중요한 순간에 실수를 해댔었다. 후우."

장갑을 낀 손을 깍지를 끼며 이젤이 무거운 숨을 내쉬었다. 전쟁 때도 눈 하나 깜짝 안 하던 이젤이 생소한 반응을 보이자 난감한 듯 줄리가 눈 끝을 내렸다.

그때, 문이 열리며 준비를 마친 레너드가 안으로 들어왔다. 레너드의 모습에 줄리와 시녀들이 몸을 숙였다.

레너드의 모습에 복잡한 시선의 이젤이 난감한 듯 그를 보았다.

"폐하."

이젤의 모습이 왜 그런지 알기에 미소를 지은 레너드가 방에 있는 이들을 모두 물러나게 하였다.

레너드와 단둘이 남자, 눈에 보일 정도로 이젤이 긴장하였다.

"목숨이 왔다 갔다 하는 전쟁에서는 눈 하나 깜짝 안 하고서는."

"레너드, 전쟁과 즉위식은 다르지 않습니까? 여기서 실수라도 하면……."

"예쁘다."

레너드의 고백에 이젤의 말문이 막혔다. 한쪽 무릎을 굽혀 이젤과 눈을 맞춘 레너드가 아직 화장하지 않은 이젤의 입술에 깊게 키스하였다. 긴장에 떨던 몸이 레너드와의 입맞춤에 천천히 진정되었다.

"즉위식 전이라…… 옷이 망가지면……."

떨어지려는 이젤의 허리를 레너드의 팔이 감았다. 맞닿은 몸에서 느껴지는 열기가 위험스러울 정도로 뜨거워졌다. 앉아 있던 이젤을 일으킨 레너드가 그녀를 벽에 밀착시켰다.

"이젤."

거듭된 키스로 노곤해진 이젤이 레너드를 바라보았다. 즉위식까지는 아직 시간이 남아 있었고, 레너드의 눈에 보이는 이젤은 어느 때보다도 화사했다.

"즉위식에서 떨지 않는 방법, 알려 줄까?"

레너드의 물음이 무엇을 뜻하는 것인지도 모른 채, 이젤이 실낱
같은 희망으로 고개를 끄덕였다. 이젤의 허락에 레너드가 악마의
미소를 지어 보였다. 레너드의 미소에 무슨 의미인지 깨달은 이젤
이 안 된다는 말을 하려는 찰나, 레너드가 밀어내는 팔을 잡아챘
다.

잠시 후, 닫힌 문 너머에서 이젤의 비명 소리가 들려왔다.

안 된다는 말과 아직 시간이 있다는 말이 들린 후, 방은 정적에
휩싸였다.

문 밖에서 대기하고 있던 줄리가 옆에 서 있는 루칸을 보며 작
은 소리로 힐난했다.

"즉위식까지만 좀 기다리라고 하시지! 왜 지금 오셔서!"

"가지 마시라고 해 봤자 들으실 분인가? 그리고 한창 좋으실 때
가 아닌가."

"몇 시간을 공들인 치장이란 말입니다. 저걸 다시 해야 할 상황
이라고요!"

줄리의 항변을 루칸이 모르는 척 외면했다. 설마 즉위식 직전까
지 저러실 줄이야. 하지만 카넬의 주인이 될 황제와 황후의 사이가
좋은 것은 여러모로 좋은 일이었다.

그저 즉위식 직전까지 나오시기만을 바랄 뿐이었다.

"남아 있는 시녀와 시종을 더 데려오게나. 나오시는 대로 준비
하면 어찌 즉위식은 들어가실 수 있지 않겠는가?"

루칸의 말에 줄리가 무거운 한숨을 내쉬었다. 안 된다며 말릴 수

도 없는 상황, 무거운 발걸음을 움직이며 줄리가 시녀에게 사람들을 더 데려오라는 명을 내렸다.

"레너드 때문이에요."

이젤의 말에 레너드가 짓궂은 미소를 지었다. 본의 아니게 일어난 일에 둘은 한 방에서 준비를 하였다. 황궁에 남아 있는 시녀와 시종을 최대한 활용한 결과, 아슬아슬하게 즉위식 직전에 준비를 끝낼 수 있었다.

"같이 저질러 놓고 왜 나만 잘못했다고 하는 거지?"

"방법을 알려 준다고 하셨으니까!"

"알려 줬지 않은가? 그리고 효과도 괜찮은 것 같군. 지금은 안 떨잖아?"

레너드의 항변에 할 말을 못 찾았는지 이젤이 말문을 닫혔다. 이젤이 뾰로통해지자 눈치를 보던 레너드가 웃음을 터트렸다. 이젤의 앞에서는 그도 절제가 어려웠다.

더군다나 그와 그녀를 괴롭히던 장애물이 모두 사라진 지금, 이제라도 아낌없이 사랑하고 사랑받고 싶었다.

"내가 절제를 잃고 사랑할 사람은 지금도, 앞으로도 내 황후뿐이다."

뜬금없는 고백에 이젤의 눈이 레너드에게 향했다. 좀처럼 웃지 않는 레너드의 입가에 드리워진 밝은 미소가 새삼 이젤을 떨리게 했다.

곱게 화장한 이젤의 뺨을 손으로 쓸며 말을 이었다.

"그러니 내 황후도 나만을 그렇게 봐 줬으면 좋겠군. 지금 주는 사랑으로는 만족이 안 돼. 그러니까 힘들다며 피하거나 화내지 마. 이제 시작이니까."

"진짜 못됐어요. 그렇게 말씀하시면 제가 화를 낼 수 없잖아요."

그새 얼굴이 붉어진 이젤이 레너드의 품을 파고들었다. 여린 등을 쓸어내리며 레너드가 이마에 짧게 키스하였다.

가야 한다는 시종의 말에 대답하며 레너드가 이젤에게 손을 내밀었다.

"가자."

레너드의 손을 물끄러미 보던 이젤이 수줍게 손을 포개었다. 황제와 함께 황후의 모습이 보이자 밖에 대기하던 사람들이 일제히 만세를 부르며 환호하였다.

화려하게 꾸민 즉위식은 아니었지만 가득 채워진 사람들이 뿌리는 꽃에 광장은 그 어느 때보다도 호화로웠다.

즉위식이 한눈에 보이는 동쪽 탑.

갇혀 있는 황제가 핏발이 선 눈으로 고함을 터트렸다.

"내가 황제다! 내가 황제란 말이다!"

아무리 소리를 질러도 들리지 않는 듯 사람들의 시선은 탑의 황제가 아니라 광장을 가로지르는 레너드와 이젤에게로 향해 있었다.

"저놈은 패륜아란 말이다! 날 끌어내리고 황제가 된…… 쿨럭."

컥컥."

고함을 지르던 황제가 거칠게 기침하였다. 마른기침과 함께 흘러내린 피가 바닥을 물들였다.

"허억. 허억."

심장을 부여잡은 황제가 바닥을 굴렀다.

숨을 몰아쉬고 들이마셔도 심장의 고통은 사그라지지 않았다. 바닥에 뒹굴며 황제가 힘겹게 말했다.

"내가 황제…… 내가 황제란 말이…… 컥컥."

고통에 몸부림치는 황제가 문을 향해 기어갔다. 거친 호흡으로 연신 숨을 들이마셨지만 상황은 나아지지 않았다. 네 발로 간신히 기어간 황제가 힘겹게 문을 두드렸다.

"누구, 누구 없느냐…… 쿨럭. 누구……."

항상 방을 지키는 병사가 있으니 문을 두드리다 보면 열릴 것이었다. 가쁜 숨을 내쉬며 늙은 황제의 손이 문을 두드렸다.

한편 반대편에서 황제가 갇혀 있는 감옥을 지키던 병사들이 툴툴대고 있었다.

"망할. 이런 데서 늙은이나 지키고 있다니…… 아악, 짜증나!"

병사의 투덜거림에 같이 있던 다른 병사도 고개를 끄덕였다.

"어차피 도망가지도 못할 늙은이를 왜 이렇게 떠받들며 지켜야 하는지 모르겠네. 더군다나 성격은 또 얼마나 더러운지. 아주 징그럽다니까."

투덜거리던 병사들이 밀려오는 짜증에 눈살을 찌푸렸다. 그 와중에 또 무엇이 불만인지 안에 갇혀 있는 황제가 연신 문을 두들겼다.

문에서 들려오는 소리에 짜증 난 병사가 발로 문을 힘껏 찼다.

"좀 가만히 계시오. 어떻게 하루를 제대로 못 넘어가!"

한 달 전만 해도 떠받들며 최선을 다해 모셨을 황제였지만, 지금은 처치 곤란한 죄인이었다. 하루가 멀다 하고 불평불만에 고래고래 소리를 질러 대는 황제에게 병사들은 지칠 대로 지쳐 있었다.

더군다나 오늘은 새 황제를 위한 즉위식이었다. 우중충하고 차가운 탑에서 늙은이나 지키는 일이 마음에 들을 리가 없었다.

병사의 불만에도 황제는 연신 문을 두드려 댔다. 그 행동에 짜증이 난 병사가 한마디 하려는 찰나, 다른 병사가 그를 잡았다.

"늙은이 상대를 하느니 차라리 우리도 즉위식이나 보러 가세."

"하, 하지만 그러면……."

"어차피 저 늙은이가 하루 이틀 저러는가. 저 지랄을 떨다가 제 풀에 지치겠지."

병사의 유혹에 고민하던 이가 웃으며 고개를 끄덕였다. 황제가 문을 두드리든 말든 시시덕거리며 병사들이 탑을 내려갔다.

쿵쿵 소리를 내던 문이 어느 순간 잠잠해졌다.

굳게 닫힌 문 밑으로 주르륵 피가 흘러나왔다.

황제가 죽고, 레너드가 새 황제가 되었다.

어느새 즉위식 후 2년이 흘렀다.

독수리가 새겨져 있는 티아라를 쓴 이젤의 표정이 좋지 못했다.

황후의 집무실에서 급보로 전해진 편지를 보던 이젤이 무거운 숨을 내쉬었다.

"황후 폐하, 좋지 않은 내용인 것입니까?"

이젤의 앞에서 대기하던 줄리가 조용한 어조로 물었다. 줄리의 물음에 이젤이 애써 고개를 저으며 들고 있던 편지를 책상에 내려놓았다. 하지만 잠시 후, 좀처럼 기분이 풀리지 않는지 창으로 시선을 돌리며 말하였다.

"레나의 왕이 숨을 거두었다고 한다."

이젤의 말에 줄리가 고개를 숙였다.

아들인 윈스턴이 죽은 후, 노쇠해진 왕은 간신히 목숨만을 유지하며 살았다.

그것도 2년이 한계였던 듯 후계조차 제대로 정하지 못한 채 그는 눈을 감았다.

"후계가 정해졌다고는 하나 기반이 단단하지 않으니 얼마 가지 못할 것 같구나."

이미 레나의 절반 이상이 카델에 삼켜진 상황이었다.

스스로 저버렸다고는 하지만 한때는 목숨을 바치며 지키려 했던 나라였기에 마음이 편치 않았다.

씁쓸한 얼굴의 이젤의 시선이 창밖에 오랫동안 머물렀다.

그때, 아나이스가 왔다는 말이 끝나기도 전에 문이 열리며 짧은 드레스를 입은 아이가 이젤에게 불안한 걸음으로 걸어왔다.

"마마!"

금발에 갈색 눈이 이젤의 어린 모습과 똑같았다. 그러자 이젤이 미소를 지으며 자리에서 일어났다. 몇 걸음 다가간 이젤이 팔을 뻗고 기다리자 달려온 아나이스가 이젤에게 담뿍 안겼다.

아이의 붉은 뺨에 입술을 맞춘 이젤이 이마에 맺혀 있는 땀을 닦아 주었다.

"앤, 어디를 돌아다녔는데 얼굴이 이렇게 빨간 거야?"

"마마! 밖에! 밖에 나가요!"

볕만 좋으면 잠이 들었던 온순한 아이는 커 가면서 밖에서 뛰노는 것을 더 좋아하는 말괄량이로 바뀌어 갔다. 오늘도 어디서 어떻게 뛰놀았는지 드레스 이곳저곳에 흙을 묻힌 채 아나이스가 이젤의 치마를 쭉쭉 당겼다.

"마마!"

아직 발음이나 문장이 어눌한 아이가 급한 마음에 작은 발을 동동 굴렀다. 그 모습에 무거운 기분을 벗어 낸 이젤이 미소를 지으며 아나이스를 안아 들었다.

이젤의 품에 안기자 아나이스가 크게 웃음을 터트렸다.

"우리 앤이 뭘 보여 주고 싶은 건지 나가 보자."

원하는 대로 이루어지자 아나이스가 환하게 미소 지으며 이젤의 뺨에 입술을 쪽 맞췄다.

생각지도 못한 아이의 애교에 이젤이 미소 지었다.

과거는 과거일 뿐이었다.

결국 살아 있는 사람은 또 자신의 삶을 지키기 위해 살아야 했다.

레나에 대한 감정을 정리하며 이젤이 아나이스와 밖으로 나갔다.

✦

　황제가 되자마자 레너드는 선황제가 영주들에게 자율적으로 넘겼던 조세의 권리를 자신의 권한으로 가져왔다.

　귀족의 반발이 있었지만, 현 황제의 힘은 지금까지의 황제들과는 비교할 수 없을 정도로 압도적이었다. 더군다나 조세를 가져오는 대신 영지를 개발할 권리를 내어 주니 반발은 천천히 가라앉았다.

　그럼에도 마음처럼 진전되지 않는 상황에 레너드가 무거운 숨을 내쉬었다.

　"폐하, 걱정이라도 있으세요?"

　시종이 준비한 탕에 몸을 담그고 있던 그가 뒤에서 들리는 소리에 고개를 돌렸다. 언제 들어왔는지 가벼운 옷의 이젤이 뒤에 앉아 있었다. 이젤의 모습에 지쳐 있던 레너드가 미소로 맞이하였다.

　"루칸이 또 쓸데없는 말을 했나 보군."

　"집무실에 안 계셔서 물어보니 여기에 계신다고 하더라고요. 루칸은 아무 말도 하지 않았어요. 폐하께서는 머리 아픈 일이 있으시면 언제나 이곳에 계시잖아요."

　이젤의 손이 목과 어깨를 주무르자 편안해진 레너드가 눈을 감았다. 황제와 황후의 위치였지만 단둘이 있을 때만큼은 무거운 짐을 내려놓고 부부로서 함께했다.

　조심스러운 손길이 뭉친 근육을 천천히 풀자 레너드에게서 편안한 숨이 흘러나왔다.

이제 괜찮다는 듯 손을 잡은 그가 탕으로 이젤을 끌었다. 한두 번 있었던 일이 아닌 듯 옷이 젖는 것도 아랑곳하지 않고 이젤이 탕으로 들어왔다.

젖은 옷에서 느껴지는 여체를 어루만지며 이젤의 어깨에 레너드가 얼굴을 묻었다.

"조급해하지 마세요. 금방 이뤄 내기에는 힘든 일이잖아요."

습기를 머금은 레너드의 머리카락을 쓸며 이젤이 나지막이 속삭였다. 부부로 함께하였기에 이젤은 레너드가 겉으로 표현하지 않아도 그의 심중을 곧잘 알아차렸다.

이젤의 목에 입술을 맞추며 레너드가 답답한 속내를 털어놓았다.

"그래도 조금은 결과가 나오기를 바랐다. 하지만…… 황태자와 황제는 또 다르군."

"영주들에게서 조세의 권한을 가져오는 것도 쉬운 일이 아니었잖아요. 그걸 폐하께서는 2년 만에 해내셨어요. 폐하께서는 잘하고 계세요."

"황후로서의 평가인가?"

"부인으로서의 의견이라고 생각해 주세요."

이젤의 대답에 레너드가 웃음을 터트렸다. 황제로서의 짐은 황태자였을 때와는 비교할 수 없을 정도로 무거웠지만, 앞의 여인이 있기에 버틸 수 있었다.

마지막 순간까지 자신만을 봐 줄 여인, 세상의 모든 이가 자신에게 검을 겨누어도 품에 있는 여인만큼은 그의 편에서 함께 싸워 줄 것이다.

안겨 있는 이젤의 입술에 깊게 키스하며 레너드의 손이 부지런히 옷의 매듭을 풀었다. 물에 젖은 옷이 쉽게 벗겨지지 않자 짜증 난 그가 옷을 찢었다.

순식간에 나신이 된 이젤을 몸에 밀착시키며 레너드가 매끄러운 어깨를 깨물었다.

"아얏."

따끔한 어깨에 짧게 비명을 지른 이젤이 레너드를 살짝 노려봤다. 이젤의 시선을 탐욕 어린 눈으로 보던 그가 곱게 파인 쇄골에 얼굴을 묻었다. 쇄골에서 가슴으로 오가는 애무에 뜨거운 숨을 내쉬던 이젤이 생각났다는 듯 레너드를 밀어냈다.

풍만한 가슴골에 얼굴을 묻고 있던 레너드가 이젤의 제재에 눈을 찡그렸다. 레너드의 미간에 짧게 키스한 이젤이 미소를 지었다.

"너무 거칠게 하시면 안 돼요, 레너드."

제 욕심대로 거칠게 탐해도 순순히 받아들였던 이젤이 그를 말리자 레너드가 미간을 좁혔다.

뇌리를 스치는 생각에 레너드가 조심스럽게 물었다.

"아이?"

레너드의 말에 이젤이 고개를 끄덕였다.

"치료사가 그랬나?"

"아니요. 느낌이 와서요."

"느낌?"

"네. 아나이스 때와 느낌이 똑같아요."

느낌이라는 말에 레너드가 미간을 좁혔다. 심각한 그의 모습에 간지러운 웃음을 지은 이젤이 물기 어린 손으로 뺨을 감쌌다. 이젤의 입맞춤에 의심하던 레너드가 길게 한숨을 내쉬었다.

"1년이 힘들겠군."

아나이스가 있는 1년, 절제하느라 힘들어했던 레너드였다. 그때의 기억이 떠오르자 이젤의 입가에 미소가 감돌았다.

"이번에는 어떠세요?"

이젤의 물음에 레너드가 묘한 미소를 지었다.

아나이스가 생겼을 때는 불안하고 혼란스러워했었다. 그의 아이가 자신을 향해 검을 겨눌지도 모른다는 두려움에 아이의 존재를 달가워하지 않았었다.

이젤의 허리를 끌어 몸에 밀착시킨 레너드가 이젤의 배를 부드럽게 쓸었다.

"기쁘다."

간결했지만 그 안에서 느껴지는 감정에 이젤의 눈가가 붉어졌다. 불안하고 끔찍했던 과거가 천천히 사라져 갔다. 사라진 과거를 채우는 것은 밝은 현실과 흥분되며 기다리는 미래였다.

가는 팔로 레너드를 껴안으며 이젤이 행복한 미소를 지었다.

"볕이 아주 좋아요."

시간이 흐르고 아이를 가진 이젤의 배도 불러왔다.

아나이스보다도 부른 배에 모든 이들이 걱정했지만, 그녀를 진료하는 치료사는 쌍생아일지도 모른다는 의견을 조심스럽게 내놓았다.

몸이 무거워질수록 움직이기 힘들어했지만, 그녀다운 성격답게 힘든 티를 내지 않았다. 하지만 이젤이 레너드의 심중을 아는 것처럼 그 또한 그녀의 심중을 알아차렸기에 종종 답답해하는 이젤을 데리고 궁 안을 산책하였다.

"치료사의 말을 안 듣고 나오길 잘한 것 같다."

레너드의 말에 이젤이 고개를 끄덕이며 미소를 지었다.

"조금이라도 나오려고 하면 줄리부터 치료사까지 전부 말려요. 레너드가 아니었으면 아기가 나오기 전까지 방에만 갇혀 있었을 거예요."

"두 달은 그렇게 있어야 할 텐데, 밖을 좋아하시는 황후께서 어쩌나."

놀리듯 짓궂게 말하는 레너드의 팔을 치며 이젤이 입을 내밀었다. 선황제의 잔재가 사라질수록 레너드에게서 여유가 생겨났다. 여전히 귀족들에게 두렵고 무자비한 황제였지만, 이젤에게 레너드는 의지하고 아낌없이 사랑할 수 있는 유일한 사내였다.

"폐하께서 데리고 나와 주시면 되죠. 정 안 되면 카일 공에게 부탁드려도 되고요."

"흐음. 나는 몰라도 형은 어려울 것이다. 당분간은 영지의 일을 처리하느라 황궁에 오기는 어려울 테니까."

황제와의 악연이 끝나서였는지, 그게 아니면 카델이라는 짐에서 벗어나서였는지 알 수 없었지만 카일의 상태는 천천히 나아졌다. 아직은 불안한 면이 남아 있기는 했지만 얼마 전부터 스스로 영지의 일을 맡아서 하기 시작했다.

불안하다는 말을 입에 달고 살았지만, 전혀 못 한다고 했었던 과거와는 달리 할 수 있을 것 같다는 말을 꺼냈다. 결과가 어떻게 될지는 알 수 없었지만 레너드는 카일에게 영지의 전권을 일임하였다.

레너드의 팔에 머리를 기대며 이젤이 조심스럽게 말하였다.

"빨리 나아지셨으면 좋겠어요."

"전혀 못 한다며 거부할 때와는 다르니까 시간이 해결해 주겠지."

그의 말에 이젤이 고개를 끄덕였다.

시종도 물리고 둘이서 걷는 걸음이 설레었다.

처음 만났을 때의 그는 이젤에게 악마, 그 자체였다.

하늘 아래 같이 있기도 두려웠던 검제.

그렇게 생각했던 사내가 어느새 곁에서 같은 것을 보며 함께하였다.

"레너드."

이젤의 부름에 레너드가 걸음을 멈추고 눈을 맞추었다.

"폐하께서 하신 일 중 가장 잘했다고 생각하시는 일이 무엇이세요?"

"뜬금없이 그게 무슨 질문이지?"

갑작스러운 질문에 레너드가 고개를 갸웃했다.

하지만 레너드와는 다르게 질문을 한 이젤의 눈은 빛났다.

"전 레너드의 손을 잡은 것이 가장 잘한 것 같아요. 그 덕분에 지금 누구보다도 행복하니까요."

행복하다는 이젤의 말에 레너드의 눈이 부드럽게 변하였다. 몸을 돌려 마주 보고 선 레너드의 손이 이젤의 어깨를 감쌌다.

하늘 아래 함께하고자 맹세한 부인.

호기심으로 시작되었던 감정은 어느새 자신을 채우는 사랑으로 변하였다.

"레나로 출전을 나가서 그대를 강제로 카델로 데려온 일이 내 생애에 가장 잘한 일이다."

"그건 잘했다고 하기에는 좀 그렇지 않은가요?"

"잘한 일을 물어본 거지 착한 일을 물어본 건 아니지 않은가?"

레너드의 항변에 이젤이 간지러운 미소를 지었다.

초저녁의 노을이 카델의 하늘을 붉게 물들었다. 마주 보며 서 있는 둘의 그림자가 바닥에 길게 늘여졌다.

쌀쌀한 바람이 불어오자 레너드가 몸을 옮겨 이젤에게 불어오는 차가운 바람을 막았다.

바람에 휘날리는 갈색 머리카락을 이젤의 손이 부드럽게 쓸었다.

시선이 마주했다.

"나의 이젤."

레너드의 말에 이젤의 눈이 커졌다. 레너드의 손이 이젤의 **뺨**을 감쌌다.

"나의 하나뿐인 이젤."

그의 고백이 심장에 각인되었다. 레너드의 손 위에 자신의 손을 포갠 이젤이 수줍게 말했다.

"나의 레너드."

이젤의 말에 레너드의 눈이 빛났다.

그를 향한 애정이 가득한 눈으로 이젤이 다시 말했다.

"나의 하나뿐인 레너드."

신뢰가 가득 찬 눈이 레너드만을 바라보았다.

이젤의 이마에 입술을 맞춘 레너드가 환한 미소를 지었다.

레너드가 손을 내밀자 이젤이 그 손을 잡았다.

하나가 둘이 되자 새로운 세상이 열렸다.

그 세상의 속으로 이젤과 레너드가 함께 걸어가기 시작하였다.

— *The end*

외전 1
첫째의 고민

황제가 즉위한 지도 10년이 넘었다.

광기를 가지고 있던 선제를 지독히 닮았던 이였기에 오래가지 못할 것이라는 예상을 비웃듯 공격적인 정책과 운영으로 나날이 자리를 잡아갔다.

하루가 멀다고 사람이 죽어 나갔던 예전에 비하면 평화로운 황궁에서 10살이 된 여자아이가 황제와 황후가 있는 침실을 향해 도도도 뛰어왔다. 옆머리를 닿아 하나로 모은 금발머리가 빛에 반짝였다.

"줄리!"

침실 앞에 서 있는 줄리를 발견한 아이가 갈색 눈을 빛내며 열심히 달려왔다. 아이의 모습에 줄리가 고개를 숙였다.

"황녀 저하."

"어마마마는 일어나셨어?"

눈을 빛내는 여자아이를 보며 줄리가 난감한 듯 눈을 내렸다.

아나이스 로즈.

선제와의 전쟁 중에 태어났던 레너드와 이젤의 첫 번째 아이는 어느새 혼자서 황궁을 헤치고 다닐 정도로 말괄량이가 되어 있었다.

"두 분 다 늦게 주무셔서요."

"같이 계셔?"

아나이스의 표정이 어두워지자 줄리가 고개를 끄덕였다.

굳게 닫힌 침실 문을 보며 아나이스가 길게 한숨을 내쉬었다.

말을 타고 싶어 하는 아나이스를 위해 이젤이 직접 승마를 가르쳐 주기로 한 날이었다. 황녀였기에 원하면 누구에게나 승마를 배울 수 있었지만 아나이스는 어머니인 이젤에게 직접 배우고 싶었다.

"아바마마와 같이 계시면 오후에나 배울 수 있겠다."

새끼손가락을 걸고 오늘 꼭 가르쳐 주기로 약속했지만 레너드와 같이 있으면 어려웠다.

어머니인 이젤은 자애로웠지만 아버지인 레너드는 무서웠다. 언제나 앤이라 부르며 뺨에 키스해 주는 이젤과는 다르게, 레너드는 부인인 이젤에게는 부드러웠지만 아나이스를 포함한 자식들에게는 엄했다.

"황후 폐하께서 나오시면 시녀를 보내 알려 드릴게요, 황녀 저하."

줄리의 말에도 아쉬운지 아나이스의 걸음이 쉽게 옮겨지지 않았다. 축 늘어진 어깨로 몇 걸음 옮기던 아나이스가 결국 다시 침실 앞으로 돌아왔다.

"일어나실 때까지 줄리랑 같이 기다릴래."

"오래 기다리셔야 하는 걸요."

줄리의 말에도 입이 쭉 나온 아나이스가 벽에 몸을 기댄 채 고개를 숙였다. 지난주부터 약속했었던 일이라 그런지 기대를 많이 하고 있었던 듯했다.

아나이스를 보는 줄리의 눈이 다시 난감해졌다. 하지만 그 레너드와 이젤의 딸답게 아나이스의 고집 또한 상당했다. 고집을 피우기 시작하면 이젤이나 레너드 외에는 접을 수 있는 사람이 없었기에 줄리는 아나이스와 함께 침실 앞에서 기다리기 시작했다.

"아!"

눈을 뜨자 환히 보이는 방의 모습에 이젤이 몸을 벌떡 일으켰다. 꿈일지도 모른다는 생각에 손으로 눈을 문지르고 다시 떴지만 역시나 평소에 일어나던 시간을 훌쩍 넘겨 버렸다.

"앤한테 승마를 가르쳐 주기로 했는데…… 정신 좀 봐. 어서 준비를 해야…… 아얏."

서둘러 침대에서 내려오려는 이젤의 허리를 굵은 팔이 휘감았다. 몸을 끌어당기는 강한 힘에 이젤이 다시 침대에 눕혀졌다.

"폐하! 아침이에요. 일어나셔야…… 폐하!"

아무것도 입지 않은 나신을 몸에 밀착시킨 레너드의 손이 자연스럽게 풍만한 이젤의 가슴을 잡았다. 검지로 가슴의 정점을 부드럽게 희롱하는 레너드가 이젤의 목에 깊게 입술을 묻었다. 놀라서 깨 버린 몸이 본능적으로 다시 반응하였다.

"폐…… 정말…… 어제도 그러……."

10년 전이나 지금이나 일어나야 한다며 종알대는 것은 여전했다. 한 달을 귀족들과 대립한 끝에, 어제가 되어서야 그들에게서 원하는 것을 얻어 냈다. 오늘만큼은 레너드도 잠시 정사를 잊고 그녀의 곁에서 쉴 생각이었다.

예전이나 지금이나 그가 편안히 잠들 수 있는 건 부인인 이젤의 곁뿐이었다.

"아나이스는 오후에 가르쳐도 된다."

"하지만 앤이 기다릴지도 모르는데…… 흐읍."

어느새 위로 올라온 레너드가 이젤의 팔을 머리 위로 올렸다. 부부로서 같이 산 지도 10년이 넘었지만 여전히 나신으로 누워 있는 이젤은 레너드의 절제를 흐트러뜨렸다.

사냥감을 잡아채듯 이젤을 누른 그가 짓궂은 미소로 내려다보았다. 레너드의 애무에 상기된 이젤이 안 된다며 고개를 저었다. 이젤의 거부에 레너드가 눈썹을 꿈틀댔다.

"나보다 아나이스가 더 중요하다는 건가?"

"그게 아니라…… 한 달…… 전부터 하아…… 말이 나온…… 레너드."

말을 꺼내는 사이에도 레너드의 손과 입술을 부지런히 이젤의 몸에 자신을 각인시켜 나갔다. 안 된다며 거부하던 이젤도 가슴에 얼굴을 묻고 있는 레너드의 머리카락을 손가락으로 쓸기 시작했다.

"오후에 같이 승마를 봐 주는 걸로 하지."

아이에 관한 일이 마음에 걸렸는지 이젤의 입술에 깊게 키스하며 레너드가 입을 열었다.

그의 제안에 이젤이 미소를 지은 찰나, 그녀의 안으로 레너드가 분신을 묻었다.

언제나 아낌없이 사랑을 주는 레너드를 물기 어린 눈으로 바라보며 이젤이 그의 움직임에 자신을 맞춰 가기 시작했다. 아침의 따뜻한 햇볕보다도 더 뜨겁게 사랑을 나누는 둘이 서로를 보며 달콤한 미소를 지었다.

이젤과 레너드가 좀처럼 나올 기미가 없자 줄리는 실망한 아나이스를 데리고 밖으로 나왔다.

"어마마마와 아바마마는 날 사랑하지 않으시나 봐."

풀이 죽은 아나이스를 보며 줄리가 조심스럽게 말을 꺼냈다.

"황제 폐하와 황후 폐하께서 어제 중요한 일을 끝내셔서 많이 피곤하셨나 봐요. 황녀 저하께서 조금만 기다려 주시면 곧 나오실 거예요. 그리고 두 분 다 얼마나 황녀 저하를 위하시는데요. 지난번에 감기에 걸리셨을 때도 두 분 모두 저하 곁에서 계속 계셨는걸요."

"거짓말하지 마. 아까 방에서 어마마마의 목소리가 들렸단 말이야. 그런데도 안 나오셨어. 날 예뻐하지 않으시는 거야."

단단히 심통이 났는지 아나이스의 입이 쭉 튀어나왔다. 길에 있는 돌멩이를 작은 발로 툭 차며 아나이스가 기운 없이 걸음을 옮겼다.

"앤 누나!"

한참을 궁 밖을 걸어가던 중 멀지 않은 곳에서 아나이스를 부르는 소리가 들려왔다. 고개를 숙인 채 걸어가던 아나이스와 줄리가 소리가 들리는 쪽으로 시선을 돌렸다.

갈색 머리카락에 푸른 눈을 가진 사내아이 둘이 앤을 향해 달려왔다.

오른쪽 사내아이의 목에 있는 작은 흉터만 아니면 누가 누구인지 알 수 없을 정도로 똑같은 모습의 아이들이 앤 앞에 멈추었다.

"펠릭스 저하, 제이드 저하. 오셨습니까?"

"어? 왜 줄리가 누나 옆에 있어? 어마마마는?"

흉터가 없는 왼쪽의 사내아이, 둘째 펠릭스의 말에 아나이스의 표정이 더 어두워졌다.

레너드가 황위에 오른 후, 이젤은 쌍둥이 아들을 낳았다. 쌍생아라, 난산 끝에 힘겹게 낳은 터라 황제가 탐탁지 않게 여겼다는 소문도 한때 돌았지만, 소문은 소문일 뿐 부부의 사랑을 받고 자란 두 아들은 얌전했던 아나이스와는 달리 태어나자마자부터 황궁을 정신없게 만들었다.

"앤 누나, 오늘 어마마마와 말 타러 간다며? 왜 여기 있어?"

기어 다닐 때 시녀의 실수로 목에 작은 흉터가 생긴 제이드가 아나이스에게 물었다.

동생들의 물음에 아나이스가 작은 목소리로 말했다.

"몰라."

"누나가 왜 몰라? 아침부터 간다고 좋아했잖아? 제이드, 형이 잘못 들었나?"

"아니야. 오늘 간다고 해서 보러 온 거잖아."

둘의 추궁에 아나이스가 버럭 소리를 질렀다.

"모른다고!"

아나이스의 행동에 놀란 둘이 눈을 동그랗게 떴다. 결국 세 아이들을 보던 줄리가 중재에 나섰다. 씩씩 화를 내는 아나이스를 진정시킨 줄리가 영문을 모른 채 서 있는 두 황자에게 말했다.

"황제 폐하와 황후 폐하께서 어제 늦게 주무셔서 아직 일어나지 않으셨어요. 그래서 황녀 저하께서 기다리고 계신 거예요."

"그래? 그럼 기다리면 되지. 왜 화를 내?"

"맞아. 별일도 아니잖아."

돌림노래처럼 같은 말을 해 대는 두 동생을 보며 아나이스가 부글부글 끓는 속을 억지로 참았다. 어린 동생들은 자신의 속상한 마음 따위 알지 못할 것이다.

왠지 모르게 서러운 감정이 밀려오자 아나이스가 뚝뚝 눈물을 떨어뜨렸다.

아나이스가 울음을 터트리자 앞에 있는 펠릭스와 제이드가 당황하였다.

"어? 누나 왜 울어."

"누나 울렸다고 아바마마한테 혼난단 말이야. 울지 마."

당황한 펠릭스와 제이드가 도움을 요청하듯 줄리를 바라보았다. 아나이스가 왜 그러는지 아는 줄리가 품에 넣어 두었던 손수건을 꺼내 눈물을 닦아 줬다.

"황녀 저하, 조금만 기다리시면 두 분께서 나오실 거예요. 바로 준비시킬 테니 걱정하지 마세요. 울지 마세요."

줄리의 위로에 아나이스가 눈물이 그렁그렁 맺힌 눈으로 고개를 들었다. 아나이스의 말 없는 물음에 줄리가 고개를 끄덕였다. 줄리의 말에 아나이스가 눈물을 그치자 기다리고 있었다는 듯 두 장난꾸러기가 말했다.

"줄리가 준비해 준다잖아! 아니면 지금이라도 어마마마를 보러 가자. 그럼 바로 나와 주실 거야."

"형님 말대로 어마마마를 보러 가자! 지금이면 일어나셨을 거야!"

펠릭스와 제이드의 말에 아나이스가 손으로 눈물을 닦으며 고개를 저었다.

"안 돼. 지금 아바마마와 어마마마께서는 사랑을 하시는 중이야."

"사랑?"

"응! 그러니까 가면 안 돼."

아나이스의 단호한 말에 펠릭스와 제이드가 입을 헤에 벌렸다. 생각지도 못한 말에 뒤에 있던 줄리가 몸을 숙이며 격하게 기침을 터트렸다.

"콜록콜록."

줄리의 반응에 이번에는 아이들이 고개를 갸웃했다. 대표로 줄리의 옆에 있던 제이드가 물었다.

"줄리, 왜 그래?"

"아, 아니요. 콜록콜록."

언제 누구에게서 무엇을 들은 것인지 알 수 없었으나 아나이스
의 표정은 너무나도 태연했다. 사랑을 하는 것이 무엇을 의미하는
지는 알고 저러는 것인지는 알 수 없었지만 아나이스의 발언은 줄
리에게는 상당한 충격이었다.

하지만 아나이스와 두 황자의 앞에서 마냥 기침을 할 수는 없었
다. 서둘러 정신을 차린 줄리가 괜찮다며 미소를 지어 보였다. 줄
리의 미소에 걱정하던 아이들의 입가에 미소가 감돌았다.

상황은 진정되었지만 앞으로 어떻게 해야 할지 난감하던 찰나,
뒤따라온 시종이 카일이 황궁에 도착했다는 소식을 전해 왔다. 카
일이라는 이름에 아이들이 서로 가겠다며 목소리를 높였다.

카일이 머물고 있는 궁으로 아이들을 데리고 가며 줄리가 안도
의 숨을 내쉬었다.

시간이 흐르면서 흐트러졌던 정신은 천천히 제자리를 찾아갔다.

황제가 즉위를 한 지 5년 후, 카일 또한 치료사에게서 완치판정
을 받았다.

그 이후부터 스스로 영지를 관리하기 시작한 카일은 5년이 지난
지금, 황제의 가장 든든한 권력기반이 되어 있었다.

"까르르."

힘겹게 다리 위에 올라탄 여자아이가 카일을 보며 방긋 미소를
지었다. 갈색 곱슬머리에 갈색 눈을 가진 여자아이는 이젤보다는
레너드를 연상시키는 외모를 가지고 있었다.

카일의 상의를 잡고 몸을 일으킨 여자아이가 카일의 뺨에 쪽 입

술을 맞췄다.

"올리비아."

이젤이 쌍둥이인 펠릭스와 제이드를 힘겹게 낳은 후, 레너드는 더 이상 아이는 갖지 않으려 했다.

하지만 신의 섭리인지, 변하지 않는 둘의 애정 덕분인지 두 아이를 낳은 뒤 5년 후 이젤은 레너드와 똑같은 외모를 가진 딸을 낳았다.

10살인 아나이스, 7살인 펠릭스와 제이드, 2살인 올리비아.

덕분에 피와 광기로 가득 찼던 카델의 황궁은 둘이 낳은 아이들의 목소리로 활기를 띠었다.

"카일 공!"

누가 먼저라 할 것 없이 달려온 아이들이 앉아 있는 카일의 팔과 다리에 매달렸다. 격한 아이들의 환호에 카일의 입가에 미소가 감돌았다.

"펠릭스와 제이드는 전보다 장난기가 는 것 같고, 아나이스는 그사이에 키가 더 컸구나."

카일의 평가에 아이들이 즐거운 미소를 지었다.

엄한 레너드와는 달리 카일은 황궁에 올 때마다 아이들과 시간을 보냈다. 제정신을 차리고 공작의 작위를 받은 후로 여러 곳에서 주선이 들어왔지만 카일은 정중히 그러한 제안을 거절하였다.

"카일 공, 이번에는 얼마나 계실 거예요?"

펠릭스의 물음에 카일이 고심하듯 손가락으로 턱을 쓸었다.

"글쎄다. 폐하께 인사를 드린 후에 정해야겠지만 일주일은 있을 것 같구나."

일주일이라는 말에 펠릭스와 제이드가 환호성을 질렀다.

황궁 밖의 외출도 카일과 함께라면 레너드의 허락을 받을 수 있었다. 무엇보다도 카일은 종종 황궁에서는 볼 수 없는 재미난 곳에 아이들을 데리고 나갔다.

카일의 품에 안겨 있던 올리비아가 내려오려 칭얼대자, 안고 있던 카일이 번쩍 들어 아이를 내려놓았다.

뒤뚱거리는 걸음으로 올리비아가 제이드의 손을 잡자, 펠릭스와 제이드가 웃음을 터트리며 앞에 넓게 펼쳐진 정원으로 아이를 데리고 갔다.

아이들을 보고 있던 카일은 옆에서 우물쭈물 서 있는 아나이스를 보며 미소를 지었다.

어렸을 때부터 아나이스는 고민이 있을 때마다 불안하게 서 있는 버릇이 있었다. 그 사실을 알고 있는 카일이 옆에 있는 의자를 꺼내 아나이스에게 앉으라며 손짓했다.

자리에 냉큼 앉은 아나이스가 이리저리 눈치를 보다 조심히 말을 꺼냈다.

"아바마마와 어마마마는 절 사랑하지 않으시는 거 같아요."

생각지 못한 말에 카일이 고개를 갸웃했다.

"왜 그렇게 생각하지?"

"오늘 어마마마께서 승마를 가르쳐 주신다고 했는데 아바마마와 어마마마께서 같이 계시느라 방에서 나오시지 않았어요. 분명 손가락까지 걸고 약속했는데……."

말을 잇던 아나이스의 눈에 눈물이 글썽였다. 아나이스의 반응에 카일이 묘한 미소를 지었다. 아이의 눈 끝에 맺힌 눈물을 손가락으로 닦아 내며 카일이 입을 열었다.

"아나이스는 두 분의 사이가 좋은 게 싫어?"

"그게 아니라…… 어마마마는 앤이라고 불러 주시고 언제나 예쁘다며 뺨이나 이마에 키스도 해 주세요. 하지만 아바마마는 어마마마만 사랑하시고 저한테는 무서우세요. 언제나 키스도 어마마마에게만 해 주시고…… 아바마마와 계시면 어마마마도 저를 봐 주지도 않으세요."

허공에 떠 있는 발을 흔들거리며 아나이스가 풀죽은 목소리로 말했다.

아이의 고민에 카일의 입가에 미소가 감돌았다.

레너드는 본래 속마음을 잘 드러내지 않았다. 솔직한 감정을 보여 주는 사람은 부인인 이젤이나 형제인 카일뿐, 자식들을 아끼면서도 레너드는 자신의 속마음을 감췄다.

자신의 행동 하나에 아이들이 상처받을지도 모른다는 생각에 조심스러운 것이었지만 그 사실을 모르는 아이들은 레너드가 엄한 아버지라는 생각을 가지고 있었다.

더군다나 하루고, 이틀이고 눈이 맞으면 둘은 방에서 나오지 않을 때도 종종 있었기에 아나이스의 눈에는 저렇게 보여도 이상할 것이 없었다.

"그럼 아나이스는 황제 폐하가 싫어?"

카일의 물음에 잠시 고민하던 아나이스가 고개를 저었다.

"왜? 황후 폐하만 좋아하시고 혼자만 소유하려고 하시잖아. 황제 폐하와 같이 있으면 황후 폐하도 아나이스를 신경 쓰지 않는다면서? 그럼 싫어하는 거잖아. 아나이스는 황제 폐하를 싫어하는구나."

"그래도 지난번에는 잘했다면서 머리도 쓰다듬어 주셨어요! 아바마마가 싫지 않아요! 그냥…… 그냥 좀……."

말로 표현하기 어려운지 아나이스가 눈썹을 찡그렸다. 그 모습을 조용히 보던 카일이 가까이 오라며 아나이스에게 손짓했다. 의자에서 내려와 서 있는 아나이스를 무릎에 앉힌 카일이 아나이스의 머리를 쓰다듬었다.

카일의 위로에 아나이스가 얼굴을 붉혔다.

"서운한 거지?"

카일의 물음에 아나이스가 말없이 고개를 끄덕였다. 아나이스의 등을 토닥이며 카일이 정원에서 노는 아이들에게 시선을 옮겼다.

"황제 폐하와 황후 폐하는 어려서부터 많이 힘드셨다. 그래서 그런지 서로를 많이 아끼시지. 그리고 아나이스도 많이 예뻐하셔. 지난번에 황제 폐하께서 아나이스가 바르고 똑똑해서 안심이 된다는 말씀도 해 주셨단다."

"정말요?"

레너드가 자신을 칭찬했다는 소리에 아나이스가 믿을 수 없다는 눈으로 카일에 물었다.

고개를 끄덕이며 카일이 아나이스의 금발을 손으로 쓸어내렸다.

"사랑받지 못한다고 생각하면 황제 폐하나 황후 폐하께서는 마음이 많이 아프실 것 같구나. 내 눈에는 두 분이 누구보다도 아나이스를 아끼는 걸로 보였거든. 펠릭스도, 제이드도, 올리비아도 있지만 아나이스는 두 분의 첫째니까. 아나이스가 생긴 걸 아셨을 때 두 분 폐하는 아주 행복해하셨거든."

카일의 말을 조용히 생각하던 아나이스의 입가에 환한 미소가 생겼다.

마음속에 있던 앙금이 사라졌는지 활짝 미소를 지은 아이가 카일을 와락 껴안았다.

"감사합니다, 카일 공."

아나이스의 애교에 카일의 입가에 부드러운 미소가 감돌았다.

멀지 않은 곳에서 레너드와 이젤이 걸어오는 것이 보이자 아나이스의 귀에 카일이 뭐라 속삭였다. 카일의 말에 고개를 돌린 아나이스가 의자에서 내려와 둘을 향해 도도도 뛰어갔다.

갑자기 자신에게 안긴 아나이스의 모습에 당황하던 레너드가 옅은 미소를 지으며 아이를 안았다. 곧이어 달려온 나머지 아이들이 이젤과 레너드에게 안겨 들었다.

그 모습을 보던 카일이 의자에서 일어났다.

꼭 누군가가 곁에 있어야만 행복한 것은 아니었다.

동생의 곁에서 그가 만들어 가는 세상을 보는 것이 최근 카일이 느끼고 있는 새로운 즐거움 중 하나였다.

이젤과 레너드에게 고개를 숙여 인사를 한 카일이 둘에게 다가갔다.

❖

천둥이 치고 번개가 번쩍였다.

한 번 내리기 시작한 비는 끝없이 쏟아져 내렸다.

굉음이 들려올 때마다 베개에 얼굴을 묻은 아나이스가 귀를 틀어막았다. 하지만 그러한 아이의 노력에도 불구하고 무서운 천둥은 계속 내리쳤다.

결국 누워 있던 아나이스가 베고 있던 베개를 들고 방을 나왔다.

그러자 방을 지키고 있던 시종이 몸을 숙였다.

"황녀 저하, 이 밤에 어디를 가시려고요."

시종의 물음에 대답도 없이 아나이스가 걸음을 옮겼다. 번개와 천둥이 몰아칠 때마다 걸음이 멈춰지기는 했지만, 소리가 멈출 때마다 부지런히 어디론가 걷기 시작했다.

잠시 후, 간신히 도착한 이젤의 침실 앞에서 아나이스가 무서운 시선으로 방문을 바라보았다.

카델의 첫 번째 황녀가 천둥이 무서워 황후의 방으로 왔다는 사실이 부끄러웠지만 지금은 그 부끄러움보다도 궁에 울리는 소리가 더 무서웠다. 아나이스가 왔다는 것을 고해 드리겠다는 줄리를 막은 아이가 무겁게 한숨을 내쉬었다.

천둥이 무서워서 오기는 했지만 역시 방 안으로 들어가기는 부끄러웠다.

결국 아나이스가 몸을 돌렸다.

"아나이스?"

뒤에서 부르는 목소리에 아나이스의 발걸음이 멈추었다.

"아, 아바마마."

레너드의 모습에 당황한 아나이스가 숨을 들이마셨다. 평소에도 엄한 레너드가 오늘따라 더 무서워 보였다. 사실을 안다면 크게 혼낼 것이다.

차마 도망가지도 못하고 고개를 숙이고 있을 때, 가까이 다가온 레너드가 고개를 숙이고 있는 아나이스를 안아 들었다.

"아!"

"조용히 하거라."

레너드의 품에 안겨 방으로 들어가니, 넓은 침대에 앉아 있는 이젤의 모습이 보였다. 그리고 그 주변에서는 세 명의 동생이 세상모르고 잠들어 있었다.

"앤, 무서웠구나. 이리 와."

레너드가 내려놓자 이젤이 팔을 벌리며 아나이스를 불렀다. 그녀의 부름에 아나이스가 단숨에 달려가 이젤의 품에 안겼다.

이젤의 품에 안긴 채 눈을 감자 억지로 참았던 잠이 쏟아져 내렸다.

중간중간 치는 천둥 소리에 아나이스가 몸을 움찔댔다. 무섭지 않다고 생각하려 해도 번쩍이는 번개나 천둥은 어린 그녀를 자꾸 놀라게 하였다. 내색하지 않으려 해도 어린 아나이스의 몸이 겁에 사시나무처럼 떨렸다.

그때, 따뜻한 온기가 그녀의 등을 토닥였다. 이젤과는 다른 느낌에 아나이스가 졸린 눈으로 고개를 들었다.

"괜찮다. 더 자거라."

무섭게만 느껴졌던 레너드가 누구보다도 의지가 되었다.

아나이스가 잠들 수 있도록 레너드는 말없이 등을 토닥였다.

곧 깊게 잠든 아나이스가 고른 숨소리를 내며 잠이 들었다.

딸이 잠들 때까지 등을 두드리던 레너드가 조심히 몸을 일으키려 하였다. 하지만 언제 붙잡았는지 아나이스의 손이 레너드의 셔츠를 단단하게 붙잡고 있었다.

"어머나."

딸아이의 행동에 이젤이 미소를 지었다. 말없이 아나이스의 행동을 보던 레너드가 작은 목소리로 그녀에게 말했다.

"예전에 너하고 똑같다."

레너드의 말에 이젤이 환한 미소를 지으며 말했다.

"폐하의 품에 있으면 안심이 되거든요. 그나저나 그대로 자야겠는데요."

"음. 할 수 없지."

다시 자리에 누우며 레너드가 아이의 등을 토닥였다. 부녀의 모습을 바라보고 있는 이젤의 입가에 벅찬 미소가 자리 잡았다.

자신에 대해 말하는 것을 아는지 모르는지 아나이스가 레너드의 품을 파고들었다.

내리치는 천둥도, 번쩍이는 번개도 아나이스는 더는 무섭지 않았다.

아버지의 온기에 자신을 맡기며 아이가 편안히 잠들었다.

외전 2

황제와 황후의 나날

곧게 세운 검이 허공을 갈랐다.

아무도 없는 훈련장의 가운데서 어린 소녀가 허리를 세운 채 서 있었다.

검의 움직임은 누구에게 들킬세라 은밀하고 조용히 이루어졌다. 허공을 가른 검이 방향을 바꾸어 움직였다. 검의 움직임에 따라 팔과 발이 물 흐르듯 따라 움직였다.

하지만 곧 마음에 들지 않는지 검을 내린 소녀가 입술을 깨물었다.

"이게 아니야."

아이라고 하기에는 나이가 있었고, 여인이라고 하기에는 조금은 부족한 15살의 아나이스가 검을 내려놓으며 입술을 깨물었다.

허리까지 내려오는 긴 금발을 붉은 끈으로 단정히 묶은 모습이 이젤의 어렸을 때를 보는 듯하였다. 하지만 레너드를 꼭 닮은 갈색 눈에 복잡한 감정이 가득 담겨 있었다.

"어마마마는 이렇게 하지 않으셨어."

검을 알면 알수록 느낌이 오지 않았다. 여인의 몸으로 검을 잡기보다는 황녀의 임무에 충실해야 한다는 시종의 만류가 있었지만 아나이스는 이젤처럼 검을 배우고 싶었다.

지금도 검을 들면 두세 명의 기사는 가볍게 제압하는 이젤이었다. 특히나 레너드와 대련을 할 때면 검에 무지한 아나이스조차 긴장할 정도로 치열하였다.

"황녀의 임무."

여자로서 바른 몸가짐을 가지고 나라에서 정해 주는 사내를 만나 후계를 낳는 것이 황녀가 해야 할 일이라 배웠다. 그게 맞다고 생각하면서도 마음 한편에서는 그게 최선인지 자꾸 의문이 들었다.

복잡해지는 생각에 아나이스가 고개를 저었다. 그리고는 다시 검을 들어 자세를 잡았다.

"좀 더 검을 들어라. 처음부터 자세를 잘못 잡으면 나중에 힘들어진다."

딱딱한 목소리에 아나이스의 몸이 떨렸다. 설마 하는 생각에 아나이스가 고개를 옆으로 돌렸다. 자신도 모르게 아나이스가 눈을 질끈 감았다.

언제부터 보고 있었는지 레너드가 팔짱을 낀 채 서 있었다.

나이가 있었으나 여전히 검에서는 최상의 자리에 있는 아버지가 보고 있었다는 생각에 아나이스의 얼굴이 빨개졌다.

"아바마마."

검을 뒤로 숨긴 아나이스가 레너드를 향해 몸을 숙였다. 뒤에 대기하고 있던 시종을 내보낸 레너드가 아나이스에게로 걸어왔다.

말없이 바라보는 시선에 아나이스가 당황하며 말을 꺼냈다.

"저기 이건…… 이것은 말입니다."

"검을 배우고 싶다면 이야기를 하지. 왜 숨어서 이러고 있는 것이냐?"

생각지 못한 말에 아나이스의 눈이 레너드를 향했다. 아나이스가 손에 들고 있는 검을 가져온 레너드가 이리저리 검을 살폈다.

"황후에게서 네가 검을 배우고 싶어 한다는 말을 들었다만, 네가 아무 말도 하지 않기에 혹여 황후가 잘못 알고 있는 줄 알았다."

"그것이, 황녀의 몸가짐으로 검을 잡는 것은 아니라 하여……."

아나이스의 말을 듣는 레너드의 눈이 날카로워졌다. 아나이스가 여자라서 제재를 가하거나 몸가짐을 바로 해야 한다는 말 따위는 단 한 번도 꺼내지 않았다.

자신과 이젤의 아이가 원하는 일을 선택할 수 있는 세상을 만드는 것이 둘의 꿈이었다.

그런데 누군가가 아나이스에게 여자의 의무를 강요하고 있었다. 그것도 이젤과 레너드가 가장 경멸하는 부분을 당연한 것처럼 가르쳤다는 말에 레너드의 심기가 불편해졌다.

"누가 너에게 그런 말을 하였느냐?"

레너드의 물음 안에 고요한 분노가 느껴졌다.

자신이 무언가 잘못 말한 것인가? 하지만 자신이 말실수한 것은 없었다.

"궁의 시종과 시녀들이 당연한 일이라며……."

"나와 황후가 너에게 그렇게 말했느냐? 너에게 황녀로서 여인의 것만 배우며 정한 사내와 혼인하라 가르쳤느냐?"

레너드의 물음에 영문을 알지 못한 아나이스가 그렇지 않다며 고개를 저었다. 아나이스는 자신의 가진 재능에 비해 아직 자신감이 부족했다. 나이가 어려서 그런 것이라 생각하고 있었건만, 원인은 다른 곳에 있었다.

"누구 없느냐?"

레너드의 부름에 대기하던 시종이 훈련장 안으로 들어왔다. 아나이스가 들고 있던 검을 시종에게 내밀며 레너드가 담담히 말했다.

"성의 대장장이에게 아나이스의 검을 만들라 전하라. 아직 나이가 어리고 근력이 부족하니 무게는 이것의 절반 정도로 만들어야 할 것이다."

"네, 폐하."

"그리고 황녀의 궁에서 일하는 시녀와 시종을 전부 바꿔라. 모시는 주군조차 제대로 보필하지 못하는 이는 황궁에 필요 없다. 그리고 시종장은 잠시 내 집무실로 오라 하여라."

순식간에 일어나는 일에 아나이스가 레너드의 눈치를 보았다. 바로 결과를 원하는 황제의 성격을 아는 시종이 바쁜 걸음으로 훈련장 밖을 나갔다.

모두를 내보낸 레너드가 복잡한 표정으로 아나이스를 바라보았다. 말없이 바라보던 레너드가 갑자기 손을 들어 아나이스의 머리를 쓰다듬었다.

어렸을 때 말고는 레너드가 그런 적이 없기에 놀란 아나이스가 자신도 모르게 고개를 들었다.

"네가 알고 있는 황녀의 의무대로 살고 싶으냐?"

뜬금없는 레너드의 질문에 고민을 하던 아나이스가 조심스럽게 고개를 저었다. 딸의 솔직한 대답에 레너드의 입가에 옅은 미소가 지어졌다.

"나에게는 너나 펠릭스, 제이드, 올리비아가 전부 똑같은 자식이다. 사내이기에 사내의 의무가 있는 것도 아니고, 여인이기에 여인의 의무가 있는 것도 아니다. 아직 정해지지도 않은 미래를 그런 틀에 함부로 넣지 마라."

레너드의 말에 아나이스의 눈이 커졌다. 언제나 필요한 말만 할 뿐, 그 흔한 잔소리조차 입 밖으로 꺼내지 않는 레너드였다. 아나이스에게는 존경하지만, 그만큼 두려운 존재가 아버지인 레너드였다.

그랬던 그에게 생각지도 못한 위로를 받은 아나이스의 눈이 붉어졌다.

"검을 배우고 싶다면 내일이라도 선생을 붙여 주겠다. 어느 정도 실력이 갖춰진 다음에는 황후에게 배우든지, 아니면 내가 가르쳐도 되겠지."

"아바마마, 감사합니다."

"네가 진심으로 배우고 싶다면 나나 황후는 말리지 않는다. 그리고 황녀라 한들 너무 몸가짐에 조심할 필요는 없다. 지금도 잘하고 있으니 부담 갖지 마라."

연이은 칭찬에 아나이스의 얼굴이 붉어졌다. 말을 끝난 레너드가 훈련장 밖으로 나가자, 뒤늦게 아나이스가 몸을 숙였다. 말로 표현할 수 없을 정도로 마음이 벅차올랐다.

존경하는 황제에게서 받은 연이은 칭찬에 아직도 심장이 두근댔다.

손으로 입을 감싸며 아나이스가 머리를 흔들었다.

꿈일지도 모른다는 생각에 힘껏 볼을 꼬집으니 눈물이 날 정도로 아팠다.

함빡 벌어지는 입을 손으로 막으며 아나이스가 환한 미소를 지었다.

이제는 30대 중반이었지만 이젤은 20대였던 때와 별 차이가 없었다.

세간에서는 황제의 변함없는 애정이 그녀가 늙지 않게 해 준다고 하거나 다른 한편에서는 그녀가 황궁에서 편하고 안락한 삶을 보내서 늙지 않는다는 평을 해 대기도 했다.

하지만 후자와는 다르게 레너드의 옆에 앉아 있는 이젤의 표정은 좋지 않았다.

"폐하의 예상보다도 카델 밖으로 빠져나가는 사금의 양이 많았어요. 우선 급한 대로 유출되는 사금을 막았지만…… 레너드, 듣고 있나요?"

등 뒤로 묶은 드레스의 매듭을 레너드의 손이 풀었다. 끈이 풀리면서 보이는 새하얀 등에 레너드가 입을 맞추었다.

"으음. 듣고 있다. 계속해."

"아무래도 남쪽의 니르비아국의 소행으로만은 보이지 않……아요. 내부에도…… 내통하는…… 레너드, 그만."

매듭이 바닥에 떨어지고, 드레스가 흘러내리면서 보이는 하얀 어깨에 열기에 찬 입술이 닿았다. 올린 머리를 고정하던 장식도 풀어 내리자 윤기가 흐르는 백금발이 어깨 사이로 흘러내렸다.

"잘 들리니까 계속 보고해."

"하아…… 이러시면…… 보고를 못…… 하잖아요."

가슴에 걸쳐져 있는 드레스를 뜯어낸 레너드가 단단히 솟은 유두를 한입 가득 물었다. 남은 드레스를 완전히 벗긴 레너드가 가슴골에 얼굴을 묻었다. 그의 애무에 이젤이 몸을 비틀었다.

"레너드에게는…… 잘 들리겠지만…… 전 보고…… 못 하겠어요."

힘겹게 말을 이은 이젤의 입술이 레너드의 입술에 닿았다. 도발적인 손가락이 레너드의 셔츠 단추를 빠르게 풀어 내렸다. 어깨에서 쇄골을 어루만지던 레너드의 손이 이젤의 매끄러운 허리를 지나 엉덩이를 움켜잡았다.

레너드의 무릎 위로 앉은 이젤이 가는 손으로 각이 진 턱과 굵은 목을 쓸었다. 얼굴이 맞닿은 둘이 서로가 주는 촉감에 웃음을 터트렸다. 상대에게서 만족을 얻었고, 서로에게서 안정을 얻었다. 이젤의 안으로 레너드가 깊게 들어오자 짧게 비명을 질렀다.

밀착된 몸에서 느껴지는 열기가 둘 사이를 휘감았다. 나이도, 함께한 시간도 이 순간만큼은 중요하지 않았다. 이젤을 가지고 레너드를 가진다.

그의 체온에서 안정을 찾고, 모든 걸 보여 주는 그녀에게서 만족을 얻었다.

레너드가 움직이고 이젤이 맞춰 갔다. 때로는 장난스러운 표정으로 이젤이 주도권을 잡고 레너드를 유혹하기도 하였다. 그 모든 움직임이 절정을 이룰 때 이젤을 품에 가둔 레너드가 자신을 그녀의 안에 터트렸다.

"레너드."

폐하라는 호칭보다도 이름을 불러 주는 것을 레너드는 더 즐거워했다. 이마에 맺힌 땀을 닦아 준 레너드가 이젤의 입술에 길게 입을 맞추었다. 그의 키스를 받던 이젤이 입술을 떼고 헝클어진 레너드의 머리카락을 쓸었다.

"레너드의 애정에 늙지 않는다는 소리는 듣기 좋은데 황궁에서 편하게 지내서 늙지 않는다는 소리는 솔직히 불쾌해요. 그 사람들은 레너드가 저에게 얼마나 많은 일을 줬는지 직접 봐야 한다고요."

이젤의 작은 투덜거림에 레너드가 미소를 지었다.

"내 황후가 다른 사람들보다 일을 잘하거든."

"그러면서 중간에 이런 식으로 맥을 끊기도 잘하고 말이죠?"

"그건 황후가 내 이성을 자꾸 흔들어 대서라고 대답하고 싶은데?"

한 마디도 지지 않고 대꾸를 하는 레너드에 이젤이 입술을 쭉 내밀었다. 쭉 내민 입술에 짧게 입맞춤을 한 레너드가 이젤은 안아 들었다.

집무실 옆에 마련된 침실에 이젤을 눕힌 레너드가 그 옆에 자리를 잡았다. 레너드의 허리에 팔을 감으며 이젤이 단단한 가슴에 얼굴을 묻었다.

길고 탐스러운 이젤의 머리카락을 쓸어내리던 레너드가 먼저 말을 꺼냈다.

"아나이스에게 제왕학을 가르쳐 볼까 한다."

레너드의 선언에 얼굴을 묻고 있던 이젤이 고개를 들었다. 토끼처럼 눈을 동그랗게 뜬 이젤의 뺨을 쓸며 그가 말을 이었다.

"이번에 궁의 사람들까지 바꾸고 나면 바로 시작할 생각이다. 아직 자신감이 부족하지만 차분하고 신중하게 생각하는 성격은 이 자리에 어울린다. 소극적으로 보이지만 혼자서 독학을 해서라도 자신의 것으로 만들려는 모습을 보니 제왕학을 배우게 해 보는 것도 괜찮을 것 같군."

"……귀족들이 반발할 거예요. 괜찮으시겠어요?"

보수적인 생각의 귀족들은 황녀인 아나이스에게 제왕학을 가르치는 레너드에게 반발할 것이다.

쉽지 않은 길이다.

겉으로 말을 꺼내지는 않았지만 이젤의 시선이 레너드에게 저렇게 말하고 있었다.

"언제는 쉬운 일이 있었던가? 그리고 보수적인 틀에 내 아이들을 묶어 두고 싶지 않다."

"레너드."

그새 이젤이 눈에 그렁그렁 맺힌 눈물을 손으로 닦아 냈다. 그 모습을 보던 레너드가 짓궂게 입을 열었다.

"황후로 같이 살면서 눈물이 많이 늘었다."

"기뻐서 우는 거예요. 레너드가 절 자꾸 울리시잖아요."

이젤의 말에 레너드가 미소 지었다. 그의 품에 나른한 몸을 맡기고 있던 이젤이 갑자기 생각난 듯 고개를 들어 레너드를 바라보았다.

"그런데 펠릭스나 다른 아이들이 아나이스와 대립하면 어떡하죠?"

감고 있던 눈을 뜬 레너드가 이젤의 등을 쓸었다. 걱정하는 이젤을 보고 있던 레너드가 그녀의 정수리에 턱을 기대었다.

"우리가 할 수 있는 일은 아이들에게 원하는 일을 할 수 있도록 발판을 마련해 주는 것뿐이다. 아이들끼리 부딪칠 수도 있는 일이기는 하나, 그건 나중에 걱정하면 될 일이지 않겠나?"

레너드의 답에 수긍한 이젤이 고개를 끄덕였다. 앞선 미래를 걱정할 필요는 없다. 혼자서 결정하고 책임을 감당하던 예전과 지금은 다르다.

모두가 두려워하고 절대적인 권위에 몸을 숙이는 카델의 황제였지만 이젤에게는 전부를 맡기고 사랑하는 반려였다.

몸을 일으킨 이젤이 레너드의 입술에 자신의 입술을 맞추었다.

둘만이 존재하는 시간.

누구도 간섭도 없는 고요한 순간 속에 서로가 상대에게 자신을 맡겼다.

귀족들의 반발에도 아나이스는 검술과 제왕학을 같이 배우기 시작했다.

급변하는 상황에 당황하던 아나이스도 레너드와 이젤의 생각을 깨달은 것인지 하나라도 더 배우려고 노력하기 시작했다. 아나이스가 검을 배우자 기다렸다는 듯 둘째인 펠릭스도 검을 배우고 싶다는 말을 꺼냈다.

그리고 펠릭스의 요구에 레너드는 흔쾌히 허락하였다.

아이들이 커 가면서 스스로가 원하는 길을 찾기 시작했다.

올리비아가 아나이스와 오빠들을 찾자 펠릭스와 놀고 있던 제이드가 어린 동생에게 달려왔다. 셋째 제이드의 손을 잡은 올리비아가 가까이 오자 아나이스가 품에 넣어 놓은 손수건을 꺼내 막냇동생의 이마의 땀을 닦아 주었다.

아이들의 웃음소리가 정원을 가득 메운 가운데 턱을 괴고 앉아 있던 이젤이 뒤에 서 있는 레너드를 보며 환한 미소를 지었다.

"재미있게 놀고 있어서 가까이 가질 못하겠어요."

"흠."

레너드의 입가엔 옅은 미소가 지어져 있었지만, 이젤 외에는 알수 없을 만큼 미미해 무표정해 보였다. 그 모습을 보고 있던 이젤이 미간을 살짝 찡그렸다.

의자에서 일어난 이젤이 레너드의 허리를 팔로 감았다.

"아이들에게 조금은 표현해 주시면 좋을 텐데요. 폐하께서는 아이들에게 너무 엄하세요."

"그런가?"

"저한테 보여 주시는 표정의 반만 보여 주셔도 훨씬 부드러워보이실 거예요."

이젤의 말을 레너드가 조용히 미소로 넘겼다. 자신의 말을 넘기는 그를 보며 이젤이 할 수 없다는 듯 고개를 저었다.

다시금 들리는 아이들의 웃음소리에 이젤이 몸을 돌렸다.

뒤에 있던 레너드가 이젤의 허리를 팔로 감쌌다.

시간이 흐르고 천천히 상황이 변해 갔다. 과거의 혈향이 가득했던 카델은 어디에도 없다.

핏속에 흐르는 광기를 걱정하며 불안해하던 황태자는 이제 없다.

카델의 기반을 만들어 낸 압도적인 권위를 지닌 황제.

아직 가야 할 길은 멀었지만 예전처럼 두렵지는 않았다.

"이젤."

"네?"

"네가 나에게 새 세상을 열어줬다. 고맙다."

레너드의 말에 이젤의 눈이 커졌다. 하지만 잠시 후, 부드러운 미소로 몸을 돌린 이젤이 레너드의 품을 조용히 파고들었다.

"레너드가 저에게 빛이 되어 주신 덕분이에요. 전 그 빛을 품고 있을 뿐이랍니다."

말없이 이젤을 바라보던 레너드가 나지막이 말하였다.

"사랑한다."

"사랑해요, 레너드."

서로의 고백이 상대의 심장에 각인된다.

그림자에서 빛으로 나온 황제가 품에 있는 여인을 향해 환하게 웃었다.

황제의 미소에 황후가 화답의 미소를 지어 보였다.

여전히 아름답고 현명한 황후에게 황제가 깊게 키스하였다.

두 개였던 그림자가 하나로 포개지자 밝은 빛이 둘을 감쌌다.

본격 미친놈 제대로 된 황제 만들기…… 그림자 황제가 끝났습니다.

기사나 군주, 귀족이 나오는 중세는 개인적으로 무척이나 애정하고 흥미를 가지고 있는 부분이지만…… 막상 쓰려고 하니 아는 것보다 모르는 것이 더 많아서 이리저리 시행착오도 겪고 삽질(?)도 꽤 한 글이었습니다.

사심을 마음껏 넣겠다는 야심한 포부가 시작한 글이었습니다만…… 결국은 또 여주 고생물이 되었습니다. 그래도 이젤도 행복하고 레너드도 사람(?)이 되었으니까요. 해피엔딩이라고 생각합니다!!!(퍽퍽)

항상 좋은 기운을 얻게 해 주는 로맨스 화원! 많이 바라지도 않습니다. 10년만 무탈하게 잘 지내 봅시다!(10년 뒤에는…… 그때 생각해 보기로 하고……)

언제나 글 쓴 거 봐 주고, 욱하는 성격 봐주고, 하기 싫다며 땡강 피우는 거 받아 주고, 신경질 부리면 풀어 준다고 고생하는 꽃신 작가님…… 앞으로도 잘 부탁합니다요.

정신이 느슨해질 때쯤 자객처럼 나타나 어퍼컷을 날려 주시는 박윤애 작가님! 욱하는 성격에 사고 친 거 대신 수습하느라 고생인 보스 비향 작가님! 연재 내놓으라며 책 내놓으라며 등이 너덜너덜해지도록 쪼고 있는 참새부장이자 딸내미인 한희연 작가님!

앞으로도 잘 부탁합니다~ 싫다며 도망가려 해도 안 되는 거 알지요? 그냥 포기하고 앞으로도 이 성격 많이 받아 주세요.

그림자 황제 예쁘게 내주시느라 무지무지 고생하신 두 팀장님! 마무리까지 으리으리하게 해 주셔서 한층 그림자 황제가 잘 나온 것 같습니다! 정말로 감사합니다.

사랑하는 가족들. 힘이 되어 주는 친구들에게도 감사하고~

마지막으로 언제나 읽어 주시고 좋은 말씀해 주시는 독자님들에게도 감사드립니다~

더운 날씨 건강 조심하시고, 바라시는 모든 일이 이루어지는 하반기가 되시기를……

언제나 느리지만 노력하는 글쟁이로 다시 인사드리겠습니다.